APRIL DAWSON

Up All Night

APRIL DAWSON

UP ALL NIGHT

Roman

LYX

LYX in der Bastei Lübbe AG
Dieser Titel ist auch als E-Book erschienen.

Originalausgabe

Textredaktion: Stephanie Röder
Covergestaltung: Sandra Taufer, München,
unter Verwendung von Motiven
von Shutterstock (© Alinute Silzeviciute / © asharkyu)
Satz: Greiner & Reichel, Köln
Gesetzt aus der Adobe Caslon
Druck und Einband: C.H.Beck, Nördlingen
Printed in Germany
ISBN 978-3-7363-0967-8

1 3 5 7 6 4 2

Sie finden uns im Internet unter: www.lyx-verlag.de
Bitte beachten Sie auch: www.luebbe.de und www.lesejury.de

Für Steffi.
Weil du mein Gegenstück bist.

Playlist

Bebe Rexha – I'm a Mess
Sia – Breath Me
Ansel Elgort – Supernova
Rixton – Me And My Broken Heart
One Direction – They Don't Know About Us
DNCE – Toothbrush
Dua Lipa – Homesick
Nick Jonas – Find You
5 Seconds of Summer – Youngblood
Ed Sheeran – Give Me Love
Ariana Grande – Breathin
Maddie & Tae – Friends Don't
Billie Eilish – When The Party's Over
Halsey – Without Me
Cheat Codes feat. Little Mix – Only You
Julia Michaels – Heaven
Nina Nesbitt – Loyal To Me
New Hope Club – Fixed
Sam Smith – Lay Me Down
ZAYN – Talk To Me
Sia – Helium
Tom Odell – Another Love

1. Kapitel

TAYLOR

Heute wird ein guter Tag. Das spüre ich sofort, nachdem mich die Sonne wach geküsst hat und ich noch immer den Duft meines Freundes einatme. Lächelnd schließe ich die Augen, drücke mir sein Kissen ans Gesicht und nehme einen tiefen Atemzug. Sein Geruch hat schon immer eine beruhigende Wirkung auf mich gehabt. Seit Jahren benutzt er dasselbe Aftershave und ich bin mir sicher, in einem Raum voller Leute würde ich ihn mit verbundenen Augen erkennen. Anstatt mit seinem Kissen zu kuscheln, hätte ich lieber meine Lippen an seine gepresst, aber Robb ist mal wieder unterwegs. Zwar habe ich schon geschlafen, als er um Mitternacht aus dem Studio gekommen ist, aber trotzdem haben wir uns noch bis tief in die Nacht geliebt.

Das ist es, was ich an uns beiden besonders finde, dass wir nicht genug voneinander bekommen können. Robb und ich sind mittlerweile vier Jahre zusammen, haben trotz Höhen und Tiefen zusammengehalten und sind nun glücklicher als je zuvor. Robert Baron Barnes, oder auch Robb genannt, ist ein aufgehender Stern am Musikhimmel und hat gerade einen Plattenvertrag bei *Tibone Records* an Land gezogen. Angefangen als YouTuber, der eigene Songs geschrieben und sie online gestellt hat, ist er nun mit fünf Millionen Followern auf dem Weg nach ganz oben. Je mehr Erfolg er hat, desto weniger Zeit bleibt für mich, was ich aber gewillt bin, hinzunehmen. Immerhin hat auch er mich unterstützt, als ich das schlecht bezahlte Praktikum beim *Jolene*-Magazin angenommen habe.

Das war vor einem Jahr. Mittlerweile bin ich erfolgreiche Kolumnistin, Verfasserin der *Copy the Style*-Kolumne, bei welcher ich die Outfits von Berühmtheiten mit günstigeren Alternative zum Nachkaufen aufzeige. Ich bin diejenige gewesen, die diese Rubrik beim Magazin ins Leben gerufen hat. Mein Chef ist begeistert über mein Engagement und nachdem ich mich als fähige Online-Schnäppchenjägerin erwiesen habe, ist die Kolumne mein.

Ich parke das Auto, meinen geliebten elektrobetriebenen Fiat 500, ein paar Meter entfernt vom Bürogebäude, in dem ich arbeite, und genieße die kalte Morgenluft, muss aber aufpassen, nicht mit meinen hochhackigen Boots auf dem mit Eis bedeckten Gehweg auszurutschen. Ich ziehe meinen Ausweis aus der Tasche hervor und betrete das Gebäude.

Wenn ich mich mit Bekannten über meinen Job unterhalte, höre ich immer wieder, dass sie es sich schwierig vorstellen, das Internet nach einem bestimmten Kleidungsstück zu durchforsten, das ein A-, B- oder C-Promi getragen hat. Aber für mich ist es eine Herausforderung, die mich fordert und ich liebe es, in der Modebranche zu arbeiten, auch wenn man hier nicht viel Spielraum hat, sich modetechnisch selbst einzubringen.

Denn im Grunde suche ich nur Kopien der Klamotten der Stars. Ich versuche schon seit Wochen, meinen Chef zu überzeugen, dass wir über Modeblogger oder die Menschen von der Straße berichten sollten. Jemanden, der nicht unnahbar ist, wie Stars und Sternchen, aber bis jetzt hat er noch kein Wort dazu gesagt und mich nur angelächelt, als hätte ich keine Ahnung, um was es in der Modebranche geht.

Doch ich bin immer schon ein Mensch gewesen, der warten kann, um dann die Chance zu ergreifen. Nachdem ich die

Hälfte der Mails abgearbeitet habe, hole ich mir einen Kaffee aus unserer Redaktionsküche und treffe auf meine engste Freundin hier beim Magazin.

»Hey Schätzchen!« Charlie, meine Kollegin aus dem Layout, gesellt sich zu mir und drückt mich kurz. »Wie war dein Wochenende?«, fragt sie und nimmt dankend den Becher voll Kaffee an, den ich ihr reiche.

»Ich war ein wenig Shoppen, es gibt einen tollen Secondhandladen, der eine Straße von meiner Wohnung geöffnet hat. Dann habe ich die Wohnung auf Vordermann gebracht und einen Serienmarathon gestartet.«

»Wo war Robb denn?«

Ich nehme einen neuen Becher, gieße mir ein und nippe an dem köstlichen Getränk. Charlie und ich gehen, wenn es unser Terminkalender zulässt, gemeinsam Mittagessen und treffen uns ab und an auf einen Cocktail, aber Robb hat sie in dem einen Jahr noch nie kennengelernt, weil er ständig auf Achse ist und ich lieber mit ihr oder seiner Schwester Miranda etwas unternehme.

»Wie immer am Arbeiten. Pressemeetings. Sein Album kommt in einem Monat raus und dafür ist er rund um die Uhr unterwegs. Er arbeitet hart für seinen Traum.« Stolz erfüllt mich, wenn ich über die Karriere meines Freundes berichte, denn er ist ein *Selfmade*-Typ, der ohne Fake oder Skandale erfolgreich geworden ist.

»Begleitest du ihn bei solchen Terminen nicht?«

»Anfangs schon. Aber die meiste Zeit habe ich mich gelangweilt.« Der Rummel, der ihn ständig umgibt, ist nichts für mich.

»Ich stelle mir das ziemlich aufregend vor.«

»Ist es auch für Robb selbst, aber ich bin einfach die stolze Freundin, die am Rand der Bühne steht und ihn anfeuert.«

»Du musst mich mal hinter die Bühne mitnehmen, Süße. Vielleicht schwirrt ja der eine oder andere Promi herum, mit dem ich ein Selfie machen kann.«

»Sehr gerne. Miranda hat schon öfter nach dir gefragt. Seit der Mall-Eröffnung, bei der Robb aufgetreten ist, hat sie dich nicht mehr gesehen.« Charlie errötet und blickt auf ihre Füße. Auch wenn Robbs Schwester Mira offen zu ihrer Bisexualität steht, ist Charlie vorsichtig und zurückhaltend, obwohl ich die beiden knutschend in der Garderobe erwischt habe. Seitdem hat sie sich rargemacht, noch bevor ich sie Robb hätte vorstellen können.

»Aber wir haben ja Zeit. Immerhin gibt es bald etwas zu feiern, wenn das Album auf dem Markt ist.« Ich wechsle bewusst das Thema, weil ich meine Freundin nicht in Verlegenheit bringen möchte. Wenn sie darüber reden will, bin ich da, falls nicht, respektiere ich das ebenfalls. Wie das Freunde eben so machen.

»Ich freue mich schon drauf«, trällert sie und ist wieder die alte fröhliche Charlie, die sich nicht in die Karten schauen lässt.

Von meinem Platz aus habe ich direkten Blick in das Büro von unserem Boss. Nicht, dass wir ihn je zu Gesicht bekommen würden, außer beim wöchentlichen Meeting. Er ist immer schwer beschäftigt und schwirrt von einem Termin zum anderen. Weshalb auch meist die Jalousien in seinem gläsernen Büro zugezogen sind. Häufig ist unser Kollege Norman in seiner Nähe, ein ehemaliger Praktikant, der erst seit ein paar Wochen fest angestellt und seine rechte Hand geworden ist. Aber aus unseren Gesprächen weiß ich, dass Norman heiß darauf ist, Artikel zu verfassen und im Modebereich zu arbeiten.

Vergangene Woche hat mein Boss hervorragende Laune gehabt, war anwesend, auch wenn er sich in sein Büro zurückgezogen hat, um Norman zu quälen, der einige Botengänge für den Chef machen musste. Deshalb habe ich auch vor ein paar Tagen dem Big Boss eine Mail geschrieben, einen Vorschlag für eine besondere Kolumne, in der ich über eine berühmte Bloggerin berichten und ihr Lieblingsoutfit suchen wollte. Heute Nachmittag möchte ich beim Meeting noch mal dieses Thema aufbringen, denn sosehr ich meinen Job liebe, fühle ich mich etwas festgefahren. Ich möchte mehr aus der Kolumne machen. Ich habe kein offizielles Okay von ihm bekommen, aber das hat mich nicht daran gehindert, eine tolle Präsentation zusammenzustellen, die ihn hoffentlich aus den Socken hauen wird.

Der Tag vergeht wie im Flug und plötzlich sitze ich mit der ganzen Redaktion im Besprechungsraum bei Kaffee und Snacks. Mein Boss will diese Treffen nach dem Mittagessen abhalten, weil er den ganzen Vormittag über Termine und meist am späten Nachmittag Luft für unsere Anliegen hat. Wir gehen unsere Themen und Ideen durch. Conny, eine Kollegin aus dem Bereich Gesundheit, möchte mehr auf das Thema Brustkrebs eingehen, wofür sie grünes Licht bekommt, Uma, unsere Kolumnistin im Bereich Lifestyle, hat ein neues Spa in Jersey getestet und wird in der nächsten Ausgabe darüber berichten. Jeder Mitarbeiter bringt sich ein und lauscht den Anmerkungen unseres Chefs, der hier und da noch Verbesserungsvorschläge hat.

»Taylor. Was hast du diese Woche für uns?«, fragt er mich nun und blickt mich mit seinen eisblauen Augen an. Ich bin immer gut mit ihm klargekommen, auch wenn er mit seiner grimmigen Art nicht gerade zu den Menschen zählt, denen ich Persönliches anvertrauen würde.

Ich schlucke nervös, weil er heute nicht gerade gut gelaunt auf mich wirkt und stehe auf, was komisch aussieht, weil alle anderen noch sitzen. »Ich würde in dieser Ausgabe gerne über

Farrah Zinode berichten.« Er runzelt die Stirn, sagt jedoch nichts dazu. Also rede ich weiter und hoffe auf ein Wunder. »Sie ist eine der erfolgreichsten Modebloggerinnen dieser Zeit und hat über dreißig Millionen Follower. Ich würde über ihr Lieblingsoutfit berichten und habe es sogar schon rausgesucht.« Schnell rufe ich die Zusammenstellung auf meinem Tablet auf und reiche es ihm, doch er sieht mich nur mit undurchdringlicher Miene an, nimmt mir das Gerät nicht ab, blickt nicht einmal auf den Bildschirm. Meine Kehle ist wie zugeschnürt und innerhalb von Sekunden schafft er es, mich von hoffnungsvoll auf unsicher herunterzuschrauben. Ich bekomme es mit der Angst zu tun, als auch er sich erhebt und tief Luft holt. Er steckt seine perfekt manikürten Hände in die Hosentaschen und räuspert sich. Ich schlucke und meine Kehle wird plötzlich trocken, als sein Blick noch grimmiger wird als ohnehin schon. Trotz allem aber straffe ich die Schultern und recke das Kinn in die Höhe, gebe mich tough, auch wenn ich innerlich vor Unsicherheit heulen könnte.

»Ich habe deinen Eifer, was diese Rubrik angeht, immer bewundert und auch unterstützt, wie du und auch alle hier wissen. Wir haben uns eine große Leserschaft aufgebaut, die es kaum erwarten kann, den neuesten Look nachzushoppen. Aber in letzter Zeit habe ich das Gefühl, als wäre deine Leidenschaft für diese Kolumne abgeflaut.«

»Ich …«, setze ich an, doch er hebt die Hand und bringt mich zum Verstummen. Auch wenn er eher mit Abwesenheit geglänzt hat, lässt er uns bei solchen Meetings spüren, dass er noch immer der Boss ist. Und nun hat er es auf mich abgesehen.

»Seit Wochen willst du einen wichtigen Teil des Magazins umkrempeln und ich dachte, dass mein fehlender Input dir gezeigt hätte, dass ich keinerlei Interesse daran habe, über irgendwelche YouTuber zu berichten, die noch nie hart gearbeitet haben, und nun muss ich feststellen, dass du wertvolle Arbeitszeit für die Suche eines Outfits verplempert hast, wozu ich nicht mal das Okay gegeben habe!« Er wird immer lauter, kommt auf mich zu und verschränkt die Arme vor der Brust. Er ist nicht groß, wirkt in meinen Augen eher schlaksig als sportlich, doch er hat diese Aura von Autorität. Mein Puls rast und ich blicke hilflos zu Charlie, die wie ich schockiert zu sein scheint und zwischen mir und Cooper Gibson, dem Chefredakteur, der meine berufliche Zukunft in der Hand hat, hin- und hersieht. »Du hast dich verändert, Taylor, doch leider in eine andere Richtung, als es für *Jolene* gut ist, deshalb bekommt Norman die Kolumne.«

Auch wenn er schnell gesprochen hat, kommt es mir wie in Zeitlupe vor, es hat nur ein paar Worte seinerseits gebraucht, um meinen beruflichen Traum zu zerstören. Das Blut rauscht in meinen Ohren und nur vage bekomme ich mit, wie er mich vor allen Mitarbeitern feuert und Norman meine Kolumne überträgt. Es ist wie eine schallende Ohrfeige, ein Dolchstoß mitten ins Herz. Mein Mund steht offen, schließt sich wieder und öffnet sich. Wie bei einem Fisch, der an Land keine Luft mehr bekommt. Ich bin sprachlos, verletzt und enttäuscht und kann nur den Kopf schütteln.

Die mitleidigen Blicke der anderen sind mir egal, denn die Scham kann nicht schlimmer sein als der Verlust und der Schmerz, weil mein Baby, das ich ins Leben gerufen habe, in andere Hände fällt. Mir bleibt keine Möglichkeit, mich zu verteidigen oder etwas zu sagen, denn er beendet das Meeting so schnell, wie er es begonnen hat und verschwindet in seinem Büro. Übrig bleibe ich, mit meinen Kollegen, die mich erst erschrocken anstarren und dann einer nach dem anderen umarmen oder sich verabschieden. Genau weiß ich es nicht, denn ich nehme alles nur begrenzt wahr.

Es dauert eine Weile, bis ich zu meinem Schreibtisch komme und mich setze. Die Kollegen beim *Jolene*-Magazin haben Feierabend, doch für mich ist es ein Abschied für immer. Natürlich könnte ich jetzt zu meinem Boss gehen und ihn zur Rede stellen, auf den Tisch hauen und meinen Job zurückverlangen, aber die Sache ist die, Cooper Gibson hat noch nie seine Meinung geändert. Alles, was er von sich gibt, ist wie in Stein gemeißelt, und wenn ich ehrlich bin, möchte ich auch gar nicht betteln. Selbst wenn er mir meine Kolumne zurückgeben würde, wäre es mit einem bitteren Beigeschmack verbunden, weil ich meinen künstlerischen Freiraum nicht ausleben darf. Außerdem weiß ich jetzt, dass er mich nicht wertschätzt und ich hier auf keinen Fall weiter arbeiten kann. Auch, dass alle Kollegen diese Geschichte mitbekommen haben, bestärkt meine Entscheidung, meine Sachen zu packen und zu gehen. So kann und will ich nicht arbeiten.

Ich blinzle schließlich und sehe mich um, stelle fest, dass die Redaktion fast leer ist, nur vereinzelte Mitarbeiter arbeiten noch, die ich jedoch nicht näher kenne. Draußen ist es schon dunkel und soweit ich gelesen habe, soll es heute Abend schneien. Normalerweise würde Schneefall meine Laune heben, aber ich habe das Gefühl, dass es diesmal nicht klappen wird. Mit letzter Kraft packe ich meine Sachen zusammen und blicke auf. Charlie steht vor meinem Tisch und beißt sich auf die Unterlippe und sieht genauso traurig aus wie ich selbst. Vorbei sind unsere gemeinsamen Lunchdates und täglichen Treffen in der Kaffeeküche. Mit feuchten Augen stehe ich auf und werfe mich in ihre Arme, drücke sie fest an mich. Natürlich werden wir weiterhin Freunde bleiben, aber ich habe es immer geliebt, meine Freundin bei der Arbeit zu treffen und mit ihr über alles sprechen zu können.

»Das ist nicht fair«, flüstert sie, doch ich schüttle nur den

Kopf. Sich aufzuregen würde nichts mehr bringen, meine Wut ist abgeflaut und ich sehe nun ein, dass ich einen Fehler gemacht habe. Ich habe ein Risiko gewagt und habe bitter verloren, da bringt auch Jammern nichts mehr. Vielmehr sollte ich dieses Büro mit erhobenem Haupt verlassen und versuchen, weiterzumachen.

»Ich werde dich vermissen, Charles«, sage ich und muss mich zwingen, nicht in Tränen auszubrechen.

»Du weißt, wie sehr ich es hasse, wenn du mich so nennst«, schnaubt sie lächelnd und drückt mich noch mal. Ich löse mich schnell von ihr, weil ich sonst zusammenbrechen würde, was ich aber unbedingt vermeiden möchte. »Du musst mir versprechen, dich jeden Tag mittags zu melden, dann ist es so, als würden wir noch immer gemeinsam Mittagspause machen.«

»Ich versuche es«, ich seufze, obwohl ich mir nicht sicher bin, ob ich mein Wort halten kann.

Auf dem Weg nach draußen treffe ich auf Norman, der sich mit jemandem unterhält, allerdings kurz innehält, um mir ein kaltes Grinsen zu schenken. Ich weiß von den Gerüchten, dass der Boss und er eine Affäre haben sollen, aber egal welchen Hintergrund es hat, dass es zu meiner Kündigung gekommen ist, habe ich keine Wahl, als es zu akzeptieren. Ich bin mit *Jolene* fertig, dass es mich trotzdem innerlich zerreißt, wird mir keiner hier ansehen können, aber es stimmt. Ich kann mich kaum auf den Beinen halten, denn es schmerzt, mich von meinem Traumjob unfreiwillig zu verabschieden. Robb und ich haben sehr gut harmoniert, weil wir beide unsere Bestimmungen gefunden hatten, während seine im Musikbusiness liegt, ist meine Leidenschaft die Mode. Zumindest war sie das, bis jetzt.

Mein ganzer Kram passt in meine Tasche, sodass ich mir die Scham erspare, mit einem Karton voll mit meinen persönlichen Sachen aus dem Bürokomplex zu spazieren. Im Gehen wähle ich Robbs Nummer, doch er nimmt nicht ab. Entweder ist er in der Wohnung und holt Schlaf nach oder er ist im Studio, um an seinem Album zu arbeiten. Der Schmerz in meiner Brust wird mit jedem Atemzug schlimmer und die Tränen, die ich so tapfer zurückgehalten habe, kommen langsam an die Oberfläche. Ich bin gerade dabei, zu meinem Auto zu gehen, als ich zwei Männer dabei erwische, wie sie meine Autotüren öffnen, als würde mein Fiat 500 ihnen gehören. Was natürlich unmöglich sein kann, da ich mein Auto immer verriegle. Immerhin lebe ich hier in New York City.

»Hey!«, brülle ich, was die Männer panisch werden lässt. Sie reißen die Türen auf und auch wenn ich in unmittelbarer Nähe stehe, schaffen sie es irgendwie, das Auto zu starten und davonzufahren. Mir wurde allen Ernstes das Auto gestohlen, an einem Nachmittag und das, nachdem ich gerade gefeuert worden bin! Kann dieser Tag eigentlich noch schlimmer werden? *Das kann er,* murmelt eine Stimme in mir. Hätte ich ihr bloß geglaubt!

2. Kapitel

TAYLOR

Ich fasse es nicht! Ich kann es einfach nicht glauben, wie viel Pech man innerhalb einer Stunde haben kann. Mit zittrigen Fingern rufe ich die Polizei, wo die Dame von der Notrufzentrale versucht, mich zu beruhigen und mir sagt, dass ich auf einen Beamten warten soll, der dann die Anzeige aufnehmen wird. Wieder versuche ich es bei meinem Freund, doch mit demselben Ergebnis. Völlig am Ende setze ich mich auf den Bordstein, ignoriere, dass der saukalt ist, umklammere meine angewinkelten Knie und lege meinen Kopf darauf. Meine Tasche stelle ich neben mich, falls auch sie gestohlen würde, würde es mich nicht wundern. Dieser Tag ist sowieso im Arsch!

Mit letzter Kraft atme ich tief durch, tue alles, um nicht in Tränen auszubrechen. Ich habe das Geld für dieses Auto mit Mühe zusammengekratzt und es ist das erste gewesen, das nicht ein Schrotthaufen auf vier Rädern ist. Deshalb schmerzt es noch mehr, dass mein Baby gestohlen wurde. Es kommt mir wie eine Ewigkeit vor, bis endlich ein Police Officer erscheint, damit ich Anzeige erstatten kann. In meiner Heimatstadt Pasadena wurde dir beigebracht, sobald es mal brenzlig wird, ruf einen Polizisten, deinen Freund und Helfer.

Der Cop, der etwas mehr auf den Rippen hat, befragt mich halbherzig über den Hergang, will eine ungefähre Personenbeschreibung von mir und fährt dann wieder. Das war's! Keine aufmunternden Worte, dass er sein Bestes tun wird, um die Verbrecher zur Strecke zu bringen. Nur ein Nicken und tschüss. Meine Trauer über meinen Rauswurf beim Magazin habe ich ja verkraften können, aber nichts konnte mich auf die Wut vorbereiten, die mich erfasst, nachdem der Officer die Biege gemacht hat. Ich bin sauer auf meinen ehemaligen Chef und Norman, außer mir über die Tatsache, dass mein geliebtes Auto gestohlen wurde, und entsetzt über den Mangel an Hilfsbereitschaft der New Yorker Polizei. Vielleicht liegt es daran, dass ich mein Dasein als Landei nie aufgegeben habe, aber ich habe mir etwas mehr Engagement vorgestellt.

Noch immer würde ich keine Träne vergeuden, nicht jetzt, nachdem ich so aufgeladen bin. Ich beschließe, nach Hause zu gehen, mich zu sammeln und dann noch mal bei dem Police Department anzurufen, um erneut eine Anzeige aufzugeben, bei jemandem, der die Sache auch ernst nimmt. Ja ich würde meine innere Diva freilassen! Hier zwischen den hohen Wolkenkratzern New Yorks werde ich mich sicher nicht unterkriegen lassen, also nehme ich die Beine in die Hand und fahre mit der U-Bahn nach Hause. Mein Hintern besteht nur noch aus einer Eisschicht, also wird mir die Bewegung guttun. Ich setze mich auf einen der wenigen Sitzplätze, wärme mich etwas auf und lehne meinen Kopf gegen das kühle Fenster. Dass dieses verschmutzt ist, interessiert mich nicht, ich brauche einen Moment der Ruhe inmitten meines persönlichen Chaos.

Doch diese ist mir nicht vergönnt, denn mein Handy vibriert in meiner Manteltasche. In der Hoffnung, dass es mein Freund sein könnte, nehme ich es in die Hand, aber ich erstarre, als ich aufs Display sehe. Es ist mein Dad. Tief durchatmen, Tae! Er würde sofort merken, wenn etwas im Busch ist, also schluck's runter und heb ab!

»Hey Dad«, sage ich fröhlich, vielleicht einen Tick zu übertrieben, aber was soll's. Er soll nicht merken, dass ich am Ende bin, denn er hat mich nur nach New York ziehen lassen, solange es mir auch gut geht. Finanziell und emotional. Nur ein Anzeichen, dass ich unglücklich bin, und er würde mich höchstpersönlich abholen.

»Ich bringe diesen Schweinehund um!«, brummt mein Vater ins Telefon und erwischt mich eiskalt.

»Was?«, frage ich verwirrt. Hat er von dem Diebstahl erfahren? Aber dann müsste er doch die Mehrzahl verwenden.

»Wo ist er? Hast du ihm eine gescheuert? Du weißt, dass du jederzeit nach Hause ziehen kannst, oder, mein Engel?«

»Dad! Ich verstehe nicht, was du meinst. Wieso sollte ich wieder nach Pasadena ziehen?«

»Du weißt es noch nicht?«, flüstert er und verstummt dann. Ich höre ihn ein Schimpfwort murmeln, ehe ich den vertrauten Laut höre, wenn er sich über den Bart kratzt.

»Ich habe keinen blassen Schimmer!«

»Oh Tae, mein Mädchen. Es tut mir schrecklich leid.«

»Du machst mir Angst, Daddy«, hauche ich, fühle mich hilflos, als würde ich im Dunklen tappen und alle Welt würde wissen, was Sache ist.

»Ich schicke dir den Link, ich kann es dir nicht sagen, ohne dass ich fluche wie ein Seemann. Du musst stark sein.«

Stärke? Das ist etwas, von dem ich heute schon zu viel gebraucht habe. Eine Sache noch und ich würde zusammenbrechen. »Okay?« Ich ziehe das Wort etwas in die Länge, weil ich mich sammeln muss.

»Gut. Ich melde mich später noch mal.«

»Bis dann.«

»Ach, und Tae?«

»Ja?«

»Tu mir einen Gefallen und reiß ihm gehörig den Arsch auf. Machst du das für deinen alten Dad?«

Auch wenn ich absolut keine Ahnung habe, worum es überhaupt geht, antworte ich: »Mach ich.« Dann hat er aufgelegt und lässt mich noch verwirrter zurück, als ich es schon ohnehin gewesen bin. Ich öffne das Chatprogramm und warte auf den geheimnisvollen Link. Zuerst bemerke ich, dass es sich um eine Klatschzeitung handelt, das sieht man schon an der Internetadresse. Ich öffne ihn und warte, doch was ich dann erblicke, lässt mich entsetzt nach Luft schnappen.

Die Schlagzeile lautet: *Robb küsst fremd!* Und verdammt, das tut er tatsächlich! Mein Freund ist in einem Restaurant zu sehen, zwar mit einem Baseball Cap, aber man erkennt Robb sofort. Die Frau, die dieser Mistkerl küsst, ist unsere neue Nachbarin aus der Wohnung nebenan. Mit aller Kraft, die ich aufbringen kann, kralle ich meine Finger in mein Smartphone, denn andernfalls würde ich es jetzt sofort gegen die nächste Wand schleudern.

An dem Tag, an dem ich gefeuert werde, mein Auto gestohlen wird und ich am Boden zerstört bin, erfahre ich aus den Medien, dass mein Freund mich hintergeht. Die Ansage dringt nur langsam in mein Ohr, teilt mir aber mit, dass hier meine Station ist. Ich zwinge mich selbst, einen Schritt nach dem anderen zu machen und lasse das Ganze sacken. Robb betrügt mich, mit unserer Nachbarin wohlgemerkt, und ist sogar so dumm, sich dabei erwischen zu lassen! In all den Jahren haben wir eine innige und loyale Beziehung gehabt, eine Verbindung, die, wie ich geglaubt habe, einzigartig war.

All die guten Momente miteinander erscheinen vor meinem inneren Auge, werden aber schnell überschattet, wenn ich daran denke, wie lange mich der Mensch wohl hintergeht, dem ich am meisten vertraut habe. Der der Grund war, wieso ich meine Heimatstadt verlassen habe und nach New York gezogen bin. Ich habe alles getan, um ihn bei seiner Karriere zu unterstützen, habe in Kauf genommen, dass er nächtelang unterwegs ist, um seine Songs zu promoten. Doch das Ganze hat nun einen bitteren Beigeschmack. Hat er mich schon damals betrogen? Ist noch irgendetwas in meinem verdammten Leben heil und droht nicht auseinanderzubrechen?

Meine Wut über diese ganze Situation brodelt in mir wie Lava, die sich im Inneren des Vulkans darauf vorbereitet, auszubrechen. So verletzt wie ich auch bin, siegt die Frustration. Dieser Tag ist der schlimmste meines Lebens! Aber ich habe nicht vor, mit dem sinkenden Schiff unterzugehen. Ich bin jemand, der nicht so leicht aufgibt und ich habe meinem Dad etwas versprochen: Ich werde Robb den verdammten Arsch aufreißen!

Ich glaube, dass ich jetzt keinen schönen Anblick abgebe, mit meinem wirren Haar, den feurigen Augen und dem entschlossenen Gesichtsausdruck. Ich stapfe hier in unserer Straße auf das Wohngebäude zu und muss wohl rot glühende Augen haben, denn sogar die Passanten machen einen großen Bogen um mich. Mir soll's recht sein! Heute meide ich den Fahrstuhl, nehme stattdessen das Treppenhaus, weil ich das brauche, um mich ein wenig abzureagieren, bevor ich meinem Freund eine scheuere. Im fünften Stock angekommen, betrete ich den Flur und will gerade meine Wohnung aufschließen, als ich die gedämpften Laute und Stöhnen höre. Das erübrigt die aufkommende Frage, ob er überhaupt zu Hause ist.

So leise wie ich kann, mache ich die Tür auf und wieder zu. Doch ich hätte sie auch zuknallen können, die zwei in meinem Schlafzimmer hätten nicht mal eine Sirene gehört. Die Hände zu Fäusten geballt, um nicht gegen die Tür zu hämmern, schleiche ich durch die Wohnung. Auf dem Boden sind

Klamotten verstreut, weisen einen kleinen Pfad vom Wohn- ins Schlafzimmer. Carols Stöhnen dringt an mein Ohr, gefolgt von Robbs Grunzen, was heißt, dass er dem Orgasmus sehr nahe ist. Obwohl ich darüber erschüttert sein sollte, dass die zwei es in meinem Bett miteinander treiben, tritt ein kaltes Lächeln in mein Gesicht. Die Tür ist nur angelehnt, was irgendwie einleuchtet. Vor wem wollen sie sich schon verstecken, die denken, ich sei noch im Büro. Na, dann wollen wir mal die Party sprengen!

Als Carol übertrieben schreit wie ein schlechter Pornostar, reicht es mir endgültig. Ich trete auf die Tür ein, sodass sie aufschwingt und gegen die Wand knallt. Dort wird mit Sicherheit ein Loch aufgrund des Griffs klaffen, aber das ist mir egal, denn hier werde ich nie wieder wohnen. Ich bin fertig mit diesem Leben. Die beiden keuchen erschrocken auf und Robb, ganz Gentleman, versucht sich selbst in Sicherheit zu bringen und lässt unsere Nachbarin alleine im Bett. Sehr charmant. Nun steht er vor mir, nackt und verschwitzt und sieht mich panisch an.

»Taylor!«, keucht er schließlich und erstarrt, als ihm klar wird, dass ich nicht heule oder überrascht wirke, sondern sich ein kaltes Lächeln in meinem Gesicht ausbreitet. Ich muss wohl aussehen wie der Joker aus den *Batman*-Filmen.

»Hallo, mein Schatz«, säusle ich und gehe langsam auf ihn zu. Carol rührt sich nicht vom Fleck, krallt sich an der Decke fest, mit der sie ihre zu großen Brüste bedeckt. »Ich habe dich angerufen, falls du es noch nicht gemerkt hast.« Dann sehe ich langsam zwischen den beiden hin und her, genieße die Panik, die ihnen aus den Poren dringt. Ich kann ihre Angst fast riechen. »Aber wie ich sehe, bist du gerade beschäftigt.« Ich stelle mich dicht vor diesen Abschaum, den ich einmal geliebt habe.

»Wir lieben uns!«, japst Carol, lässt die Decke fallen, doch ihre langen, blonden Extensions verdecken ihre Oberweite. Sie wirkt verzweifelt, doch ihre Worte klingen ehrlich. Sie ist genauso dumm wie ich!

»Ach, ist das so?«, frage ich und male mit dem Zeigefinger Kreise auf die feste Brust von Robb. »Hast du ihr etwa nicht erzählt, dass wir beide es diese Nacht haben krachen lassen? In diesem Bett!« In der Zwickmühle sieht er nun zwischen uns hin und her, ist aber so klug, nicht auf meine Frage zu antworten.

»Ihr habt was?«, kreischt die dumme Kuh laut, doch ich kann nur die Augen verdrehen.

»Ach, sei nicht so dumm, Carol. Er hat uns beide verarscht, nur waren wir zu naiv, um es zu sehen. Aber keine Sorge. Ich lerne aus meinen Fehlern.« Ich lege meine Hände auf seine nackten Schultern, tue so, als würde ich ihn küssen, dabei brauche ich nur die richtige Position. Dann hebe ich das Knie an und trete ihm, so hart ich kann, in die Eier. Robb krümmt und windet sich vor Schmerz auf dem Boden, doch ich lächele von oben auf ihn herab. »Wir sind fertig miteinander!«

Dann zücke ich mein Smartphone und nehme ihn auf, wie er wie ein Baby um seine Eier weint. Als er mein Handy erblickt, keucht er auf. »Was machst du da?«

Ich beuge mich bedrohlich zu ihm runter, lasse ihn dabei nicht aus den Augen. »Solltest du nur daran denken, Lügen über mich und unsere Trennung verbreiten zu wollen, stelle ich dieses Video online und sehe genüsslich dabei zu, wie du untergehst. Kapiert?«

Tränen glänzen in seinen Augen, als er nickt und ich mich langsam erhebe. »Du wirst mir meine Sachen in meine neue Wohnung schicken lassen und dafür sorgen, dass nicht eine Haarklammer fehlt. Natürlich auf deine Kosten, und solltest du es wagen, mich aufzusuchen oder mich zu kontaktieren, werde ich so richtig loslegen. Verstanden?«

»Ja«, brummt er noch und hält sich seine kleinen Kronjuwelen fest. Ich werfe einen vorwurfsvollen Blick auf Carol, die jedoch mit Blicken meinen Ex tötet. Dann betrete ich den begehbaren Kleiderschrank, packe ein paar Klamotten in meine Reisetasche und stürme aus der Wohnung, höre aber mit Genugtuung, wie Robb vor Schmerz aufschreit, und auch wenn Carol für mich gestorben ist, hoffe ich doch, dass sie ihm eine verpasst hat.

Eine Stunde später weiß ich noch immer nicht, wohin ich gehen soll. Bei der Arbeit hatte ich außer Charlie nur Bekannte und sonst war der Idiot, den ich Freund genannt habe, der mir in den Rücken gefallen ist, mein Mittelpunkt hier in Manhattan. Klar ist da noch Miranda, seine Schwester und Managerin, die ich aber nicht zwischen die Fronten bringen will. Mein Dad hat schon zweimal angerufen, aber ich habe nicht die Kraft, jetzt mit ihm zu reden. Ich stehe noch immer unter Strom. Teils aus Wut, teils als Schutzmechanismus. Der Winterwind nimmt zu und die Sonne ist schon lange untergegangen, also beschließe ich, in ein Café auf der anderen Straßenseite zu gehen, um mich aufzuwärmen und die nächsten Schritte zu überdenken.

Ich habe Angst, bin verletzt und habe keine Ahnung, wohin ich gehen kann. In meiner Blase aus all diesen Gefühlen höre ich zunächst nicht, wie mein Name gerufen wird.

»Taylor? Taylor Jensen?«, fragt mich ein Typ im Wintermantel, der mir ziemlich bekannt vorkommt, allerdings kann ich ihn nicht einordnen.

»Ja?«, krächze ich, muss mich räuspern, um meine Stimme wiederzufinden.

»Ich bin's, Daniel. Daniel Grant aus der Highschool.« Auch wenn es unhöflich ist, mustere ich ihn von oben bis unten. Dieser Berg von einem Mann soll mein ehemaliger Nachbar sein? Das Gesicht mit den bernsteinfarbenen Augen ist vielleicht immer noch dasselbe, aber er muss in Anabolika gebadet haben, um so auszusehen.

»Hey Dan.« Ohne zu überlegen, nenne ich ihn bei dem Spitznamen, den ich ihm im Kindergarten gegeben habe.

»Wie ist es dir so ergangen? Du siehst toll aus!« Auch wenn das sicher halbherzig dahingesagt wurde, bringt mich seine erste Frage völlig aus dem Konzept. Was aus mir geworden ist? Ich habe meinen Job, mein Auto und meinen Freund verloren und drohe auf der Straße zu landen. Als diese Erkenntnis und ihr Ausmaß mich erreichen und das Adrenalin langsam weicht, breche ich in Tränen aus und werfe mich Daniel in die Arme.

3. Kapitel

TAYLOR

Ich flenne wie ein Baby, heule dem armen Mann, den ich jahrelang nicht gesehen habe, den Mantel voll. Und das Schlimmste ist, ich kann nicht aufhören! Als wären alle Schleusen in meinem Inneren geöffnet worden. Eigentlich war ich immer der Mensch, der es gehasst hat, in der Öffentlichkeit Tränen zu vergießen. Selbst auf der Beerdigung meiner Mutter konnte ich mich zurückhalten, aber nach diesem schicksalhaften Tag habe ich das Gefühl, nicht mehr ich selbst zu sein. Daniel fragt nicht nach dem *Warum* oder versucht, mich wegzuschieben und loszulassen. Eher das Gegenteil ist der Fall. Er streichelt mir über den Rücken und murmelt beruhigende Worte. Irgendwann, bei Gott es fühlt sich wie Stunden an, verebben die Schluchzer und ich wage es, in die braunen Augen zu sehen, die Röte, die mir ins Gesicht steigt, kann ich allerdings nicht verbergen.

Himmel, Arsch und Zwirn, ich muss richtig den Kopf recken, um ihm ins Gesicht sehen zu können. Wir schweigen beide, wobei Daniels Mund ein kleines Lächeln umspielt, kein vorwurfsvolles, eher ein warmes, aufmunterndes.

»Kaffee?«, fragt er schließlich mit einer tiefen Stimme die rau wie ein Reibeisen ist. Auch wieder etwas, das sich in den zehn Jahren verändert hat. Wir betreten das Café und der Geruch von herrlichem Kaffee gemischt mit Kuchenduft lässt mich vor Wonne die Augen schließen. Nach diesem Scheißtag habe ich mir einen fetten Schokokuchen und einen Karamellmacchiato verdient.

Noch immer sage ich kein Wort, folge Daniel schweigend zu einem Sitzplatz, dabei starre ich auf meine Stiefel. Einige der Gäste werden wohl meinen Ausbruch durch die Glasfenster beobachtet haben, und ich könnte deren mitleidsvolle Blicke nicht ertragen. Erst als ich meinem ehemaligen Nachbarn gegenübersitze, hebe ich den Blick. Er hat seinen Mantel mittlerweile ausgezogen und fein säuberlich neben sich auf die Sitzbank gelegt. Ich sitze ihm gegenüber und habe nun einen besseren Blick auf sein Äußeres. In der Highschool war er ein süßer Kerl, einer der Guten, was ich immer an ihm gemocht habe. Mit seinen dunkelbraunen Haaren, die fast schwarz wirken, und dem scheuen Lächeln hat er sich damals in mein Herz geschlichen, und es entstand eine Freundschaft, die sich leider auseinandergelebt hat, nachdem er in meinem Abschlussjahr umgezogen ist.

Doch der Daniel von damals hat außer der Haarfarbe und dem Gesicht nicht mehr viel mit dem heutigen gemeinsam. Dan hat einiges an Muskelmasse zugelegt, es sieht aus, als würde er täglich ins Fitnessstudio gehen. Auch sein Teint ist gebräunt, was etwas untypisch für New Yorker Verhältnisse ist. Dann noch der Bartschatten, der zu ihm passt, früher aber nicht zu sehen war. Er bemerkt mein Starren und lächelt mich an, nach diesem katastrophalen Tag ist seine freundliche Art eine richtige Wohltat. Endlich jemand, der mir nichts Böses will.

»Also, Tae. Wir können uns jetzt stundenlang einfach anstarren und nichts sagen, aber mich würde doch sehr interessieren, wieso gerade du dich an meiner Schulter ausheulst.«

»Gerade ich?«, frage ich, weil ich den Zusammenhang nicht verstehe.

»Du warst immer schon eine toughe Frau, ich habe dich nur einmal weinen gesehen, obwohl ich dich meine ganze Kindheit und Jugend lang kannte.« Mit einem schnaubenden Lächeln sehe ich weg und blicke kurz zur Bar, wo ein Kellner dabei ist einen Cappuccino zuzubereiten. Da hat er allerdings recht, ich bin stets bemüht, die Fassung zu bewahren und meine Gefühle für mich zu behalten. So war ich immer. Bis ich drei Schicksalsschläge an einem Tag erleiden musste. »Du erwischst mich wirklich auf einem schlechten Fuß. Entschuldige bitte das Ausheulen.«

»Das war in keinster Weise ein Vorwurf«, er stützt seine Ellbogen auf dem Tisch ab und sucht meinen Blick.

»Ich weiß. Du warst nie der Typ, der jemanden verurteilt hat, Dan.« Er hat mir den Spitznamen Tae gegeben und ich habe ihn immer Dan genannt. Das war unser Ding. Daniel drängt mich nicht, lässt mich meine Gedanken sammeln und tief durchatmen, ehe ich ihm verrate, wieso ich ein nervliches Wrack bin. »Ich habe heute meinen Job verloren.« So, die erste Hürde ist überstanden. Ich erwähne nicht, dass es mein Traumjob gewesen ist, denn so würde ich nur Salz in meine Wunden streuen.

»Das tut mir leid«, meint er leise und drückt meine Hand, er glaubt, das sei schon alles. Aber ich habe noch mehr zu bieten.

»Und mein Auto ist von zwei Männern gestohlen worden.« Man sieht es ihm schon an, dass es in seinem Köpfchen rattert. »Was? Das alles an einem ….«, setzt er an, doch ich habe noch mein Ass im Ärmel. Eins mit dem nicht mal ich gerechnet hätte!

»Und mein Freund hat mich betrogen.«

»Großer …« *Drei Unglücke an einem Tag?*, wird er sich denken, aber ich lege noch einen drauf.

»In meinem Bett.«

»Was?« Ja, jetzt ist er ziemlich verwirrt und hängt an meinen Lippen.

»Mit meiner Nachbarin.«

»Puh«, sagt er sichtlich schockiert und fährt sich durchs dichte Haar. Ja, ich wüsste auch nicht, was ich sagen sollte, wenn vor mir jemand so eine Bombe platzen lassen würde. Hätte ich mich vorhin nicht an seiner Schulter ausgeheult, hätte er mir das Ganze wahrscheinlich gar nicht geglaubt. Ich sollte meine Story verfilmen lassen oder ein Buch über diese Tragödie schreiben.

»Und das Beste ist.«

»Lass mich raten. Deine Katze ist gestorben«, meint er sarkastisch, was mich zum Lachen bringt. Ich mochte seinen Zynismus immer schon.

»Nein, aber er ist Sänger und ganz Social Media weiß über unsere Trennung Bescheid.«

»Autsch. Das ist echt bitter.« Das ist eine Katastrophe! Als wäre eine Trennung nicht schlimm genug, würden nun Klatschblätter darüber berichten, und ich möchte nicht wissen, in welches Licht ich gerückt werde. Ich hoffe mal, mein Erpressungsversuch vorhin hat Wirkung gezeigt und Robb wird nichts Intimes im Internet verbreiten. Seinen Namen nur zu denken, ruft in mir Übelkeit hervor, nicht zu fassen, dass ich mit ihm vier Jahre lang das Bett geteilt habe.

Dann wird mir erst bewusst, dass die Wohnung, in der wir bis jetzt gelebt haben, ihm gehört und ich nirgendwo hinkann. *Verdammt!* Ich fange gleich noch mal an zu heulen, jedoch will ich Dan das nicht antun. Der hat schon genug Drama von mir miterlebt.

»Es wird noch besser.«

»Hör auf! Das ist wie in einer Telenovela.«

»Ja, aber wie in einer schlechten.« Ich kichere, obwohl mir zum Heulen zumute ist. »Ich bin nun auch obdachlos, weil die Wohnung ihm gehört und ich sicher nicht mehr mit ihm unter einem Dach leben möchte. Ich will mit Männern generell nichts mehr am Hut haben.«

Er nickt, schweigt aber, sieht kurz zum Kellner, der auf uns zukommt, ehe er aus dem Fenster neben uns blickt. Mit einem leichten Hüftschwung kommt der Kellner zu uns und zwinkert Daniel zu, der sich wieder umgedreht hat. Dan lächelt nur und schüttelt den Kopf. »Aber hallo, meine Hübschen. Was darf ich euch bringen?« Er wippt mit den Hüften, während er Daniel sehr genau mustert.

»Irish Coffee!«, sage ich vielleicht etwas zu enthusiastisch, was Daniel zum Schmunzeln bringt. »Und zwar einen doppelten.«

Daniel fährt sich lachend übers Kinn und sieht mich mit einem amüsierten Funkeln in den Augen an. Trotz des ganzen Stresses, trotz all der Probleme, die noch auf mich warten, fühle ich mich wohl hier in diesem Lokal, mit einem alten Freund an meiner Seite.

»Du hast die Dame gehört, Lars. Erfüll ihr doch den Wunsch.«

»Und Schokokuchen«, bricht es aus mir heraus. Ich lechze nach Zucker und blamiere mich hier bis auf die Knochen, aber nach meinem Aussetzer vorhin ist es auch schon egal.

»Den Schoko Schoko?«, fragt mich der Kellner, woraufhin ich ihn verwirrt anstarre.

»Den was?«, will ich wissen, aber keiner antwortet mir darauf.

»Ja, bring uns gleich zwei.« Ich blicke ihn skeptisch an, doch er hebt nur die Hände.

»Vertrau mir. Der ist genau das Richtige in deiner Situation.«

»Ja, das ist eine gute Idee, Daniel. Es gibt nichts, was ein Schoko Schoko nicht aus der Welt schaffen könnte.«

»Dein Wort in Gottes Ohr«, flüstere ich, doch er hört mich sehr deutlich.

»Na schön, Lars. Bring uns einen Zuckerschock.«

»Für dich, Süßer, tue ich doch alles« Er kichert, zwinkert Daniel zu und geht wieder hinter die Bar, schwingt dabei allerdings sexy mit den Hüften.

»Der Spinner.« Daniel lacht und lehnt sich zurück, lässt mich aber nicht aus den Augen.

»Was machst du jetzt?«, fragt er nach einer kurzen Gesprächspause und erwischt mich damit eiskalt.

»Ich habe nicht die geringste Ahnung. Ich bin eigentlich wegen Robb in die Stadt gezogen. Seine Eltern wohnen seit Jahren hier und wir haben uns im Internet kennengelernt.«

»Und eine Freundin, vielleicht kannst du …«

»Ich habe zwei gute Freundinnen. Die eine ist die Schwester meines Ex-Freundes und die andere lebt leider noch bei ihren Eltern. Ich möchte mich beiden nicht aufdrängen. Sonst habe ich niemanden. Vielleicht ziehe ich wieder zu Dad.« Auch wenn ich ein Landei bin, habe ich die Stadt lieb gewonnen und es würde mir das Herz brechen, wegzuziehen. Aber ich vermisse auch meinen Vater, der seit meinem Auszug ziemlich einsam ist.

»Dann zieh bei mir ein.« Ich warte auf einen Lacher, irgendein Zeichen, dass dies als Scherz gemeint war, aber ich sehe nichts davon. Nur seinen ernsten Gesichtsausdruck. Er scheint es ehrlich zu meinen, doch ich schüttle nur den Kopf. »Das ist ein verlockendes Angebot, Dan. Ehrlich. Aber ich möchte mit keinem Mann zusammenleben. Nicht mehr.«

»Wieso das denn?«, fragt er, die braunen Augen noch immer auf mich gerichtet, aber ich senke den Blick und spiele mit der

Serviette auf dem Tisch. »Ein Mann hat mich gefeuert, dessen Assistent hat jetzt meinen Job, zwei Männer haben mein Auto gestohlen und mein Kerl schläft mit einer anderen. Also sorry, dass ich jetzt voreingenommen bin und nicht mit einem Mann zusammenleben möchte.«

»Das verstehe ich ja, aber du sollst nicht bei mir in die WG einziehen, weil du verzweifelt bist, sondern weil wir wirklich ein Zimmer frei haben. Ich wohne mit Addison und einer Freundin von ihr zusammen.«

»Schön und gut. Aber trotzdem bist du ein wichtiger Teil der WG und ich halte es einfach nicht in der Nähe von attraktiven Männern aus, die Frauenherzen brechen.« Ich habe geplappert, wie immer, wenn ich meine Gedanken schweifen lasse. Eigentlich wäre ich dumm, wenn ich dieses Angebot ausschlage, aber derzeit bin ich ein gebranntes Kind, was das andere Geschlecht angeht.

Der Kellner bringt uns unsere Getränke und den Kuchen, der so lecker aussieht, dass mir das Wasser im Mund zusammenläuft. Daniels intensiven Blick, der auf mir haftet, beachte ich nicht weiter.

»Kann ich noch was für dich tun, Babe?«, haucht er zu meinem Sitznachbarn und stupst ihn mit der Hüfte an.

»Danke, Lars, wir haben alles.« Kurz blickt er zu dem Kellner und wieder zu mir und etwas huscht über sein Gesicht, das ich nicht einordnen kann. Ich weiß, er meint es gut, will mir helfen, um unserer alte Freundschaft willen, aber ich habe einfach Angst, wieder von einem Mann enttäuscht zu werden.

»Du brauchst dir wegen der Frauen, die ich vernaschen könnte, keine Gedanken machen, Tae, und kannst mit gutem Gewissen zu mir ziehen, denn ich selbst stehe auf Männer. Also ist dein Herz sicher.«

4. Kapitel

DANIEL

What the hell? Habe ich gerade wirklich zu meinem Highschool-Schwarm gesagt, dass ich auf Männer stehe? Ich, der die heißen Geräusche von Frauen liebt, wenn ich mit ihnen schlafe! Tae sieht mich entgeistert an, denn mit dieser Aussage hat sie nicht gerechnet. Scheiße, nicht mal ich selbst hätte das von mir erwartet! Verdammter Mist! Aber was hätte ich sonst sagen sollen? Die Frau, die ich nur als starke Persönlichkeit kenne, der ich meinen ersten feuchten Traum verdanke (sie war der Star darin), sieht wie ein Häufchen Elend aus.

So habe ich mir unser Zusammentreffen nicht vorgestellt. Obwohl … das stimmt nicht ganz. Ich habe mir vorgestellt, dass sie mich wiedersieht, dabei merkt, was sie verpasst hat, meine Schwärmerei erwidert und sich in meine Arme wirft. Sie hat sich zwar an meine Brust geschmiegt, aber die Tränen waren nicht Teil der Fantasie. Ihr hübscher Mund steht weit offen, ich habe es tatsächlich geschafft, sie sprachlos zu machen. Verdammter Lars. Er hat mich durch seine Art erst auf diese Schnapsidee gebracht. Was habe ich mir bloß dabei gedacht?

»Wirklich? Das wusste ich nicht.« *Ach Tae, ich auch nicht. Glaub mir.* Aber ich habe mir die Suppe eingebrockt und muss sie nun auslöffeln.

»Tja, es ist selbst für mich neu.« Aber wenn es sie dazu

bringt, über ihren Schatten zu springen und bei mir einzuziehen, dann ist es diese Farce wert. Ich kann nicht eine frühere Freundin auf der Straße schlafen lassen, nur weil ihr verletzter Stolz sich ihr in den Weg stellt.

»Aber das ändert natürlich alles«, sagt sie und lässt mich innerlich jubeln. *Halleluja!*

»Ja?«

»Vielleicht übertreibe ich auch, aber es ist nun mal so. Bis jetzt hatte ich nie viel Glück mit Männern und deshalb muss ich mich schützen, Dan.« Ihre Stimme wird mit jedem Wort leiser.

»Das verstehe ich, aber du kennst mich. Ich bin ein anständiger Kerl.« Außer im Bett, da mag ich es auch mal wild und schmutzig, aber das kann ich ihr nicht sagen.

»Das weiß ich. Du hast dich zwar körperlich verändert, bist aber noch immer der tolle Typ von nebenan.« Dass ich schon damals in die Friendzone abgeschoben wurde, hat mich in den Wahnsinn getrieben. Denn alles, was ich wollte, war sie zu packen und um den Verstand zu küssen. Aber dass das mit uns jemals etwas werden könnte, habe ich mit meiner Lüge zunichtegemacht. Eigentor, würde ich mal sagen.

»Dann würde ich mir doch das Zimmer ansehen, wenn ich darf.« Ihre Mundwinkel zucken, aber wir sind noch weit von einem Lächeln entfernt.

»Na klar. Komm mit.«

Winzige Schneeflocken fallen vom Himmel, als wir das Café verlassen. Trotz ihres miesen Tages sieht Taylor nun tatsächlich lächelnd zum schwarzen Himmel hoch, blinzelt, als eine Schneeflocke in ihr Auge fliegt und dort schmilzt. Früher als Kind war Tae fasziniert vom Winter gewesen, hatte den milden Winter Kaliforniens nie gemocht. Besonders zu Weihnachten hatte sie sich immer Schnee gewünscht und selten bis nie bekommen.

»Wie lange lebst du schon in New York?«, frage ich sie, während wir die Straße überqueren. Ich wusste außer ihren derzeitigen Problemen nichts von dem, was sie in den vergangenen zehn Jahren getrieben hat.

»Seit vier Jahren. Ich hätte niemals gedacht, dass ein Landei wie ich sich hier schnell einleben würde, aber was soll ich sagen.« Im Gehen dreht sie sich um die eigene Achse und blickt auf die Hochhäuser um uns herum, tut ihr Möglichstes, um nicht mit Passanten zusammenzustoßen. »NYC hat mein Herz im Sturm erobert.«

»Ich habe länger gebraucht, um mich einzuleben.«

»Ach ja?« Wir weichen einer Frau aus, die einen Zwillingskinderwagen lenkt und kommen endlich in meine Straße.

»Die Highschool hier abzuschließen war nicht einfach. Ich hatte keine Freunde in der Stadt und sie haben ein Landei auch nicht gerade liebevoll aufgenommen.« Wenn ich an die Idioten denke, muss ich ein Knurren unterdrücken. Die Teenies an meiner alten Schule waren die Pest und haben versucht, mir das Leben zur Hölle zu machen und das nur, weil ich aus Kalifornien stamme.

»Das klingt aber nicht gut.«

»Na ja, es hat mich schon früh zum Trainieren gebracht.« Sie mustert mich von der Seite, ihr Blick bleibt auf meinem Oberkörper hängen, der selbst durch den Wintermantel auf sie trainiert wirken muss. Sie muss nichts von den Schlägereien erfahren, durch die ich mir bei den Kids Respekt verschafft habe.

»Was machst du beruflich?«, fragt sie nun und lenkt Gott sei Dank von meiner schlimmen Schulzeit ab.

»Ich bin Leibwächter bei einer Security Agentur.«

»Ernsthaft?«, meint sie ungläubig und runzelt die Stirn. Der Wind hat etwas zugenommen, sodass ich meine Schritte beschleunigt habe.

»Ja, in meinem Fitnessstudio die Straße weiter habe ich mit dem Kickboxen angefangen und neben meinem Studium eine neue Leidenschaft für mich entdeckt. Zur Agentur bin ich erst später gestoßen.«

»Kaum zu glauben, was sich alles in zehn Jahren entwickelt hat.«

»Ja. Wer hätte gedacht, dass wir uns hier in New York einfach so über den Weg laufen, dass du Hilfe brauchst, und ich sie dir anbieten kann.« Ich hätte nie damit gerechnet, dass ich meinem Highschool-Schwarm in einer der größten Städte der Welt wiedersehe und sie noch immer mein Herz zum Rasen bringt. In den vergangenen Jahren ist es immer so gewesen, dass, wenn ich meine Eltern besucht habe, Tae in der Stadt gewesen ist und wir uns so nicht gesehen haben. Obwohl unsere Eltern Nachbarn sind. In all den Jahren habe ich Tae nicht vergessen, denn sie war meine Traumfrau, ist es immer noch, und anstatt ihr zu gestehen, was ich für sie fühle, tische ich ihr auf, dass ich auf Männer stehe, da sie nichts mit Männern zu tun haben möchte, die ihr Herz brechen könnten. Nur hat sie nie gewusst, dass ich der Letzte auf der Welt wäre, der ihr wehtun würde.

»Da wären wir.« Ich lasse ihr den Vortritt und bin froh, dass wir in einer besseren Gegend in Hells Kitchen wohnen. Bis jetzt habe ich nie darauf geachtet, wie unser Wohnhaus auf andere wirkt, aber wenn man seiner ersten Flamme wieder gegenübersteht, will man Eindruck schinden, bis mir wieder einfällt, in was für eine Scheiße ich mich reingeritten habe. Ich begleite sie und lege meine Hand auf ihren unteren Rücken, um sie zur richtigen Tür zu führen. Aber mit ihrem Duft habe ich dabei nicht gerechnet. Wie schon früher riecht sie nach Lavendel, eine bekannte Bodylotion, die ihre Mutter immer benutzt hat.

Ich bin derart berauscht von ihrem Duft, dass ich die Stimmen in der Wohnung fast zu spät bemerke. Dann trifft es mich wie ein Blitz und ich bleibe abrupt stehen. Ich kann nicht einfach so in die Wohnung platzen, ohne die Mädels einzuweihen. Meine Notlüge würde sofort auffliegen. »Warte bitte kurz hier. Ich muss mit den Mädchen sprechen und etwas aufräumen, denn bei uns sieht es öfter aus, als hätte eine Bombe eingeschlagen.«

Sie sieht mich zwar skeptisch an, nickt aber. »Ich denke, ich setze mich hierhin.« Sie deutet auf die kleine, schlichte Couch, die im Flur steht. »Ich brauche sowieso mal eine Verschnaufpause.« Sie sieht tatsächlich müde aus, fertig von den Schicksalsschlägen, die ihr Leben zerstört haben.

»Klar doch. Ich bin gleich wieder da, ja?« Ich mache eine bittende Geste und zwinkere ihr zu, bevor ich die Tür öffne und mich in die Wohnung begebe. Addy und Grace legen gerade die Wäsche zusammen und unterhalten sich auf der Couch. Die Wäsche haben sie überall verstreut und fein säuberlich sortiert. Ich lasse keine Zeit verstreichen und eile auf die beiden zu.

»Ihr zwei kommt bitte mit«, sage ich etwas gereizt, was aber meiner Nervosität zuzuschreiben ist, denn erst jetzt wird mir bewusst, dass die zwei auch Nein sagen könnten.

»Ja, oh Gebieter!«, erwidert meine Schwester sarkastisch und erhebt sich dabei. Ich verdrehe die Augen und gehe ins Badezimmer, wo ich die Tür hinter uns schließe, nachdem alle eingetreten sind.

»Wozu müssen wir uns hier in den kleinen Raum quetschen?«, fragt Grace und setzt sich auf die Badewannenkante.

»Ich habe eine Mitbewohnerin gefunden.« Lieber gleich zur Sache kommen, ich möchte nicht lange um den heißen Brei herumreden.

»Wie geil ist das denn! Und ich dachte, wir müssten wieder solche peinlichen und nervtötenden Castings abhalten, wie bei *America's Got Talent*.«

»Nein, das bleibt uns erspart. Aber es gibt einen Haken.« Ich überlege fieberhaft, wie ich ihnen schonend beibringen soll, dass sie für mich dauerhaft lügen müssen. Es gefällt mir ja selbst nicht. »Sie denkt, ich sei schwul.« Das schallende Gelächter, das darauf folgt, erleichtert mich etwas. Ich habe nichts dagegen, wenn Männer ihresgleichen attraktiv finden, aber ich bin eben keiner davon.

»Das sagt derjenige, dessen gestriger One-Night-Stand so laut war, dass wir kein Auge zubekommen haben.«

»Mädels, ich meine das hier ernst.« Und verscheuche das vor Lust verschleierte Gesicht von gestern schnell wieder aus meinen Gedanken. Die One-Night-Stands zu Hause werden sowieso auf Eis gelegt.

»Wieso sollte sie annehmen, dass du auf Männer stehst? Dein Ruf unter deinen Freunden eilt dir da meilenweit voraus, Don Juan.« Meine Schwester kichert und boxt mir auf die Schulter. Ich sehe kurz mein Spiegelbild und stehe kurz davor vor Frust meine Haare zu raufen. Diese Sache droht jetzt schon aus dem Ruder zu laufen, dabei hat sie nicht mal angefangen.

»Daniel, was hast du getan?«, fragt Grace mit einem skeptischen Unterton. Sie ist immer diejenige gewesen, die einen mit nur einem Blick durchschauen kann. Sie ist anfangs eher eine der stillen und ruhigeren Sorte, aber Menschen scannt sie besser als das FBI.

»Sie ist echt am Ende. Hatte einen Scheißtag, sag ich euch, und wollte nicht hier einziehen, weil ich ein Kerl bin, der ihr auch früher oder später das Herz brechen würde, also habe ich gesagt …«

»Das ist übel«, wirft Addy ein und sieht mich finster an. Sie war immer schon die Vernünftigere von uns beiden. Die Frechere, aber auch die Verantwortungsbewusstere.

»Ich bitte euch, spielt einfach mit. Sie braucht eine Bleibe und ich konnte sie nur so überreden, sich das Zimmer anzusehen.«

»Das heißt, wir müssen für dich lügen?«, stellt Grace nüchtern fest und verschränkt die Arme vor der Brust. Ich kneife die Augen zusammen, fühle mich ertappt und leicht überfordert.

»Ja, aber es ist zu ihrem Besten und auch zu meinem.«

»Wieso? Stehst du etwa auf sie?« Natürlich hat meine Schwester den Braten gerochen, wie sonst auch immer. Keiner kennt mich so gut wie sie.

»Na ja, ich habe auf sie gestanden.« Tue ich immer noch, aber das bleibt mein kleines Geheimnis.

»Warte!«, keucht Addy und ihre Augen werden groß. *Oh nein! Sie ahnt es doch nicht, oder?*

»Ist unsere neue Mitbewohnerin etwa Taylor Jensen?« Bingo! Der Kandidat hat 100 Punkte. Oh Mann!

»Wer ist das?«

Ich öffne den Mund, um Grace zu antworten, doch Addison kommt mir zuvor. Wie immer. Sie würde sterben, wenn sie nicht zu allem ihren Senf dazugeben würde. »Das ist seine Highschool-Flamme. Eine Cheerleaderin, die nicht nur mit uns zur Schule gegangen ist, sondern auch unsere Nachbarin war.«

»Ach ja, stimmt. Sie war sogar Captain.« Sie war das Highschool-Teeniefilm-Klischee. Das beliebteste Mädchen der Schule. Klug, populär und wunderschön. Doch in einer Sache passte sie nicht ins Schema. Sie war nicht eingebildet oder arrogant, wie es meistens in Filmen dargestellt wird, sondern hatte für Nerds und Außenseiter stets ein Lächeln auf den Lippen. Aber ich war nicht der Quarterback, der ihr Herz damals erobern konnte. Leider.

»Sie war Everybody's Darling«, meint Addy sarkastisch und verdreht die Augen.

»Ich weiß, dass du sie zum Schluss nicht wirklich gemocht hast, aber sie braucht unsere Hilfe, Schwesterherz. Tae ist am Boden und obdachlos geworden.« Ich erkläre ihnen, dass sie einfach nichts über mein Liebesleben ausplaudern dürfen, falls Tae sie auf meine Homosexualität anspricht, sollen sie einfach nicht drauf eingehen. So ist es einfacher für alle Beteiligten. Sie würden ja nicht lügen, sondern dem Thema einfach ausweichen. *Wer's glaubt!*, schalt mich mein Gewissen, aber ich verpasse ihm einen Kinnhaken. Nachdem wir alles geklärt haben, eile ich zur Tür und öffne sie, wo Taylor mich scheu anlächelt. Etwas in mir geht auf, doch ich ignoriere es, denn wenn ich ihr helfen will, muss ich mich von ihr fernhalten. Sonst ist sie schneller verschwunden, als sie in mein Leben getreten ist.

»Entschuldige. Ich musste die Mädels mal in alles einweihen.«

»Kein Problem. Ich musste sowieso durchschnaufen und meine Gedanken sammeln.« Erst jetzt bemerke ich, wie müde sie wirklich aussieht. Der Tag hat an ihren Kräften gezehrt, noch ein Grund mehr, sie herumzuführen und ihr die besten Ecken dieser Wohnung zu zeigen.

»Komm rein.« Addison und Grace stehen neben der Kücheninsel, die ein paar Schritte hinter der Couch steht und schenken Tae ein Lächeln. Selbst meine Schwester zeigt sich von ihrer besten Seite, zumindest vorerst. Kein Augenrollen oder überhebliches Mustern. Taylor lässt den Blick schweifen, ehe sie die beiden entdeckt. »Hallo. Ich bin Taylor. Danke, dass ich die Wohnung so kurzfristig ansehen darf.« Sie geht auf meine Schwester zu und reicht ihr die Hand. »Hey Addison. Schön dich wiederzusehen.«

»Du kennst mich noch?«, fragt diese nun überrascht. Die beiden waren früher befreundet, wir sind ein Dreiergespann gewesen, bis Addy plötzlich Tae gemieden hat und nichts mehr mit ihr zu tun haben wollte.

»Klar doch. Du und ich haben früher immer Schlammkuchen gebacken und die neuesten Teeniemagazine verschlungen.«

»Stimmt. Lecker waren die Kuchen aber nicht.«

»Ja genau, du hast dich immer beschwert, wenn du sie gekostet hast.« Die beiden haben schon mal ein Gesprächsthema gefunden. Das fängt schon mal gut an.

»Das ist meine beste Freundin Grace.«

»Freut mich.« Sie reichen sich die Hände und als die kleine Gracie mir zuzwinkert, weiß ich, dass sie Tae auf Anhieb mag oder dass sie mich durchschaut hat und weiß, dass ich scharf auf meine neue Mitbewohnerin bin.

»Ich führe dich mal herum«, sage ich und gebe mein Bestes, um sie davon zu überzeugen hier einzuziehen, auch wenn ich weiß, dass es die Hölle sein wird, sie um mich zu haben, ohne sie berühren zu dürfen.

5. Kapitel

TAYLOR

Das Erste, was mir auffällt, sobald ich die Wohnung betrete, sind die Stufen, die nach oben führen. Ich kenne niemanden, der ein zweigeschossiges Apartment in New York bewohnt, aber es sieht imposant aus. Danach wende ich meine Aufmerksamkeit den zwei Frauen neben der Küche zu, die versuchen, mich anzulächeln. Daniel führt mich zu seinen Mitbewohnerinnen, und ich meine, ein wenig Nervosität seinerseits zu spüren. Addison erkenne ich sofort. Sie hat noch immer einen fülligen Körper, jedoch das schönste Gesicht, das ich jemals gesehen habe. In der Schule waren wir befreundet, mit Daniel ein unzertrennliches Trio. Beste Freunde, die jeden Tag miteinander verbracht haben. Doch dann kam die Highschool, ich verliebte mich zum ersten Mal in Jonah, meinen Highschool-Freund und hatte einen neuen Freundeskreis. Dan entwickelte sich in eine andere Richtung, weit weg von meiner und verbrachte weniger Zeit mit mir und Addy, wollte plötzlich nichts mehr mit mir zu tun haben.

Heute begegnet Daniels Schwester mir mit einem Lächeln, das ihre Augen allerdings nicht erreicht. Sie ist aufmerksam, aber skeptisch mir gegenüber, was ich verstehen kann. Immerhin haben wir uns über zehn Jahre nicht gesehen und ich kann nicht erwarten, dass sie mich mit offenen Armen empfängt. Sie scheint überrascht zu sein, dass ich mich noch an sie erinnere, was mich etwas verwundert. Eine Frau wie sie, voll Leben und einer gehörigen Portion Selbstvertrauen, vergisst man nicht so leicht. Ich versuche Small Talk zu machen und zu lächeln, aber es muss gequält aussehen. Addy stellt mir ihre beste Freundin Grace vor. Sie ist klein und zierlich, mit sehr langen hellblonden Locken und heller Alabasterhaut. Sie sieht aus wie ein Engel, anders kann ich es nicht beschreiben. Ihre kristallklaren blauen Augen erinnern mich an das Meer, sind derart intensiv, dass ich das Gefühl habe, dass sie direkt in mich hineinsehen kann.

Mit ihrer zarten Stimme begrüßt sie mich und heißt mich willkommen. Für weitere Gespräche bin ich zu erschöpft, was Grace zu bemerken scheint und sich auf die Couch setzt. Ich atme erleichtert aus, denn auch Addison folgt ihrer Freundin. Daniel tritt an meine Seite.

»Bereit für eine kleine Tour, ehe du dich entscheidest?«, fragt er und lächelt mich aufmunternd an. Am liebsten würde ich das Ganze überspringen und einfach Ja sagen, da mir wirklich nichts anderes übrig bleibt, aber ich zwinge mich weiterzumachen, es wäre unvernünftig, zuzusagen, ohne alles gesehen zu haben.

Nun sehe ich mich richtig um. Das Wohnzimmer ist ziemlich groß, ich würde auf fünfzig Quadratmeter tippen, was die gesamte Wohnfläche beinhaltet, die Robb und ich uns geteilt haben. Das Zentrum des Zimmers ist der Teil, an dem der schwarze Flachbildfernseher angebracht ist. An der fensterlosen Wand um ihn herum sind quadratische Regale gebaut worden. Das Entertainment der Neuzeit umrahmt vom geschriebenen Wort. Hunderte von Büchern, die bis zur Decke fein säuberlich sortiert sind. Ich entdecke einige Bücher, die ich selbst besitze, aber auch viele, die auf meiner Wunschliste stehen. Wenn ich die Buchrücken so bestaune, brauche ich sicher keinen Büchereiausweis mehr. Das Lesen ist meine persönliche Leidenschaft und Auszeit vom Alltag.

»Auch ein begeisterter Leser?«, fragt Daniel und verschränkt stolz die Arme vor der Brust. Er hat den Mantel ausgezogen und sein Pullover spannt sich über seinem trainierten Bizeps. Großer Gott im Himmel, er ist fast doppelt so groß und stark wie der alte Daniel aus meiner Kindheit.

»Ja. Meistens abends und immer dann, wenn meine Lieblingsserien wieder mal eine einjährige Pause einlegen oder gar eingestellt werden.«

»Lieblingsgenre?«

»Ich würde sagen eine Mischung aus Romance und Fantasy.« Daniel hebt beim letzten Wort die Brauen. Es scheint ihm schwerzufallen, mir zu glauben.

»Und du?«

»SciFi und Fantasy. Ab und zu auch gerne mal einen Thriller.«

»Hast du das Regal selbst gebaut?« Es sieht nicht aus, als wäre es aus dem Möbelhaus, denn ich habe noch nie eines gesehen, das um einen Fernseher herumgebaut wurde.

»Ja. Meine Freunde Pacey, Zayn und Luke haben mir beim Zuschneiden und beim Aufbau geholfen, aber das Konzept stammt von mir.«

»Es sieht wirklich toll aus.«

»Danke.« Er kratzt sich am Hinterkopf und wirkt etwas verlegen, was ihn noch sympathischer macht. Ich drehe mich wieder um und stehe gegenüber der hellblauen Stoffcouch, auf der locker sechs Personen Platz haben. Weiße und dunkelblaue Kissen zieren die Oberfläche, auf der es sich Addy und Grace gemütlich gemacht haben und sich unterhalten. Der weiße Couchtisch ist überfüllt mit fein säuberlich gefalteter Wäsche und der Boden … Endlich! Hartholzboden und kein Teppich mehr. Man muss sich vorstellen, dass die Gebäude in New York City schon einige Jahre auf dem Buckel haben, und wenn man eine Wohnung hat, die mit einem Teppich ausgelegt wurde, dann riecht es auch nach all den Vorbesitzern. Egal, wie oft ich das Reinigungsunternehmen gerufen habe, damit es den Boden säubert, es hat immer nach Schwefel und alten Leuten gerochen.

»Du siehst aus, als wäre Weihnachten«, sagt Grace plötzlich mit ihrer weichen Stimme.

»Oder als wolle sie unseren Holzboden knutschen«, meint Addison lachend und der Sarkasmus in ihrer Stimme ist nicht zu überhören. Ach ja, das freche Mundwerk von Addison ist noch intakt, auch wieder ein Grund, aus dem ich sie früher so gemocht habe, weil sie kein Blatt vor den Mund nimmt und immer sagt, was sie denkt.

»Wohl eher Letzteres«, erwidere ich. »Ich habe vier Jahre nur Teppichböden gekannt und glaubt mir, ihr möchtet nicht wissen, wie das geduftet hat mit den Jahren.«

Sie verziehen belustigt das Gesicht und ich gehe mit rotem Kopf schnell weiter. Meine Schwäche für Holzböden müssen wir nun wirklich nicht vertiefen. Der Rest des Raums ist eher spärlich, ich würde sagen skandinavisch eingerichtet, da der Eyecatcher schon das Wohnregal ist. Ein toller Aspekt neben den Stufen zum Obergeschoss und dem schön eingerichteten Wohnraum sind die Blumen und Topfpflanzen, die sehr sorgfältig ausgesucht und platziert wurden.

Wir durchqueren das große Wohnzimmer und gehen zur Küche, die sich ein paar Schritte hinter der Couch befindet, sie ist zwar kleiner, aber funktionell eingerichtet. Sie ist weiß lackiert wie das Bücherregal und sieht aus wie aus einem *Ikea*-Katalog. Daniel erklärt mir, dass außer Addison keiner von ihnen gut kochen kann. Am anderen Ende befindet sich der

Esstisch mit vier Stühlen in derselben Farbe wie die Küche. Er führt mich zum großen Badezimmer im unteren Geschoss mit einer Badewanne, zwei Waschbecken und einem großen Fenster, zeigt mir dann die Abstellkammer, ehe wir die Stufen hinaufsteigen.

»Oben befindet sich das zweite, kleinere Badezimmer und die Schlafzimmer«, erklärt Daniel hinter mir. Ich gehe hinauf und mein Mund will sich einfach nicht schließen. Ich kann nicht fassen, wie riesig dieses Apartment ist. Auch Daniel fällt mein Staunen auf. »Ich habe wohl vergessen zu erwähnen, dass wir in einem großen Apartment leben.« Seine Mundwinkel zucken, auch wenn er so tut, als würde er es ernst meinen.

»Mmmh«, murmle ich, weil ich einfach keine weiteren Worte finde. Die Wände sind hier wie schon unten in einem hellen Grauton gestrichen, was sehr gut mit den weißen Möbeln und dem Treppengeländer harmoniert. Wir treten in den Flur, wo fünf weiße geschlossene Türen zu sehen sind. Ich wende den Blick davon ab und sehe zu Daniel auf, der mir gegenübersteht und meine Reaktion beobachtet. »Wie könnt ihr euch diese Wohnung überhaupt leisten? Die Miete muss doch ein Vermögen kosten!«

Es ist kaum zu glauben, dass vier Menschen es unterhalten können, denn New York ist in puncto Immobilien nicht gerade billiges Terrain.

»Die Wohnung hat Grace von ihrer Großmutter geerbt. Ihr Ururgroßvater war Bürgermeister von New York und hat vor Jahren schon den Wert von Immobilien für sich entdeckt und einige gekauft, die jetzt Millionen wert sind.«

»Das ist doch mal cool.«

»Finde ich auch. Grace ist zwar in New Jersey aufgewachsen, aber ihre Wurzeln liegen hier.«

»Grace und du scheint euch lange zu kennen.«

»Ja, sie und meine Schwester haben sich auf dem College kennengelernt und auch wenn die beiden einem mit ihrer Neugier auf die Nerven gehen können, könnte ich mir keine besseren Mitbewohnerinnen vorstellen.«

Das ist wieder so eine süße und typische Aussage für Daniel, die ihn zu dem Menschen macht, den ich über die Jahre kennenlernen durfte. Er behandelt Frauen mit Respekt und ist loyal seinen Freunden gegenüber. Das sind die Eigenschaften, die ich schon immer an ihm gemocht habe.

»Willst du dein Zimmer sehen?« Ich nicke und eine Vorfreude macht sich in mir breit. Alles, was ich bis jetzt gesehen habe, hat mir schon gefallen. »Auf der linken Seite ist Addys Zimmer. Sie hat den einzigen Balkon in der Wohnung. Damit meine ich den wirklich einzigen. In diesem vierstöckigen Gebäude gibt es tatsächlich nur einen. Was sich die Architekten beim Bau dieses Gebäudes gedacht haben, ist mir schleierhaft.«

Wir gehen weiter, neben dem von seiner Schwester ist Graces Zimmer, dann folgt seins. Er macht die Türen nicht auf, was mich aber nicht verwundert, da es ja ihre privaten Zimmer sind. Dann stehen wir vor einer weiteren Tür. »Das war das Zimmer von Maddie, sie war ein Jahr lang unsere Mitbewohnerin, bis sie zu ihrem Verlobten gezogen ist. Das ist jetzt zwei Wochen her, also wundere dich nicht, dass es total leer geräumt ist.«

Wir betreten den Raum und betreten ein Zimmer mit dunklem Parkett. Was nicht unbedingt schadet. Die Wände sind in einem hellen, pastellfarbenen Gelbton gestrichen. Das bodentiefe Fenster spendet herrlich viel Sonnenlicht, etwas, was ich in der alten Wohnung vermisst habe, weil uns dicht gegenüber auch wieder ein Wohnhaus gestanden hat und somit nicht viel Sonnenlicht zu uns durchscheinen konnte. Das Zimmer ist ziemlich groß, was mich bei diesem Apartment nicht verwundert.

»Es ist wunderschön.« Ich drehe mich zu Daniel um, der mit vor der breiten Brust verschränkten Armen am Türrahmen lehnt und mich aufmerksam beobachtet. Aber es ist tatsächlich so. Ich habe noch nie eine schönere Wohnung zu Gesicht bekommen und würde sehr gerne hier einziehen. Ich will es Dan gerade sagen, als er sich von der Tür abstößt und auf mich zukommt. Er stellt sich dicht vor mich, sodass ich den Kopf in den Nacken legen muss, um ihm in die Augen zu sehen.

»Sehe ich da tatsächlich ein Lächeln?«

Lächle ich? Das ist mir jetzt gar nicht aufgefallen, aber es stimmt. Obwohl ich heute den schrecklichsten Tag meines Lebens hatte, bin ich doch nicht so arm dran, wie ich gedacht habe. Bis jetzt ist Robb mein Mittelpunkt und immer an meiner Seite gewesen, doch nun stehe ich in meinem eigenen Reich und blicke auf eine unsichere, aber nicht hoffnungslose Zukunft.

»Ja, ich denke schon«, flüstere ich und strahle vielleicht noch eine Spur heller. Es ist noch nichts verloren, und wenn ich Daniel nicht begegnet wäre, hätte ich diese Nacht keinen Platz zum Schlafen gehabt.

»Das steht dir auf alle Fälle besser als die Tränen.« In seinem Blick flackert etwas auf, das ich nicht benennen kann, doch es reicht aus, um die Hände zu Fäusten zu ballen und einen Schritt von mir zurückzuweichen, als wäre er plötzlich sauer wegen etwas. Er atmet tief aus und ein und die miese Laune verfliegt so schnell, wie sie gekommen war. Ein Mann mit Stimmungsschwankungen, das ist mal was Neues.

»Gefällt dir das Apartment?«, fragt er nun gefasster.

»Es ist unglaublich. Ich liebe das Wohnzimmer und die Aufteilung der Räume, und mein Zimmer hier ist wunderschön.«

»Dabei hast du das Beste noch gar nicht gesehen.«

Ich sehe mich verwundert im Raum um und kann ihm nicht ganz folgen. »Es ist nicht in deinem Zimmer«, sagt er grinsend. »Aber du bist dem Paradies am nächsten.«

Jetzt verstehe ich gar nichts mehr. Daniel krümmt den Finger und winkt mich zu sich. Er wirkt ziemlich geheimnisvoll. Er führt mich zu einer sechsten Tür, die ich vorhin nicht gesehen habe und öffnet sie. Wir steigen eine steile Treppe hinauf. Als ich hinaufgehe, merke ich, wie frisch die Luft ist und dass es kälter ist als in der Wohnung. Daniel tritt hinaus ins Freie und reicht mir seine Hand, um mir zu helfen. Wir befinden uns auf einer Dachterrasse, genauer gesagt in einem kleinen Wintergarten. Auf dem Boden sind Gießkannen und Blumentöpfe verteilt. Die Wände sind verglast und zeigen mir, dass es noch mehr zu sehen gibt. Ich nähere mich dem Fenster und lege meine Handfläche auf das kalte Glas.

Draußen befindet sich alles im winterlichen Schlummer, aber ich ahne jetzt schon, dass im Frühling ein wundervoller Garten erblühen wird. Hier auf einer Dachterrasse in *Hells Kitchen* hat jemand tatsächlich ein Paradies erschaffen. Ich entdecke einen künstlich angelegten Teich, zwei Vogeltränken und einige Bäume und Büsche. Hinter einem kleinen Hügel sehe ich eine Sitzgarnitur und sogar einen Grill, der mit durchsichtigem Nylon vor Nässe geschützt wird. Das Gras ist mit Schnee bedeckt und verdeckt schon den Großteil des Bodens. Auch wenn es Nacht ist, erhellen die umliegenden Gebäude alles ausreichend, damit ich alles erkennen kann.

Ich seufze, sage aber nichts, denn mein stockender Atem ist für Daniel, denke ich, Zustimmung genug. »Hast du das hier auch angelegt?«

»Nein. Das ist das Werk von Grace. Sie ist selbstständige Landschaftsarchitektin und das Erste, bevor sie überhaupt diese Wohnung bezogen hat, war, den Garten zu gestalten.«

»Unglaublich.«

»Ja«, stimmt Daniel ein und stellt sich neben mich. Gemeinsam sehen wir auf den Schnee, der unaufhörlich fällt. Nach einer Weile blicke ich zu ihm auf. Er erwidert meinen Blick mit seinen warmen, bernsteinfabenen Augen. »Danke«, hauche ich und Tränen kämpfen sich an die Oberfläche, ich schlucke sie runter, doch Daniel hat sie bemerkt. Er zieht mich in seine Arme und drückt mich fest. Dieses Mal weine ich mich nicht bei ihm an der Schulter aus, sondern fühle mich nach diesem schrecklichen Tag wieder so, als würde es Hoffnung für mein verkorkstes Leben geben.

6. Kapitel

TAYLOR

Als ich die Augen öffne, weiß ich zuerst nicht, wo ich mich befinde. Ich brauche eine Weile, bis die Ereignisse von gestern durchsickern und mich wieder runterziehen. Ich wurde gefeuert, beraubt, betrogen und obdachlos. Und das Ganze an einem Tag! Stöhnend greife ich nach einem Kissen, um es mir ins Gesicht zu pressen. Ein männliches Duschgel und ein maskuliner Geruch drängen sich in meine Nase und erst jetzt wird mir bewusst, dass ich in Daniels Bett liege. Nachdem er mir die Wohnung gezeigt hat, haben wir alle kurz zusammen gegessen und er hat mir sein Bett zur Verfügung gestellt, bis wir meins aus der Wohnung holen können.

Ich setze mich auf und sehe mich um. Daniels Zimmer ist penibelst sauber und alles liegt an seinem Platz. In der Nähe des Fensters ist ein Schreibtisch, auf dem ein MacBook und Schreibuntensilien fein säuberlich sortiert sind. Gegenüber dem Bett ist ein Flatscreen an der Wand angebracht. In einer Ecke liegen Hanteln, eine Fitnessmatte und eine Kiste, in der sich sicher weitere Sachen zum Trainieren befinden. Dann ist da noch der Kleiderschrank, dessen Türen einen riesigen Spiegel darstellen und mir vor Augen führen, dass ich schrecklich aussehe. Meine Augen sind blutunterlaufen, mein kaffeebraunes Haar in alle Winde zerstreut und von meinen Augenringen möchte ich gar nicht anfangen.

Seufzend reiße ich mich von diesem schlimmen Anblick los und greife aufs Nachtschränkchen, wo ich gestern Nacht mein Smartphone zum Laden hingelegt hatte. Ich kaue auf der Unterlippe, umschließe das Telefon, bekomme mit einem Mal Panik. Die Angst vor dem, was die Presse wohl über Robb und mich schreibt, lähmt mich, sodass ich mich nicht bewegen kann. Ich schließe die Augen und lasse mich wieder in Daniels weiches Kissen fallen. Es gibt einige Dinge, die ich erledigen muss, aber ich beschließe heute nichts davon zu tun. Heute wird mein freier Tag. Frei von Verantwortung, von Herzschmerz und den Ängsten über die Zukunft. Morgen würde ich mein neues Leben in die Hand nehmen, aber heute erlaube ich mir, mich in Selbstmitleid zu suhlen und nur das zu tun, worauf ich Lust habe.

Gerade als ich mich auf die Seite legen will, um wieder einzuschlafen, klopft jemand an der Tür und öffnet sie zaghaft. Daniel steckt den Kopf hinein und lächelt mich vorsichtig an. »Guten Morgen.« Ich erschrecke mich selbst vor meiner kratzigen Stimme. Dadurch, dass ich die ganze Nacht mein altes Leben beweint habe, hört man mir das auch an.

»Wohl eher Guten Appetit. Es ist schon nach Mittag.«

»Was?«, flüstere ich entgeistert. Ich sehe mich im Raum um, aber ich kann nirgendwo eine Uhr entdecken und auf mein Telefon möchte ich nicht sehen.

»Ich habe eine Armbanduhr. Deshalb wirst du hier keinen Wecker oder Wanduhr finden.«

»Oh.« Ich erröte, weil ich noch immer weiß, wie schlimm ich aussehe und unbedingt ins Bad muss, bevor ich runtergehe.

»Ich habe uns ein verspätetes Frühstück gemacht. Ich hoffe, das ist okay.«

»Klar«, murmle ich und versuche so unauffällig wie möglich mein wirres Haar glatt zu streichen.

»Okay, bis später.« Dan lächelt mich noch mal aufmunternd an und schließt die Tür erneut. Ich nehme einen tiefen Atemzug, ehe ich aufstehe, mir meine Tasche schnappe und ins Bad schlurfe. Ich trage ein Schlafshirt, das mir bis zum oberen Teil des Oberschenkels geht. Es ist kurz, sobald ich mich bücke, würde man meine Unterwäsche sehen, aber da ich in einer WG mit Frauen und einem homosexuellen Mitbewohner lebe, lasse ich es einfach an. Nachdem ich meine Haare zu einem Pferdeschwanz zusammengebunden und mein Gesicht mit eiskaltem Wasser gewaschen habe, bin ich zufrieden und gehe runter.

Das Wohnzimmer ist leer, doch ich höre Geschirr in der Küche klappern. Von der Treppe aus, wirkt das riesige Wohnzimmer noch imposanter. Ich kann es kaum glauben, dass ich nun tatsächlich in diesem Traum von einem Gebäude leben darf. Trotz meiner schlechten Laune über meine beschissene Situation muss ich lächeln. Wie das Leben so spielt. Ich folge dem herrlichen Geruch von frisch gebrühtem Tee und bleibe überrascht stehen, als ich Daniel in der Küche hantieren sehe. Er trägt einen langärmeligen Pulli und ist gerade dabei, Mozzarella zu schneiden. Er steht mit dem Rücken zu mir und nimmt mit seiner Größe beinahe den ganzen Raum in Beschlag. Kaum zu glauben, dass der schlaksige Nachbar von früher nun aussieht wie eine Kampfmaschine. Sein Bizeps sprengt fast den grauen Wollpullover, aber es passt zu ihm. Seinem Auftreten und seiner Ausstrahlung.

»Hey, da bist du ja«, sagt er über seine Schulter hinweg und erwischt mich natürlich dabei, wie ich ihn mustere. Gott sei Dank steht er auf Männer, denn auch wenn Robb nicht gerade ein Sixpack oder Muskeln vorweisen konnte, finde ich Dan überaus attraktiv. Würde ich ihn als Hetero in einer Bar kennenlernen, würde ich ihn so was von küssen wollen.

»Das riecht aber gut.« Ich gehe auf den Esstisch zu und entdecke frische Brötchen, verschiedene Aufstriche, hart gekochte Eier, Käse, Wurst und noch einige Leckereien. »Wow. Das hast du alles vorbereitet?« Es ist liebevoll angerichtet und sogar meine Serviette ist gefaltet.

»Ja, ich bin so gegen sechs Uhr früh nach Hause gekommen. War laufen, habe zwei Stunden geschlafen und etwas aufgeräumt und gekocht.«

»Während ich geschlafen habe, warst du am Vormittag produktiver als ich an einem normalen Tag.«

»Ach was. Das ist ein normaler Tagesablauf für mich.«

Ich schnappe mir ein Croissant und nehme einen Bissen. »Großer Gott«, stöhne ich nicht ganz jugendfrei auf und genieße jeden Krümel. »Es ist sogar noch warm.« Ich blicke kauend zu Dan, der mich aus dunklen Augen ansieht, was mich ein wenig irritiert. Es sieht aus, als würde er sich gleich auf mich stürzen wollen. *Oh Mist!* Vielleicht mag er das nicht, wenn man vom Tisch nascht, solange es noch nicht fertig angerichtet ist. Ich lege verlegen das Gebäck auf meinen Teller und setze mich. Mein Mitbewohner blickt kurz auf meine nackten Beine, ehe er weitermacht. Diesmal energischer als zuvor.

Daniel setzt sich mir gegenüber und strahlt mich an, verflogen ist der kurze Moment, in dem ich gedacht habe, dass ihm etwas gegen den Strich geht. Da wären wir wieder bei den Stimmungsschwankungen. Er schnappt sich ein Vollkornbrötchen und ich tue es ihm gleich. Während wir essen, ist es still, was keinesfalls unangenehm ist. Jeder ist mit seinen Gedanken für sich, da ich einiges habe, was mir im Kopf herumschwirrt, kommt mir diese Ruhe mehr als gelegen. Ich für meinen Teil lasse das Negative in meinem Leben nicht zu, sondern stelle mir eine Good Mood-Liste zusammen. Ich werde Dad anrufen, ihm versichern, dass es mir gut geht. Dann werde ich zur

Bank gehen, meine finanzielle Lage checken und dann einen ausgiebigen Shoppingtrip machen. Ein neuer Secondhandladen hat in Hells Kitchen aufgemacht, dem ich unbedingt einen Besuch abstatten muss.

»Was hast du heute vor?«, fragt mich Daniel plötzlich und holt mich von meiner imaginären Liste wieder in die Gegenwart.

»Ich werde mir in der Stadt ein wenig die Beine vertreten.«

»Shoppen?«, fragt er amüsiert.

»Du hast mich erwischt.« Ich zwinkere ihm zu und widme mich wieder meinem Frühstück.

»Das war schon früher dein Heilmittel gegen alles.« Wie gut er mich nach all dieser Zeit noch kennt. Selbst nach einem Jahrzehnt.

»Ja, es gibt nichts, was ein geblümtes Top nicht richten kann.« Ich sage es so optimistisch, ob es allerdings stimmt, weiß ich nicht. Mein Liebeskummer ist eine Sache, aber mein geliebtes Auto ist fort und dann noch der nicht vorhandene Job. Nein. Nein! Ich wollte doch nicht an das Negative in meinem Leben denken. Ich schüttle alle Gedanken, die in diese Richtung gehen, ab und konzentriere mich voll und ganz auf Daniel.

»Was hast du noch vor? Schlafen?« Wenn er die ganze Nacht gearbeitet hat, wird er sicher todmüde sein.

Er wischt sich mit einer Serviette den Mund ab, was ein kratzendes Geräusch mit sich bringt. Sein Dreitagebart wirft einen dunklen Schatten auf sein Gesicht, was aber nicht ungepflegt aussieht, eher attraktiv. Die Männer müssen doch bei ihm Schlange stehen.

»Nein, ich werde etwas lesen, dann ins Fitnessstudio fahren.«

»Musst du nicht Schlaf nachholen?«, frage ich irritiert. Immerhin hat er die ganze Nacht gearbeitet.

Daniel, der gerade an seinem Glas Wasser nippt, schüttelt den Kopf. »Ich komme mit zwei Stunden Schlaf vollkommen aus.«

»Ernsthaft?« Das habe ich noch nie gehört.

»Ja. Du hast doch sicher von der *Uberman Schlafmethode* gehört, oder?«

»Nicht wirklich.«

»Es gibt Menschen, die machen fünfmal am Tag ein halbstündiges Nickerchen und brauchen keine sechs Stunden Schlaf am Stück mehr.«

»Okay?« Stelle ich mir krank vor, aber jedem das Seine.

»Ich habe dieses Prinzip in den Genen. Ich komme mit zwei Stunden Schlaf pro Nacht aus und bin fit und munter den ganzen Tag lang.«

»Unfassbar.«

»Ja, früher war ich die ganze Nacht auf, habe Playstation gespielt, gelesen oder gelernt.«

»Ich bin auch eher ein Nachtmensch. Aber dafür verschlafe ich meist den ganzen Vormittag, wenn es die Arbeit früher zugelassen hat.« Ein Stich durchfährt mich, wenn ich an meine Arbeit beim *Jolene*-Magazin denke.

»Ich habe lange gebraucht, um mit all der Zeit, die mir zur Verfügung steht, zurechtzukommen.«

»Das kann ich mir vorstellen. Aber du siehst ausgeglichen aus.« Und gut. Heiß. Sexy. Es gibt viele Wörter für sein Aussehen, doch das Beste an ihm ist immer noch sein Inneres, sein Humor und gutes Herz. Sein Freund oder der, der es mal werden wird, wird ein glücklicher Mann sein.

»Ich …«, mein Handy beginnt zu klingen und unterbricht mich. Etwas unsicher stehe ich auf und gehe zur Küchentheke, wo ich es vorhin abgelegt habe. Schritt für Schritt wird mir mulmig zumute. Ich habe Angst, dass es Robb ist oder Miranda oder jemand aus meiner Vergangenheit beim Magazin. Doch als ich das Bild meines Vaters erblicke, atme ich erleichtert aus und hebe augenblicklich ab. »Hey Daddy.«

»Hey mein Engel. Wie geht's dir? Wieso hast du mich nicht zurückgerufen?«

»Ich musste einiges klären und dann war mein Akku leer, aber ich wollte dich ohnehin heute noch anrufen.«

»Alles gut. Nun erzähl mal. Wie ist es dir ergangen?«

»Gut?« Ich versuche ihm keine Sorgen zu bereiten, aber ich merke selbst, dass ich nicht überzeugend klinge.

»Falsche Antwort. Du weißt, dass du deinen alten Herren nicht hinters Licht führen kannst, also noch mal. Was hast du gestern nach unserem Telefonat gemacht?«

»Ich habe den Artikel gelesen, dann bin ich in die Wohnung gefahren und habe die beiden zusammen im Bett erwischt.«

»Dieses miese Drecksschwein!«, knurrt er laut ins Telefon, sodass ich es kurz weghalten muss. Ich denke sogar Daniel hat es gehört, obwohl er ein paar Schritte von mir entfernt ist. »Du hast es ihm doch gegeben, oder Engel?«

»Na klar, Dad. Du wärst stolz auf mich gewesen.« Ein kleines Lächeln umspielt meine Mundwinkel, wenn ich an sein Gewinsel denke und daran, wie gut sich die Rache angefühlt hat.

»Ach ja?«

»Ja. Ich habe ihm in die Eier getreten und ihn gefilmt, wie er sich jammernd auf dem Boden windet. Das ist mein Druckmittel, damit er öffentlich keine schmutzige Wäsche wäscht.« Daniel hustet hinter mir und als ich mich umdrehe, sehe ich, dass er lacht und versucht, nicht an seinem Frühstück zu ersticken.

»Braves Mädchen und die Kleine?«

»Die hat selbst gemerkt, dass er mit uns beiden eine falsches Spiel gespielt hat und ihm ebenfalls den Arsch aufgerissen, aber da war ich schon längst weg.« Ich lehne mich gegen die Küchenfront und blicke von dort aus auf das wunderschöne Bücherregal, das in mir den Wunsch weckt, ein Buch zu lesen und mich darin zu verlieren.

»Dieser Arsch bekommt noch, was er verdient, Engel.«

»Dein Wort in Gottes Ohr.«

»Wo bist du jetzt?«, seine Stimme klingt besorgt, was ich durchaus verstehen kann. Immerhin bin ich meilenweit entfernt und am Ende.

»Bei Daniel Grant.«

»Walter Grants Jungen?«

»Ja, genau dem. Ich habe ihn zufällig getroffen und in seiner WG war ein Zimmer frei, also habe ich zugesagt und wohne jetzt in Hells Kitchen.«

»Mit ihm alleine?«

»Nicht ganz. Wir sind zu viert. Seine Schwester Addy und ihre Freundin Grace wohnen auch hier.«

»Das ist gut. Sehr gut. Dann weiß ich, dass du in guten Händen bist.«

»Ach ja?« Diese Aussage überrascht mich etwas. Dad war nie begeistert darüber, dass ich nach New York gezogen bin.

»Daniel ist ein guter Kerl, er wird gut auf dich aufpassen.« Ich blicke über die Schulter und erwische Dan gerade dabei, dass er erneut meine Beine anstarrt. Als er meinen Blick bemerkt, lächelt er mich warm an, und ich fühle es ebenfalls, das Vertrauen, das mein Vater ihm entgegenbringt, obwohl er ihn ein Jahrzehnt nicht gesehen hat. Daniel ist ein guter Kerl, mit ihm wird das Zusammenleben sicher komplikationslos. »Das wird er«, erwidere ich, ohne groß darüber nachzudenken.

Nachdem ich Dan beim Abwasch geholfen habe, schnappt er sich ein Buch aus dem Regal und streckt sich auf der Couch aus. Sein langärmeliges Shirt spannt sich um seinen muskelbepackten Oberkörper. Er wirkt imposant auf dieser Couch, die schon ziemlich groß ist. Irgendwie gefährlich, als könnte er mit einer Handbewegung jemandem die Knochen brechen. Doch da liegt dieser Hüne von einem Mann, liest ein Buch über die Kreuzzüge und wirkt tiefenentspannt. Mein Mitbewohner ist nicht das, was er auf den ersten Blick zu sein scheint.

Er ist loyal, feinfühlig, aufmerksam und steht offen zu seiner Homosexualität. Dankbar darüber, dass wir unsere langjährige Freundschaft wieder weiterführen können, gehe ich die Stufen hinauf. Der Schmerz in meiner Brust, der mich die ganze Nacht wachgehalten hat, kauert im Hintergrund, macht sich langsam, aber sicher wieder bemerkbar. Ich will nicht darüber nachdenken, doch bei der Hälfte des Weges bleibe ich plötzlich stehen, denn mir wird schmerzhaft klar, dass ich meine Probleme nicht einfach auf morgen verschieben kann, egal wie sehr ich mich anstrenge. Ich habe nicht mal ein Zimmer, in das ich mich verziehen kann, so wie ich es gerade geplant hatte, denn derzeit belagere ich den Raum meines Mitbewohners. Ich brauche mein Zeug und zwar schnell.

Ich vermisse mein spezielles Kissen, wobei ich den Bezug womöglich verbrennen muss, aber es ist nicht zu weich und nicht zu hart. Eben perfekt für mich. Meine Klamotten fehlen mir so sehr, dass es körperlich schmerzt und mein Tablet habe ich ebenfalls vergessen. In meinem Herzschmerz habe ich zwar an den Laptop gedacht, aber mit dem Tablet habe ich mein Leben und meine Shoppingsucht gemanagt. All das, was mich ausmacht und ich liebe, liegt nun in der Wohnung des Mannes, der mich hintergangen hat und mit dem ich nichts mehr zu tun haben möchte. Tränen kämpfen sich an die Oberfläche, wenn ich an die beiden denke, die es in meinem Bett miteinander getrieben haben. Es graut mir davor, ihn anzurufen, aber ich muss es tun, wenn ich wieder nach vorne blicken und heilen möchte.

»Ist alles in Ordnung?« Ich sehe nach unten zum Sofa, wo Daniel sich gerade aufgesetzt hat und mich besorgt mustert.

»Ich brauche meine Sachen. Ich kann ja nicht für immer in deinem Zimmer campieren.« Meine Stimme ist neutral, sachlich, aber Daniel scheint meinen inneren Sturm zu sehen, als wäre es mir ins Gesicht geschrieben. Er überlegt einen Augenblick und kratzt sich am Bartschatten. Das kratzende Geräusch lässt das Rauschen in meinen Ohren verstummen.

»Kannst du nicht mit seinem Manager sprechen? Ich bin mir sicher, dass du nicht mit dem Arschloch persönlich kommunizieren musst.« Dieser Vorschlag ist so simpel, dass ich mir in den Arsch beißen könnte, weil ich selbst nicht darauf gekommen bin. Auch wenn seine Managerin seine Schwester ist, weiß ich, dass sie mir helfen wird. Miranda war immer ein Mensch, der für seine Freunde durchs Feuer gehen würde und ich hoffe zumindest, dass sie uns als ebendiese betrachtet hat. »Du hast recht. Ich werde es versuchen.«

»Falls es nichts wird, kann ich ja hinfahren und ihn kräftig aufmischen.«

Ich lächle, aber es ist gequält, denn sosehr es mich amüsieren würde, ihn leiden zu sehen, liebe ich ihn noch immer und das ist ein Gefühl, das ich nicht so schnell losbekommen werde. Ich eile in Daniels Zimmer, setze mich aufs Bett und wähle Mirandas Nummer.

»Hey!«, die Erleichterung in ihrer Stimme überrumpelt mich, sodass ich ihre Begrüßung nicht gleich erwidern kann.

»Wie geht es dir?« Sie scheint nicht überrascht über meinen Anruf zu sein. Auf ihre Frage zu antworten fällt mir allerdings nicht so schwer.

»Beschissen.« Meine ganze Lebenssituation lässt sich mit diesem Wort beschreiben. Trotz der wiedergewonnenen Freundschaft mit Daniel liegt meine Welt noch immer in Trümmern.

»Er ist ein Arschloch. Das weißt du ja.« Ich schnaube als Antwort, was sie als Zustimmung deutet. »Er ist mein Bruder, das muss aber nicht heißen, dass ich bei dieser Sache hinter ihm stehe.«

»Hör zu.« Ich weiß, sie meint es gut, und ich sollte froh sein, dass sie sich auf meine Seite schlagen will, aber ich will nicht über Robb reden, ich will nicht mal an ihn denken oder seine Musik hören, sondern lechze nach Ablenkung. Etwas, das das schlimme Pochen in meiner Brust abschwächt.

»Ich möchte nicht über Robb reden, sondern dich um einen Gefallen bitten.«

»Okay. Ich höre.« Sie klingt nicht sauer, sondern neugierig und ich weiß, dass sie mir immer helfen würde.

»Ich will ehrlich sein. Ich habe deinen Bruder aufgenommen, wie er sich auf dem Boden windet, nachdem ich ihm in die Eier getreten habe, und ihm gedroht es online zu stellen, falls er meinen Namen in den Dreck ziehen will.«

»Das klingt ganz nach dir.« Sie kichert, ehe sie mich ermutigt weiterzusprechen.

»Ich habe eine neue Wohnung und brauche meine Sachen. Am besten so schnell wie möglich. Da ich nicht mit deinem Bruder reden möchte, habe ich gehofft, dass du mit deinem organisatorischen Talent mir helfen könntest.«

Kurz ist es still in der Leitung, ehe Miranda antwortet. »Ich werde augenblicklich einen Umzugsservice kontaktieren. Ich verspreche, dass ich Robb an der kurzen Leine halten werde. Er wird keine schmutzige Wäsche waschen, solange ich da bin. Du musst versprechen, dass du das Video unter Verschluss hältst.«

»Ich verspreche es.«

»Gut … Hör zu.« Sie atmet tief ein und aus. »Wie das mit euch auseinandergegangen ist, war echt Scheiße, aber ich und meine ganze Familie haben dich liebgewonnen und ich hoffe, dass unsere Freundschaft nicht unter seinem Verrat leiden wird.«

»Ich könnte es gerade nicht ertragen, euch zu sehen. Ich muss das Ganze verdauen, aber ich versichere dir, dass ich mich bei dir melden werde, ich möchte auch nicht, dass unser Kontakt abbricht.«

»Das klingt doch nach einem guten Plan. Ich kümmere mich um dein Hab und Gut und hoffe, wir hören uns wieder.«

»Danke. Bestimmt.« Innerhalb von fünfzehn Minuten bekomme ich eine Nachricht, dass Möbelpacker alles in ein paar Tagen in mein neues Zimmer schaffen und zusammenbauen werden.

Nachdem ich diese eine Sache geregelt habe, fühle ich mich etwas besser, obwohl mir noch immer zum Heulen zumute ist. Aus meiner Reisetasche fische ich eine Skinny Jeans raus, dazu einen schwarz-weiß gestreiften Oversize Pullover, meine schwarzen Glattleder Boots und ziehe meinen grünen Parka an. Ich will gerade die Wohnung verlassen, als Daniel aus dem Bad kommt und ebenfalls seinen Mantel anzieht. »Geht's ab ins Fitnessstudio?«

»Ich muss überschüssige Energie loswerden. Das kann schon ein paar Stunden dauern.«

»Das sagt der Mann, der nur zwei Stunden geschlafen hat.« Ich schüttle fassungslos den Kopf. Diese *die-ganze-Nacht-aufbleiben-Sache* verstehe ich immer noch nicht ganz. Aber ich bin neidisch und das nicht zu knapp.

»Kommst du mit?«

Ich bleibe stehen und sehe ihn mit einer Mischung aus

Schock und Ungläubigkeit an. »Ich bin kein Fitnessmaterial, aber danke.«

»Wer sagt das?«

»Ich.«

»Warst du schon mal trainieren?«

»Nein, aber ich möchte es gar nicht versuchen.« Er sieht mich lange an, zieht seine Boots an und folgt mir in den Flur. Daniel versperrt unsere Wohnung, ehe er sich mir wieder zuwendet. »Vielleicht hast du irgendwann mal das Gefühl, dass du zerplatzt und brauchst ein Ventil, deine Gefühle freizulassen. Lass es mich dann wissen. Ich habe da so meine Methoden.« Ohne dass es mir bewusst war, bin ich stehen geblieben und habe mich vor ihn gestellt, sodass wir uns fast berühren. Wenn ich nicht wüsste, dass er auf Männer steht, hätte ich seine Aussage fast auf Sex bezogen, aber ich weiß es besser. Als wir ins Freie treten, trennen sich unsere Wege. Ich verabschiede mich von ihm und sehe auf mein Smartphone. Laut der Onlinekarte brauche ich zwanzig Minuten zu dem neuen Laden. Ich sehe mir die Route an, ehe ich mich auf den Weg mache.

Die Kälte New Yorks ist in den meisten Fällen unberechenbar. An manchen Tagen ist es ein Leichtes, den Tag im Freien zu verbringen, doch heute wird der Schneefall immer stärker und die Gehwege sind eine matschige Angelegenheit. Das Wetter passt sich anscheinend an meine Laune an.

Denn auch wenn sich einiges geregelt hat, bin ich noch immer am Boden zerstört. Nach außen hin gebe ich mich gefasst, aber innerlich weine ich, heule mir die Seele aus dem Leib, weil ich nicht weiß, was ich tun soll und ich weiß nicht mal, welches Ereignis schlimmer ist als das andere. Die bunten Luftballons vor dem Eingang des Secondhandladens können meine Laune nicht heben, aber ich hoffe mal, dass es ein paar Schnäppchen schaffen.

Nach zwei Stunden bin ich um hundert Dollar ärmer, aber tatsächlich habe ich eine Sean John-Lederjacke gefunden, die sich hervorragend zu meiner neuen Boyfriend Jeans kombinieren lässt, die ich online ergattert habe. Danach gehe ich zur Bank und checke meine Finanzen. Obwohl ich nun ohne Job dastehe, habe ich einiges angespart, mit dem ich locker ein halbes Jahr durchkomme. Da wäre noch das Erbe meiner Großmutter, das ich kaum angerührt habe, was aber meine letzte Option sein sollte. Bis dahin werde ich sicher einen Job finden, der mir gefällt und in dem ich meine Leidenschaft für Mode leben kann.

Der eisige Wind peitscht mir ins Gesicht, sodass ich beschließe, wieder in die Wohnung zu gehen. Weil ich die ganze Nacht geheult habe, macht sich nun der Schlafmangel bemerkbar. Kurz bleibe ich bei einem Coffeeshop stehen, um mir einen Chai Latte zu holen, als mich eine junge Frau anstupst. Sie sieht aus, als wäre sie noch auf der Highschool, aber ihre Augen strahlen Selbstbewusstsein aus.

»Entschuldigung, bist du zufällig Taylor Jensen, die Ex von Robb?«, fragt sie mich freundlich, doch ihre Worte sind wie Gift, das sich in mich hineinfrisst. Ich habe den ganzen Tag versucht, diesen Schmerz und die Demütigung nicht zu nah an mich ranzulassen, aber dass diese völlig Fremde von unserer Trennung weiß und mich womöglich verurteilt, trifft mich hart.

»Nein«, hauche ich erschrocken und eile an ihr vorbei, um so schnell wie möglich nach Hause zu laufen.

7. Kapitel

TAYLOR

Die Tränen wollen einfach nicht versiegen. Gott sei Dank hat es wieder angefangen zu schneien, sodass es für die Passanten nicht zu offensichtlich ist, dass ich weine, weil die dicken Schneeflocken auf meiner Haut schmelzen. Ich weine stumm, kein Schluchzer entweicht meiner Kehle. Nachdem ich die Wohnungstür hinter mir geschlossen habe und den Hinterkopf gegen diese lehne, erlaube ich mir loszulassen. Ich vergrabe das Gesicht in den Händen und gestatte mir zu trauern, um einen Mann, der meine Tränen nicht verdient hat, um eine Liebe, die mein Leben erfüllt hat, um mein Selbstvertrauen, das in sich zusammengefallen ist.

»Großer Gott, Tae!« Addisons Stimme erwischt mich eiskalt, sodass ich stocke und aufsehe. Sie steht in Leggings und Sport-BH vor mir und sieht mich entsetzt an. Ich muss wohl einen schrecklichen Anblick abgeben. Verdammter Mist! Ich habe nicht bedacht, dass jemand zu Hause sein könnte. Das ist der Nachteil, wenn du dir die Wohnung mit drei Mitbewohnern teilst. Du hast kaum eine Minute für dich selbst.

»Hey«, sage ich mit einem aufgezwungenen Lächeln auf den Lippen, aber wem will ich hier etwas vormachen. Grace und Addy haben gestern schon bemerkt, dass ich am Ende bin, waren nur zu höflich, um nachzubohren.

»Was ist passiert?« Meine ehemalige Nachbarin steht vor

mir, Schweiß glänzt auf ihrer Haut und auch wenn sie mich berühren möchte, tut sie es nicht. Wir hatten zum Schluss unserer Schulzeit nicht mehr das beste Verhältnis zueinander und trotzdem steht sie besorgt vor mir und will mir helfen, aber ihre Anwesenheit erzeugt genau das Gegenteil, ich will einfach nur hier weg.

»Sorry … ich kann nicht.« Ich will gerade in Daniels Zimmer verschwinden, als sie nach mir ruft.

»Nein! Du wirst jetzt nicht vor mir flüchten. Nicht, bevor du mir gesagt hast, ob du verletzt bist, überfallen wurdest oder gar Schlimmeres.« Der Drang, einfach zu gehen ist stark, aber sie hat verdammt noch mal recht. Sie weiß nichts von meiner Trennung und mich so aufgelöst zu sehen, hat sie erschrocken. Ich würde wahrscheinlich genauso reagieren.

»Körperlich geht es mir gut. Körperlich. Aber ich habe mich gestern von meinem Freund getrennt. Das ist alles.« Aber es ist viel. Zu viel für mein Herz.

»Das wusste ich nicht. Ich bin hier, wenn du mich brauchst.« Mehr sagt sie dazu nicht, also gehe ich die Treppe hinauf und halte kurz inne, weil ich befürchte, dass Daniel in seinem Zimmer sein könnte.

»Er ist noch im Studio, sobald er nach Hause kommt, sage ich Bescheid, dass er dich nicht stören soll.«

»Ich kann das nicht von ihm verlangen. Es ist immerhin sein Zimmer.«

»Ach was. Er liest sowieso noch ein wenig und fährt dann zur Arbeit. Alles ist gut. Ruh dich aus. Wir reden morgen.« Nun ist mein Lächeln echt, wenn auch nur schwach. Ich lasse mich aufs Bett fallen und knüpfe an letzte Nacht an, indem ich so lange heule, bis mir die Augen vor Erschöpfung zufallen. Als ich aufwache, fühlen sich meine Lider wie Blei an und ich habe schrecklichen Durst. Ich schlucke und lecke mir über die trockenen Lippen. Es ist dunkel im Zimmer, also schnappe ich mir mein Smartphone und checke die Uhrzeit. Die Anrufe und Nachrichten ignoriere ich, dafür ist später noch genug Zeit.

Es ist drei Uhr morgens. Na toll. Getrieben von dem Drang nach Wasser, stehe ich auf, strecke mich und gehe hinunter in die Küche. Zu meinem Erstaunen brennt unten noch Licht und ich höre sogar Musik. Ich tapse zur Küche und ein breiter Rücken stellt sich mir in den Weg. Dan sieht mich nicht, hört mich nicht mal, weil er Kopfhörer aufhat und dem Beat nach zu urteilen, hört er Oldschool Hip-Hop. Er hat die Musik so laut aufgedreht, dass ich aus ein paar Schritten Entfernung alles mithören kann. Ich wundere mich, wieso sein Trommelfell nicht platzt, bei dieser Lautstärke.

Vorsichtig tippe ich ihm auf die Schulter und trotz meiner Bemühungen erschrickt er und weicht vor mir zurück. »Sorry«, entschuldige ich mich, doch er hört mich natürlich nicht, weil er noch immer die Kopfhörer aufhat und die Musik laut dröhnt. Er geht zu seinem Smartphone und macht sie aus. »Tut mir echt leid. Ich wollte dich nicht erschrecken.«

»Ach was. Das hat mir gutgetan, es war ein Zeichen, dass die Musik eindeutig zu laut war.«

»Vielleicht einen Tick.«

Daniel grinst mich an und legt die Kopfhörer neben sein Telefon. Da ich noch immer am Verdursten bin, gehe ich zum Kühlschrank und hole mir eine Flasche Wasser raus und nehme einen kräftigen Schluck. Daniel stützt die Ellbogen auf der Küchentheke ab und mustert mich mit ausdrucksloser Miene. »Was ist?«, frage ich, weil ich seinen Gesichtsausdruck nicht deuten kann.

»Wie geht es dir?« Mein anfängliches Lächeln erstirbt, ehe es sich ganz geformt hat. Kaum habe ich es geschafft, kurz nicht an meinen Herzschmerz zu denken, versetzt Daniel meiner Laune einen Dämpfer.

»Das ist eine gute Frage.« Ich seufze, stelle die Flasche neben den Kühlschrank und stütze mich ebenfalls auf die Arbeitsplatte gegenüber von Dan. Unsere ausgestreckten Arme, die auf der Arbeitsfläche ruhen, berühren sich fast. »Ich fühle mich leer. Ausgelaugt. Verloren. Such dir was aus.« Ich habe keine Lust, über meine Trauer zu sprechen, aber er hat mir sein Zimmer freiwillig überlassen und er hat ein Recht mich zu fragen, weil er auch mein Freund ist und sich wahrscheinlich Sorgen macht.

»Ich verstehe dich. So ging es mir auch vor einer Weile. Ich hatte das Gefühl, nicht atmen zu können.« Es ist das erste Mal, dass er über eine Beziehung seinerseits spricht. Selbst damals hat er sich, was Mädels oder Jungs anging, bedeckt gehalten.

»Hat es ein unschönes Ende genommen? Wie bei mir?« Er schnaubt und blickt ins Leere, er wirkt weit weg, nachdenklich. Seine markanten Gesichtszüge treten nun perfekt hervor, als er mit dem Kiefer mahlt und sich mir wieder zuwendet. »Sagen wir es so. Ich war ein Mittel zum Zweck und … er«, Daniel schluckt beim letzten Wort, als würde es schmerzen, an seinen Ex-Freund zu denken.

»Er hat sich genommen, was er wollte, und hat mich fallen gelassen.« Ich lege meine Hand über seine und drücke sie kurz. Auch wenn sein Erlebnis eine Weile her ist, haben wir doch dasselbe durchgemacht und hier, mitten in der Nacht, in der Küche, in der es nach Tacos riecht, leiden wir gemeinsam. Wieder schluckt er und hebt die Hand. Es sieht fast so aus, als wollte er mir eine Strähne aus dem Gesicht streichen, überlegt es sich aber anders und atmet laut aus. Da ich den ganzen Tag schon Trübsal geblasen habe, wechsle ich das Thema. »Solltest du nicht bei der Arbeit sein?« Ich weiß, dass er gestern erst bei Morgenanbruch zu Hause war.

»Seit gestern habe ich einen neuen Klienten. Einen Politiker, dessen Namen ich nicht erwähnen darf. Somit werde ich in Zukunft von neun bis fünfzehn Uhr arbeiten und eventuell bei Abendveranstaltungen.«

»Suchst du dir die Personen selbst aus oder werden sie dir zugewiesen?« Es interessiert mich, wie er seine Brötchen verdient. Einen Job als Leibwächter stelle ich mir spannend vor. Man ist für das Leben eines Menschen verantwortlich und riskiert im schlimmsten Fall Kopf und Kragen.

»Mein Boss Raymond teilt uns die Klienten zu. Je nach Gefahrengrad weist er den richtigen Bodyguard zu.«

»Gefahrengrad? Was heißt das genau?«

»Dieser Politiker zum Beispiel setzt sich für die Rechte der schwarzen Bevölkerung ein, wo es selbst heute noch Diskriminierungen gibt. Außerdem ist er für die Schwulenrechte und für die Erhebung der Steuern für die oberen Zehntausend. Das passt vielen Leuten nicht, auch wenn seine Absichten gut sind. Morddrohungen werden da oft ausgesprochen, zwar nur in schriftlicher Form, aber das versetzt uns in Alarmbereitschaft.«

»Verstehe.« Mir war nicht bewusst, dass Daniel sich tatsächlich in Gefahr bringen könnte in seinem Job. Ich dachte, er sei dazu da, Stars und Sternchen auf Partys vor Leuten zu beschützen, die ihnen auf die Pelle rücken wollen, aber das hier ist eine komplett andere Liga.

»Du passt doch auf dich auf, oder?« Ich weiß nicht, wieso es mir kalt den Rücken runterläuft, aber die Angst, dass ihm etwas passieren könnte, trifft mich unvermittelt. Ein breites Lächeln erhellt sein Gesicht. Er ist sichtlich gerührt, dass ich mich um ihn sorge.

»Natürlich. Mich kann so schnell nichts mehr umhauen.«

»Das ist gut.« Daniel sieht mich ein paar Herzschläge lang an, ohne dass ich weiß, was er denkt, ehe er sich aufrichtet. »Hast du Lust auf einen Film?«, fragt er und geht auf die Couch zu.

»Gerne. Ich kann sowieso nicht mehr schlafen.« Nachdem ich den ganzen Tag verpennt habe, bin ich hellwach.

»Ich auch nicht.« Er lacht und ich schüttle nur den Kopf. Dan hat so viel Zeit durch seinen Schlafrhythmus, da wundert es mich nicht, dass er so viel liest, gerne arbeitet und trainiert. Ich wüsste mit all der Freizeit nichts anzufangen. Selbst Onlineshopping wird langweilig mit der Zeit.

»Was sehen wir uns an?«, frage ich, umrunde die Couch und lasse mich neben Daniel auf das Sofa fallen. Mein Haar wirbelt herum und streift seine Wange, aber er beschwert sich nicht.

»Noch immer eine Heidenangst vor Horrorfilmen?«, fragt er neckend, und ich schwöre, der Schalk blitzt in seinen Augen auf.

»Aber hallo! Wage es ja nicht wieder *The Ring* einzuschalten. Ich bekomme immer noch Panik, wenn ich kleinen Mädchen mit pechschwarzen Haaren begegne.«

Er legt den Kopf in den Nacken und lacht herzhaft. Es ist ein angenehmer, tiefer Klang und ich weiß jetzt schon, dass dieser Sound mir gefällt. »Da habe ich wohl mit meiner Filmauswahl damals einen wunden Punkt getroffen, was?«

»Das hast du, deshalb wäre ich dir verbunden, wenn du was Alltagstaugliches spielen würdest.«

»Was Schnulziges?«

Ich sehe ihn mit hochgezogener Augenbraue an. »Willst du ernsthaft, dass ich wieder flenne wie ein Baby?«

»Ist registriert.« Während er auf Netflix nach einem Film sucht, den wir beide sehen wollen, schaue ich mir Daniel von der Seite genauer an. Sein Profil ist markanter als früher. Dieser Mann scheint aus Muskeln zu bestehen, aber es sieht nicht protzig aus, eher wohlgeformt. Wie ein Kunstwerk. Zumindest das, was ich erahnen kann. Seit ich hier wohne, trägt er langärmelige Shirts, wobei ich eher der Typ bin, der den ganzen Tag in Shorts rumlaufen könnte, weil mir ständig warm ist.

»Ist dir nicht heiß in dem Shirt?«, frage ich, weil ich neugierig bin.

»Wieso fragst du? Willst du, dass ich es ausziehe?« Er wackelt mit den Augenbrauen und neckt mich erneut. Das scheint wohl seine Lieblingsbeschäftigung zu sein, wenn ich ihn nicht gerade vollheule.

»Wenn du mich oben ohne sehen willst, brauchst du es nur zu sagen.«

»Ne, lass mal stecken, aber du trägst immer etwas mit langen Ärmeln, deshalb frage ich. Immerhin läuft ja die Heizung.«

»Wir haben Winter! Draußen gefriert alles zu Eis. Mich würde es nicht wundern, wenn der Night King hier bei uns läutet, weil er auf der Suche nach Weißen Wanderern ist.« Dieser Kerl! Ich schüttle den Kopf, sein Humor ist unschlagbar. Ich frage mich, wie ich die letzten Jahre ohne ihn ausgekommen bin.

»Außerdem bin ich aus Pasadena, Kalifornien. Ich bin mildere Temperaturen gewöhnt.«

»Okay, okay. Ich verstehe, du bist ein lebender Eiszapfen. Nun gut, Jack Frost. Was hast du denn Feines für uns?« Ich blicke auf den Bildschirm und muss augenblicklich grinsen. »Du kennst mich, Dan. Genau auf das habe ich total Lust.« Er hat Jumanji ausgesucht und zwar die Originalversion mit Robin Williams, nicht die miese Neuverfilmung mit The Rock. »Wie oft haben wir den damals gesehen?«, fragt er, startet den Film und steht noch mal auf, um in die Küche zu gehen.

»Ich habe bei zwanzig aufgehört zu zählen.« Rufe ich ihm nach und konzentriere mich auf den Vorspann. Ich hasse es, wenn ich Filme nicht von Anfang an sehen kann. Wenn ich nur eine Minute davon verpasse, habe ich schon keine Lust, weiterzugucken. Daniel kommt zurück mit zwei Löffeln und einer Packung Ben & Jerry's Cookie Dough.

»Gott segne dich, Daniel Grant.«

»Ihr Mädels schwört doch drauf, dass Eis nach einer Trennung ein Muss ist.«

»Aber so was von. Gib schon her.« Ich reiße es ihm aus der Hand und öffne den Deckel. Eine meiner Marotten ist, dass ich immer am Essen rieche, bevor ich esse. Das habe ich schon als Kind immer getan, wieso weiß ich selbst nicht so genau. Es war ja nicht so, als hätte ich Angst davor gehabt, dass mich jemand vergiftet.

»So dominant«, beschwert er sich lauthals, grinst aber dabei.

»Bei Süßem kannst du mit einem solchen Verhalten rechnen.«

»Gut zu wissen, ich sollte mir schon ein Geheimversteck suchen, für die guten Sachen, bevor du alles wegfutterst, oder?«

»Wäre sehr zu empfehlen«, erwidere ich scherzhaft und koste vom Eis. »Hmmm.« Es ist genau das, was ich jetzt brauche.

»So gut?« Ich nicke und halte ihm den Becher hin. Daniel zögert nicht und taucht den Löffel hinein.

Eine Weile sehen wir Robin Williams dabei zu, wie er durch Judy und Peter aus dem Spiel rausgeholt wird. Ich lehne mich in die weichen Kissen und genieße einen Filmabend mit meinem Jugendfreund. Gebannt sehe ich auf den Bildschirm, doch etwas kribbelt an meiner Wange, ich sehe in Daniels Richtung und erwische ihn dabei, wie er mich aufmerksam mustert.

»Was ist?«, frage ich, weil ich seinen Blick wieder einmal nicht deuten kann.

»Du kommst wieder in Ordnung, Tae.« Es ist eine Feststellung, eine Zusicherung. Ich blicke kurz auf meinen Schoß, ignoriere den stechenden Schmerz in meiner Brust, wenn er mich an Robb erinnert. »Dies ist nur ein Rückschlag, aber du wirst sehen, dass alles seinen Grund hat.«

Es sind weise Worte, die er spricht, und zum ersten Mal habe ich nicht das Gefühl, dass mich eine Last in meiner Brust zu ersticken droht.

8. Kapitel

DANIEL

Lavendel. Dieser Geruch hat mich stets an Taylor erinnert, wenn ich zu Hause in Kalifornien an einem Lavendelbusch vorbeigegangen bin, wenn jemand ein Parfüm mit dieser Note trägt, bleibe ich meist stehen und schließe die Augen. Kann gar nicht anders, als an sie zu denken. Ich Waschlappen war so verzweifelt, dass ich mir diese Lotion, die sie benutzt hat, im Internet bestellt habe. Nur um in schlimmen Momenten daran zu riechen. Das passierte meist, wenn ich sie derart vermisste, dass ich Löcher in die Wand schlagen wollte. Irgendwann hat Addison sie entdeckt und weggeworfen, nicht ohne mir vorher zu sagen, dass ich mich wie ein Mann benehmen solle. Ja, meine Schwester ist immer schon ein direkter Mensch gewesen.

Selbst als ich mit Jamie zusammen war, habe ich sie manchmal mit Tae verglichen. Weil ich alle Frauen an ihr gemessen habe. Nun ist sie wieder zurück in meinem Leben, nur auf andere Weise, als ich es mir gewünscht habe. Gestern Nacht habe ich ihr versichert, dass sie über ihren Ex hinwegkommen wird, und diese Worte waren ernst gemeint.

Taylors Mutter starb, als sie neun Jahre alt war und sie musste über Nacht erwachsen werden. Denn ihr Dad konnte mit der Trauer lange nicht umgehen. Sie hat neben der Schule gelernt zu kochen, hat das Haus sauber gehalten, während ihr

Vater einfach funktioniert hat, arbeiten gegangen und dann ins Bett gefallen ist. Meine Mom hat beiden stets ihre Hilfe angeboten, doch Tae hatte immer abgelehnt. Sie war immer schon die stärkste Person, die ich kenne.

Selbst als sie bei Sonnenaufgang eingeschlafen war, konnte ich nicht aufhören, sie anzusehen. So gerne würde ich die Worte im Café zurücknehmen, ihr versichern, dass sie ruhigen Gewissens zu uns ziehen könne, weil ich das Beste für sie will. Hätte sich mit der Zeit etwas zwischen uns ergeben, dann sei es so, aber sie anzulügen, dass ich auf Männer stehe, war der falsche Weg.

Aber was getan ist, ist getan und es hat etwas Gutes. Taylor hat eine Wohnung gefunden, ohne lange zu suchen, und ich hoffe, dass mit der Zeit auch Grace und Addison sich gut mir ihr verstehen werden.

Tae hat nur eine halbe Stunde geschlafen, bis sie das Sonnenlicht aufweckt. Sie hat mich gar nicht registriert, ist wie ein Schlafwandler in mein Bett gegangen, um weiterzuschlafen. Alleine die Vorstellung, dass sie sich mit diesen knappen Schlafshorts und dem Tanktop in meinem Bett rekelt, lässt mich gequält die Augen schließen und mein Schwanz ist sofort wach.

Das hier ist keine Morgenlatte, sondern eine Taylorlatte. Gegründet als ich noch ein Teenie war und mich in meine Nachbarin verliebt habe. Ich brauche dringend etwas Abtörnendes. Ich greife nach meinem Laptop, der auf dem Couchtisch liegt und öffne die Suchmaschine. Erleichterung macht sich breit, weil Tae nicht mehr mit diesem Arschloch von Musiker zusammen ist. Ich mag seinen Sound nicht. Zu viel Bass, zu wenig Kunst und keine sinnvollen Texte. Sein erfolgreichster Song handelt über seine Ex-Freundin, die er mit einem Kaktus vergleicht. Schrecklich! Aber Tae hat ihn unterstützt.

Woher ich das weiß? Weil ich die beiden gerade gegoogelt habe. Es ist erschreckend, wie viel die Presse über sie weiß. Wo sie herkommt, dass ihre Mom verstorben ist, dass sie bei einem Magazin gearbeitet hat. Nach der Trennung ist sie als Opfer dargestellt worden, und er tut so, als täte es ihm leid. Auf ihrem öffentlichen Instagramprofil hat sie jede Menge an Follower bekommen und auf ihrem letzten Foto, ein Selfie mit diesem Arsch, hat sie über tausend Kommentare. Ich lese kurz drüber und es erstaunt mich immer wieder, wie viel Hass manche entgegenschleudern, obwohl sie die Person oder den Sachverhalt gar nicht kennen. Es gibt auch ein paar wenige, die Taylor Glück wünschen und ihr versichern, dass sie ohne ihn besser dran ist, aber im Großen und Ganzen sind die Kommentare negativ.

Eine Sechszehnjährige dankt Tae, dass sie Robb dazu gebracht hat, sie zu betrügen, denn so ist nun der Weg frei für sie. Dieser Kommentar ist beinahe zu viel für mich. So toll das Internet auch ist, finde ich die sozialen Medien heuchlerisch und falsch. Deshalb bin ich auch auf keiner der Plattformen vertreten, und es geht mir damit hervorragend.

Ich gehe auf sein Profil und das erste Foto in seinem Feed ist ein Video, das ich anklicke. Er wendet sich an seine Fans, versichert ihnen, dass er einen Fehler begangen habe und wünschte, er hätte es nicht getan. Robb bittet Taylor öffentlich um Entschuldigung, doch ich glaube ihm kein Wort.

»Er ist nur auf Publicity aus«, stellt Grace nüchtern fest und erschreckt mich fast zu Tode. Sie steht hinter der Couch und hat mich dabei beobachtet, wie ich meine Mitbewohnerin stalke. Nicht gerade eine Glanzleistung von mir.

»Ach, was du nicht sagst«, knurre ich und klappe das MacBook zu. Die Wut auf diesen Penner lässt meinen Körper beben. Ich wünschte, ich müsste nicht in zwei Stunden bei der

Arbeit sein, sondern könnte meinen Frust an einem Sandsack auslassen.

»Keine Panik, Romeo, dein Geheimnis ist bei mir sicher.« Sie grinst mich an und setzt sich neben mich auf die Couch.

»Daran habe ich keinen Zweifel«, erwidere ich, denn ich weiß, dass sie schweigen kann wie ein Grab. »Wie geht es ihr? Addy war echt besorgt gestern.«

»Sie leidet wie ein Hund, aber das wird schon. Taylor hat schon schlimmere Situationen überstanden.«

»Trotzdem tut es immer wieder weh.« Es klingt, als würde sie aus Erfahrung sprechen, aber Grace redet mit mir nicht gerne über ihr Liebesleben.

»Das stimmt auch wieder. Der Schmerz wird sie noch eine Weile verfolgen und die Presse und die sozialen Medien werden es ihr nicht leicht machen.«

»Aber sie hat ja dich und wir sind schließlich auch da, oder?«

Ich sehe zu Grace, ihr Lächeln ist zuversichtlich, warm. »Ach ja?«

»Ich kenne sie nicht so gut wie du, aber sie macht einen netten Eindruck.«

»Ja, das macht sie.« Seufzend fahre ich mir übers Gesicht und über meinen Fünftagebart. Ich muss mich dringend rasieren.

»Bist du dir sicher, dass du das durchziehen kannst? Mit ihr zusammenzuleben, ohne ihr zu sagen, dass du auf sie stehst?«

»Ich muss es durchziehen. Sie braucht mich jetzt, und wenn ich ihr reinen Wein einschenke, wird sie gehen und verletzt sein.«

»Nun gut. Ich will nur, dass du nicht auch noch leidest, okay?«

»Keine Sorge, Gracie. Ich schaffe das.«

In meinem Anzug und Wintermantel verlasse ich die Wohnung und trete ins eiskalte New Yorker Geschehen. Ein kalter Wind lässt mich frösteln und ich bereue es fast, mir den Bart abrasiert zu haben. Auch heute nehme ich die U-Bahn. Ich habe ein Auto, nehme aber meist die öffentlichen Verkehrsmittel, weil ich so die Leute besser beobachten kann. In meiner Ausbildung als Security wurde mir beigebracht, dass man auf viele Dinge achten muss. Gestik, Mimik, auffälliges Verhalten und Augenkontakt. Ich liebe meinen Job, wäre aber fast als untauglich abgestempelt worden, weil ich auf einem Ohr taub bin, aber dadurch, dass ich Lippen lesen kann, habe ich die Prüfungen im Handumdrehen geschafft.

Die meisten sind mit ihren Handys beschäftigt, andere haben Kopfhörer auf und holen Schlaf nach. Weil die meisten noch nicht wach wirken, hole ich mein aktuelles Buch raus und beginne zu lesen. Aktuell lese ich den ersten Band von Terry Goodkinds *Das Schwert der Wahrheit*. Ich bin erst bei circa hundert Seiten, aber es ist jetzt schon vielversprechend, mit starken Protagonisten und einem bildlichen Schreibstil. Lange kann ich nicht lesen, weil meine Station aufgerufen wird. Durch meinen Schlafrhythmus ist es für mich keine große Umstellung, nun tagsüber zu arbeiten. Jedoch ist es eine Umstellung, von einem berühmten jungen DJ auf einen älteren Politiker zu wechseln.

Der aktuelle Bürgermeisterkandidat hat eine Menge Feinde, ist aber einer von den Guten, wie Grace schön gesagt hat. Sie hat irgendwie die Gabe, in die Leute reinzusehen und ihren Charakter zu sehen, nicht das, was sie uns zeigen wollen. Ich habe sie öfter gefragt, ob sie nicht bei uns in der Agentur anfangen möchte, ihre Talente können wir gut gebrauchen, doch sie ist Landschaftsarchitektin mit Leib und Seele. Während der Wahlen wird eine Menge schmutzige Wäsche gewaschen, aber mein Klient, ein Demokrat, versucht sich so gut wie möglich davon fernzuhalten. Heute steht eine Pressekonferenz an, die meistens ruhig verlaufen, aber trotzdem werde ich nervös, wenn so viele Menschen auf engem Raum anzutreffen sind. Es ist dann schwierig für mich, den Überblick zu behalten, die Reporter von den Kriminellen zu unterscheiden, wobei … nein, das würde zu lange dauern, denn auch die Presse spielt nicht immer fair.

Da ich damit beschäftigt bin, auf die Menge und meinen Klienten zu achten, vergeht die Zeit wie im Flug und ich habe wieder eine Schicht überstanden. Ich fahre mit der U-Bahn zur Agentur, die nicht weit von meinem derzeitigen Arbeitsplatz entfernt ist. Bevor ich ausstemple, trinke ich einen Kaffee mit meinem Boss Ray.

Er ist nicht nur mein Vorgesetzter, sondern auch der Besitzer des Fitnessstudios, das sich ein Stockwerk unter der Agentur befindet. »Wie ist es am ersten Tag gelaufen?«, fragt er mich und reicht mir eine Flasche Wasser. Normalerweise trainieren wir eine Runde, bevor ich nach Hause fahre, aber heute möchte ich früher zu Hause sein. Ich rede mir ein, dass das nichts mit Taylor zu tun hat, aber ich beschwindle mich selbst.

»Ganz gut. Es waren zu viele Reporter auf der Pressekonferenz, wenn du mich fragst, sodass es mir schwerer gefallen ist, den Überblick zu behalten.«

»Ja, er ist einer der schwierigsten Klienten derzeit, deshalb weiß ich deine Mühen zu schätzen.«

»Er ist korrekt. Ein guter Mann.«

»Das sehe ich auch so. Meine Stimme hat er.«

Wir unterhalten uns ein wenig und nehmen uns vor, öfter gemeinsam ins Studio zu gehen, einfach weil unsere Zeit so knapp bemessen ist. Der Heimweg kommt mir nun kürzer als heute morgen vor. Es hat aufgehört zu schneien, doch die eisglatten Straßen erschweren das Weiterkommen, sowohl mit dem Auto als auch zu Fuß. Und es ist immer noch saukalt. Ja, vielleicht bin ich ein Jammerlappen, aber anders als Tae, die in der Wohnung in Shorts rumläuft, bin ich eher einer der leicht frierenden Sorte. Mir ist generell immer kalt, seit ich in New York lebe. Als ich das beheizte Apartment betrete und der vertraute Geruch von Mamas Keksen in meine Nase dringt, lächle ich. Endlich zu Hause.

»Harter Tag?«, fragt Addison aus der Küche, ohne sich die Mühe zu machen herzukommen und mich zu begrüßen.

»Nicht wirklich. Aber die Eiseskälte macht mir zu schaffen.«

»Du bist durch und durch ein California Boy. Bei Temperaturen unter fünfzehn Grad gefrierst du zu einem Eiszapfen.« Sie kichert und hantiert weiter vor dem Backofen herum.

»Und auch noch stolz drauf. Wenn ich die Möglichkeit hätte, in Kalifornien zu arbeiten, würde ich es sofort tun.« Ich entledige mich meines Mantels, ziehe meine Boots aus und betrete die Küchennische. Meine Schwester ist gerade dabei, Chocolate Chip Cookies zu machen. Ein kleines Stückchen Heimat, denn sie benutzt das Rezept unserer Großmutter mit dem flüssigen Schokokern in der Mitte.

»Ach was. Du liebst New York.«

»Ja, aber nicht im Winter.« Ich bin gerade dabei, mir einen Keks vom heißen Blech, das sie soeben aus dem Ofen geholt hat, zu schnappen, doch sie versetzt mir einen Schlag auf den Handrücken.

»Willst du dir Verbrennungen holen?«

»Hey, ich habe Hunger!«, beschwere ich mich und kann nichts dafür, dass mir bei dem Anblick das Wasser im Mund zusammenläuft.

»Taylor hat Lasagne gemacht. Ich bin für den Nachtisch zuständig.«

»Ihr beide habt gekocht?«, frage ich erstaunt.

»Nein, sie war vor mir fertig, hat die Küche aufgeräumt und ist noch mal ins Bett gegangen.«

»Schläft sie noch?«

»Ich glaube nicht. Sie war an ihrem Laptop zugange, als ich vorhin kurz gefragt habe, ob sie etwas vom Supermarkt braucht.«

»Okay. Ich hole mir schnell Klamotten und gehe duschen. Danach helfe ich dir beim Tisch decken, wenn du willst.«

»Das wäre super. Grace kommt auch gleich von der Arbeit.«

Ich eile die Stufen hinauf und klopfe an, bevor ich mein eigenes Zimmer betrete. Ich entdecke Tae auf dem Bett. Sie liegt auf dem Bauch, hat Kopfhörer auf und sieht auf den Bildschirm ihres MacBooks. Leider scheint sie auf ihrem eigenen Profil zu sein, wo sie die Kommentare der Follower liest. Ob sie weint, kann ich nicht erkennen, aber ihrer angespannten Haltung nach zu urteilen, gefällt ihr sicher nicht, was sie liest. Dann klickt sie zur Videobotschaft von ihrem Ex und schnaubt, als sie seinen Worten lauscht.

»Arschloch«, schimpft sie und ich mache mich langsam bemerkbar. Sie erschrickt etwas und dreht sich um. »Hey Dan. Ich habe dich gar nicht gehört. Brauchst du dein Zimmer? Ich kann auch ins Wohnzimmer gehen.«

»Nein, nein. Ich hole mir nur Klamotten und gehe duschen.«

»Oh. Okay. Ich habe eine Nachricht von dem Unternehmen bekommen, dass morgen meine Sachen geliefert werden.«

»Das ging ja schnell«, stelle ich fest und öffne die Schiebetür meines Kleiderschranks. Ich entscheide mich für eine graue Jogginghose und einen schwarzen, langärmeligen Sweater, dazu dicke Wollsocken.

»Ich bin wirklich froh darüber, so muss ich nicht so lange dein Zimmer belagern.«

Ich halte inne und wende mich ihr zu. »Tae, es macht mir nichts aus, auf der Couch zu schlafen. Deine Situation ist schon beschissen genug, da will ich nicht, dass du unten schläfst, wo du nicht mal in Ruhe heulen könntest.«

»Ich heule nicht ständig, weißt du!«, stellt sie grimmig fest und lässt meine Mundwinkel zucken. Manchmal ist sie noch immer das trotzige Kind von früher.

»Ich weiß, ich weiß, aber du brauchst jetzt Ruhe und ich sorge dafür. Okay?«

»Du …«, sie schüttelt seufzend den Kopf und sieht aus dem bodentiefen Fenster, ehe sie sich aufsetzt und ihren Schoß begutachtet.

»Ich …?« Ich gehe vor ihr in die Hocke und lege meinen Daumen und Zeigefinger unter ihr Kinn und hebe es an, damit sie mich ansehen muss.

»Ich?«, frage ich erneut, möchte wissen, was in ihrem hübschen Köpfchen vorgeht.

»Du bist einfach zu gut, um wahr zu sein. Ich wüsste nicht, was ich ohne dich und deine Gastfreundschaft tun würde. Vielleicht wäre ich schon in Kalifornien und würde meinen Träumen goodbye sagen.«

»Ich helfe gerne.«

»So warst du immer.« Dann lächelt sie ein wunderschönes Lächeln und sieht mir tief in die Augen. »Wäre ich nicht so kaputt und du nicht schwul, könnte ich mich so leicht in dich verlieben. Aber es ist, wie es ist.«

Ich beiße mir auf die Lippen, bis ich glaube Blut zu schmecken und richte mich auf. Die Wut, die mich überkommt, verunsichert sie, doch ich kann jetzt nicht gute Miene zum bösen Spiel machen. Ich brauche selbst Ruhe, also nehme ich meine Klamotten und gehe duschen. Kalt.

9. Kapitel

TAYLOR

In solchen Situationen wünschte ich, ich könnte meiner Mutter von meinen Problemen berichten. Vielleicht wüsste sie ein Heilmittel gegen gebrochene Herzen, oder würde mir zuhören oder nach New York reisen, um mich abzulenken. Sie ist schon so lange fort, dass ich mich an viele Sachen nicht erinnern kann. Ihre Stimme, ihre Augenfarbe oder das Schlaflied, das sie mir immer vorgesungen hat. Über die Jahre sind die Kleinigkeiten verblasst, aber ich habe nie aufgehört, sie zu vermissen.

Deshalb rede ich mit ihr, in Gedanken erzähle ich ihr von meinem Leben, meinen Gefühlen und Ängsten. Heute Morgen zum Beispiel habe ich nach dem Aufwachen eine Liste geschrieben und ihr darüber berichtet.

1. Mit dem Rumgeheule ist Schluss!
2. Meine Sachen müssen schnell aufgebaut und das Zimmer eingerichtet werden.
3. Beim NYPD anrufen und eine Beschwerde über den unfreundlichen Cop einreichen.
4. Alle Social Media-Accounts vom Smartphone löschen. Zumindest für eine Weile.
5. Einen neuen Job suchen.
6. Heteromännern aus dem Weg gehen.
7. Das Leben wieder selbst in die Hand nehmen.

Sieben ist meine Glückszahl und ich denke, dass ich diese Liste mit der Zeit stolz abhaken kann. Punkt eins habe ich, nachdem Daniel gestern aus dem Zimmer gestürmt ist, in Angriff genommen. Ich belagere seit Tagen sein Reich und auch wenn ich ihm glaube, dass er mir helfen will, muss ich hier raus und mich zusammenreißen. Wir haben uns vor ein paar Tagen wiedergefunden und bis jetzt hat er mich nur am Boden oder verheult gesehen. Dabei bin ich das gar nicht. Ich bin das Leben in Person und ich will verdammt sein, wenn Robb mir das wegnimmt.

Um sechs Uhr früh tapse ich leise die Treppe runter, nur um festzustellen, dass alle längst auf den Beinen sind. Grace zeichnet etwas auf der Couch, Daniel sitzt zu ihrer Rechten und liest einen dicken Schmöker. Addison macht Yoga und atmet tief ein und aus. Es ist ein bizarres Bild, wenn man die Uhrzeit betrachtet. Ich bin ja eigentlich ein Mensch, der nicht so früh aufsteht, der am liebsten den ganzen Vormittag verschläft, aber meine Liste erlaubt das derzeit nicht. »Guten Morgen«, flüstere ich, da ich meine Mitbewohner nicht in ihrer Konzentration stören will.

Grace winkt mir, Daniel sieht kurz auf und schenkt mir ein knappes Lächeln. Einzig Addison ist still, vertieft in ihre Session. Ich gehe in die Küche und schenke mir einen Becher Kaffee ein, beobachte von hier aus meine neuen Mitbewohner, die unterschiedlicher nicht sein könnten. Daniel wird immer mein Superheld sein, früher wie heute, ein Mann mit viel Charme und Herz. Schon als wir Kinder waren, habe ich gewusst, dass Daniel nicht so ist wie die anderen Jungs. Er hat mir zugehört, meine Schultasche getragen, wenn sie wieder einmal zu schwer war, und hat mich nicht ausgelacht, als der Versuch, meine Haare zu färben, missglückt war. Addison ist mir gegenüber reserviert, aber sonst äußerst redselig und selbstbewusst. Grace ist eher still, aber sehr kreativ und aufmerksam. Ihre Skizze sieht von Weitem faszinierend aus und ich bin mir sicher, dass sie noch einiges mehr auf Lager hat.

»Was stehst du da so rum. Setz dich zu mir«, ruft Grace und winkt mich zu sich. Es ist ziemlich still gewesen außer dem Keuchen und Atmen von Addison, sodass sie mich erschreckt. Ich nehme meine Tasse und setze mich neben sie, beobachte, wie sie mit gezielten Bewegungen einen Baum zeichnet.

»Wow.« Jetzt, wo ich neben ihr bin, erkenne ich das Ausmaß ihrer Zeichnung. Es handelt sich um eine Gartenlandschaft, die sich über einige Hundert Quadratmeter erstrecken soll. Mit einem angelegten Teich, einer Terrasse aus Stein und einem gemauerten Grillplatz mit dazugehörigen Gartenmöbeln. Graue Steinplatten bilden einen Weg vom Haus zum Teich und weiter zum Grillplatz, an den Seiten säumen Blumen und Sträucher den Weg. Dazu ein steinerner Brunnen umrahmt von Büschen und Bäumen, die der Terrasse ein wenig Schatten spenden.

»Es ist nur eine Rohfassung.«

»Also, wenn du das eine Rohfassung nennst, dann möchte ich dein Meisterstück sehen.«

Sie errötet leicht, sieht stolz auf ihre Zeichnung, ehe sie sich mir zuwendet. »Ich zeichne es meistens händisch vor und übertrage es ins Computerprogramm. So lassen sich Änderungen leichter durchführen.«

»Ist schon ein Garten angelegt oder musst du alles wegreißen?«

»Das ist alles noch verwilderte Grünfläche. Ein Kunde hat sich ein altes Herrenhaus in New Jersey gekauft und will ein kleines Wunder von mir.«

»Wunder?«

»Na ja, ich muss einiges umgraben, mit verschiedenen Baufirmen besprechen, wie wir die Terrasse stabil und zeitlos gestalten.«

»Das klingt nach viel Arbeit.«

»Es dauert schon ein paar Monate, bis ein Projekt beendet ist. Bei meinem Arbeitspensum pendle ich meist von einer Baustelle zur nächsten, aber die Hektik zahlt sich jedes Mal aus.«

»Daniel hat gesagt, du seist selbstständig.«

»Das stimmt. Nach meinem Studium habe ich gleich mein Unternehmen gegründet und habe losgelegt.«

»Ist es da nicht schwer, Fuß zu fassen, bei all der Konkurrenz?«

»Normalerweise schon. Aber meine Familie war sozusagen alter Adel, bis meine Mutter unter ihrem Stand geheiratet hat. Danach wurden wir gemieden und geächtet, aber meine Großmutter war eine große und gütige Frau. Sie hat uns finanziell immer geholfen und meiner Familie, oder besser gesagt mir, alles vererbt.«

»Das heißt, du bist steinreich und müsstest nicht arbeiten, oder?«

»Stimmt genau, aber ich liebe es. Alles an meinem Job. Ich habe auch keine festen Angestellten, sondern nur ein paar Studenten, die mir ab und an aushelfen. Unter den oberen Zehntausend hat sich schnell rumgesprochen, dass ich ein Unternehmen gegründet habe, einige haben mich engagiert, weil sie sich über meine Familie lustig machen wollten, mit ihrem Status prahlen wollten, aber schlussendlich hat sie mein Talent überzeugt und die Erzfeinde meiner Ahnen sind nun meine besten Kunden.«

Es ist erstaunlich, was Grace alles aus ihrem Leben gemacht hat. Sie hat sich hochgearbeitet, obwohl sie wahrscheinlich nie wieder einen Finger krümmen müsste. Bemerkenswert. Etwas anderes fällt mir da einfach nicht ein.

»Ja, ist schon ein Oberhammer, unsere Gracie.« Addison

lässt sich neben mich plumpsen und blickt voller Stolz auf ihre beste Freundin.

»Ach, hört auf. Ich wollte nur Taylor die Kurzversion meiner Geschichte erzählen, um einander kennenzulernen.«

»Also mit solch einer imposanten Story kann ich leider nicht dienen«, sage ich und hebe resignierend die Hände. »Ich bin nur ein Landei, das versucht, in der großen Stadt zu überleben. Wie gut das bis jetzt gelaufen ist, sieht man mir leider an.«

»Was dich nicht umbringt, macht dich härter«, lautet Addisons knapper Kommentar und ich versuche, mein Lächeln aufrechtzuerhalten.

»Wieso bist du so früh aufgestanden?«, meldet sich Daniel zu Wort, der die Defensive von seiner Schwester ebenfalls gespürt hat.

»Ich wollte zum Polizeirevier und eine Beschwerde einlegen, dann überall meine neue Adresse mitteilen und mich beim Arbeitsamt melden.«

»Du willst das mit dem unfreundlichen Officer wirklich durchziehen?«, fragt Addison mit hochgezogener Augenbraue.

»Natürlich mache ich das. Hier geht es ums Prinzip und vielleicht bringt es auch etwas und er ist bei der nächsten armen Seele freundlicher. Falls nicht, habe ich es wenigstens versucht.«

»Du bist ja süß«, meint Grace, stupst Addy mit der Schulter an, die wieder etwas dazu sagen will. »Habe ich nicht recht?«, meint ihre Freundin demonstrativ. Die beiden erinnern mich an den *guten* und *bösen* Bullen. Addison versucht mich mit jedem Kommentar zu verunsichern, während Grace vermittelt und uns davon abhält, einen Streit anzufangen.

»Zuckersüß«, sagt Addison sarkastisch, steht auf, ohne uns eines Blickes zu würdigen, und verschwindet im Bad. Ich atme schwer aus und nippe an meinem Kaffee. »Ignorier sie einfach.

Sie ist mies gelaunt, weil ihr Freund schon wieder auf Geschäftsreise ist und scheint aufgebracht zu sein.«

»Alles gut. Ich mache mich mal auf den Weg.« Ich leere meinen Becher, stelle ihn in den Geschirrspüler und ziehe mich an. Gegen halb acht Uhr verlasse ich die Wohnung und blicke auf Google Maps, um die kürzeste Verbindung zum Polizeirevier zu finden, wo besagter Cop zugeteilt ist. Eiskalter Wind peitscht mir ins Gesicht, als ich ins Freie trete, sodass ich den Kragen meines grauen Wintermantels hochklappen muss, um mich vor der Kälte zu schützen. Als ich in die U-Bahn steige, atme ich erleichtert aus und reibe die Hände aneinander, um mich etwas zu wärmen. Normalerweise bin ich nicht so zimperlich, aber im Wetterbericht steht, dass es heute zehn Grad unter null sind.

Die Wärme ist mir nicht lange vergönnt, denn zwei Stationen weiter muss ich schon wieder aussteigen. Es ist ein mieses Viertel um das Revier herum, doch das Polizeigebäude selbst ist in einem guten Zustand. Mit einem Mal bekomme ich Zweifel. Tue ich hier das Richtige? Ich will nicht als beleidigte Zicke dastehen, sondern einfach mit jemanden sprechen, der meine Anzeige noch mal aufnimmt und vielleicht sogar wirklich zuhört und nicht wie dieser Officer von vor ein paar Tagen alles ignoriert.

»Kann ich Ihnen helfen?«, fragt eine dunkelhäutige Polizistin am Schalter und mustert mich aufmerksam. Ob sie genervt ist oder mir wohlgesonnen, kann ich aus ihrer Miene nicht herauslesen. »Ich möchte erneut eine Anzeige aufnehmen.«

»Welche Art von Verbrechen?«

»Raub.«

»Verstehe. Einen Moment.« Sie blickt auf ihren Monitor, ehe sie sich mir wieder zuwendet. »Officer Kinkirk ist gerade frei und kann Ihre Anzeige aufnehmen. Sie gehen durch diese

Tür und er ist der zweite Schreibtisch auf der linken Seite.« Ich lächle sie dankbar an und siehe da! Sie kann tatsächlich ebenfalls den Mundwinkel heben. »Danke schön.« Ich gehe ins Innere des Gebäudes, wo mich nicht so viel Trubel erwartet, wie ich anfangs gedacht habe. Ich finde den Schreibtisch von besagtem Polizisten, aber er ist nicht da. Da ich die Einzige bin, die hier herumsteht, setze ich mich und warte auf ihn. Langsam, aber sicher komme ich mir etwas albern vor. Was, wenn er mich auslacht oder rügt, weil ich die Anzeige ja schon aufgegeben habe?

Ich weiß nicht, ob ich damit umgehen könnte, da ich in den letzten Tagen ein dünnes Fell bekommen habe. Das ist eine miese Idee, höre ich eine Stimme in meinem Kopf. Addison hat recht gehabt, als sie meine Entscheidung angezweifelt hat. Ich bin gerade dabei aufzustehen, als ein äußerst attraktiver und junger Cop auf mich zukommt. Er lächelt mich freundlich an und ich erwidere zaghaft sein Lächeln. »Guten Morgen. Kann ich Ihnen helfen?«

Für einen kurzen Moment bin ich etwas abgelenkt wegen seines guten Aussehens, fange mich aber schnell wieder. »Ich bin hier, weil ich eine Anzeige aufgeben möchte. Wieder.«

Officer Hottie, wie ihn Miranda nennen würde, setzt sich und ich tue es ihm gleich. Der Drang, wieder nach Hause zu fahren, hat sich verflüchtigt, da dieser Cop wirkliches Interesse an meinem Fall zeigt. Er ist dabei, ein Programm zu starten, als er sich mir wieder zuwendet. »Wieder?«, fragt er mit gerunzelter Stirn und sieht mich mit seinen türkisblauen Augen hat.

»Also es ist so …« Dann erzähle ich alles, was ich noch weiß und davon, wie unhöflich und unmotiviert sein Kollege war. Officer Kinkirk hört mir aufmerksam zu und notiert sich hier und da etwas. Als ich mit meiner Erzählung fertig bin, fühle ich mich gleich besser.

»Danke für Ihre Ehrlichkeit. Ich werde diese Beschwerde auf alle Fälle an den Chief weiterleiten. Das ist etwas, was wir ernst nehmen müssen. Wenn sich die Bürger nicht auf uns verlassen können, wären wir überflüssig.«

»Das sehe ich auch so. Ich wollte nicht wie eine hochnäsige Zicke rüberkommen.«

»Das tun Sie mit Sicherheit nicht, Miss Jensen.«

»Danke, Officer Kinkirk.«

»Nennen Sie mich doch Ian.«

»Gerne, Ian.«

Nachdem er nochmals meine Aussage abgetippt hat und ich sie unterschrieben habe, mache ich mich auf zum Gehen und reiche ihm die Hand. »Vielen Dank noch mal für Ihre Zeit.«

»Es ist mein Job, Miss Jensen.«

»Taylor. Bitte.«

»Okay, geht klar.« Seine freundliche Art nimmt mir meine anfängliche Nervosität und ich betrachte ihn etwas genauer. Er ist wie Daniel kräftig gebaut, hat aber hellere Haut, kupferfarbenes Haar und türkisfarbene Augen. Eine perfekte Mischung aus Grün und Blau. Rein optisch würde er perfekt zu meinem Mitbewohner passen, sollte er homosexuell sein. Aber das werde ich wohl niemals erfahren.

»Bis bald.« Ich winke und gehe mit einem guten Gefühl wieder hinaus in die Kälte.

10. Kapitel

TAYLOR

Nachdem ich erneut eine Anzeige aufgegeben habe, fühle ich mich besser. Ich hoffe einfach mal, dass Ian und seine Kollegen die Verbrecher schnappen und mir mein geliebtes Auto zurückbringen können. Aber ich versuche mir nicht zu große Hoffnungen zu machen, um am Ende nicht erneut am Boden zerstört zu sein. Ich trete wieder hinaus in die Kälte und ziehe den Kragen meines Parkas hoch, weil der Wind zugenommen hat und mir ins Gesicht peitscht. Ich laufe fast zur U-Bahn-Station, um mich auf den Weg zu meinem Lieblingsgeschäft zu machen. Vielleicht finde ich etwas im Schlussverkauf, das meine Laune noch mehr heben kann.

Beim Betreten der Wohnung dringt der herrliche Duft von gebratenem Fleisch in meine Nase und mein Magenknurren ist beinahe so laut wie meine Stimme, als ich Addy begrüße. Ich schließe die Tür, ziehe meinen Mantel aus, lege die Einkaufstüten ab und sehe erst jetzt, dass sie nicht alleine ist. Ein blonder Mann im Anzug steht hinter ihr und knabbert an ihrem Hals. Ich senke den Blick und fühle mich wie gelähmt, als Addy zu stöhnen beginnt und das Fleisch gleichzeitig wendet. Ich räuspere mich etwas lauter und lenke die Aufmerksamkeit auf mich. Der Mann löst sich von meiner Mitbewohnerin und fährt sich durch die kurzen Haare.

»Entschuldigt. Ich bin schon weg.« Die Situation ist mehr als unangenehm, erstens weil ich die beiden in einer intimen Position erwischt habe, und zweitens, weil mein Magen erneut einen Laut von sich gibt wie ein ausgehungerter Kojote.

»Ach was, bleib doch. Das ist Vaughn, mein Verlobter.«

Ich blinzle und hebe die Brauen. *Verlobter?* Ich wusste nicht mal, dass sie vergeben ist und wieso trägt sie keinen Verlobungsring? Der Mann der Stunde schreitet in eleganten Schritten auf mich zu. Sein dunkelblondes Haar ist adrett frisiert, die Augen sind freundlich und sein Gesicht glatt rasiert. Die polierten Schuhe sind perfekt auf den Hugo Boss Anzug abgestimmt und glänzen so stark, dass ich mein Spiegelbild sehen könnte, wenn ich hinblicke. Geschmack in Bezug auf Mode hat er definitiv. Sein Händedruck ist fest und das Lächeln ansteckend. Auf einer Skala von eins bis zehn ist er eine Sexzehn!

»Freut mich, ich bin Taylor.«

»So, genug mit dem Small Talk. Ich könnte hier Hilfe brauchen, Tae.«

»Komme schon.« Es ist das erste Mal, dass Addison mich um Hilfe bittet, was ich als ein positives Zeichen sehe. Vielleicht können wir uns endlich aussprechen und ich erfahre, welchen Groll sie gegen mich gehegt hat. »Es wäre toll, wenn du den Salat waschen und marinieren könntest.«

»Klar doch.« Während ich ihrer Bitte nachkomme, stellt sich ihr Freund neben sie und küsst ihre Wange. Ich drehe den Kopf zur Seite, als ein Stich durch mein Innerstes fährt und in meinem Herzen haltmacht. Diese zärtliche Geste weckt Erinnerungen an Robb, also beiße ich die Zähne zusammen und wasche den Salat.

»Und wie gefällt es dir hier in der WG, Taylor?«, fragt mich Vaughn und trinkt einen Schluck aus seinem Weinglas.

»Ich bin sehr dankbar, dass ich hier wohnen darf. Ich habe noch nie eine schönere Wohnung gesehen.«

»Auch ich habe gestaunt, als ich das erste Mal hier gewesen bin. Eigentlich wollte ich Grace die Wohnung abkaufen, aber sie weigert sich mein Angebot anzunehmen.«

»Grace ist ein harter Brocken, was?«

»Sie wirkt zwar auf den ersten Blick nicht so, doch sie ist ganz schön tough und dickköpfig.«

»Ach ja? Diese Seite kenne ich von ihr noch nicht«, ich kichere und fange an, den Salat zu würzen.

»Sei froh.«

»Na gut. Dann lasse ich euch mal alleine.«

»Was? Willst du denn nicht mit uns essen? Ich habe nur für dich dein Leibgericht gekocht.«

»Ich kann leider nicht, ich habe ein Treffen mit meinem Vater und einem Geschäftsfreund.«

»Verstehe«, sagt Addison knapp, aber ich weiß, ohne hinzusehen, dass sie stinksauer ist.

»Lasst es euch schmecken. Wir hören uns morgen, okay?« Er will sie küssen, doch sie dreht den Kopf weg, sodass er nur ihre Wange erwischt.

»Wir werden sehen«, antwortet die scharfzüngige Addison Grant und wirkt außer Atem, als Vaughn sich noch einmal vorbeugt und sie zärtlich küsst. Als er geht, stelle ich den Salat auf den Tisch, nehme die fertigen Bohnen und die Brötchen und stelle sie ebenfalls daneben. »Sag schon. Was ist?«, fragt Addy plötzlich gereizt und bringt mich dazu innezuhalten.

»Was meinst du?«

»Dein Schweigen ist ziemlich laut, weißt du?« Ich verstehe nicht, wieso sie aggressiv auf einen Streit aus ist, als würde sie mich bewusst auswählen, um ihren Frust bei mir abzuladen.

»Ach ja?«, gebe ich nun schnippisch zurück. Keine Ahnung,

was sie für ein Problem hat, aber ich bin sicher nicht schuld daran.

»Lauter als dein Magenknurren.«

»Ich wusste nicht, dass du einen Freund hast«, sage ich schließlich, weil es die Wahrheit ist, ich muss ziemlich überrascht auf beide gewirkt haben.

»Ach, sehe ich nicht so aus, als könnte Vaughn mein Verlobter sein?«

»Großer Gott, nein! Grace und Daniel haben nichts erwähnt und du redest ja nicht mit mir.«

»Sollte ich denn?«

»Na ja, wenn wir miteinander auskommen wollen, wäre ein wenig Konversation nicht schlecht.«

»Damit du meine Worte gegen mich verwenden kannst?«

»Wie bitte?«, erwidere ich perplex. Ich glaube, ich habe mich verhört. Ich habe langsam wirklich das Gefühl, dass ich hier im falschen Film gelandet bin.

»Ach, tu nicht so. Du hast doch damals …«

»Was ist denn hier los?« Grace steht auf der Treppe und sieht besorgt zwischen uns beiden hin und her. Sie kommt gerade zur rechten Zeit.

»Nichts«, sage ich schnell, denn das sollten Addy und ich unter uns ausmachen. Egal, weshalb sie einen Groll gegen mich hegt.

»Ja genau, lass uns diesen Streit einfach totschweigen.«

»Welchen Streit denn?«, will ich hilflos wissen. Ich weiß nicht, was dazu geführt hat, dass sie wütend auf mich ist, aber aus ihren Worten vernehme ich, dass es etwas mit früher zu tun hat.

Die Klingel unterbricht unsere Diskussion und um etwas zu Atem zu kommen, gehe ich zur Tür und öffne sie. »Carrie!«, kreischt Mira und hält zwei Champagnerflaschen in die Höhe.

Auch wenn ich kein Woohoo-Girl bin, also ein kreischendes Etwas, das ausflippt, wenn etwas Tolles passiert, kann ich nicht anders, als ihr um den Hals zu fallen. Ich drücke sie fest an mich und atme ihren Vanilleduft tief ein. Nach dieser Diskussion mit Addy kann ich gut jemanden brauchen, der nichts gegen mich hat.

»Was machst du denn hier?«

»Du wolltest doch dein Zeug haben und meine sexy Person ist im Paket inbegriffen.« Meine Freundin kichert und löst sich von mir, um mich aufmerksam zu scannen. »Du siehst ja scheiße aus!«, stellt sie nüchtern fest, und ich kann nur die Augen verdrehen.

»Wenn ich jedes Mal für diese Aussage einen Dollar bekommen würde, wäre ich steinreich.«

»Das ist mal ne Ansage, Schätzchen.«

Ein Räuspern erklingt hinter Miranda und erst jetzt fallen mir die Möbelpacker auf, die meine Vintage-Kommode halten. »Entschuldigt, Jungs, aber ich habe dieses Mädchen hier lange nicht mehr vernascht.« Darüber kann ich nur den Kopf schütteln, die Männer allerdings bekommen große Augen und mustern uns eindeutig, zweideutig. Ich mache einen Schritt zur Seite, um sie reinzulassen. »Hey Leute. Das ist …«

»Mira?«, fragt Addison vorsichtig und kommt einen Schritt auf uns zu.

»Addybär? Tatsächlich.« Nun ist es Addison, die meine Freundin freudig drückt.

»Herrje, wie lange ist das denn her? Zwei Jahre?«

»So ungefähr.« Meine Mitbewohnerin lacht und strahlt übers ganze Gesicht.

»Arbeitest du noch immer für …« Addison schneidet ihr das Wort ab und deutet auf Grace. »Darf ich dir meine Freundin Grace vorstellen?«

Miranda blinzelt ein paarmal, geht jedoch nicht auf den Themenwechsel ein, sondern reicht Grace die Hand, die mittlerweile von der Treppe gestiegen ist und sich zu uns gesellt hat. »Ladys, wohin nun mit diesem Ding?«, fragt einer der Möbelpacker schnaufend.

»Entschuldigt. Kommt mit.« Ich zeige den Arbeitern mein Zimmer und teile ihnen mit, wo sie die Kommode abstellen können.

»Dieses Ding haben wir gar nicht abgebaut, weil es nicht groß ist und wir es locker in den Laster transportieren konnten.«

»Und die anderen Möbel?«

»Die mussten wir abbauen.«

»Verstehe, das werde ich schon zusammenbauen können. Ich fange dann mit dem Bett an und arbeite mich weiter.«

Ich will gerade aus dem Zimmer gehen, als einer der Möbelpacker mich anspricht.

»Ein Bett haben wir allerdings nicht mitgenommen.«

»Wie meinen Sie …« Mein Bett … in dem die beiden es getrieben haben. Das brauche ich nun wirklich nicht.

»Stimmt. Das muss ich mir erst besorgen. Danke für die Erinnerung.«

»Wir holen gleich mal den Rest.«

»Mist«, murmle ich, als ich wieder ins Wohnzimmer komme.

»Was ist denn?«, fragt Grace und folgt meinem Blick. »Bauen die Jungs die Sachen auch auf?«, fragt sie nun Mira, die sich mit Addy unterhält.

»Nein, leider nicht. Sie müssen noch weg, aber das schaffen wir mit Sicherheit.«

»Vielleicht«, erwidere ich mutlos, denn ich habe zwar meinen Kleiderschrank, einen Haufen Kisten mit Klamotten und Krimskrams, aber keinen Platz zum Schlafen.

»Ich habe kein Bett«, sage ich schließlich, diese Worte auszusprechen ist wie ein Schlag ins Gesicht. Keinen Platz zum Schlafen zu haben, ist schrecklich und mir wird schmerzlich bewusst, dass von meinem alten Leben nichts übrig geblieben ist, außer vielleicht ein paar Bilder und Erinnerungen. Auch wenn ich mich gefasst gebe, würde ich nun nichts lieber tun, als hinauf in mein Zimmer zu gehen und mir die Seele aus dem Leib zu heulen. Miranda lächelt breit und streicht mir freundschaftlich über den Arm.

»Keine Angst, Schätzchen, ich weiß ja mittlerweile, was mein Idiot von Bruder in eurem Bett getrieben hat. Ich habe dir ein neues gekauft, dasselbe Modell, nur eine andere Farbe. Es wird heute direkt an diese Adresse geliefert. Die Kosten hat natürlich Robb übernommen, wie auch für die Möbelpacker, den Champagner, die Goodies.«

»Goodies?«

Miranda fischt aus dem Chaos an Kisten eine Tüte mit dem Logo von Victoria's Secret heraus.

»Unterwäsche?«, frage ich skeptisch, was will sie denn damit?

»Na klar, wenn er auf seine Kreditkartenabrechnung sieht, soll er sehen, dass du ihm nicht nachtrauerst, sondern dir neue Wäsche zugelegt hast für deinen neuen Kerl.«

»Ich habe keinen neuen Freund.« Würde ich gar nicht wollen.

»Das muss er aber nicht wissen«, entgegnet sie und zwinkert mir zu. Jemand anderes würde sich auf die Seite des Bruders schlagen, der in ihrem Fall sogar ihr Boss ist, aber Mira ist nicht so. Sie ist eine Perle, eine Sexbombe mit einem Herzen aus Gold, die in den vergangenen vier Jahren immer an meiner Seite war.

Ich lasse den Blick über die Kisten wandern, die die Möbelpacker im Wohnzimmer abgestellt haben und meine Schultern sinken nach unten. »Womit soll ich bloß anfangen?« Ich seufze und sehe zu Miranda, die mich diabolisch angrinst. »Mit dem Champagner.«

Eine Stunde später haben wir einiges geschafft, und zwar zu viert zwei Flaschen Dom Pérignon auszutrinken. Die Möbel und die Kisten sind noch immer dort, wo sie von den Möbelpackern abgestellt wurden, dafür haben wir uns über die Steaks hergemacht und gut gegessen, während wir uns locker unterhalten haben. Miranda und Addy quatschen über die alten Zeiten, während Grace und ich über ihren Job und meine Zukunft sprechen, die ich mir im erheiterten Zustand ziemlich schön und rosig ausmale.

»Robb ist so ein Arsch!«, beschwere ich mich lauthals und will aus der Flasche trinken, die aber leider schon leer ist. Mein Kopf fühlt sich leicht an, doch mein Herz wird schwer. »Halt! Carrie. Bloß nicht an ihn denken.«

»Wieso nennst du sie manchmal Carrie?«, fragt Addison.

»Weil ich Miranda heiße, ihre Freundin Charlotte, wobei sie alle Charlie nennen, und Tae ist unsere Carrie, die ein Herz hat, das so groß ist wie Manhattan und eine unnatürliche Leidenschaft für Klamotten.« Ich kann nicht anders, als meine Freundin liebevoll anzulächeln, und frage mich, wie ich überhaupt auf die Idee kommen konnte, dass sie mich hängen lassen würde, nur weil Robb und ich nicht mehr zusammen sind.

»Aber uns fehlt noch eine Samantha. Eine Sexbombe, die alle Typen sabbern lässt«, sage ich beiläufig und mein Blick bleibt auf Addison hängen, die mich neugierig mustert. »Warte. Die haben wir doch schon längst. Unsere Addy hier.«

»Ich bin keine Sexbombe«, murmelt sie, kann sich ein Grinsen jedoch nicht verkneifen.

»Für mich schon«, sage ich vorsichtig, da ich nicht weiß, wie sie gerade auf mich zu sprechen ist. Addisons Blick wird milder und es mag am Alkohol liegen, aber ich habe endlich den Mut, sie auf den vorherigen Streit anzusprechen.

»Was hast du eigentlich gegen mich? Seit ich hier eingezogen bin, meidest du mich oder sagst nur das Nötigste.«

»Ich bin der Meinung, dass sich Menschen nicht ändern können, und das trifft auf dich auch zu.«

Ich will gerade sagen, dass ich ihr nicht ganz folgen kann, doch ich bekomme nur ein Wort raus: »Hä?«

»Wir waren einmal beste Freundinnen, falls du es nicht vergessen hast. Ich habe dir alles anvertraut, sogar in wen ich heimlich verliebt bin, und was machst du? Du beginnst eine Beziehung mit ihm und lässt mich und auch Daniel hängen.«

Die Rädchen in meinem Kopf drehen sich und ich mache innerlich einen Flashback in die Highschool und versuche mich an Addisons Schwärmerei zu erinnern. »Du hast gesagt, dass es jemanden in deinem Leben gibt, auf den du stehst, aber einen Namen hast du nicht genannt.«

»Doch, ich habe gesagt, dass ich auf Jonah stehe.« In Gedanken bin ich wieder in der Highschool, erinnere mich an die langen Gespräche in meinem Baumhaus, wo wir uns die Nägel lackiert haben und von Jungs geschwärmt haben, und ich weiß auch, dass Addy immer auf einen bestimmten Jungen abgefahren ist, aber einen Namen habe ich nie erfahren. Obwohl Addison damals schon ein freches Mundwerk gehabt hat, ist sie im Bezug auf ihre Gefühle für Jungs eher die Schweigsame gewesen. Ich sehe ihr fest in die Augen und gehe noch mal jedes Gespräch, das mir in den Sinn kommt, durch, doch ich bin mir sicher, sie hat nie gesagt, wer derjenige ist, in den sie verliebt war.

»Ich schwöre bei allem, was mir heilig ist, Addison. Wenn ich es nur geahnt hätte, wäre er für mich tabu gewesen.« Während sie nachdenkt, rede ich weiter. Ich will dieses Missverständnis endlich aus der Welt schaffen.

»Du warst damals schon eine Powerfrau, doch wenn es um Jungs gegangen ist, warst du eher reserviert. Geh mal in dich. Hast du jemals laut erwähnt, dass du auf Jonah stehst?«

Und tatsächlich, meine Mitbewohnerin und Freundin aus Kindertagen scheint ernsthaft zu überlegen, und mit jeder Minute kann man an ihrem Gesicht die Erkenntnis ablesen. »Fuck«, haucht sie schließlich und blickt entschuldigend in meine Richtung. »Ich befürchte, du hast recht.«

Da wir vier auf der Couch sitzen und sie neben mir, greife ich nach ihrer Hand. »Du und auch Daniel habt mir alles bedeutet, dass du dich so plötzlich von mir abgewendet hast, hat sehr wehgetan, aber wir haben jetzt eine zweite Chance bekommen, und ich hoffe, wir können dieses Kriegsbeil, das eigentlich nie eins gewesen ist, begraben und von vorne anfangen.«

Tränen schimmern in ihren Augen, doch sie blinzelt sie weg. »Natürlich. Es ist alles meine Schuld.«

»Alles gut!« Ich seufze und drücke sie kurz.

»Na also!«, kreischt Grace laut und erschreckt mich zu Tode. Ich wusste nicht mal, dass sie überhaupt in der Lage ist, die Stimme zu erheben. Der Alkohol scheint sie flippiger zu machen.

»Das müssen wir feiern«, meint Miranda und greift nach der Tüte. »Und zwar mit dir in sexy Unterwäsche.«

»Was?«

»Komm schon. Ich will nur wissen, ob sie passt. Ich habe sie persönlich ausgesucht.«

»Nein danke, ich passe.« Ich bin nicht prüde, aber vor meinen Mitbewohnerinnen möchte ich nicht gerne halb nackt rumlaufen.

»Komm schon. Hab dich nicht so«, meldet sich nun Grace zu Wort. Gerade sie, die eher einen biederen Eindruck macht.

»Meint ihr das ernst?«, frage ich unsicher. Denen muss der Alkohol zu Kopf gestiegen sein.

»Klar doch. Nichts hilft eher über eine Trennung hinweg, als sich selbstbewusst und sexy zu fühlen, und glaub mir, Schätzchen, ich habe dir einen Knaller in Spitze besorgt.«

Ich zögere und natürlich muss Addison sich zu Wort melden. »Feigling.«

»Bin ich gar nicht.«

»Dann beweise es«, rufen alle drei wie aus einem Mund. Ich verdrehe die Augen und schnappe mir die Tüte. Schnell verschwinde ich in die Küche, wo ich meine Klamotten ausziehe und versuche, wegen meines beschwipsten Zustandes nicht umzukippen. Als ich in die Unterwäsche schlüpfe, will ich verdammt sein, denn Mira hat recht. Ich fühle mich in dem kleinen, schwarzen Hauch von nichts wie eine Göttin. Ein BH aus schwarzer Spitze, der nur das Nötigste verdeckt, aber nicht billig wirkt, dasselbe gilt für das Höschen, das einen Knackpo zaubert. Am Oberteil befindet sich über und unter dem Cup ein Bändchen, das im Rücken zu einem schönen Muster zusammenläuft. Mit jedem Schritt, den ich ins Wohnzimmer mache, fühle ich mich unbesiegbarer und betrunkener. Meine Freundinnen bestaunen meine Unterwäsche und beteuern, dass Miranda ein Händchen in Sachen Dessous hat. Ich drehe mich gerade lachend im Kreis und fühle mich wunderbar, als sich plötzlich die Haustür öffnet und Daniel reinkommt. Als er mich entdeckt, bleibt ihm der Mund offen stehen und seine Sporttasche fällt mit einem Rums auf den Parkettboden.

11. Kapitel

TAYLOR

»Hey Dan!«, rufe ich ihm lachend zu, doch von ihm kommt kein Mucks. Vielmehr ist er damit beschäftigt, mich und vor allem mein freizügiges Outfit zu mustern. Mir wird plötzlich ziemlich warm durch seinen intensiven Blick, und wenn ich es nicht besser wüsste, würde ich sagen, dass er mich mit den Augen verschlingt.

»Hallo Daniel, liebster Bruder! Sieh dir diese Katastrophe an«, meint Addison und grinst ihn diabolisch an. Anscheinend will sie ihn zum Aufbauen verdonnern.

»Es ist nicht so, wie es aussieht«, sage ich schnell und will auf ihn zugehen, taumle aber. Daniel fährt sich durch sein dichtes Haar und scheint etwas außer Atem zu sein, seine Augen kleben noch immer an meinen Dessous.

»Ach nein?« Nun starrt er mir in die Augen und ein kleiner Schweißfilm bildet sich auf seiner Stirn.

»Nein. Du musst nicht Hand anlegen, wenn du nicht willst, aber mir würde es sehr helfen, da dieser ganze Kram ziemlich schwer ist.«

Die Mädels prusten los, obwohl ich nicht mal etwas Witziges von mir gegeben habe. »Ja, Dan. Du musst bei Tae nicht Hand anlegen, aber es würde uns allen viel bedeuten.« Daniel knurrt plötzlich auf und blickt die drei Mädels vernichtend an.

»Ups. Leute, die Ader ist zu sehen. Wir sollten mal in Taylors Zimmer gehen und überlegen, wo wir welche Möbel hinstellen wollen.« Und in nicht mal zwanzig Sekunden sind Daniel und ich alleine im Wohnzimmer.

»Was sollte das bitte?«, knurrt Daniel und ich kratze mich unsicher an meinem Arm, weil ich nicht weiß, wie ich mit seiner Wut umgehen soll, die er plötzlich ausstrahlt.

»Was meinst du denn?«

»Na das hier?«, er deutet auf meinen Körper oder besser gesagt auf meine Unterwäsche.

»Gefällt sie dir nicht? Findest du, ich sehe fett in ihr aus?« Normalerweise haben ja Homosexuelle einen hervorragenden Modegeschmack, vielleicht ist diese Art von Nachtwäsche nicht passend.

»Was?« Daniel macht ein paar energische Schritte auf mich zu, und ich weiche zurück, bis ich die Wand in meinem Rücken spüre. Weil sie kalt ist, breitet sich eine Gänsehaut auf meinem Körper aus. Daniel sieht es und kommt mir ganz nah. Sein Blick ist dunkel und mir kommt es so vor, als würde es ihm Schmerzen bereiten, mich in diesem Hauch von nichts zu sehen.

»Ich will so etwas nie wieder aus deinem Mund hören. Hast du verstanden?«

»Was denn?«, hauche ich, bin zu sehr in seinen braunen Augen gefangen, die mich nicht loslassen wollen.

»Diese Unsicherheit.«

»Aber so bin ich eben. Ich versuche zwar immer, die starke Frau zu sein, der nichts und niemand etwas anhaben kann, aber in letzter Zeit siegen die Komplexe immer häufiger.« Daniel sagt eine Weile nichts, sieht mich einfach nur an, was meine Atmung etwas beschleunigt, denn diese Situation hier ist intensiv, intim. Die heftige Reaktion schiebe ich auf den Alkohol, der mich immer etwas lockerer macht.

»Du bist wunderschön, Tae«, raunt er dicht an meiner Wange, sodass ich den tiefen Bass seiner Stimme beinahe fühlen kann.

»Und es gefällt mir definitiv, was du anhast«, flüstert er und stemmt die Handflächen links und rechts neben meinem Kopf ab. Sein Kopf neigt sich, bis wir dieselbe Luft atmen. Whoa! Verdammt, wieso erregt mich Daniels Anwesenheit plötzlich? Eigentlich sollte ich doch emotional tot sein, nach Robbs Verrat.

»Aha«, flüstere ich, weil ich einfach nicht in der Lage bin, ein vernünftiges Wort herauszubringen. Daniels Kiefer mahlt, als sein Blick zwischen meinem Mund und meinen Augen hin- und hergleitet, und wenn ich nicht wüsste, dass er auf Männer steht, hätte ich glatt glauben können, dass er mich will.

»Ich finde …«, ich schlucke, als er mir immer näher kommt, sodass sich unsere Oberkörper berühren, und er sich über die Lippe leckt. »Du solltest mir helfen.« Wobei er mir behilflich sein soll, habe ich wieder vergessen.

»Bei was soll ich dir helfen, Tae?«

»Den Möbeln … aber du solltest dich vorher ausziehen.«

»Ach ja?« Seine Mundwinkel zucken und er hebt eine Braue in die Höhe.

»Ich meine, ich sollte dich ausziehen …« Ich schüttle über meine eigenen Worte den Kopf und versuche, wieder einen klaren Gedanken zu fassen. Sein neckisches Grinsen ignoriere ich, denn es bringt mich nur durcheinander. »Wenn du die Möbel aufbauen willst, solltest du deinen Mantel ausziehen.«

»Möbel?«, jetzt ist es Daniel, der sich einen Schritt von der Wand löst und das Chaos betrachtet.

»Ach, das meintest du«, sagt er resigniert.

»Was dachtest du denn?«, ich verschränke die Arme vor der

Brust. Daniel folgt meinem Blick und kommt erneut auf mich zu, die Augen diesmal jedoch klar.

»Nichts, vergiss es. Aber Tae, eins noch.«

»Hmm?«, murmle ich und kann nur auf seine Lippen starren.

»Wenn ich mich umziehe, dann musst du das aber auch. Wir wollen uns ja nicht erkälten, oder?«

Danach bin ich auf Wasser umgestiegen, denn der Champagner hat mein Hirn in Daniels Gegenwart ausgeblasen, das darf nicht mehr passieren. Aus vielerlei Gründen. Nicht nur, dass Daniel generell auf Männer steht und meine Nähe ihn wohl verwirrt hat, sondern auch weil ich eigentlich Männern aus dem Weg gehen will. Homosexuell oder nicht, ich will mich nicht länger als nötig mit ihnen auseinandersetzen, denn jeder schlimme Moment in letzter Zeit hatte etwas mit dem anderen Geschlecht zu tun. Meine Freundinnen unterhalten sich angeregt über irgendeine Filmpremiere, doch ich höre nur halb zu und starre auf mein Handy, das vorhin vibriert hat. Robb hat mir ein Foto geschickt. Ich nehme einen tiefen Atemzug und öffne es. Es ist ein gerahmtes Foto von uns beiden, das letztes Jahr zu Weihnachten bei meinem Dad aufgenommen wurde. Er hat noch etwas unter das Bild geschrieben. *Behalten oder wegwerfen?*

Mein Herz klopft wie verrückt und meine Hand beginnt zu zittern, was die anderen nicht merken, außer Dan, der die Stirn runzelt und mich besorgt mustert. Alles okay?, formt er mit den Lippen, und ich weiß anfangs nicht, was ich ihm antworten soll. Es ist nun ein paar Tage her, seit ich mich von meinem Ex getrennt habe, aber die Wut schlägt in schwachen Momenten in Sehnsucht um, wie jetzt zum Beispiel. Nicht alles war schlecht an unserer Beziehung. Wir hatten auch gute Momente, erst seitdem er berühmt geworden ist, hat es angefangen zu kriseln. Die Zeichen sind da gewesen, doch ich war zu verliebt, um sie zu sehen. Der Betrug ist ja schon schlimm gewesen, aber dass er gelogen hat, ist für mich unverzeihlich, da ich Lügner hasse.

Ich blicke zu Miranda, die trotz der Trennung den Kontakt nicht abbrechen lassen will, Grace und Addison, die jetzt um die Häuser ziehen könnten und Daniel, der mich noch immer ansieht, als würde er die Welt für mich aus den Angeln heben. Für seine ehemalige beste Freundin. Ohne auf ihn zu reagieren, blicke ich erneut auf das Foto von Robb und mir und stelle fest, dass diese Frau nicht mehr existiert, die Robb da anlächelt. Ich habe mich aufgrund der Umstände verändert, und obwohl es neu für mich ist, weiß ich jetzt schon, dass mir diese Veränderung guttut.

Ich schreibe meinem Ex-Freund, dass er das Foto wegwerfen soll, und ich denke, uns ist beiden bewusst, dass ich das auch auf unsere Beziehung beziehe. Das, was wir hatten, hat er mit Füßen getreten, und ich weiß, ich habe etwas Besseres verdient. Ich hebe den Kopf, um Daniel zu sagen, dass es mir gut geht, doch er steht nicht mehr an der Stelle, wo er mein Bett aufbaut, sondern neben mir. Er hat sich neben mich gehockt und sieht mich abwartend an.

»Geht es dir gut?«, fragt er fast zärtlich, was bei mir erneut dieses nervöse Herzklopfen auslöst. Doofer Alkohol!

»Ja. Jetzt schon«, antworte ich und meine es in vielerlei Hinsicht so.

Am nächsten Morgen habe ich das Gefühl, jemand würde mir einen Schlagbohrer ins Hirn rammen. Deshalb wimmere ich vor Schmerz auf, ehe ich die Augen öffne.

»So schlimm?« Daniel gähnt und seine tiefe Stimme schafft es, dass ich sofort wach bin. Das Erste, was ich tue, ist die Bettdecke anzuheben, um zu sehen, ob ich nicht schon wieder halb nackt neben ihm liege. Aber zum Glück trage ich meinen Flanellpyjama mit den Rentieren drauf. Ein kleiner Reminder, dass ja bald Weihnachten vor der Tür steht. »Keine Panik, Tae. Deine Tugend wurde bewahrt.«

»Sehr witzig«, murmle ich und versuche, mich aufzusetzen, was mehr schmerzt, als es sein sollte.

»Hier nimm.« Er reicht mir zwei Aspirin und ein Glas Wasser, die er von seiner Seite des Bettes geschnappt hat. Ich spüle es so schnell runter wie den Champagner gestern Abend. Dann reibe ich mir die schmerzenden Schläfen und meide den Blick von Daniel, der neben mir sitzt. Wenn ich an gestern denke, möchte ich mich am liebsten unter der Decke verkriechen und nie wiederauftauchen. Ich bin ihm doch tatsächlich in Unterwäsche auf die Pelle gerückt! Oder war es andersrum?

Egal! Das soll nicht wieder vorkommen!

»Es tut mir leid, Dan«, flüstere ich verlegen und spiele mit den Fusseln seiner Decke. Ich liege noch immer in seinem Bett, weil meins zwar geliefert, aber noch nicht fertig aufgebaut wurde.

»Muss es nicht. Dein Zimmer ist ja bald fertig, dann müssen wir nicht mehr in einem Bett schlafen.«

»Ich weiß, aber … Moment! Hast du hier geschlafen?« Nun hebe ich den Blick und sehe auf einen müde wirkenden Daniel. Ist das möglich?

Er kratzt sich am Nacken und senkt den Blick. Scheiße, wieso finde ich das süß? Das ist immerhin Daniel! Ich habe den Alkohol noch immer im Blut. Das muss es sein.

»Du hast gesagt, es ist okay, weil ja Miranda auf unserer Couch schläft.«

Ich erinnere mich vage an unsere Konversation von gestern Abend und daran, wie ich mich an ihn gekuschelt habe. Fuck!

»Bitte sag mir nicht, dass ich mich an dich gepresst habe, während wir hier geschlafen haben?«

»Keine Sorge. Ich würde die Situation niemals ausnutzen, Tac. Das musst du mir glauben.«

Ich runzle die Stirn. Ausnutzen? Ich wundere mich über die Aussage, bin aber zu müde, um sie zu hinterfragen. »Was ich damit sagen möchte ist, dass es okay ist, wenn du mir nah sein möchtest. Wir sind schon so lange Freunde und ich habe das Gefühl, dass du die Nähe zu deinen Freunden einfach brauchst.«

»Ach so. Damit könntest du recht haben.« Ich atme erleichtert aus, irgendetwas stimmt nicht mit mir. »Egal.« Ich mache eine wegwerfende Geste und stehe langsam auf. Trotzdem zu schnell für meinen Zustand, sodass Daniel schnell aufspringt und an meine Seite eilt, um mich zu stützen. Seine Hände sind auf meiner Hüfte und geben mir Halt, damit ich nicht auf die Nase falle.

»Was hältst du von einem Katermittagessen?«

»Das klingt einfach himmlisch, aber auch irgendwie eklig. Moment mal … meinst du nicht Frühstück?«

»Es ist schon ein Uhr nachmittags. Du hast lange geschlafen, Dornröschen.«

»Das erklärt meinen Bärenhunger. Dann mal los. Lass uns essen.«

»Perfekt, denn Addison schafft es wie keine andere, dir den Kater auszutreiben.«

Mit dem Kater austreiben, habe ich an Fast Food gedacht, doch dass Addy uns dazu zwingt, ein Workout zu machen, hätte ich nicht erwartet. Ich habe fast geweint vor Schmerzen. Nun bin ich verschwitzt und hungrig wie ein Bär. Die Tacos, die sie mir reicht, riechen so eklig, dass es schon wieder gut ist. Nach dem Festmahl, wie ich es nenne, fühle ich mich fast wieder wie ein Mensch. Doch ich habe definitiv zu wenig Schlaf abbekommen. Es ist mittlerweile später Nachmittag, weil die Zeit im Flug vergangen ist und wir uns beim Essen und mit dem Workout Zeit gelassen haben. Draußen ist es schon dunkel, also spricht nichts gegen einen faulen Abend.

»Was haltet ihr von einem Film-Marathon?«, fragt Daniel und kann selbst ein Gähnen nicht unterdrücken. Miranda, die zu meinem Erstaunen viel zu gut aussieht, gibt einen zustimmenden Laut von sich.

»Ich bin auch dabei«, sagt Grace und sieht Addy abwartend an. Sie kaut gerade und scheint auf ihr Handy zu starren. Erst nachdem sich Daniel räuspert, blickt sie auf.

»Was denn?«

»Lust auf einen Film?«

»Nein. Ich muss mich fertig machen, fahre dann zu Vaughn.« Daniel schneidet eine Grimasse, sagt aber nichts dazu. Da ich nicht nachbohren will, auch wenn ich neugierig bin, stehe ich auf und wende mich meinen Freunden zu.

»Ich räume den Tisch ab, ihr könnt es euch gemütlich machen, und ich komme nach.«

»Das ist sehr lieb von dir. Danke«, sagt Grace und flitzt auf die Couch. Ich schüttle lachend den Kopf. Je besser ich Grace kennenlerne, desto lockerer und redseliger wird sie. Gesagt, getan. Als ich alles verstaut und den Geschirrspüler eingeräumt habe, komme ich zu unserer Couch, nur um festzustellen, dass nicht mehr viel Platz für mich ist, außer dicht neben Daniel. Ich zucke mit den Schultern und setze mich neben ihn.

»Was hast du ausgesucht, Herr über die Fernbedienung«, frage ich kichernd und strecke mich dabei genüsslich. Außer Miranda haben wir alle Pyjamas an und meiner verrutscht leider immer wieder, sodass ein Streifen Haut an meinem Bauch aufblitzt. Ich ziehe das Oberteil runter, als Daniels Blick sich darauf heftet.

»Daniel?«, fragt Miranda und holt Daniel aus den Gedanken.

»Ich habe mich für *Zurück in die Zukunft* entschieden. Michael J. Fox ist genau das Richtige bei einem Kater.«

»Klingt gut.« Ich seufze und kuschle mich tief ins Kissen, als Daniel den Film startet. Sosehr ich es auch geplant habe, wenigstens den ersten Teil über wach zu bleiben, drifte ich weg, tief eingelullt in Daniels Geruch, bekomme ich nur noch mit, wie ich mich an seine Brust lehne, bevor ich schlussendlich einschlafe.

12. Kapitel

DANIEL

An Taylors Atmung spüre ich, dass sie eingeschlafen ist, was kein Problem darstellt. Aber worauf ich nicht vorbereitet bin, ist, dass sie sich im Schlaf immer enger an mich kuschelt. Ich erstarre, kralle meine rechte Hand in die Lehne der Stoffcouch, die andere balle ich auf meinem Schoß zur Faust. Ihr Duft, dieser typische Taylor-Lavendel-Geruch, umhüllt mich und ich halte es kaum aus, sitzen zu bleiben. Ich sollte aufstehen, sollte in die verdammte Vergangenheit reisen und alles zurücknehmen, was die Schwulensache anbelangt.

»Interessant«, murmelt Miranda und ich traue mich gar nicht in ihre Richtung zu blicken, denn ich spüre ihren neugierigen Blick auf mir, sie weiß es, ich ahne es.

»Daniel?«, fragt sie und Gott hilf mir, am liebsten würde ich jetzt in mein Zimmer stürmen, aber ich will Taylor nicht wecken und ihre Nähe auskosten.

»Ja?« Ich straffe die Schultern und bemerke, dass sie eher Tae beobachtet, bevor sie mir in die Augen blickt. Addison und Grace tun so, als würden sie auf den Fernseher starren, doch ich kenne diese Mädels. Sie haben gerade spitze Ohren wie bei einem Hund. Meine Schwester hat sich, nachdem sie auf ihr Handy gesehen hat, doch dazu entschieden, mit uns einen Film anzusehen.

»Du stehst gar nicht auf Männer, oder?«

»Wie kommst du denn auf so was?«, antworte ich, sehe schnell nach Tae, ob sie auch wirklich tief und fest schläft, ehe ich mit den Schultern zucke und versuche, mich nicht zu verraten. Schlimm genug, dass es meine Mitbewohnerinnen wissen.

»Ich bin lesbisch. Wir haben einen Radar für Gleichgesinnte.«

»Ach ja?«, sage ich, nehme eine Handvoll Popcorn und stopfe sie mir in den Mund, nur um nicht mit ihr reden zu müssen.

»Scheiße! Echt jetzt? Die ich-kaue-gerade-kann-deshalb-nicht-sprechen-Taktik? Dann ist es ja noch schlimmer, als ich gedacht habe. Ich merke es daran, wie verliebt du sie ansiehst.«

»Er steht seit dem Kindergarten auf sie«, meint Addison gelangweilt, sieht dabei aber starr in den Fernseher. Am liebsten hätte ich sie mit dem restlichen Popcorn beschossen, aber ich bleibe still. Sollen die Mädels doch denken, was sie wollen.

»Weiß sie das nicht? Hast du es ihr nie gesagt?«

»Nein«, lautet meine knappe Antwort darauf. Ich blicke auf meine Brust, wo Tae es sich gemütlich gemacht hat, nichts hat sich verändert. Sie ist noch immer wunderschön, wenn sie schläft. In letzter Zeit war ihre Miene ernst und die Sorgen haben sie fest im Griff gehabt. Aber nun sieht sie mit ihrem entspannten Gesichtsausdruck und der Stupsnase einfach atemberaubend aus. Ohne dass ich es kontrollieren kann, streiche ich ihr über den Kopf und sehe zufrieden, dass sie lächelt. »Robb«, flüstert sie und lächelt selig. Mich erwischen ihre Worte eiskalt. Tatsächlich fühle ich mich, als hätte jemand Eiswasser über mich gegossen. Ich schiebe sie sanft zur Lehne, damit sie ihren Kopf dort ablegen kann und erhebe mich hastig.

»Nimm es ihr nicht übel. In ihren Träumen hat dieser Arsch sie nicht betrogen, dort kann sie noch an der Vergangenheit festhalten«, sagt Grace mit einem mitleidigen Ton in der Stimme.

»Das weiß ich selbst!«, knurre ich Gracie an, die nicht mal mit der Wimper zuckt, sie muss mit meiner Wut gerechnet haben.

»Lasst mich in Ruhe! Ich bin keine Frau, ich möchte nicht über meine Gefühle reden, keine nächtelangen Sessions abhalten, wie ich Taylors Herz gewinnen kann, denn sehen wir den Tatsachen ins Auge. Durch diese Sache habe ich mich ins Aus manövriert. Sage ich die Wahrheit, wird sie wütend ihre Sachen packen und gehen, wenn ich schweige, leide ich wie ein Hund, aber wenigstens geht es ihr gut.«

»Du würdest echt deine Gefühle verleugnen, damit sie glücklich ist?«, meint Miranda ergriffen und legt sich die Hand auf die Brust.

»Das tue ich schon mein Leben lang. Es ist wie Fahrrad fahren. Das verlernt man nicht.«

Nach diesen Worten verstummen die drei und lassen mich endlich ziehen.

Es kostet mich eine ganze Nacht, ihr Bett sowie den Kleiderschrank aufzubauen, während Tae auf der Couch schläft. Ich bin beschäftigt, finde Zerstreuung in körperlicher Arbeit, was besser ist, als mitten in der Nacht ins Fitnessstudio zu fahren, um auf einen Sandsack einzuschlagen. Die Mädels machen mich fertig! Ich habe bis jetzt nie ein Problem damit gehabt, als einziger Mann in einer WG mit drei Frauen zu leben. Doch seit Taylor eingezogen ist, versuchen meine Schwester und ihre Freundin, mich dazu zu bringen, über meine Gefühle zu sprechen.

Davor, als ich ab und an One-Night-Stands hatte, wollten sie nie wissen, wie ich mich dabei fühle. Dieser ganze Frauenquatsch geht mir gehörig auf die Nerven. Sie wissen genau, wie es mir geht, und trotzdem bohren sie ständig nach. Es macht mir auch Sorgen, dass es so offensichtlich ist, dass ich auf Tae stehe. Ich habe gedacht, dass ich es verbergen kann, aber wenn sie mir so nah ist wie vorhin oder wenn ich sie halb nackt in meinem Wohnzimmer vorfinde, dann bin ich wie ein offenes Buch. Nur nicht für Tae, die in mir nur einen Freund sieht. Verdammte Scheiße! Die Friendzone muss abgeschafft werden, so bleiben die guten Kerle wie ich auf der Strecke. Denn auch wenn ich öfter Herzen gebrochen oder Frauen enttäuscht habe, weil ich keine Beziehung mit ihnen eingehen wollte, weiß ich, dass ich Taylor niemals wehtun würde.

Erst gegen fünf Uhr früh bin ich mit den Möbeln fertig. Erschöpft und ausgelaugt lege ich mich auf die neue Matratze von meiner Mitbewohnerin, um zu verschnaufen, doch ich schlafe, ohne es zu wollen, ein.

Die Sonne ist noch nicht aufgegangen, als ich munter und energiegeladen die Augen öffne. Ich sehe mich um und stelle fest, dass ich in Taylors Zimmer bin. Ich reibe mir übers Gesicht und mache mich auf den Weg in die Küche, um mir einen Kaffee zu holen, bevor ich unter die Dusche steige und mich für die Arbeit fertig mache. Im Wohnzimmer, das ich durchqueren muss, um in die Küche zu kommen, entdecke ich Taylor, die noch immer auf der Couch schläft. Der Fernseher ist ausgeschaltet und von Miranda fehlt auch jede Spur. Ich gehe vor Taes Gesicht in die Hocke und atme tief durch. Wenn sie nicht so verdammt schön wäre, wäre das Ganze erträglicher. Aber es ist, wie es ist, und zwar akut. Ich muss auf Abstand gehen, denn so droht mir das Ganze über den Kopf zu wachsen.

Ich blicke aus dem Fenster, wo die Sonne gerade aufgeht. Da wir hier keine Jalousien haben und ich weiß, dass Tae gerne den Vormittag verschläft, greife ich nach der Decke und lege sie zusammen, ehe ich meinen Highschool-Schwarm hochhebe und im Brautstil in ihr Zimmer trage, um sie sanft aufs

Bett zu legen. Sie murmelt unverständliche Worte, ehe sie sich auf die Seite dreht und weiterschläft. Da sie noch keine Bettwäsche hat, hole ich meine Decke und Kissen und decke sie zu.

Das hier sollte das letzte Mal sein, dass ich ihr nah komme, denn wenn mir dieses beschissene Organ, das man Herz nennt, wichtig ist, dann muss ich mich von ihr fernhalten.

Als ich von der Arbeit nach Hause komme, erwartet mich Taylor bereits mit einem strahlenden Lächeln, bei dem mir ganz warm ums Herz wird. Dabei wollte ich sie doch nicht zu nah an mich ranlassen, und nun braucht sie mich nur anzustrahlen und ich bin wie ein Welpe, der mit ihr kuscheln will.

»Da bist du ja endlich.« Sie kommt auf mich zu und umarmt mich. Ich bin so überrumpelt, dass ich diese Geste nicht erwidere, aber es scheint sie nicht zu stören. »Vielen Dank fürs Aufbauen. Jetzt ist fast alles an seinem Platz. Ohne dich hätte ich mindestens eine Woche gebraucht.«

»Ach, ich bin der einzige Mann im Haus, da muss ich doch zeigen, was ich kann, oder?«

»Du musst nicht, aber ich weiß es zu schätzen, dass du es getan hast.«

»Gerne«, antworte ich und drehe mich zur Garderobe um, zum Teil, weil ich meinen Mantel ausziehen muss und zum Teil, weil ich sie nicht weiterhin ansehen kann, ohne Gefahr zu laufen, sie an mich zu drücken und zu küssen.

Es ist Freitag, das heißt, die Jungs und ich treffen uns auf unser wöchentliches Bier im Irish Pub, das den originellen Namen *Irish Pub* trägt, um die Ecke von meiner Wohnung. Zayn, Pacey und Luke warten schon auf mich, als ich von der sibirischen Kälte ins warme Innere komme. Wie immer am Wochenende ist einiges los. Folk Musik dröhnt aus den Lautsprechern, aber nicht zu laut, sodass man sich unterhalten kann. Im Fernsehen wird ein Rugbyspiel übertragen, doch da ich dieser Sportart nichts abgewinnen kann, blicke ich nicht hin.

»Da ist ja unser Muskelprotz«, brüllt Pacey so laut, dass eine Gruppe Mädels vom Nachbartisch auf mich aufmerksam wird. Eine süße Blonde mit dicken Locken und einem kecken Lächeln zwinkert mir zu. Ich nicke zur Begrüßung und gehe auf die Jungs zu. Ich nenne die drei immer Tick, Trick und Track oder kurz T3, weil sie genauso albern sind und nur Blödsinn im Kopf haben. Sie lieben es, Witze zu reißen und Unsinn zu machen. Letztens hat es sogar mich erwischt. Ich war am Verhungern und habe mir im Pub ein Chili bestellt. Ich war so im Gespräch mit den Jungs vertieft, dass ich nicht gemerkt habe, wie Zayn Zucker in den Salzstreuer geschüttet hat. Es hat wirklich eklig geschmeckt und nachdem ich diesen Nichtsnutz im Schwitzkasten hatte, habe ich ihm einen Löffel des Chilis in den Mund geschoben. Danach hätte er fast auf den Tisch gekotzt. Aber ich kann dem Idioten nie lange böse sein.

»Was läuft, Grant?«, will Luke wissen und reicht mir ein Bier, das er bestellt hat, sobald ich durch die Tür gekommen bin.

»Nicht viel. Im Job bin ich gut ausgelastet und komme durch die Änderung des Klienten auch mehr zum Trainieren.«

»Und sonst ist nichts los bei dir? So gar nichts?«, fragt Luke mit einem neugierigen Unterton und ich ahne, dass er auf etwas ganz Bestimmtes aus ist.

»Wieso fragst du?«

»Na ja, ich habe Addison getroffen und die hat erwähnt, dass ihr eine neue Mitbewohnerin habt.«

Pacey wird hellhörig und klopft mir auf die Schulter. »Ist sie heiß?«, fragt er mit mehr als regem Interesse. Dieser Kerl sieht zwar unschuldig aus, der dunkle Bart, der etwas füllige Körper und braune Knopfaugen lassen ihn wie einen kuscheligen Teddy wirken, aber durch seinen Charme und sein extrovertiertes Auftreten verfällt ihm fast jede Frau. Der Glückliche!

»Nein, nicht wirklich.« Ich lüge wie gedruckt, denn würde ich nur irgendwelche Andeutungen machen, dass Tae heiß ist, dann könnte ich die drei nicht aufhalten, wenn sie sie anbaggern. Dass Taylor mein Highschool-Schwarm ist, wissen sie nicht, ich habe ihnen nie von ihr erzählt. Die drei sind erst in mein Leben gekommen, nachdem ich schon in New York gelebt habe und meinen Highschool-Abschluss in der Tasche gehabt habe.

»Mist. Wenn das so weitergeht, muss ich wohl oder übel deine Schwester vernaschen.«

»Wenn du deine Eier herausgerissen, gebraten und serviert bekommen möchtest, nur zu.«

Pacey lacht laut auf und zwinkert den Mädels zu, die ihre Blicke nicht von unserem Tisch nehmen können.

»Ach, sei nicht so, Grant. Wäre es nicht cool, wenn ich dein Schwager wäre?«

»Nicht wirklich, dann müsste ich dich zu den Feiertagen auch noch ertragen.«

»Jaja. Klugscheißer«, er zeigt mir den Mittelfinger, prostet mir aber dann mit der anderen Hand zu, in der er sein Bier hält. Wir unterhalten uns wie jede Woche über den Job, Football, Fernsehserien und Frauen. So lange, bis eine der Frauen zu unserem Tisch rüberkommt und fragt, ob sie sich zu uns gesellen können. Ich will schon den Kopf schütteln, doch Pacey ist schneller und sagt ihr natürlich, dass es kein Problem ist.

Auf der anderen Seite schafft es vielleicht eine dieser Frauen, mich abzulenken, denn mein Plan von letzter Woche, wo ich beschlossen habe, mich von Taylor fernzuhalten, hat gerade mal drei Tage gehalten. Natürlich waren die Handtücher aus und Tae und ich waren alleine in der Wohnung. Selbstverständlich habe ich welche gebracht, doch dass sie nackt aus der Dusche steigt, hat mich fast umgebracht. Ihre helle Haut, ihre Rundungen, alles ist perfekt gewesen. Ihr Körper ist zum Niederknien, nicht zu dünn, nicht zu füllig, einfach perfekt für mich. Weil ich Angst hatte, dass sie meine Beule in der Hose entdecken könnte, habe ich ihr das Handtuch hingeworfen und bin sofort wieder abgehauen. Danach bin ich sofort ins obere Bad gerannt und habe kalt geduscht, doch schlussendlich musste ich Hand anlegen, um den Stau, der sich gebildet hat, seit sie vor zwei Wochen in unserer Wohnung eingezogen ist, loszuwerden.

Schließlich bin ich wieder dort, wo ich in der Highschool war. Taylor nah und doch so fern. Ich blicke auf meine Armbanduhr, die mir zeigt, dass es schon zweiundzwanzig Uhr ist. Früher hat genau jetzt die Party angefangen, doch ich habe irgendwie keinen Bock darauf, zu feiern.

»Na, was läuft?«, begrüßt mich die Blondine in der Runde. Ich versuche wirklich, etwas an ihr zu finden, das mich anmacht, doch sie ist mir zu künstlich. Extensions, Permanent-Make-up, zu lange Wimpern und die Lippen sind sicher auch frisch vom Doc. Ich war immer schon ein Typ, der auf das Natürliche an einer Frau gestanden hat. Kurven, Sommersprossen, Muttermale und ein strahlendes Lächeln. Doch hier fühle ich mich einfach fehl am Platz.

»Entschuldige mich«, sage ich und wende mich meinen Freunden zu. »Leute, ich mache die Biege. Morgen habe ich einiges auf dem Plan.«

»Kein Ding. Halt die Ohren steif. Bis Freitag«, sagt Luke, blickt von seinem Smartphone auf und nickt mir zu.

Als ich in die Wohnung komme, ist es still. Das Wohnzimmer ist leer. Addison ist heute mit ihrem Kerl aus und Gracie wird sicher schon schlafen. Ich gehe die Stufen hinauf und möchte mein Zimmer betreten, als ich ein Schluchzen höre. Sofort bin ich im Job-Modus und eile in Taylors Zimmer, bereit zuzuschlagen, sollte sich jemand Zutritt in unsere Wohnung verschafft haben.

Ihr Zimmer ist aber leer. Dann wieder dieser Laut, der mir eine Gänsehaut verschafft. Auch die anderen Zimmer sind leer, so bleibt nur mehr die Dachterrasse übrig. Ich eile die Treppe hinauf und trete in den Wintergarten. Meine Mitbewohnerin sitzt auf der Couch, die sie aus ihrer alten Wohnung mitgenommen hat, in eine Decke eingemummt, während der Heizstrahler in der Ecke das Zimmer wärmt.

»Was ist denn los?«, frage ich, weil ihre Tränen einfach nicht versiegen wollen.

Mit gerötetem und tränenüberströmtem Gesicht wendet sie sich mir zu und sieht wieder ins Buch. »Er ist tot!«

»Wer!«

»Der Protagonist«, flüstert sie und schließt gequält die Augen.

13. Kapitel

TAYLOR

Meine Nerven sind angespannt, als ich diese bestimmte Stelle lese, die mir Herzrasen beschert. Zwei elfenartige Wesen sind dabei, ihre Welt zu retten, während draußen ein Krieg tobt und sie alles zu verlieren drohen. Während sie mit ihrer Magie das Schlimmste verhindern wollen, hört sie, wie ihr Seelengefährte ihr seine Liebe gesteht. Das bekräftigt sie und verleiht ihr mehr Energie für die Vollendung des Zaubers. Nur drei Worte verleihen ihr diese entscheidende Kraft. Als es endlich vollbracht ist, dreht sie sich erschöpft, aber glücklich um, nur um ihren Gefährten leblos auf dem Boden vorzufinden. Ich leide wie ein Hund und kann die Schluchzer nicht unterdrücken. Ich habe es immer geliebt, wenn ich mich in Fantasybüchern verlieren konnte, einer Welt, die so anders ist als unsere und doch habe ich bis jetzt nie Tränen vergossen.

Bis jetzt. Ich kann die Tränen nicht aufhalten und als die Frau schreit und sie sich ihren Liebsten zurückwünscht, bricht mein Herz erneut.

Ich bin so gefangen in der Geschichte, dass ich die Rufe nicht gehört habe. Jemand schreit meinen Namen. Durch den Tränenschleier erkenne ich Daniel, der außer Atem die Dachterrasse beziehungsweise den Wintergarten betritt. Er fragt, was los ist, doch ich kann nur auf die Buchstaben in meinem Schoß blicken und heulen.

Als ich ihm aber sage, warum ich außer mir bin, lässt er erleichtert den Atem aus seinen Lungen weichen und senkt den Kopf. »Ich habe mir schreckliche Sorgen um dich gemacht, Tae. Ich habe dich nicht gefunden und dachte echt das Schlimmste.«

»Es tut mir leid, Dan.« Ich räuspere mich, lege das Buch zur Seite und wische mir mit dem Pyjamaärmel übers Gesicht. Dann erst wird mir bewusst, was für einen jämmerlichen Anblick ich abgeben muss. Der arme Daniel muss sich mein Geheule nun wochenlang anhören und hat sich bis jetzt noch nie beschwert.

»Ist schon gut. Ich weiß selbst, wie intensiv sich manche Bücher anfühlen.«

»Ja, deine Büchersammlung ist ziemlich umfangreich.«

Er lächelt etwas verlegen, was bei seiner Größe und seinem Auftreten total süß aussieht. »Früher hast du nicht viel gelesen. Zumindest nicht bis zur Juniorhigh.« Ich ziehe die Füße ein, um ihm auf der Stoffcouch Platz zu machen. Er setzt sich und fährt sich durchs Haar.

»Das hat erst in der Highschool angefangen. Als Computerspiele langweilig wurden, Musikalben alle gleich klangen und keine Freundin in Sicht war, habe ich neben dem Lernen angefangen zu lesen.«

»Freundin? Du meinst, du hast früher nicht ausschließlich auf Jungs gestanden?«

Er knirscht mit den Zähnen und ballt die Hände zu Fäusten, sodass sich seine Muskeln unter dem engen, langärmeligen Shirt abzeichnen.

»Nein«, lautet seine knappe Antwort, seine ganze Körperhaltung zeigt mir, dass diese Frage zu persönlich ist, also lenke ich das Thema schnell wieder auf etwas Neutrales.

»Was war dein erstes Buch, das du gelesen hast und wo du

wusstest, dass es deine Liebe für das geschriebene Wort geweckt hatte.«

Er antwortet sofort, was mich zum Schmunzeln bringt. »*Shining* von Stephen King. Ich war fasziniert und hatte damals auch eine Scheißangst, sag ich dir. Aber zum Schluss war ich einfach nur geflasht. Danach habe ich fast jedes seiner Bücher verschlungen.«

»King war mir immer zu gruselig.«

»Ja, ich erinnere mich noch, wie du zu Horrorfilmen stehst.« Sein schelmisches Grinsen breitet sich auf seinem hübschen Gesicht aus.

»Und merk dir das, ja? Am besten ist, ihr warnt mich vor, wenn ihr vorhabt, diese Art von Filmen zu sehen, okay. Dann verstecke ich mich einfach unter der Bettdecke und meide das Wohnzimmer.«

»Angsthase«, brummt er und bringt mich zum Lächeln.

»Ich bin nur ehrlich. Gibt es denn gar nichts, wovor du Angst hast?«

Daniel überlegt, schüttelt aber dann den Kopf. »Mir fällt auf die Schnelle nichts ein. Aber ganz furchtlos bin ich sicher nicht.«

»Macho!«, rufe ich und ernte ein tiefes Lachen.

Daniel lehnt sich zurück und lässt den Blick umherschweifen. Den Wintergarten, der einen vor der Kälte draußen schützt, bevor man zum künstlich angelegten Garten kommt, habe ich etwas umdekoriert. Da die Couch keinen Platz in meinem Zimmer hat, haben Grace und ich sie hierhergestellt. Wir haben mein Reich so gemütlich wie möglich eingerichtet. Das Bett steht in der Ecke, der Kleiderschrank, der gerade noch reingepasst hat, gegenüber, der Schreibtisch neben dem Fenster und mein Zeug ist teilweise noch in Kisten verpackt. Dann habe ich aufgeräumt, Lichterketten auf den Holzrahmen befestigt und einen Heizstrahler besorgt. Ein paar Kissen, eine Kuscheldecke, ein Beistelltisch und voilà. Der perfekte Zufluchtsort, wo ich das Schneegestöber beobachten oder mich vor der Welt verstecken kann.

»Unglaublich, was du aus einem ursprünglichen Schuppen gezaubert hast, sieht echt stilvoll aus.« Er deutet auf die nun weißen Regale, wo sich Übertöpfe türmen.

»Das Holz konnte einen neuen Anstrich vertragen und ich bin arbeitslos, wie du ja weißt. Deshalb habe ich genug Zeit.«

»Gibt es was Neues bezüglich deines gestohlenen Autos?«

Mein Lächeln verblasst, denn an mein geliebtes Auto habe ich eine Weile nicht mehr gedacht. »Nein, leider nichts. Aber Ian hat gesagt, er meldet sich, sobald er etwas erfährt.

»Ian?«, fragt Daniel erstaunt.

»Das ist der Polizist, der meine Aussage erneut aufgenommen hat. Er war ziemlich jung und engagiert, hat gemeint, ich könne ihn ruhig beim Vornamen ansprechen und er sieht ziemlich gut aus.« Ich wackle mit den Augenbrauen, um ihn neugierig zu machen, doch keine Reaktion von Daniel.

»Ja und?«

»Nichts.« Zwar will ich das Thema verwerfen, aber im Kopf plane ich schon, Ian vielleicht mal Daniel vorzustellen, falls Ian auch auf Männer steht, würden die beiden rein optisch hervorragend zusammenpassen.

»Warst du unterwegs?«, frage ich nun, da ich den Geruch von Bier an ihm wahrnehme.

»Ich war mit den Jungs unterwegs. Wir treffen uns jeden Freitag im Irish Pub die Straße runter.«

»Und hattest du Spaß?«, fühle ich ihm etwas auf den Zahn, denn auch wenn er immer offen zu mir ist, hat er über sein Gefühlsleben oder seine Freunde nur wenig preisgegeben.

»Klar, mit den Jungs wird es nie langweilig. Wenn du sie triffst, wirst du sehen, was ich meine.«

»Wilde Gesellen?«

»Ich nenne sie Tick, Trick und Track. Ich glaube, mehr brauche ich dazu nicht zu sagen.«

»Nein, wirklich nicht.« Mein Lachen ist herzlich, losgelöst und die Tränen sind dabei zu trocken. »Ich freue mich schon darauf, sie kennenzulernen. Miranda war auch ziemlich begeistert von dir.«

»Ach ja?«

»Ja. Sie meint, du wärst heißes Boyfriendmaterial.«

Daniel lächelt, fährt sich dabei übers Kinn, was ein kratzendes Geräusch hinterlässt. »Sie ist ziemlich wild und ich dachte, Addy wäre die Einzige, die so ein Wirbelwind sein kann.«

»Wild ist ja noch untertrieben. Diese Frau schafft es tatsächlich, harte Plattenbosse wie Welpen aussehen zu lassen.«

»Das kann ich mir lebhaft vorstellen.«

»Wie geht sie mit der Tatsache um, dass sie quasi zwischen den Stühlen sitzt?«, fragt mich Dan.

»Obwohl ich nicht mehr mit ihrem Bruder zusammen bin, lässt sie mich nicht fallen. Das bedeutet mir sehr viel. Sie gibt mir das Gefühl, als könnte nichts zwischen uns stehen.«

»Solche Art von Freundschaften habe ich mir hier auch aufgebaut. Es war schwierig aus Pasadena wegzuziehen, aber meinem Vater wurde hier eine tolle Stelle angeboten, doch nach ein paar Jahren wurde ihm und Mom Manhattan zu viel, also sind sie wieder in die gute alte Heimat gezogen.«

»Du wolltest nicht mit?«

»Nein, nicht wirklich. Weißt du …« Er macht eine Sprechpause, hebt die Decke an und legt meine Füße auf seinen Schoß, damit ich sie nicht anwinkeln muss. Er streckt die Beine von sich und macht es sich gemütlich. »Ich hatte einen beschissenen

Start hier in der Stadt, aber die Zeit hat mich zu dem Menschen geformt, der ich jetzt bin. Genauso wird es dir gehen nach dem ganzen Fiasko hier. Du wirst stärker, wirst durch diese Erfahrungen reifer.«

»Weise Worte. Aber ich denke, ich bin noch meilenweit davon entfernt, etwas Gutes an dem Chaos in meinem Leben zu finden.«

»Ich frage dich in einem Jahr noch mal.« Daraufhin muss ich lachen, denn es hat schon etwas Wunderbares, sich eine Zeit vorzustellen, in der mein Herz nicht mehr schmerzt oder in der ich einer strahlenden beruflichen Zukunft entgegenblicken kann.

»Etwas Gutes hat die ganze Sache gehabt. Ich habe dich wiedergefunden. Wir waren uns so nah damals. Ich habe in den letzten Jahren an dich gedacht, dich aber auf Social Media nicht gefunden.«

»Aus einem guten Grund, weil ich dort nicht vertreten bin. Ich bin kein Technikfreak.«

»Das sagt derjenige, der das neue iPhone hat!«

»Ja, aber nur weil Ray es mir geschenkt hat, als ich einen Klienten vor einem Stalker gerettet habe, der mit einem Messer bewaffnet war.«

»Wow. Das ist ja heftig.« Irgendwie wird mir ganz anders, wenn ich daran denke, was ihm alles während seines Einsatzes passieren kann.

»Wir sind für solche Situationen trainiert. Deshalb konnte ich das Schlimmste verhindern. Außerdem!« Er greift in seine Tasche und holt sein Handy raus. »Kann ich außer telefonieren nichts an diesem Mistding.«

Ich pruste los und hole neben dem Kissen in meinem Rücken mein iPad Mini raus. »Dabei ist es wie Magie. Ich regle mein ganzes Leben mit diesem Ding. Wenn ich Dad vermisse, rufe ich ihn auf Facetime an, kann meine Termine koordinieren und meine Wunschliste erweitern.«

»Ja, aber mit welchem Aufwand«, stöhnt er.

»Fast keinem. Schau mal.«

Nach einigen Stunden ist Daniel aufgeregt und neugierig, vor allem gefällt ihm die neue SprachApp. »Ich brauchte immer ewig, um den Tagesbericht abzutippen.«

»Nun kannst du ihn mit der Speech-to-Text-App einfach diktieren und das Gerät tippt für dich, solange du verständlich sprichst.«

»Das muss ich erst einmal verdauen.«

»Mach das«, gähne ich mehr, als ich sage.

»Los, ab ins Bett mit dir«, flüstert mein Mitbewohner und hilft mir von der Couch hoch.

»Manchmal wünschte ich mir, ich bräuchte auch so wenig Schlaf wie du.«

»Das kann ich mir vorstellen, aber es ist nicht so, also ab mit dir.«

Mit diesen Worten verabschieden wir uns voneinander. Ich habe ihm die ganze Nacht Schritte an seinem Telefon erklärt, ihm gezeigt, wie er Sprachnachrichten und eine FitnesswriterApp installiert, worauf er sein Training und seinen Ernährungsplan ergänzen kann. Daniel hat sich sehr schwergetan, weil er mit Technik einfach nicht viel am Hut hat. Er ist ein Macher, jemand, der anpacken kann und eher für die Arbeiten geschaffen ist, die sich ohne Technik machen lassen. Doch leider haben wir die Zeit übersehen, und ich stelle erschrocken fest, dass es vier Uhr früh ist, als wir in unsere Zimmer gehen.

Es ist lange her, dass ich mich so gut mit einem Mann unterhalten konnte. Robb und ich haben uns im Internet kennengelernt. Wir haben viel miteinander gechattet oder kurz telefoniert, aber später, als wir zusammengezogen sind, ist der Alltag schnell da gewesen, man hat über die Tagesereignisse gesprochen, ist vielleicht ausgegangen, aber nächtelange Gespräche hat es nicht mehr gegeben. Um die Gedanken an meinen Ex-Freund zu verdrängen, ziehe ich mir eine Schlafshorts an und stöbere in meinem Kleiderschrank nach einem T-Shirt. Beim Wühlen fällt mir eins von Robb in die Hände, das ich noch nicht weggeschmissen habe. Der Drang, daran zu riechen, ihn wieder an mich ranzulassen ist stark, aber Daniels Worte hallen in meinem Kopf nach. Er hat so ehrlich geklungen, als er gesagt hat, dass es mit der Zukunft leichter wird, also kralle ich mir den Stoff und werfe ihn in den Papierkorb unter meinem Schreibtisch. Mit einem Mal wird mir leichter ums Herz und ich kann wieder atmen. Abschminken brauche ich mich heute nicht mehr, da mir meine Tränen das abgenommen haben und zum Zähneputzen bin ich zu müde. Also kuschle ich mich in die Decke und schlafe sofort ein.

Am nächsten Tag wache ich erstaunlich ausgeruht auf. Der Blick aufs Handy verrät mir, dass es ein Uhr mittags ist. Was ich allerdings noch vorfinde, ist eine Chatnachricht von Daniel.

Dan: Also du hast echt was bei mir gut. Seit ich das ganze Phänomen Handy verstehe, fällt mir vieles leichter.
Tae: So wie Textnachrichten schreiben? ☺
Dan: Genau das. Also überleg dir etwas, mit dem ich dir eine Freude machen kann.
Tae: Sag so etwas nie zu einer Frau. Du darfst sie nicht mal denken.
Dan: Ach, da mache ich mir bei dir keine Sorgen.
Tae: Ach ja?

Dan: Du hast ja mich, also brauchst du doch keine weitere Freude mehr ☺
Tae: Wie konnte ich das vergessen! Aber ernsthaft jetzt. Du musst gar nichts kaufen oder tun. Ich habe dir gerne geholfen, so wie du mir unter die Arme gegriffen hast, als ich eine Bleibe gesucht habe.
Dan: Na schön, dann sind wir quitt.
Tae: Das sehe ich auch so. Es war unglaublich, wie lange wir gequatscht haben. Habe noch nie so lange Gespräche mit einem Mann geführt und sei es nur um Smartphones und Technik.
Dan: Nicht mal mit Robb?
Tae: Nicht mal mit ihm.
Dan: Das heißt, ich war dein Erster? ☺
Tae: Sozusagen, aber bilde dir bloß nichts darauf ein.

Ich mache mich auf den Weg zur Dachterrasse, wo ich mein Buch von gestern mitnehme, damit ich es endlich weiterlesen kann. Noch immer könnte ich mir selbst eine verpassen, weil Daniel mich immer dabei erwischt, wenn ich Rotz und Wasser heule. Filmreife Tränen, die elegant an meiner Wange hinabperlen, wären ja kein Problem, aber meine Ausbrüche bis jetzt waren eher vom Typ American Horror Story. Ich sehe an mir herab und bin zufrieden, trage meine Wollsocken, dazu Leggins und ein Shirt mit dem Aufdruck Bodak Yellow, das ich mir beim letzten Cardi B Konzert gekauft habe. Es ist beim Waschen etwas eingegangen, sodass ein Streifen Haut sichtbar ist.

Im Wohnzimmer finde ich Grace, die gerade die Keksdose öffnet und tief in Gedanken versunken ist, sodass sie mich nicht hört. Sie stopft die Leckereien in eine Plastiktüte und erschreckt sich fast zu Tode, als sie sich umdreht und mich erblickt.

»Du bist mutig, Gracie«, ich nicke ihr zu und setze mich an den Esszimmertisch.

»Du sagst Addy doch nichts, oder?«, will sie wissen und blickt nervös über die Schulter.

»Ich schweige wie ein Grab, aber wenn sie mich fragt, werde ich nicht lügen. Ich hasse Lügner und möchte selbst keiner sein.«

Sie sieht mir in die Augen, während sie noch immer Cookies in die Tüte stopft.

»Sie fliegt sowieso zu ihren Eltern, da gibt es Süßigkeiten zuhauf. Sie wird sie nicht mal vermissen.«

»Wann fährst du nach Hause?«

»In ein paar Tagen.«

»So früh? Ich dachte erst zu den Feiertagen?«

»Meine Eltern wollen nach Barbados, und ich soll sie begleiten. Dann werden wir in Jersey mit der Familie feiern. Zu Silvester bin ich aber wieder da. Addys Partys sind legendär, das will ich nicht verpassen.«

»Ach, Addy macht eine Party? Davon wusste ich nichts.«

»Warum glaubst du, fliehe ich denn? Addison ist ein Tasmanischer Teufel, wenn es um Partyplanung geht. Sie wird dich einspannen, wo sie nur kann.«

»Das macht mir nichts. Ich habe ja sonst nichts zu tun.« Sie sieht mich ungläubig an, sagt aber nichts dazu.

»Wann kommst du aus Pasadena zurück?«

»Um ehrlich zu sein, weiß ich das noch gar nicht. Muss mal mit meinem Dad telefonieren und die Sache abklären.«

»Mach das.« Sie verstaut die Tüte in ihrer Tasche und kommt auf mich zu. Ihre langen, blonden Locken wippen bei jedem Schritt mit. Dann sieht sie mir tief in die Augen und sagt finster: »Du hast hier nichts gesehen. Klar?«

»Natürlich nicht.« Ich versuche nicht zu kichern, aber es misslingt mir total.

14. Kapitel

TAYLOR

Ich lese auf der Couch mein Buch zu Ende, und obwohl meine Augen hin und wieder feucht geworden sind, habe ich keine Tränen vergossen. *Na endlich!* Es gibt noch Hoffnung für mich. Grace arbeitet in ihrem Büro in der Stadt, Addison ist bei Vaughn, hat aber leckere Fajitas gezaubert, womit ich nicht verhungern oder mir etwas bestellen muss. Und wieder einmal danke ich Gott, dass meine Mitbewohnerin so gerne kocht, obwohl sie selbst nicht mal viel davon isst, es ist beinahe so, als würde sie das Kochen erden und einfach glücklich machen. Daniel habe ich den ganzen Tag nicht gesehen, anscheinend ist er arbeiten, obwohl samstags sonst sein freier Tag ist. Danach putze ich beide Badezimmer und mache Zitronenlimonade mit Ingwer.

Gegen achtzehn Uhr, als ich gerade mit der Zubereitung von Pfannkuchen fertig geworden bin, klingelt mein Telefon. Ich lege den Pfannenwender hin und wasche mir schnell die Hände. Ein Blick auf das Display lässt mich lächeln, denn mein Herzensmensch ist dran.

»Hey Dad.«

»Hey Engel. Wie geht es dir? Hast du dich mittlerweile gut bei Daniel eingelebt?«

»Mir geht es wirklich gut. Du musst dir keine Sorgen machen. Und tatsächlich habe ich etwas durchatmen können. Zwar bin ich noch immer ohne Job, aber ich arbeite dran. Zuerst möchte ich mal einen Tag überstehen, ohne an diesen Idioten zu denken.« Da ich ohne Mutter aufgewachsen bin, hat sich mein Dad stets tapfer meine Sorgen angehört. Selbst wenn es um Jungs oder meine Periode gegangen ist, hat er immer ein offenes Ohr für mich gehabt.

»Dieser Typ ist deine Gedanken nicht mal wert.«

»Ich weiß. Aber sag das mal meinem Herzen.«

»Das ist aus Gold und du weißt, dass Gold zäh ist, oder?«

»Da hast du recht.«

»Und vor allem jetzt musst du stark sein, denn ich habe schlechte Neuigkeiten.«

Mein Lächeln, das ich meist auf dem Gesicht habe, wenn ich mit meinem Vater telefoniere, erstirbt und alle Alarmglocken schrillen auf einmal auf. »Bitte sag jetzt nicht, dass du krank bist oder so?«, flüstere ich, aber das letzte Wort schreie ich geradezu. Ich kralle das Handy in meiner Hand so fest, dass ich Angst habe, es kaputt zu machen.

»Was sagst du denn da? Nein! Natürlich nicht. Ich muss nur zu einer Tagung bezüglich der neuen Geräte, die wir erwerben konnten in der Werkstatt. Die ist in Phili und endet einen Tag vor Heiligabend.«

»Dann schaffst du es ja noch. Immerhin ist Philadelphia nicht so weit weg.«

»Theoretisch schon. Nur habe ich dieses Seminar erst spät entdeckt und nun sind die Rückflüge aufgrund der Feiertage schon ausgebucht.«

»Und wenn du nach New York zu mir kommst?«

»Möchtest du die ganzen Weihnachtsfeiertage in New York ohne deine Freunde und unsere Traditionen verbringen? Ich komme so schnell wie möglich heim.«

»Wie bitte? Das kann doch nur ein Scherz sein, oder?«

»Es tut mir leid, aber ich muss da hin. Ich würde den nächsten verfügbaren Flieger nehmen und am sechsundzwanzigsten Dezember wieder nach Hause kommen.«

»Aber das wäre das erste Weihnachten, das wir ohneeinander verbringen würden!« Ich höre mich an wie ein trotziges Kind, doch das ist mir egal. Das Fest ohne Mom zu feiern ist schon schlimm genug, aber ohne ihn?

»Ich weiß, und gerade jetzt hast du so viel um die Ohren, aber ich kann diesen Termin nicht verschieben, da ich dieses Zertifikat brauche, um diese neue Hebebühne in Betrieb zu nehmen.«

Ich atme tief durch und meine angespannten Muskeln lockern sich. Mir ist klar, dass mein Vater Inhaber einer sehr gefragten und großen Werkstatt ist, diese Arbeit hat ihn wieder aufgepäppelt, als ich es nach Moms Tod nicht gekonnt habe.

»Man kann ja nichts machen. Ich bin ein großes Mädchen und kann Weihnachten auch hier verbringen. Mach dir um mich keine Sorgen.« Dass ich mutterseelenalleine sein werde, muss er ja nicht wissen.

»Sicher?«, in seiner Stimme schwingt so viel Schmerz mit, denn Weihnachten bedeutet uns beiden viel und er würde lieber mit mir die Feiertage verbringen, als einen trockenen Vortrag über sich ergehen zu lassen.

»Natürlich, Daddy. Du wirst das in Philadelphia regeln und ich werde am Sechsundzwanzigsten zu Hause sein und wir feiern einfach nach, okay?« Er atmet tief ein und aus, kratzt sich am Bart, was eine beruhigende Wirkung auf mich hat. Seit ich denken kann ist mein Vater Bartträger, er ist nicht zu lang und immer sorgfältig gepflegt.

»Okay. Pass auf dich auf, Engel, und wir sehen uns in zwei Wochen.«

»Bye«, presse ich mühsam hervor und hoffe, dass er meine Enttäuschung nicht zu sehr mitbekommen hat.

Nachdem er aufgelegt hat, muss ich heftig schlucken. Ich werde tatsächlich an meinem Lieblingsfeiertag alleine sein! Selbst als ich mit Robb zusammen gewesen bin, haben wir diesen besonderen Tag bei meiner Familie in Pasadena gefeiert. Aber sich darüber aufzuregen oder zu schmollen, bringt keinem was, also lege ich das Handy auf die Arbeitsfläche und drehe mich um. Als ich Daniel im Wohnzimmer entdecke, schreie ich spitz auf. »Dan! Also echt! Musst du mich so erschrecken?«

Er sieht mich nachdenklich an, doch auf eine Entschuldigung warte ich vergebens. Er hat seinen schwarzen Mantel abgelegt und steht im Anzug vor mir. Und meine Güte, der steht ihm hervorragend.

»Du siehst gut aus.« Ich versuche es mit einem Kompliment, um meinem Vorwurf von vorhin die Schärfe zu nehmen. Er blinzelt und sieht an sich hinunter, als wäre er zu sehr in Gedanken abgedriftet und müsste sich sammeln.

»Danke. Was ist mit deinem Dad?«

Ich hebe die Brauen, denn mir war nicht bewusst, dass er mein Gespräch mit angehört hat. »Er ist zu Weihnachten auf einer Tagung und wird erst später nach Hause kommen.«

»Kann er es nicht verschieben?« Dan legt seine Sporttasche auf den Boden neben der Garderobe, wo sie immer steht und kommt zu mir in die Küche. Als er die Pfannkuchen entdeckt, erhellt sich sein Gesicht, wenn auch nur kurz.

»Leider nicht. Es geht um eine dringende Angelegenheit wegen einer Hebebühne.«

»Verstehe.« Ich denke schon, das Gespräch ist beendet, aber da fragt Dan erneut. »Was hast du dann vor? Fährst du zu deinem Elternhaus und wartest, bis er kommt?«

»Nein, ich werde hier sein und einen späteren Flug nehmen.«

»Grace wird aber nicht da sein.«

»Das weiß ich auch.«

»Und wir fliegen am Dreiundzwanzigsten.«

»Das weiß ich ebenfalls.« Mir ist nicht klar, worüber wir hier diskutieren.

»Miranda oder Charlie?«

»Die werden mit ihren Liebsten zusammen sein.«

»Du hast also nichts geplant.«

»Doch, ich werde hierbleiben. Fernsehen, Essen in mich reinstopfen und auf der Dachterrasse lesen.«

»Das klingt ja langweilig. Komm einfach mit zu uns.« Ich merke, dass er verbissen auf diese eine Frage hingearbeitet hat, wieso weiß ich allerdings nicht. Ich kenne Daniels Familie, weiß, wie groß sie ist und habe mich sehr gut mit seinen Eltern verstanden, aber etwas in mir sträubt sich gegen die Einladung.

»Danke für das Angebot, aber ich bleibe hier.« Ich will nicht aus Mitleid mitgenommen werden, auch wenn es nett ist, dass er fragt.

»Ach, willst du ernsthaft alleine in der Wohnung hocken?«

»Ja«, sage ich bestimmt.

»Magst du denn meine Familie nicht? Oder wieso bist du so stur?«

»Natürlich mag ich deine Familie, aber ich brauche auch etwas Ruhe.« Ich lüge, obwohl ich es hasse, und hoffe, dass es ihm nicht auffällt.

»Das glaube ich dir nicht. Du kommst mit und basta.«

»Ach ja? Entschuldige, aber als ich das letzte Mal nachgesehen habe, hatte ich meinen freien Willen noch nicht verloren, auch wenn du hier den Macho rauslässt«, entgegne ich aufgebracht. Keine Ahnung, wieso das hier gerade in einen Streit ausartet, aber es passiert einfach.

»Entschuldige, ich will nicht herrisch klingen, aber meine Eltern würden sich sicher freuen, dich wiederzusehen.«

»Sie sehen mich doch jedes Mal, wenn ich Dad besuche.«

»Das ist aber nicht dasselbe.« Langsam wird mir diese Diskussion zuwider, auch wenn es mir davor graut, meinen Lieblingsfeiertag alleine zu verbringen, werde ich mich mit Sicherheit nicht bei den Grants aufdrängen. Ich stelle mich vor Daniel, lege den Kopf in den Nacken, um ihm in die Augen zu sehen und lasse mich durch seine imposante Gestalt nicht verunsichern.

»Noch mal, Daniel. Danke für die Einladung, aber ich werde nicht mitkommen.«

Daniels Kiefer arbeitet hart, die Muskeln an seinem Körper spannen sich an und aus irgendeinem Grund muss ich auf seine Lippen starren, die zu einer Linie zusammengepresst sind. Daniel ist in der Tat ein attraktiver Mann. Sein Gesicht ist kantig, männlich und die Nase etwas schief, was seinem guten Aussehen keinen Abbruch tut. Während sein Gesicht manchmal hart wirkt, machen seine warmen, braunen Augen das wieder wett. Wenn er jemanden mag, dann zeigen diese das unverschleiert. Denn auch wenn er vielleicht etwas aufdringlich gewesen ist, mag er mich und möchte, dass ich nicht alleine bin. »Na schön«, raunt er mit seiner tiefen Stimme, dreht sich um und eilt die Treppe hinauf.

»Was ist denn hier los?«, fragt Grace, die gerade hereingekommen ist, als Daniel zerknirscht abdampft.

»Ich weiß es nicht.« Und es stimmt tatsächlich. Ich verstehe seine Reaktion nicht, doch da ich schon geknickt genug bin, verwerfe ich die schlechte Laune und konzentriere mich auf Grace, die aussieht, als hätte sie in Schlamm gebadet. »Bist du etwa so mit der U-Bahn gefahren?«, frage ich erschrocken, denn ihr Haar, das sonst gepflegt ist, sieht schlimm aus. Zerzaust und voller Erde.

»Wo denkst du hin. Nein. Ich habe ja einen Lieferwagen, wo mich Gott sei Dank niemand in der Dunkelheit gesehen hat.«

»Hast du dich bei der Arbeit ein wenig eingesaut?«

»Ein wenig«, sie kichert und zuckt mit den Schultern.

»Mein Job ist zu dieser Zeit ziemlich matschig, aber ich liebe es einfach. Was riecht denn da so himmlisch?«

»Ich hatte Lust auf Pfannkuchen und da ich letztens ein Glas Nutella gekauft habe, dachte ich, wir sündigen heute mal anständig.«

»Dich schickt der Himmel, Taylor.« Sie seufzt und entledigt sich ihrer Winterjacke, die einmal dunkelblau gewesen, nun aber mit Dreck übersät ist.

»Geh du in Ruhe duschen, ich mache alles warm, starte Netflix und warte mit dem Essen auf dich. Okay?« Eine Antwort bekomme ich nicht, denn plötzlich legt sie die Arme um mich und drückt mich fest. Habe ich bei unserer ersten Begegnung noch gedacht, dass sie eher der Typ still und ruhig ist, werde ich mit jeder Woche klarer. Sie ist ein kleiner Wirbelwind, der seine Gefühle nur preisgibt, wenn sie jemandem vertraut. »Ich schätze, das ist ein Ja?«

»Das ist ein Ja mit Fähnchen und Fanfaren.« Sie kichert und löst sich von mir. Kopfschüttelnd sehe ich ihr nach und gehe wieder in die Küche.

Ganz undamenhaft sitzen wir auf der Couch. Jede einen Teller auf dem Schoß und naschen an unserem Dessert. Ich habe sogar noch Beeren gefunden und die Portionen garniert. Grace stöhnt bei jedem Bissen und deutet kauend mit der Gabel auf mich. »Ich schwöre dir, das hier sind die besten Pfannkuchen, die ich je gegessen habe.«

»Das sagst du sicher zu jedem, der dir welche macht.« Ihr Grinsen wird breit und sie nickt. »Auf was haben wir heute Lust?«, frage ich und deute auf den Fernseher.

»Ähm. Passend zum süßen Zeug könnten wir uns eine Schnulze ansehen.« Ich verziehe das Gesicht, muss aber lachen, als meine Mitbewohnerin den leeren Teller ableckt, um die letzten Nutellareste zu erwischen. »Dafür bin ich einfach zu nüchtern!«

»Ach, keine Sorge.« Sie erhebt sich, nimmt meinen leeren Teller ebenfalls mit und kommt mit einer Flasche Wein und drei Gläsern zurück.

»Grace, das war ein Scherz.«

»Wenn es um Alkohol geht, mache ich keine Witze. Jeder Arzt wird dir sagen, dass ein Glas Wein am Tag gesund ist.«

»Ja, aber nicht nach einer Kalorienbombe wie unserer.«

»Wer sagt das.«

»Ich.«

»Quatsch.« Sie öffnet die Flasche, riecht kurz dran und schenkt mir ein Glas ein. Grace sieht geübt dabei aus, als wüsste sie genau, wie das geht. Während ich früher als Teenie immer Wein mit Cola vermischt habe, und zwar keinen Qualitätswein, wie sie gerade in der Hand hält, sondern den billigen Fusel von der Tankstelle.

»Danke.« Ich nehme ihr das Glas ab und sehe das dritte Glas auf dem Tisch.

»Mag Dan auch Wein?«

»Großer Gott, nein. Er ist ein richtiger Kerl, wie er sagt, und trinkt nur Bier.«

»Für wen ist dann das andere Glas.«

»Für Addy.«

»Aber die übernachtet doch bei ihrem Freund, oder?«

»Nein. Wenn er am nächsten Morgen arbeiten muss, darf sie nicht bei ihm schlafen, weil er bei jeder Regung aufwacht.«

»Krass.« Ich stelle mir das schwierig vor, denn wenn man mit jemandem verlobt ist, will man doch jeden Tag und vor allem die Nächte miteinander verbringen, aber es steht mir nicht zu, darüber zu urteilen. Nachdem es sich Grace auf der Couch gemütlich gemacht und sich für einen schmalzigen Liebesfilm entschieden hat, entspanne auch ich mich. Wir sind gerade bei der Mitte des Films, und ich beim zweiten Glas Wein, als ich mich Grace zuwende, die wie gefangen in der Geschichte ist.

»Sag mal, wie sieht es bei dir aus? Gibt es jemanden in deinem Leben?«

Ihr Lächeln wird ein wenig traurig. »Ja, ich habe jemanden geliebt, aber er hat sich dann für eine andere entschieden.«

»Du meinst, dass er dich für eine andere verlassen hat?«

»Nein. Er hat eine meiner Cousinen geheiratet.«

Ich verschlucke mich beinahe an meinem Glas Wein, nachdem sie diese Bombe platzen lässt.

»Wirklich? Das ist ja krass!«

»Die beiden waren nur Freunde. Bis Daniel die beiden auf der Straße beim Knutschen erwischt hat. Dan hat ihn zur Rede gestellt, doch er hat abgewinkt, meinte dass ich ihn nicht glücklich machen würde und prüde sei, da hat unser Mitbewohner ihm eine verpasst.«

»Was?« Ich hebe die Brauen in die Höhe, überrascht von dieser heftigen Reaktion.

»Für ihn bin ich wie eine zweite kleine Schwester, sein Beschützerinstinkt hat etwas über die Stränge geschlagen.«

»Haben sie sich auf offener Straße geprügelt?«

Grace lacht laut auf und legt erheitert den Kopf in den Nacken. »Nein, Edward war klug genug, nicht auf Daniel loszugehen, ihm war klar, dass er verloren hätte.«

»Ach ja?«

»Ja. Mein Ex war eher schlaksig, ein Nerd, wenn du es so sehen willst, aber er hat zu mir gepasst, bis er angefangen hat, meiner Cousine die Zunge in den Hals zu schieben.«

»Wann war das?«, frage ich ergriffen, denn nun verstehe ich, wieso Grace in den letzten Wochen diesen wissenden Ausdruck im Gesicht gehabt hat. Sie hat genau dasselbe durchgemacht wie ich, vielleicht sogar schlimmer.

»Vor einem Jahr. Aber ich bin drüber weg«, sagt sie, doch ihre Augen strafen ihre Worte Lügen.

15. Kapitel

TAYLOR

Ich wechsle schnell das Thema, weil mir ehrlich gesagt das Thema Robb zum Hals raushängt und Grace wirkt nicht so, als würde sie weiter über ihre gescheiterte Beziehung sprechen wollen. Kurz vor dem Ende des Filmes kommt Addison nach Hause und hält kurz inne, als sie uns entdeckt. »Na, Ladys. Wo drückt der Schuh, wenn ihr euch an einem Sonntagabend die Kante geben müsst?« Sie lässt sich zwischen uns nieder und verdreht die Augen, als sie den Film erkennt.

»Das kann doch nicht euer Ernst sein!«

»Wieso denn nicht? Wir wollen ein wenig Romantik in unserem Leben.«

»Ja, aber da geht man doch aus und holt sich was Heißes ins Bett und sabbert nicht den Fernseher an.«

»Wir sind halt eher die Frauen von der faulen Sorte«, sagt Grace und reicht ihrer besten Freundin ein Glas Wein. Der übrigens immer leckerer schmeckt, je mehr ich davon trinke.

»Da gebe ich euch recht, aber daran werden wir arbeiten. Mit den Fernsehabenden ist es nach Weihnachten genug. Ihr müsst unter Leute, und ich werde euch begleiten.«

Ich öffne den Mund, um etwas zu erwidern, doch Grace kommt mir zuvor. »Lass es sein, Taylor. Wenn sich Addy etwas in den Kopf gesetzt hat, bekommt sie das für gewöhnlich auch.«

»Na schön.« Ich weiß zwar nicht, was Addison vorhat, aber auch ich bin mir bewusst, dass ich mich hier in der Wohnung verkrochen und die Welt um mich herum kaum wahrgenommen habe. Mittlerweile ist ein Monat vergangen seit ich von Robbs Verrat erfahren habe, und ich denke, ich bin auf einem guten Weg, darüber hinwegzukommen. Ich habe vor, mehr unter Leute zu gehen und zu sehen, was die Welt so für mich bereithält. Wir unterhalten uns locker, lassen nebenbei *Mean Girls* im Fernseher laufen und öffnen noch eine Flasche Wein, der mich langsam, aber sicher zu übermannen droht. Eine Wärme erfüllt mich und der Raum beginnt zu schwanken oder bin ich das?

»So, das reicht.« Addison nimmt mir das Glas aus der Hand und stellt es auf den Tisch.

»Ich denke, du hast genug Wein für heute.«

»Das glaube ich auch«, murmle ich und ernte ein Kopfschütteln von Addison, die Alkohol viel besser vertragen kann als ich, selbst Grace hat mehr Gläser getrunken, wirkt aber nüchtern. Ich bin eindeutig außer Form. Wir konzentrieren uns auf den TV, als sich Grace plötzlich mir zuwendet.

»Was war das vorhin mit Daniel und dir? Habt ihr gestritten?« Ich seufze auf, will ihr antworten, aber ich verstehe seine Reaktion selbst nicht.

»Nicht wirklich. Ich glaube, er war eingeschnappt, weil ich seine Einladung ausgeschlagen habe.«

»Was?«, keuchen beide auf und Grace hätte fast Wein auf die Couch geschüttet.

»Hat er dich um ein Date gebeten?«, fragt Addison entsetzt. So kenne ich die unerschütterliche Addy nicht, die mich nun ansieht, als wäre mir ein Horn gewachsen.

»Ach Quatsch. Wie kommst du denn auf so etwas? Aber er hat mich über Weihnachten zu seinen Eltern eingeladen. Die ja auch deine Eltern sind. Ich meine, du weißt schon, Mama und Papa.« Scheiße! Ich bin wirklich hackedicht.

»Er will, dass du Weihnachten bei uns verbringst? Das ist doch toll oder etwa nicht?«

»Nein! Ich will kein Mitleid. Will nicht, dass er mich mitnimmt, weil ich so ein Versager bin, der nicht mal die Feiertage übersteht, ohne Katastrophen anzuziehen.«

»Ich denke, Mitleid spielte bei der Einladung keine Rolle«, sagt nun Grace, doch ich schüttle den Kopf.

»Danke Leute, dass ihr euch Sorgen macht, aber ich will nicht darüber reden. Nur weil Daniel keine Absagen verkraften kann, hat er nicht das Recht, mich so anzusehen.«

»Wie anzusehen?«

»Als wäre ich ein Loser.«

Die Mädels sind ins Bett gegangen, aber ich kann nicht schlafen, nehme mein leeres Weinglas in die Hand, ohne mir nachzufüllen und starre auf den Fernseher, ohne wirklich dem Film zu folgen. Dieser Tag hat so schön angefangen, bis mein Dad abgesagt und Daniel mich so mitleidig angesehen hat. Vielleicht glauben mir Addison und Grace nicht, aber ich will tatsächlich vor Daniel nicht schwächer wirken als ohnehin schon. Er hat mich am Boden erlebt, mich während Heulkrämpfen gehalten und mich getröstet und doch hat er sich heute komisch verhalten.

Er hat kein Recht, mich dazu zu überreden, mit ihm die Feiertage zu verbringen. Daniel soll nicht den guten Samariter spielen, ich kann selbst auf mich aufpassen und es würde mir nicht schaden, ein paar Tage Ruhe zu haben. Denn Weihnachten bedeutet auch Einkaufsstress, Kochmarathons und Schmückdesaster, weil wir jedes Jahr den Stern für den Baum nicht finden können, das ist bei Dad und mir wie eine Tradition.

Eine ungeheure Wut hat mich erfasst, da ich nicht mehr das Mäuschen in seinen Augen sein möchte. Ich will, dass er mich sieht, wie ich bin. Angeknackst, aber nicht zerbrochen. Ich stelle das Glas auf den Couchtisch, stehe auf und schwanke mehr schlecht als recht nach oben und finde mich vor Daniels Tür wieder. Ich klopfe, weil es so viel gibt, was ich ihm sagen möchte. Daniel öffnet verwirrt die Tür, den eReader in der Hand und sieht auf meine nackten Beine, weil ich mich vor dem Filmabend, als Grace duschen gewesen ist, umgezogen habe. Nun trage ich eine Hotpant aus Spitze, die aber ein Pyjama ist, zwar ein verruchter, aber was soll's, in diesem Haushalt gibt es niemanden, den das interessiert, wie aufreizend ich mich anziehe. Mein Oberteil ist fast durchsichtig, schmiegt sich um meine Brüste, die bei seinem Anblick plötzlich schwer werden.

»Was ist los?«, raunt er mit seiner tiefen Stimme und trifft mich damit direkt in meiner Mitte. Das war immer ein Schwachpunkt von mir, wenn Männer eine ausdrucksstarke Stimme haben. Der Alkohol scheint diese Schwäche noch zu vertiefen.

»Ich will dich ausschimpfen«, flüstere ich und sehe ihm tief in die Augen, die mich warm anblicken. Ich schlucke, denn mit einem Mal weiß ich nicht mehr, was ich sagen wollte.

»Ach ja?«, er hebt eine Braue und mustert mich schweigend, legt seinen eReader auf die Kommode neben der Tür und wendet sich mir nun voll und ganz zu.

»Ja«, hauche ich, fühle mich plötzlich, als herrschten hier im Flur fünfzig Grad. Daniel ist nur einen Schritt von mir entfernt, doch mir ist so, als würde ich seine Wärme auf mir spüren können. Bilder verfestigen sich in meinem Kopf, als ich auf die geschmeidigen Lippen blicke. Ich stelle mir vor, wie Daniel mit seinem Mund die heißesten Dinge mit mir anstellt, mich zum Schreien bringt. Mir das gibt, wonach ich mich immer gesehnt habe. Ich schüttle den Kopf, will dieses Szenario, diese Lust verbannen, beginne aber zu schwanken. Dann macht Dan einen großen Fehler. Er greift mit seinen großen Händen nach meiner Taille, hält mich fest.

»Ist alles in Ordnung?«

Ich nicke, kann aber nicht aufhören, ihn anzusehen. Dann riecht er an mir. »Hast du getrunken?«

»Nein.« Er hebt nun beide Brauen, weil er mir kein Wort glaubt.

»Gut, vielleicht ein bisschen«, lenke ich ein und drohe aufgrund seiner Hand auf meiner Haut zu verbrennen. Meine Sinne sind auf ihn fixiert, wollen, dass sich Daniel ihrer annimmt, sich meiner annimmt, obwohl das völlig unmöglich wäre.

»Taylor?«, fragt Dan und verflucht sei der tiefe Bariton seiner Stimme.

»Ich …« Mein Kopf ist wie leer gefegt, ich weiß beim besten Willen nicht mehr, wieso ich an seiner Tür geklopft habe, vorhin war ich noch vernebelt durch den Wein, doch nun sehe ich klar. Der Plan ist gewesen, Daniel an den Kopf zu werfen, dass er nicht über mein Leben zu bestimmen hat, jedoch muss ich ehrlich zu mir sein, denn mein Mitbewohner hat nichts Falsches getan, außer mir zu zeigen, dass er gerne Zeit mit mir verbringen möchte. Kurz bilde ich mir ein, dass seine Finger leicht über den Streifen Haut, der über dem Bund meiner Hose aufblitzt, streichen, aber ich könnte mich auch täuschen.

Daniels Augen sind dunkel und die Verwirrung darin verschwunden. Dafür wurde Platz gemacht für etwas, was ich nur glaube mir einzubilden. Verlangen? Sehnsucht? Vielleicht habe ich mich geirrt, was die Klarheit von vorhin anbelangt hat. Ich bin dabei, mich von ihm zu lösen, doch sein Griff verstärkt sich um meine Hüfte. Und Gott helfe mir, das ist mein Untergang.

Augenblicklich schlägt mein Herz schneller, als sich Daniel über die Lippen leckt. Das Ziehen in meinem Bauch wird stärker und stärker und dann geschieht etwas, mit dem keiner von uns gerechnet hat. Ich löse mich hastig von ihm, um ihm zu meinem Entsetzen vor die Füße zu kotzen.

Und so verbringe ich die nächste Stunde oder sind es zwei, ich weiß es nicht mehr, über der Toilette und erbreche mich. Das ist schon schlimm, aber es ist der Supergau, dass Daniel nicht von meiner Seite weicht und meine Haare hält und beruhigend auf mich einredet. Kann man sich denn noch mehr blamieren, als ich es schon bei diesem Mann getan habe? Ich glaube nicht!

»Atme, Tae«, flüstert er und streicht über meinen Rücken. Als ich nicht mehr würgen muss, vernehme ich wieder seine Stimme. »Möchtest du ein Glas Wasser?«

Unfähig zu sprechen nicke ich nur und warte sehnsüchtig, dass er aus dem Raum geht, um die Spülung zu betätigen und mir im Eilverfahren die Zähne zu putzen. Dann setze ich mich auf den runtergeklappten Toilettensitz und vergrabe mein Gesicht in meinen Händen. *Was ist bloß aus mir geworden?* Ich habe geglaubt, dass ich mich im Griff habe und auf dem Weg der Besserung sei, aber ich trete von einem Fettnäpfchen ins nächste und Dan scheint dabei immer in der ersten Reihe zu stehen, ob er nun will oder nicht. Ich habe noch nie so viel getrunken, dass ich mich übergeben musste, konnte immer einschätzen, wie viel ich vertragen kann, doch seit dem schlimmsten Tag in meinem Leben habe ich das Gefühl, dass auch ich mich verändert habe. Und nicht gerade zum Guten, sondern eher zu einem Teenie.

»Hey«, flüstert Daniel ganz nah an meinem Gesicht. Ich nehme die Hände weg und erschrecke kurz, als ich meinen Mitbewohner entdecke, der vor mir in die Hocke gegangen ist und das Glas Wasser neben sich abgestellt hat. »Wein doch nicht.«

Ich blinzle und spüre erst jetzt die Nässe auf meiner Haut. Ich war so in Gedanken versunken, dass ich nicht gemerkt habe, dass mir die Tränen über das Gesicht laufen. »Es tut mir so leid, Dan. Ich verstehe das Ganze nicht. So bin ich nicht. Ich weine nicht, vor allem nicht bei Fremden.«

»Bin ich das für dich? Ein Fremder?« Enttäuschung blitzt in seinen Augen auf, doch er versteckt sie sofort wieder.

»Nein, aber trotz allem haben wir uns zehn Jahre nicht gesehen und da stolpere ich in dein Leben und bringe es durcheinander. Du bist so hilfsbereit, aber diese Schwäche, die ich euch gegenüber zeige, das bin ich für gewöhnlich nicht. Normalerweise versuche ich, stark zu sein.« Ich senke den Kopf, weil mich die Erschöpfung packt und ich mich unendlich müde fühle.

Daniel legt Daumen und Zeigefinger um mein Kinn, um es sanft anzuheben. »Wir mögen uns zehn Jahre nicht gesehen haben, aber meine Gefühle dir gegenüber haben sich nicht verändert. Ich respektiere dich und bin dein Freund, wenn du es zulässt.«

Überaus dankbar über seine Worte werfe ich mich ihm um den Hals und drücke ihn fest an mich. Sein Geruch, den ich nicht benennen kann, weil er einfach nach einem Mann riecht, erdig und unfassbar gut, erfüllt mich. Er streicht mir liebevoll übers Haar und flüstert mir die Worte ins Ohr, die mir den Rest geben. »In meinen Armen darfst du immer schwach sein. Du brauchst keine Angst haben, denn ich würde dich niemals verurteilen.«

Ich antworte nicht, sondern drücke mich noch fester an ihn, lasse mich in meinem Sicherheitsnetz fallen, das mir Daniel gegeben hat.

16. Kapitel

TAYLOR

Den Kater an diesem Morgen habe ich mehr als verdient, deshalb jammere ich nicht, als die Kopfschmerzen mich in die Knie zwingen wollen. Alles ist erträglicher als die Scham, wenn ich an letzte Nacht denke. Wäre Daniel sauer gewesen, wäre es um einiges leichter, aber er muss unfassbar süß sein. Nachdem er mich getröstet hat, habe ich die Sauerei weggewischt und bin tot ins Bett gefallen. Da die Jalousien zugezogen sind, greife ich nach meinem Handy, um die Uhrzeit zu checken. Vierzehn Uhr. Ich habe ziemlich lange geschlafen, doch es ist bei Weitem nicht genug. Meine Müdigkeit ist sofort verflogen, als ich eine Nachricht in meinem Chateingang habe.

Dan: GUTEN MORGEN VIETNAM!!!

Auch wenn es nur Buchstaben sind, höre ich ihn mir beinahe ins Ohr schreien. Ich schüttle den Kopf und antworte.

Tae: Schrei mich nicht an! Ich leide hier wie ein Hund!
Dan: Fahr die Jalousien hoch, dann wird es dir besser gehen.

Ich mache, was er geschrieben hat und finde zwei Tabletten Aspirin und ein großes Glas Wasser auf dem Nachtschränkchen vor.

Tae: Du bist ein Engel, danke.
Dan: Gerne geschehen. Du bist so süß, wenn du schnarchst.
Tae: Ich nehme die Worte zurück, du bist ein Idiot.
Dan: Da hat man mich schon Schlimmeres genannt.
Tae: Oh, das kann ich mir lebhaft vorstellen.
Dan: So kratzbürstig heute … auch wenn ich es toll finde, dich in Action zu erleben, solltest du mal was trinken. Aber nur Wasser!

Ich verdrehe die Augen, kann mir jedoch ein Grinsen nicht verkneifen. Ganz brav, wie ich nun mal bin, schlucke ich die Tabletten und lege mich wieder hin.

Tae: Drogen eingeworfen. Du kannst stolz auf mich sein.
Dan: Gut gemacht. Endlich hast du mal das getan, was von dir verlangt wird.
Tae: Danke für die Lobgesänge, aber solltest du nicht arbeiten? Den breitbeinigen Beschützer spielen?
Dan: Schreibe gerade einen Bericht, und es ist ja nicht so, dass ich dem Klienten ständig auf die Pelle rücke. Es muss viel Papierkram erledigt werden, von seiner wie auch von meiner Seite.
Tae: Dann bist du sozusagen auch Assisstent ☺
Dan: Du stellst dir mich gerade in einem kleinen Büro vor, wo ich aufgrund meiner Größe wie ein Riese aussehe, oder?

Ich muss kichern, weil er genau weiß, was ich denke. Es ist schon fast beängstigend.

Tae: Erwischt! Aber du siehst in meiner Vorstellung sehr gut aus. Halb nackt, eingeölt und mit einer Fliege um den Hals.
Dan: Du hast zu oft die Übertragung von den Chippendales gesehen.

Tae: Könnte stimmen. Außerdem sind einige tätowiert und sehen heiß aus.
Dan: Die meisten von denen sind schwul.
Tae: Vielleicht, aber in meinen Gedanken stellen sie ganz unanständige Dinge mit mir an.
Dan: Diese Bilder! Du bringst mich um!
Tae: Wieso denn? Du spannst sie mir in deinen Gedanken doch wieder aus, oder?

Daniel tippt, schickt aber keine Nachricht ab, und ich beiße mir auf die Unterlippe, weil ich Angst habe, ihn womit auch immer verärgert zu haben. Als ich das Handy schon weglegen möchte, bekomme ich eine Antwort.

Dan: Ich muss leider wieder an die Arbeit. Muss den Breitbeinigen spielen.
Tae: Okay, dann mach mich stolz. Bye.
Dan: TAE!
Tae: Ja?
Dan: Du hast schon lange nicht mehr so mit mir gekabbelt, wie du es früher immer getan hast. Es ist toll, dass du wieder da bist.

Mein Seufzen ist das einzige Geräusch im Zimmer, als ich mich wieder ins Kissen kuschle und an die Decke starre. Bin ich wieder da? War ich denn je weg? Ich weiß, dass Daniel und ich uns früher Wortgefechte geliefert haben, doch ich habe schon lange nicht mehr an diese Zeit gedacht. Um ehrlich zu sein, habe ich mich mehr im Mitleid gesuhlt, als ich nach vorne geblickt habe, aber seit gestern Nacht … Seit mir Daniel dieses Sicherheitsnetz angeboten hat, fühle ich mich erstaunlich besser. Befreiter und gelöster. Ich bin weit davon entfernt, wieder die alte Taylor zu werden, aber vielleicht muss ich das auch nicht. Eine Veränderung hat es längst in meinem Leben gegeben und vielleicht ist es ein Startschuss, für eine neue Tae. Welch ein schöner Gedanke. Das Verlangen, im Bett zu bleiben und noch ein wenig Schlaf nachzuholen, ist verlockend, doch der Hunger meldet sich.

Noch immer im Pyjama von gestern, der bei meiner Kotzattacke Gott sei Dank sauber geblieben ist, tapse ich ins Wohnzimmer und lasse mir einen Kaffee in den Becher laufen, ehe ich ein Klopfen an der Tür vernehme. Ohne mir groß etwas dabei zu denken, öffne ich sie und erstarre. Vor mir steht niemand geringerer als Robb, der kurz nach Luft schnappt, als er mich sieht. Unfähig, mich zu bewegen oder gar zu sprechen, sehe ich ihn nur an. Es ist einen Monat her, dass ich ihn das letzte Mal gesehen habe, und doch kommt es mir wie ein Jahr vor, denn ich sehe ihn nun mit anderen Augen.

»Taylor«, flüstert er und schluckt dabei schwer, ich sehe Schmerz in seinen Augen, was mich ehrlich überrascht. Früher habe ich es geliebt, wenn er meinen Namen geraunt hat, ihn mit seiner wohlklingenden Stimme zu einer Symphonie machte. Doch jetzt fühle ich nichts. Weder bei seinem Anblick noch bei seiner Stimme, die mir so vertraut war.

»Was willst du hier?« Ich klinge so, wie ich mich fühle, leer und distanziert.

»Ich wollte dich sehen. Nein, ich musste dich sehen.«

»Wozu? Ich habe dir nichts mehr zu sagen.« Hat er mich nicht schon genug blamiert, und das noch vor der ganzen Welt?

»Ich weiß, ich habe Mist gebaut, und es ist unverzeihlich, aber ich kann nicht aufhören, an dich zu denken, an das, was wir hatten.«

Ich schweige, doch er scheint es nicht mal zu merken, denn er redet weiter. »Du und ich, wir hatten etwas, das einzigartig war. Etwas, das mich erfüllt, mich inspiriert hat und seit du nicht mehr da bist, kann ich nicht arbeiten. Mir schwirren keine Ideen im Kopf herum.«

»Daran hättest du denken sollen, bevor du deinen Schwanz in Carol versenkt hast.«

»Das ist nicht fair. Ich versuche, mich hier zu entschuldigen und möchte dir alles erklären. Aber es fällt mir schwer, wenn du so heiß aussiehst und mich dabei verurteilst.« Augenblicklich verspüre ich den Drang, mich zu bedecken und verfluche mich selbst, weil ich nichts übergezogen habe.

»Bitte komm zurück! Ich verspreche, dass ich zu Kreuze kriechen werde, dass ich dir jeden Wunsch von den Augen ablesen werde.«

So eine gequirlte Scheiße! Ich gehe einen Schritt auf ihn zu, und meine Wut lässt ihn vor mir zurückweichen. Denn nun fühle ich etwas, seine Worte haben den Zorn aufgestachelt, der in mir gebrodelt hat. »Halt deine verlogene Klappe! Du wagst es tatsächlich, mich aufzusuchen, obwohl ich gesagt habe, dass ich nichts mit dir zu tun haben möchte? Ich habe nicht gelogen, denn im Gegensatz zu dir sage ich die Wahrheit. Das, was du glaubst zu brauchen, ist mir so was von egal. Du und ich sind Geschichte, und jetzt verschwinde, sonst hole ich die Polizei.« Meine Stimme hört sich in meinen Ohren wie die einer Fremden an. So kalt, was ich gar nicht von mir kenne.

»Taylor. Bitte«, nun ist er es, der sich mir nähert, und ich erstarre erneut, denn ich kann ihn verbal angreifen, ihn anschreien und so zeigen, dass ich nichts mehr für ihn übrighabe, aber wenn er mich berühren würde, wäre es mein Untergang.

»Was zum Teufel?«, knurrt eine Stimme im Flur, und ich hätte fast vor Erleichterung aufgeseufzt, als ich Daniel erkenne, der wie so oft in letzter Zeit als Held auf der Bildfläche erscheint.

»Wer bist du denn?«, zischt Robb in seine Richtung und bei Gott, ich spüre Daniels Wut am eigenen Leib wie Wellen, die von ihm ausgehen. Er lässt seine Tasche fallen und kommt bedrohlich auf uns zu, und wenn ich nicht wüsste, dass er mein Freund und Mitbewohner ist, hätte ich mir vor Schiss in die Hose gemacht.

»Ich kann dein schlimmster Albtraum sein, wenn du dich nicht sofort drei Schritte von Taylor entfernst.«

Robb hat wenigstens den Grips, um zu tun, was Dan verlangt, und weicht zurück. »Taylor.« Er atmet tief durch, sieht zwischen Daniel und mir hin und her und fasst den Mut, mich direkt anzusprechen. »Können wir nicht unter vier Augen darüber sprechen?«

»Worüber? Dass du mich gedemütigt und verletzt hast? Oder darüber, dass ich dir nur gut genug war, wenn dir deine Arbeit zu viel wurde, und du mich sonst kaum beachtet hast. Ich kann nicht fassen, dass ich in den Nächten, die du weg warst, nie Zweifel an deiner Treue hatte. Wahrscheinlich hast du da schon alles genagelt, was bei drei nicht auf dem Baum war.«

Seine Augen werden groß bei meiner Anschuldigung. »Ich schwöre auf meine Gibson, dass Carol die Erste und Einzige war. Ich bereue es und würde alles dafür tun, wenn du mir verzeihen könntest.«

»Weißt du noch, die Gespräche von früher? Die drei Gründe, die unverzeihlich in einer Beziehung sind? Betrug, Gewalt und Lügen? Punkt eins und drei hast du mit Bravour gemeistert.«

»Bitte.«

»Robb, es reicht! Ich kann es nicht mal ertragen, dich zu sehen. Geh einfach.«

Daniel stellt sich zwischen uns, und Robb muss wie ich den Kopf in den Nacken legen, um ihm ins Gesicht zu sehen. Dan hat die Hände vor der breiten Brust verschränkt und sein ganzer Körper scheint angespannt zu sein.

»Du hast Tae gehört. Mach, dass du wegkommst, und sollte ich dich noch einmal hier sehen, werde ich persönlich dafür sorgen, dass du künftig nur bei den Wiener Sängerknaben singen kannst. Verstanden?«

Mein Ex reagiert nicht auf Daniel, sondern schüttelt nur den Kopf und verschwindet endlich aus meinem Sichtfeld.

»Diese Hölle will einfach nicht aufhören!« Ich seufze und sehe auf meine nackten Füße. Daniel geht zu seiner Tasche, um sie aufzuheben, ich jedoch fühle die Kälte nun am ganzen Leib.

»Scheiße, ich muss mir endlich was anziehen.«

»Also wegen mir brauchst du dir keine Sorgen zu machen. Ich genieße die Aussicht vollkommen.« Trotz des katastrophalen Zusammentreffens mit meinem Ex muss ich lächeln.

»Du Spinner. Du darfst diesen Anblick nur genießen, weil du auf Männer stehst.«

»Ach ja?«

»Ja. Wärst du hetero, würde ich niemals so vor dir rumlaufen.«

»Wieso nicht? Vielleicht würde ich es sogar heiß finden und dich auf dem Tisch nehmen wollen.« Ich weiß nicht wieso, aber ich stelle es mir tatsächlich vor und erröte augenblicklich, denn mir gefällt das durchaus, auch wenn es nie passieren könnte. Oder vielleicht liegt der Reiz darin?

»Du redest Unsinn! Es wird Zeit, dass wir jemanden für dich finden, der diese sexuellen Schwingungen, die du aussendest, in Schach hält.«

Dan stellt sich vor mich, sodass mich wieder sein erdiger Geruch einhüllt, mein rasendes Herz beruhigt und es gleichzeitig anstachelt, noch schneller gegen meinen Brustkorb zu hämmern. »Wer schwebt dir da vor?«, raunt er tief und sieht mich mit einer Mischung aus Neugier und Belustigung an.

»Ian ist ein echt heißer Typ. Optisch würdet ihr hervorragend zusammenpassen. Er hat genau wie du einen gefährlichen Job und ist wirklich nett.«

Daniel mahlt mit dem Kiefer und ich sehe es in ihm arbeiten. Zuerst habe ich das Gefühl, etwas völlig Falsches gesagt zu haben, doch dann lächelt Daniel, und ich erwidere es augenblicklich. Weil es dieses spitzbübische Grinsen ist, das ich so an ihm mag, seit ich es im Kindergarten gesehen habe.

»Vielleicht ein anderes Mal. Mein Herz gehört schon jemandem, und ich kann nicht über … ihn hinwegkommen.«

Plötzlich fühle ich mich schrecklich, weil ich ihn mit meiner Kupplerei behelligt habe, und dabei nicht mal bedacht habe, dass er vielleicht sein Herz schon an jemanden verloren hat. Außerdem weiß ich nicht zu hundert Prozent, ob Ian tatsächlich homosexuell ist. »Entschuldige. Ich bin manchmal so ein Trampel. Verzeih mir.«

»Alles gut und nun mach, dass du reinkommst, bevor Mr Walton von nebenan einen Herzinfarkt bekommt, beim Anblick von deinem verführerischen Körper.«

Wieder muss ich lachen. Wie schafft dieser Kerl das? Wie kann er mit nur wenigen Worten meine Welt ein Stückchen zusammenkleben?

»Du bist heute früher zu Hause«, rufe ich aus dem Bad, wo ich mir einen Bademantel schnappe und ihn überziehe.

»Mein Klient hatte heute keine Termine, deshalb bin ich früher gegangen.« Daniel geht zum Kühlschrank, holt die Milch raus und schüttet etwas davon in meinen Kaffeebecher, ehe er ihn mir reicht.

»Danke«, murmle ich und nippe an dem nun lauwarmen Getränk. Daniel macht sich ebenfalls eine Tasse und wir setzen uns auf die Couch. Sofort greift Daniel nach meinen Füßen, um sie sich auf den Schoß zu legen. Das ist unsere typische Pose.

Kurz herrscht Stille, ehe er sich mir zuwendet. »Geht es dir gut?«

Ich weiß, dass er auf Robb anspielt, und ich lasse mir diese Frage durch den Kopf gehen. Ich bin wütend gewesen, habe nicht mal dran gedacht, ihm zu verzeihen. Der Schmerz ist da, aber Sehnsucht oder Verlangen habe ich nicht gespürt. Vielleicht bin ich doch nicht so verloren, wie ich gedacht habe.

»Ich fühle mich ehrlich erleichtert. Es gab da so einiges, was mir auf der Seele gebrannt hat, was ich ihm unbedingt noch sagen wollte, jedoch nicht konnte. Nun habe ich ihm alles an den Kopf geworfen, was ich wollte, und fühle mich besser.«

»Ich habe so gehofft, dass er nicht auf mich hört«, erwidert Daniel, scheint zufrieden über meine Antwort zu sein.

»Was meinst du?«

»Ich wollte, dass er wütend wird, dass er Kontra gibt und vielleicht den ersten Schlag macht. Ich wollte ihn büßen lassen für all den Schmerz, den er dir zugefügt hat.«

»Mir geht's gut, Daniel.«

»Jetzt vielleicht, aber Tae, unsere Zimmer trennt eine dünne Wand. Ich habe dich gehört. Nächtelang, jeden Tag und ich konnte nichts tun, um dir zu helfen.«

»Du hilfst mir schon damit, dass du einfach atmest.«

»Das freut mich aber.« Daniel zügelt seine Wut, atmet durch und grinst mich an. »Ich kann diese bester-Freund-Sache ziemlich gut, was?«

Ich weiß, dass er mit dem Thema wieder auf neutralen Boden lenken will, einem, wo ich unbeschwert und frei bin. »Du bist dafür geboren worden, mein Seelenverwandter zu sein.«

»Na siehst du! Ich bin eben umwerfend.«

Ich setze mich auf und komme ihm näher, um ihn auf die Wange zu küssen, sein Dreitagebart ist einem gepflegten, aber längeren Bart gewichen und steht ihm ausgezeichnet.

»Wofür war das denn?«

»Weil du einfach umwerfend bist. Bleib bitte immer so, ja?«

17. Kapitel

DANIEL

Meine verdammte Wange kribbelt, wird heiß, ebenso wie alles um mich herum, und das nur, weil Taylor ihre weichen Lippen auf meine Wange gedrückt hat. Ich könnte kotzen, wie schwach ich werde, wenn sie in meiner Nähe ist. Diese Frau verkörpert alles, was ich je in einer Partnerin gesucht habe, und trotzdem ist diese Sache mit uns zum Scheitern verurteilt.

»Hast du Lust, mit mir Lebensmittel einkaufen zu gehen?«, fragt sie mich und holt mich aus meinen Gedanken.

»Bist du diese Woche dran?«

»Ja, aber ich wollte vorher noch etwas spazieren gehen. Mir fällt die Decke auf den Kopf.«

»Das klingt gut. Könnten wir vielleicht bei meiner Agentur haltmachen, ich habe mein Portemonnaie vergessen.«

»Sicher. Ich würde gerne sehen, wo du arbeitest.« Sie nimmt die Füße von meinem Schoß und steht auf, dabei entblößt der Bademantel ihre Schulter und plötzlich fällt mir ihre Nachricht ein, in der sie Tattoos erwähnt hat.

»Bist du eigentlich tätowiert?«, frage ich sie und brauche vielleicht zu lange, um den Blick von ihrer weichen Haut zu den Augen wandern zu lassen.

»Nein. Ich wollte immer eins, doch es hat sich nie ergeben. Es ist aber auf meiner New Me-Liste.«

»Deiner was?«

»Das erkläre ich dir auf dem Weg.«

Als wir in die Kälte treten, ziehe ich den Kopf etwas ein, um mich vor ihr zu schützen, was Tae zum Lachen bringt. »Oh Dan. Du bist echt ein California Boy.«

»Ich kann nichts dafür, dass ich ein Sommer-Typ bin.«

Sie lacht und hakt sich bei mir ein, als würde sie das jeden Tag machen, tatsächlich ist es allerdings das erste Mal, dass wir so eng umschlungen durch die Straßen spazieren. Schon als wir Kinder waren, hat mich Tae berührt, für sie ist das selbstverständlich. Sie kann ja nicht wissen, was sie damit in mir auslöst. Schon damals ausgelöst hat.

»Ich bin da der Typ Chamäleon. Ich kann mich an jedes Wetter anpassen, aber meine Lieblingsjahreszeit ist der Sommer, weil ich es einfach liebe, im Freien schwimmen zu gehen.«

»Du schwimmst gerne?«

»Ja, das ist wohl das Einzige, was ich mache, was man im entferntesten als Sport bezeichnen kann.«

»Du treibst keinerlei Sport und siehst so gut aus? Addison wird dich hassen.« Ich deute auf ihren Körper, der leider von einem Parka eingehüllt ist.

»Es gibt einige Dinge an mir, die mich stören. Mein Po zum Beispiel. Alleine um ihn zu verkleinern, würde ich damit anfangen, zu trainieren.«

»Untersteh dich! Ich liebe deinen Knackpo. Er passt zu dir und gibt dir das gewisse Extra, neben deinen faszinierenden Augen, das dich von den anderen abhebt. Glaub mir, ich kenne mich da aus.«

»Es gibt doch immer etwas, was man an sich ändern möchte. Bei mir ist es eben der Hintern. Wie sieht es bei dir aus?«

»Ich mag meine Nase nicht. Sie wurde schon so oft gebrochen, dass es mich wundert, dass sie nicht deformiert ist.«

»Prügelst du dich gerne?« Sie spielt sicher auf meinen Kommentar von vorhin an, wo ich mir gewünscht habe, dass dieser Arsch von Ex auf mich losgegangen wäre.

»Nein. Wenn ich die Fäuste erhebe, ist es zum Training oder um mich oder meine Liebsten zu schützen.« Sie sieht auf meine Nase, stellt sich vielleicht vor, wie sie früher ausgesehen hat.

»Es hat eigentlich im Abschlussjahr der Highschool angefangen. Ich war das Landei in einer großen öffentlichen Schule in Manhattan. Die Möchtegern-Muskelprotze haben es sich zum Hobby gemacht, auf mir rumzuhacken. Ich habe es anfangs an mir abprallen lassen, aber als sie angefangen haben, über Addy zu reden, habe ich dem Anführer dieser Band die Nase gebrochen.«

»Und er dir deine im Gegenzug?«

»Das hätte er wohl gerne. Nein, die Nase wurde mir zum ersten Mal beim Taekwondo gebrochen. Es war eher ein Unfall. Danach bei kleineren Prügeleien.«

»Ich fasse es nicht.« Sie lacht und schüttelt den Kopf. »Niemals hätte ich gedacht, dass der nette Daniel von Gegenüber so ein Draufgänger sein könnte.«

»Damals war ich jemand anderer, Tae.« Ich weiß nicht, wieso ich sauer bei dem Wort nett werde. Vielleicht liegt es daran, dass ich schon damals von ihr in die Friendzone abgeschoben worden bin.

»Wir haben uns alle verändert. Wenn ich dich ansehe, sehe ich einen völlig Fremden, der so gar nichts mit meinem Daniel zu tun hat. Aber wenn ich dir in die Augen blicke, dann ist alles wieder da. Als hätte sich nie etwas verändert.«

Das hat es auch nicht, will ich sagen, verkneife mir diesen

Kommentar jedoch. »Mir ist bewusst, dass ich mich äußerlich verändert habe, aber das hat sich mit den Jahren ergeben. Ich habe ein Ventil für meinen Frust gefunden, weil ich alleine war und keine Freunde hatte. Mit der Zeit war es mehr, als nur den Körper zu stählen, damit mich die Sportler in Ruhe lassen. Es wurde eine Leidenschaft.«

»Was hast du denn so drauf?«, fragt mich Tae lachend, doch ich antworte nicht, denn unsere U-Bahn fährt vor, sodass wir einsteigen müssen. Während der Fahrt unterhalten wir uns über ihre Berufspläne. Sie hat sich bei einigen Magazinen beworben, bei Modehäusern angefragt und für Bürojobs angemeldet. Bis jetzt hat sie noch keine Antworten bekommen, doch ich denke, dass es für sie kein Problem sein wird, etwas Neues zu finden. Auch wenn ich weiß, dass dieser Job bei *Jolene* ihr sehr viel bedeutet hat.

Wir kommen schnell bei der Agentur an, weil durch unser Gespräch die Zeit wie im Flug vergeht. Ich betrete das Gebäude mit meiner Mitbewohnerin, die sich neugierig umsieht. Die Räume sind mit Teppich ausgelegt und wir haben ziemlich viele Fenster, damit man nicht das Gefühl hat, in einem Keller zu trainieren. Ich höre schon im Empfangsbereich die animierende Musik.

»Dannyboy«, begrüßt mich Mary, die Empfangsdame und Leiterin des Papierkrams. Ihr platinblondes Haar hat sie zu einem Dutt hochgesteckt, ihr Make-up ist wie immer makellos, obwohl es mir persönlich schon zu viel des Guten ist, und das Outfit ist wie immer elegant und bürotauglich.

»Hey Mary. Das ist Taylor, meine Mitbewohnerin.« Beide lächeln sich an, ehe Tae hinter sie blickt und ihre Augen groß werden. »Wow, ist das die Givenchy Antigona-Tasche aus der neuen Kollektion?«

Meine Chefin grinst von einem Ohr zum anderen. »Gut

erkannt. Ich habe sie vorige Woche von meinem Mann zum Geburtstag bekommen.«

»Also der Mann hat Geschmack.«

»Natürlich hat er den, sonst wäre er nicht mit mir zusammen.« Wir lachen alle über den Witz, denn bei Mary wirkt es nicht überheblich. Sie ist wirklich ein Multifunktionstalent, regelt Haushalt, Kids, Agentur und macht die Steuererklärungen beinahe selbst.

»Lacht ihr über mich?« Mein Boss Ray kommt gerade ins Foyer und küsst seine Frau auf die Wange, ehe er mir zunickt und Tae die Hand reicht.

»Ich bin Ray.«

»Taylor, freut mich.«

»Dass ich das noch erleben darf, dass Daniel eine Frau in die Agentur mitnimmt.« Meine Alarmglocken schrillen. Ich versteife mich, denn jetzt wird mir klar, dass keiner hier mich für schwul hält. Mary sieht mich stirnrunzelnd an, erkennt aber, dass mir etwas unangenehm ist. »Lass den Jungen in Ruhe, Raymond. Spart euch die Neckereien für den Ring auf.«

»Ich könnte eine Aufwärmrunde vertragen. Was sagst du?« Ein wenig Kickboxen klingt traumhaft, vor allem da ich noch immer etwas aufgestaute Wut in mir habe, wegen des Besuchs von Taylors Ex-Freund, aber deswegen bin ich nicht hergekommen.

»Das müssen wir leider verschieben.« Ich blicke zu Tae, die neugierig wirkt. Ihr Blick sagt, dass es sie sehr wohl interessiert, unser Training zu beobachten.

»Ach was. Sie kann gerne zusehen wie ich dir den Arsch aufreiße.«

»Pff«, ich schnaube, schüttle aber den Kopf. »So gerne ich dir die Fresse polieren würde, Boss. Wir müssen leider weiter.« Rays Lachen lässt uns alle schmunzeln.

»Träum weiter, mein Junge. Na schön. Taylor, es hat mich gefreut. Du kannst uns gerne besuchen. Das Studio ist ein Stockwerk tiefer, du kannst jederzeit vorbeikommen und dich auspowern. Wenn du mit dem da zusammenleben musst, brauchst du sicher etwas, um dich abzureagieren.«

»Danke für das Angebot. Aber ich habe eine Phobie gegen Sport und Kraftanstrengung jeglicher Art.«

»Endlich jemand auf meiner Seite!«, ruft Margret erfreut und klatscht mit Tae ab.

Ich kann nur den Kopf schütteln. »Warte hier. Ich hole schnell mein Portemonnaie und dann können wir weiter.«

In der WG gibt es eine Gemeinschaftskasse, in die wir jeden Monat einen bestimmten Betrag sammeln. Von dem Geld gehen wir einkaufen. Dieses System funktioniert gut und die wöchentliche Einkaufsliste ist überschaubar, sodass wir schnell mit dem Einkauf fertig sind.

»Ich vermisse mein Auto.« Taylor seufzt, als wir aus dem Laden schlendern.

»Wie kann man in Manhattan ein Auto wollen? Du kannst doch alles zu Fuß erreichen.«

»Ich kaufe eben gerne ausgiebig ein. Egal ob Lebensmittel oder Klamotten. Sobald ich in die Stadt gehe, habe ich immer irgendwelche Tüten, die ich mitschleppe, um das zu vermeiden, fahre ich mit dem Auto.«

»Aber die Staus sind doch unberechenbar.«

»Ja, allerdings kann ich so meine Hörbücher oder Musik hören. Robb war zum Schluss die meiste Zeit unterwegs, sodass ich die Tage öfter alleine verbracht habe. Ich hatte keinen Zeitdruck, also war das nie ein Problem.«

»Ich hoffe, dass das Auto wiedergefunden und der Täter geschnappt wird. Aber falls nicht, was dann?«

»Ich bin versichert. Man würde mir den Zeitwert des Fiats auszahlen, sodass ich ein neues Auto kaufen kann, doch das will ich nicht. Das ist mein Auto und so viele Erinnerungen stecken in diesem Gefährt.«

»Dann drücke ich dir die Daumen. Ich würde in dein Auto zwar nicht reinpassen, aber es passt zu dir. Ist hübsch, flink und knackig.«

»Spinner! Aber danke.«

Nachdem wir den Einkauf verstaut haben, kommen auch Grace und Addison nach Hause, mit einem Stapel von Brettspielen in der Hand.

»Na, habt ihr einen Flohmarkt ausgeraubt?«, frage ich die beiden, die ihre Beute auf dem Couchtisch ablegen. Taylor legt gerade das Obst in die Schale und nimmt sich eine Weintraube.

»Nicht wirklich. Wir haben auf *Ebay* ein Angebot von gut erhaltenen alten Spielen entdeckt und dachten, wir holen uns etwas Unterhaltung für die kalten Tage.«

»Ich bin nicht so der Spieler«, ziehe ich meine Schwester auf und trinke einen Schluck aus der Wasserflasche.

»Außer wenn es um Strippoker geht.«

»Aber dafür haben wir doch keine Männer hier?«, fragt nun Tae und erwischt mich eiskalt. Addison verkneift sich ein Lachen und ich laufe sogar rot an, doch Gracie rettet mich, als sie sagt: »Dieser Typ will nur gewinnen, egal um welches Spiel es sich handelt.«

»Da hat sie recht.«

»Vergiss es, Tae. Er hat doch nur eine große Klappe und da steckt nichts dahinter.«

»Das sagt die mit dem größten Mundwerk«, entgegne ich.

»Na und? Anders als du gehe ich gerne das Risiko ein. Dann sehen wir ja, wer der beste Spieler in der Familie ist.«

»Na schön. Was haltet ihr davon, wenn ich duschen gehe und euch dann bei *Mensch ärgere dich nicht* schlage.«

»Ich bestelle Pizza!«, ruft Grace und holt ihr Telefon raus. Addison grinst breit vor sich hin. Ich schüttle den Kopf. Diese Frau kann einen echt reizen.

»Das war Absicht, oder?«, höre ich Tae meine Schwester fragen, als ich ins Badezimmer gehe.

»Na klar. Wenn ich ihn nicht herausfordern würde, müssten wir auf einen Spieler verzichten.«

Nach zwei Stunden bin ich mir sicher, wenn wir Strippoker gespielt hätten, hätte mir Taylor im wahrsten Sinne des Wortes die Hosen ausgezogen. Vielleicht ist es Glück oder Können, aber sie schlägt mich jedes Mal, was die Mädels in Hochmut versetzt, denn normalerweise sind sie es, die bei Spielen verlieren.

»Ich bereue es, dass wir keine Wetten abgeschlossen haben, Tae hätte mir ein schönes Sümmchen eingebracht.«

»Red du nur! Du bist doch die Erste, die aus dem Spiel geflogen ist.«

»Und genau das, Brüderchen, ist der Grund, warum ich nie auf mich setzen würde. Ich stehe nicht auf Spielchen.« Ich sehe auf und treffe ihren harten Blick, der auf mir ruht. Im Laufe des Spiels habe ich gemerkt, wie losgelöst Addison geworden ist, was vor allem an Taylor liegt, die sie mehr und mehr zu schätzen beginnt. Die Mädels nehmen mir meine Lüge übel, das weiß ich. Verdammt, ich selbst verurteile mich deswegen, aber ich zucke nur mit den Schultern, denn ich kann es nicht mehr ändern.

»Manche Spiele sind besser als andere. Aber zum Schluss gewinnt immer derjenige, der es am meisten verdient hat.« Ich halte den Blick meiner Schwester und höre Taylor fast nicht, als sie sagt: »Ich freue mich, dass mir wenigstens in diesem Brettspiel das Glück hold ist, auch wenn ich es auch in meinem Leben brauchen würde.«

Da Addison morgen einen Termin hat und Grace ebenfalls früh rausmuss, übernehmen Taylor und ich das Aufräumen im Wohnzimmer. Wir werfen die Pizzakartons in den Müll, räumen die Knabbereien weg und verstauen die Gläser im Geschirrspüler, ehe wir uns verabschieden und ins Bett gehen. Ich liege in meinem, kann jedoch nicht schlafen, wie auch sonst immer, aber anstatt zu lesen, starre ich an die Decke, was in letzter Zeit meine Lieblingsbeschäftigung zu sein scheint.

Heute in der Agentur habe ich Glück gehabt, dass mein Geheimnis nicht ans Licht gekommen ist, aber ich kann es nicht ewig vor ihr geheim halten. Irgendwann wird sich jemand verplappern oder sie wird selbst draufkommen. Aber sie zweifelt nicht an meinem Wort, ist nicht mal misstrauisch, weil sie mir vertraut. Ich könnte echt aus der Haut fahren, weil ich mir so hilflos vorkomme. Ich fahre mir durchs Haar und würde Knurren, doch es ist zwecklos, also schnappe ich mein aktuelles Buch und beginne zu lesen.

Um zwei Uhr morgens fühle ich mich noch immer rastlos, also beschließe ich einen Ortswechsel zu machen. Ich trete aus meinem Zimmer und will schon ins Wohnzimmer gehen, als ich innehalte und beschließe, hinauf in den Wintergarten zu gehen. Tae hat dort einen gemütlichen Rückzugsort geschaffen, weshalb ich die Treppen hinaufsteige, nur um Taylor auf der Couch vorzufinden, die ebenfalls ein Buch in der Hand hält und bei allem, was mir heilig ist, nie hat sie schöner ausgesehen, als hier, mit offenen, braunen Haaren, dem konzentrierten Blick und im T-Shirt. Sie entdeckt mich, lächelt mich an und ich stelle fest, dass ich mich geirrt habe. Nun ist sie die schönste Frau, die ich jemals gesehen habe.

18. Kapitel

TAYLOR

Etwas Gutes hat es, dass ich ohne Job dastehe, so kann ich wieder als Nachteule fungieren, wie ich es früher getan habe. Damals wie heute bin ich nachts produktiver, habe Bewerbungen geschrieben, Bücher gelesen oder Musik gehört und entspannt. Bei Robb ist es andersrum gewesen, aber wir haben meist eine Balance gefunden, wo wir Zeit füreinander freigeschaufelt haben, auch wenn es manchmal schwierig gewesen ist. Mein Job beim Magazin hat meinen Tagesrhythmus umgestellt, und ich habe viel zu oft gemerkt, dass ich es vermisse, dann zu arbeiten, wenn die Welt schläft.

Nachdem ich mir einen langärmeligen Flanellpyjama angezogen habe, sehe ich aus dem Fenster und stelle erfreut fest, dass es erneut zu schneien angefangen hat. Also gehe ich ins Wohnzimmer, greife zu einem schlichten Liebesroman, da ich nach dem letzten Buch noch immer emotional ausgelaugt bin, brauche ich etwas Einfaches. Ich frage mich, welche Bücher hier in den Regalen wem gehören. Ich kann mir vorstellen, dass die Liebesromane Grace gekauft hat, weil es zu ihrer romantischen Ader passt, die sie ab und zu an den Tag legt. Die Thriller könnten in Addisons Genre fallen und die Fantasybücher sind Daniels Territorium. Glücklicherweise ist der Geschmack meiner Mitbewohner so vielfältig, wie sie es sind, so habe ich immer etwas zu lesen, je nach meiner Stimmungslage.

Mit dem Buch in der Hand gehe ich zum Wintergarten und lege mich auf die Couch, die mich schon seit Jahren begleitet und die perfekte Mischung aus hart und weich ist. Nach zwanzig Seiten erblicke ich Daniel, der ebenfalls mit einem Buch in der Hand im Türrahmen steht. Ich lächle ihn breit an, denn wie immer geht mein Herz auf, wenn er in meiner Nähe ist. Es ist wie ein Gefühl von Heimat.

»Na? Willst du mir Gesellschaft leisten?«, frage ich und klopfe neben mich auf die Couch.

»Ich habe gedacht, du würdest schon schlafen«, antwortet er und kommt auf mich zu.

»Wenn du alleine lesen möchtest, verstehe ich es.«

»Red keinen Unsinn. Ich freue mich immer, wenn du Zeit für mich hast.« Nun setzt er sich neben mich und will es sich gemütlich machen, aber seine langen Beine haben keinen Platz, selbst wenn er sie anziehen würde. Dann fällt mir ein, dass die Couch ausziehbar ist, obwohl ich diese Funktion noch nie benutzt habe.

»Warte. Steh mal auf.« Mit ein paar Handgriffen habe ich die Couch ausgezogen, wo nun genug Freiraum für mich und Daniel ist, der einiges an Platz braucht.

»Danke. Das ist doch mal ein Service.«

»Gerne geschehen, aber das war es schon mit den Gefälligkeiten, denn jetzt wärst du dran.«

»Na gut, lass uns mal etwas lesen, dafür hole ich uns später etwas zu knabbern und Wasser.«

»Das klingt perfekt.«

Daniel hat Wort gehalten und uns eine Stunde später etwas zu Essen besorgt, was ich nicht ganz ladylike verschlungen habe und wofür ich von Daniel einen Lacher geerntet habe. »Der Spieleabend war echt toll. Auch wenn du verloren hast.«

»Ich bin ein ganzer Kerl und gebe offen und ehrlich zu, dass du diesmal Glück hattest, ich dir aber beim nächsten Mal in deinen Arsch treten werde.«

»Träum weiter.«

Daniel grinst mich schief an und wieder einmal frage ich mich, wieso dieser tolle Mann keinen Freund hat.

»Darf ich dich etwas Persönliches fragen?«, wage ich mich vor und bemerke sehr wohl, dass er sich kurz anspannt, bevor er antwortet. »So fangen die schlimmsten Gespräche an.« Daniel hat die Beine überkreuzt, die Hände locker in den Schoß gelegt. Sein dunkles Haar ist wie immer zerzaust und ungebändigt. Was aber zu meinem Entsetzen ziemlich gut aussieht. Bei anderen aber katastrophal wirkt.

»Bist du glücklich?«

»Glücklich? In Bezug worauf?«

»In Bezug auf alles. Du bist wirklich ein toller Freund, ein großartiger, wenn auch nerviger Bruder, was Addison so erzählt, und ein zuverlässiger Mitbewohner. Wie kommt es, dass du keinen Freund hast? Suchst du noch nach Mr Right?«

Daniel verdreht die Augen und wieder nimmt er eine verspannte Haltung an, doch er weicht meiner Frage nicht aus. »Nach meiner eher schwierigen Highschoolzeit hat mir das College gutgetan, doch ich konnte mich nicht vom Kampfsport trennen und habe neben meinem Geist auch meinen Körper trainiert.«

»Hast du das Studium abgebrochen?« Ich weiß, dass er Journalismus studiert hat, ein Nicken beantwortet meine Frage.

»Ja, nach ein paar Semestern habe ich gemerkt, dass das College nichts für mich ist und die Biege gemacht.«

»Warst du auch arbeitslos und ratlos wie ich?«

»Um ehrlich zu sein, nein. Ich wusste, dass ich etwas machen wollte, wo ich meine Kampfsportkenntnisse einsetzen konnte.

Einige Zeit lang wollte ich sogar Stuntman werden und hatte mich für eine Ausbildung in dieser Art eingeschrieben. Doch als ich mit einem Bekannten im Ring gestanden und diesen besiegt hatte, hat mich Ray angesprochen und gemeint, dass er genau nach jemandem wie mich gesucht hat.«

»Also war es Liebe auf den ersten Blick?«, ziehe ich ihn auf, was ihn aber kaltlässt.

»Nichts und niemand könnte meinen Boss von Mary fernhalten. Die beiden sind seit vierzig Jahren zusammen.«

»Was? Wie alt sind sie denn?« Für mich haben sie wie Mitte vierzig gewirkt.

»Sie werden beide nächstes Jahr fünfzig. Zwei runde Geburtstage innerhalb eines Monats, da kannst du dich auf eine Bombenparty einstellen.«

»Das heißt, die beiden sind seit ihrem zehnten Lebensjahr zusammen?«

»Genau. Seit Kindertagen wusste Ray, dass sie die Frau seines Lebens ist, und man sieht es ihnen noch heute an, wie verliebt sie ineinander sind.«

»Wie romantisch.« Ich seufze und stelle mir solch eine Liebesgeschichte wunderschön vor. Wenn du schon früher wie heute dasselbe für den Menschen empfindest, der an deiner Seite ist.

»Ich möchte eine Beziehung. Zwar habe ich auch die lockeren One-Night-Stands gemocht. Eine Zeit lang war es interessant, auf Tinder Leute kennenzulernen, die nach etwas Einmaligem gesucht haben wie ich, aber ich werde bald dreißig und möchte eines Tages heiraten und Kinder haben. Das Leben als Junggeselle hat seinen Reiz, doch es ist für mich nichts auf Dauer.«

»Ich hatte noch nie einen One-Night-Stand«, gebe ich zu. Unsere Bücher sind längst vergessen und wir wenden uns auf der gemütlichen Couch einander zu. Die Lampe taucht den Raum in goldenes Licht und man sieht trotz der Schwärze der Nacht die dicken Schneeflocken fallen.

»In der Highschool war ich, wie du weißt, mit Jonah zusammen und wir hatten eine Fernbeziehung, weil er auf die Brown gegangen ist, aber nach sechs Jahren habe ich mich festgefroren gefühlt und die Beziehung beendet. Danach habe ich sofort Robb im Internet kennengelernt.«

»Unglaublich!«, zischt Daniel.

»Ich hätte da immer die Angst, dass ich mit einem möglichen Serienkiller chatte.«

»Ja, es ist schon etwas beängstigend, sich jemandem zu öffnen, den man noch nie gesehen hat, aber manchen fällt es sogar leichter, über Gefühle zu schreiben, als sie zu sagen.«

»Das heißt, du hattest nie die Gelegenheit, dich auszuleben. Sexuell gesehen?« Wäre es nicht Daniel, mit dem ich gerade spreche, hätte ich sofort das Thema gewechselt, aber das ist mein Freund, der Junge, der mich damals vor den Idioten in der Schule verteidigt hat, die mich an den Haaren gezogen haben.

»Nein. Ich meine, ich bin offen für Neues, aber meine Partner waren eher von der Blümchen- und Bienchen-Sorte.«

»Nicht wahr!«

»Doch, leider. Es war gut. Ich bin auf meine Kosten gekommen, aber mit der Zeit wurde es eintönig. Ich hätte mir mehr Abwechslung, mehr Neues, Wildes im Bett gewünscht, doch das Interesse war nicht da.«

»Jeder hat andere Vorstellungen von perfektem Sex. Ich mag es etwas härter, genauso wie ich es mag, mit jemandem einfach Liebe zu machen, wie man so schön sagt. Aber die Kommunikation ist das A und O. Du musst demjenigen vertrauen und offen sagen, was du dir wünschst.«

»Wenn ich das nur könnte. Ich wünschte, ich könnte mit jemandem über solche Sachen reden wie mit dir. Du bist mein bester Freund, warst es schon damals und bist es erneut.«

»Sei mutig, Tae. Du bist auf dem besten Weg, über diesen Arsch hinwegzukommen. Deine Reaktion heute war toll. Du hast nicht ausgesehen, als würdest du leiden.«

»Der Schmerz ist noch immer da, keine Frage. Aber was mich mehr ärgert, ist der Verrat an sich. Die Gefühle, die Sehnsucht sind nur ein schwacher Schein, während der Zorn lichterloh brennt.«

Daniel nähert sich mir, streicht mir sanft eine Strähne hinters Ohr und sieht mir tief in die Augen. Ich sehe Stolz darin und Bewunderung. »Du wirst heilen, Tae. Und wenn es so weit ist und du wirklich über ihn hinweg bist, dann betrinken wir uns in einer Bar und feiern deine Heilung, okay?«

»Okay.«

19. Kapitel

TAYLOR

Nach dieser Nacht folgen weitere Nächte, in denen Daniel und ich nebeneinander lesen, uns unterhalten oder einen Film ansehen. Es ist einfach für mich, in seiner Nähe loszulassen, mich zu entspannen. Daniel hört mir zu, teilt mir seine Meinung mit, ermutigt oder bestärkt mich. Wir kabbeln auch, liefern uns Wortgefechte, aber das gehört für uns dazu. So waren wir früher und sind es erneut. Unsere Freundschaft ist wieder stark und doch neu. Wie ein Update. Daylor 2.0. Und ja, die Mädels haben uns einen Ship-Namen gegeben. Ich kenne das von Stars und Sternchen, wo aus dem ersten Buchstaben des Mannes und dem Rest des weiblichen Vornamens ein sogenannter Kuppelname entsteht.

Zwei Wochen sind vergangen, seit ich Dans Einladung, mit seiner Familie Weihnachten zu verbringen, abgelehnt habe, aber als er, Addy und selbst Grace auf mich eingeredet haben, habe ich nachgegeben. Denn wenn ich ehrlich bin, gibt es keinen vernünftigen Grund, abzusagen. Ich kenne die Familie Grant mein Leben lang und verbinde wunderschöne Kindheitserinnerungen mit ihnen. Auch wenn ich Angst davor habe, dass ich ihnen zur Last falle, fliege ich mit. Doch meine Bedenken verfliegen mit den Tagen, weil Daniels Familie so groß ist, dass eine Person mehr oder weniger nichts mehr ausmacht.

»Auf Wiedersehen, mein Winter Wonderland«, sage ich traurig und lege meine Hand auf die kalte Fensterscheibe des Flugzeugs. Daniels raues Lachen erklingt, ebenso wie Addisons Kichern.

»Es gibt Menschen, die werden sich wohl nie ändern. So wie unsere Taylor hier«, sagt Addy und als ich mich ihr zuwende, lächelt mich meine Mitbewohnerin warm an.

»Ich fasse das mal als Kompliment auf.« Bei Addy weiß man nie, woran man ist. Sie ist frech und sarkastisch, was ich zwar an ihr mag, aber nie sicher bin, ob sie mich nun auf den Arm nimmt oder ehrlich ist.

»Das ist auch sehr positiv gemeint. Dir war der milde Winter Kaliforniens immer zuwider.«

»Für mich ist Weihnachten mit Kälte und Schnee verbunden. Oder hast du jemals einen Weihnachtsfilm gesehen, wo man in Shorts feiert?«

»Den wird es vielleicht geben, aber ich verstehe, was du meinst. Für mich ist das Drumherum nicht wichtig, sondern das Zusammentreffen mit der Familie, und du weißt, wir haben eine Menge Verwandte.« Und wie ich das weiß, denn jedes Jahr sind die Parkplätze in unserer Straße zugepflastert mit Autos von der Grant Familie.

»Ich hoffe, euer Cousin Miles ist endlich vergeben und zufrieden.«

Addisons Gesicht wird von einem breiten Lächeln erhellt. Sie fährt sich mit einer Handbewegung durch ihr haselnussfarbenes Haar und schüttelt den Kopf. »Da muss ich dich leider enttäuschen. Er ist noch immer zu haben, und ich denke, es wird ablaufen wie jedes Jahr.« Daniel schnaubt, doch er grinst ebenfalls. Jedes Jahr, wenn Dad und ich den Grants frohe Weihnachten wünschen und hineingebeten werden, taucht von irgendwo Miles auf und schmeichelt mir, baggert mich an, was ich ihm aber nicht übel nehme. Ich flirte gerne mit ihm, denn er hat das Downsyndrom und mag mich, seit er mich das erste Mal gesehen hat. Ich spiele da gerne mit, denn ich mag diesen süßen Kerl einfach.

»Ich würde ihm eine Familie wünschen.«

»Das würden wir alle, aber er ist sehr glücklich, so wie es ist.«

»Das ist schön zu hören«, sage ich und richte wieder den Blick nach draußen, als sich das Flugzeug zu bewegen beginnt.

Der Flug verläuft ruhig. Addison liest in einem Modemagazin, Daniel schläft neben mir und atmet ruhig und gleichmäßig. Ich greife nach meinem Handy und weil ich kein Wi-Fi im Flugzeug habe, kaue ich auf der Lippe, als ich das Galerie-Symbol erblicke. Seit einem Monat habe ich auf meinem Smartphone nur telefoniert oder E-Mails beantwortet, aber Social Media und Fotos habe ich gemieden. Doch es wird Zeit, dass ich die Bilder von Robb und mir lösche und nicht nur in meinem Leben, sondern auch in meinem Telefon Ordnung schaffe. Ich verschwende nicht viel Zeit, sondern markiere alle Fotos, auf denen er und ich abgebildet sind, ohne sie näher zu betrachten. Für mich ist ein klarer Schnitt wichtig nach einer Trennung. Anders als bei Jonah, wo ich einige aufgehoben habe, werden alle Fotos mit meinem verlogenen Ex weggeworfen. Ich will keines aufheben und wäre auch nicht traurig, wenn ich nie wieder einen Gedanken an ihn verschwenden würde. Aber so weit bin ich leider noch nicht. Ein Fingertipp trennt mich von diesem entscheidenden Schritt und doch zögere ich.

»Eines oder zwei könntest du ja aufheben«, flüstert nun Daniel leise neben mir. Ich zucke erschrocken zusammen und drehe meinen Kopf in seine Richtung.

»Ich dachte, du schläfst.«

»Bin gerade aufgewacht und wollte dich nicht stören.«

»Hättest du nicht. Ich will nur ein wenig aufräumen.«

»Klingt gut. Aber willst du wirklich alles löschen? Selbst wenn es kein gutes Ende genommen hat.«

»Ich war noch nie in so einer Situation und um ehrlich zu sein, weiß ich nicht, was ich tun soll.«

»Du bist gerade wütend und verletzt, aber die vergangenen vier Jahre waren nicht immer schlecht, oder?«

Ich seufze und versuche nicht an die guten Momente zu denken, denn da hat es einige gegeben. »Nein.« Ein Wort und doch so bedeutungsschwer.

»Vielleicht könntest du ein paar entwickeln lassen und aufheben.« Ich lasse meine Hand sinken, denn sein Vorschlag klingt gut.

»Du hast recht. Ich sollte nicht alle löschen.«

»Ich wünschte, ich hätte früher mehr Fotos von meinen Partnern gemacht. Da ich nicht der Handy-Typ war und nicht oft eine Kamera bei der Hand hatte, gibt es fast keine Aufnahmen von mir mit meinen … Freunden.«

»Wie sieht es jetzt aus? Hat meine Schulung etwas geholfen?«

»Jetzt komme ich mir nicht mehr wie ein Rentner vor. Arbeite oft mit dem Memoprogramm und zeichne meine Trainingsprogramme auf. Meinen Ernährungsplan habe ich ebenfalls aufs Telefon übertragen.«

»Mein breitbeiniges Baby wird erwachsen.« Ich kichere und strubble ihm über das dichte, dunkle Haar.

Er packt mich am Handgelenk, seine Miene ernst. »Ich zeig dir gleich, wie erwachsen ich bin. Baby«, haucht er fast anzüglich und ein Schauer fährt meinen Rücken hinauf und hinab. Diese Stimme!

»Immer diese leeren Versprechungen«, flüstere ich und räuspere mich, weil ich das Gefühl habe, dass meine Kehle trocken ist. »Ähm«, murmle ich, weil mir keine schlagfertige Antwort einfallen will. Plötzlich ist mir heiß, nicht warm, wie wenn ich mich auf der Couch mit einer Decke kuschle, sondern brennend heiß, vom Scheitel bis zur Sohle. Nur habe ich keine Ahnung, wieso ich gerade auf Daniel so reagiere.

»Was ist los, Tae? Hat es dir die Sprache verschlagen?«, flüstert er und ist mir plötzlich so nah. Zu nah. Mein Herz schlägt immer schneller und ich kann nicht anders, als auf seine Lippen zu starren, über die er sich gerade leckt. Ich suche nach einer Antwort, irgendwas, damit ich ihn nicht mit verträumten Augen anstarre, wie ein Teenie.

»Kaffee oder Tee?«, fragt die Stewardess uns und der Moment verfliegt.

Den restlichen Flug verschlafe ich, da wir schon um fünf Uhr früh einchecken mussten. Ich versuche den Moment von vorhin mit Daniel zu verdrängen, schiebe es einfach auf meine Einsamkeit, die sich langsam zeigt, und bin froh, dass auch Daniel sich verhält wie immer. Zur Weihnachtszeit sind die Flughäfen überfüllt mit gehetzten Menschen, die zu ihren Liebsten nach Hause fliegen wollen oder geschäftlich unterwegs sind. Dad hat mir schon eine Nachricht geschickt, in der er darüber jammert, dass er auf dem Seminar vor Langeweile stirbt und dazu ein Selfie, wo er verzweifelt in die Kamera blickt. Nach einem siebenstündigen Flug landen wir am Los Angeles International Airport. Die Sonne blendet mich, als ich aus einem tiefen Schlaf geweckt werde.

Ein Blick aus dem Fenster und mein anfängliches Lächeln schwächt ab. Sonnenschein und trockener Asphalt. Keine weißen Weihnachten. Mal wieder. Meine Freunde und ich steigen aus dem Flugzeug in die warme Sonne. Vor dem Ausgang des Flughafens wartet schon Walter Grant auf uns. Er strahlt übers ganze Gesicht, als er uns entdeckt. Seit ich klein war, hat er sich optisch nicht verändert. Breite Statur, fülliger Bauch, warme grüne Augen. Anders als mein Dad trägt Mr Grant keinen Bart.

Addison ist die Erste, die bei ihm ankommt und die Arme um ihn schlingt. Sie drücken sich herzlich, ehe er sich seinem Sohn zuwendet und ihn kurz, aber innig umarmt. Dann fällt sein Blick auf mich.

»Taetae«, sagt er fast fürsorglich, als wäre auch ich Teil seiner Familie. Diesen Spitznamen hat er mir gegeben, als ich in Kindertagen ständig das wiederholt habe, was die Leute gesagt haben. Also hat er meinen Namen doppelt ausgesprochen, um mich wiederum zu ärgern, doch ich finde den Spitznamen nicht schlimm. »Du siehst gut aus. Sieh dich nur an.«

Ich drücke ihn ebenfalls. Er ist der beste Freund von Dad und für mich immer wie ein Onkel gewesen. »Du siehst aber auch toll aus. Hast du abgenommen?«, frage ich, denn tatsächlich hat er an Umfang verloren.

»Mein Cholesterinspiegel spielt etwas verrückt und Inez hat mir einen straffen Ernährungsplan zusammengestellt.«

»Hauptsache, du bleibst gesund.«

»Dein Wort in Gottes Ohr, Liebes.«

Als wir ins Freie treten, ist mir augenblicklich warm. Es ist Dezember und doch haben wir achtzehn Grad, die sich wie fünfundzwanzig anfühlen. Während Walter Addys Koffer im Kofferraum verstaut, bleibe ich stehen und ziehe meine Winterjacke aus. Darunter trage ich Skinny Jeans, ein weißes Shirt, dessen Dreiviertelärmel komplett aus Spitze bestehen und meine neuen Sneaker, die ich günstig ergattert habe. Eine leichte Brise weht durch mein schulterlanges Haar über das Gesicht, und auch wenn wir hier nur am Flughafen sind, lasse ich den Blick schweifen. Ich bin fast zu Hause und mein Herz macht einen Satz bei der Vorstellung, dass ich meinen Vater in drei Tagen sehen werde. Ich habe ihn schrecklich vermisst, vor allem in letzter Zeit.

Die halbstündige Fahrt über lausche ich Walters Geschichten über seine täglichen Abenteuer als Ranger. Die Eaton Canyon Falls sind ein beliebter Ausflugsort von Touristen wie von Einheimischen, aber nicht immer verläuft alles nach Plan. »Wenn ich jeweils zehn Cent dafür bekäme, wenn ich Teenager abseits der Wanderwege suchen muss, bräuchte ich nicht mehr arbeiten zu gehen.« Er hat dieses Leuchten in den Augen, wenn er über seine Arbeit spricht, genau wie sein Sohn, wenn er über seinen Job als Leibwächter berichtet. Außer der Augenfarbe sieht Daniel seinem Dad ähnlich, wobei seine Schwester das Ebenbild ihrer Mom sein könnte.

»Wann kommt Arnold wieder zurück?«

»In drei Tagen. Er hält es jetzt schon nicht mehr aus und muss sich richtig zusammenreißen, um nicht auf dem Tisch einzuschlafen.«

»Das klingt ganz nach Arni.«

Mein Telefon klingelt und als hätte er geahnt, dass wir über ihn sprechen, ruft mein Dad an.

»Wenn man vom Teufel spricht«, sage ich und hebe ab, um ihm zu versichern, dass wir sicher angekommen sind und er sich so schnell verabschieden muss, wie er angerufen hat. Ich liebe diese Telefonate mit meinem Vater, selbst wenn er manchmal einfach nur anruft, um meine Stimme zu hören, und sich dann wieder an die Arbeit macht. Als wir endlich in meine Straße kommen, seufze ich zufrieden auf, teils vor Freude und teils voll Wehmut. Hier habe ich meine Kindheit verbracht, habe Verlust, aber auch Glück erlebt und jedes Mal, wenn ich hierherkomme, habe ich das Gefühl, als wäre ich nie weg gewesen. Dann fällt mir auf, dass ich Daniel in den letzten Jahren nie zu Weihnachten angetroffen habe.

»Sag mal, Dan.« Unsere Blicke treffen sich im Rückspiegel seines Vaters, weil Dan vorne sitzt.

»Ja?«, fragt er, wartet bis ich weiterspreche.

»Wieso habe ich dich in den vergangenen Jahren nie bei deinen Eltern angetroffen?« Es wundert mich, wieso ich gerade jetzt daran denke und mir diese Frage nicht vorher in den Sinn gekommen ist.

»Ich habe immer Thanksgiving bei Mom und Dad verbracht, weil ich zum Jahresende arbeiten musste. Es ist das erste Mal in zehn Jahren, dass ich Weihnachten hier verbringe.«

»Deswegen ist es dieses Jahr ein besonderes Fest«, meint Walter, als wir vor dem Haus zum Stehen kommen. Das Haus der Grants ist ein Juwel aus alter Zeit, erbaut 1909 von Daniels Urgroßvater sieht es jetzt durch den neuen Anstrich moderner aus, auch die neuen Fenster peppen es auf, aber die Holzarbeit von früher ist erhalten worden. Das Holzhaus hat weiße Fensterläden und die ebenfalls in derselben Farbe gestrichene Veranda sieht vielleicht auf den ersten Blick langweilig aus. Aber was viele nicht wissen, ist, dass sich hinter dem Gebäude das Beste befindet. Der farbenprächtige Garten von Inez Grant, die einen grünen Daumen hat.

»Da seid ihr ja!«, die Mutter meiner Mitbewohner öffnet die Tür und steigt die Treppen hinunter, um auf Daniel zuzugehen und ihn fest in den Arm zu nehmen. »Endlich hast du es geschafft.« Sie kämpft mit den Tränen und drückt ihn noch fester. Ein Stich durchfährt mich und ich muss wegsehen. Aber ich wage es nicht, die Gedanken, die sich in den Vordergrund drängen wollen, zuzulassen. Diese Zeit ist vorbei. Ich bin so in Gedanken versunken, dass ich Mrs Grant fast überhöre, die nach mir ruft.

»Sieh dich einer an«, sie legt ihre Hände auf meine Schultern und mustert mich stolz. »Du siehst wunderbar aus. Wie deine ....«, sie verstummt und ehe sie etwas Falsches sagen kann, drückt sie mich herzlich und ihr Duft nach Erde und Blumen fühlt sich wie Zuhause an. »Entschuldige. Ich werde noch sentimental. Du bist sicher müde vom Flug und der Autofahrt. Komm rein, ruh dich aus.«

»Um ehrlich zu sein, würde ich gerne mal zu Hause nach dem Rechten sehen, wenn du nichts dagegen hast.«

»Ach, wo denkst du hin. Geh ruhig, aber sei in einer Stunde wieder bei uns, ich habe dir dein Lieblingsessen gekocht.«

»Fleischbällchen mit Käsefüllung?«, frage ich leise, da ich mich vor den anderen nicht blamieren will, denn wenn ich etwas liebe, dann ist es dieses Gericht. Sie nickt voll Stolz und ich hätte fast aufgekreischt vor lauter Vorfreude.

»Gut, ich beeile mich.« Ich sehne mich nach einer Dusche und gehe zum Kofferraum, um meine Tasche zu holen, doch Daniel hat sie schon in der Hand und trägt sie für mich. Im Gegensatz zu seinem Elternhaus ist meines winzig. Mrs Grant ist die beste Freundin meiner Mutter gewesen. Während Inez olivfarbene Haut und dunkle Haare hat, ist meine Mom das Gegenteil gewesen. Blondes Haar, graue Augen und füllige Statur. Sie war eine kurvige Frau, was mein Dad an ihr geliebt hat, wie er immer beteuert. Jetzt, nach so vielen Jahren, fällt es ihm immer leichter, über sie zu sprechen, was kurz nach ihrem Tod unmöglich gewesen wäre.

Die Grants haben den Baugrund neben ihnen an meine Eltern verkauft und diese haben einen kleinen, aber feinen Bungalow gebaut. Gestrichen in einem Graublau und mit einer kleineren Veranda, sieht es vielleicht winzig neben den imposanten Häusern unserer Nachbarn aus, doch es ist der Inbegriff von Zuhause für mich. Schweigend gehen wir zu meiner Eingangstür, wo Daniel mein Gepäck neben mir abstellt. Ich krame in meiner Tasche nach meinem Schlüssel, finde ihn aber nicht auf Anhieb. Ich suche erneut, doch ich kann ihn noch immer nicht finden. Ich runzle die Stirn, lege die Tasche auf den Boden und krame in jedem Winkel. Doch einen Schlüssel finde ich nicht.

»Verdammt noch mal, ich habe meinen Schlüssel vergessen.« Wir sind zu dritt zum Flughafen gefahren und es ist Dan gewesen, der die Wohnung abgesperrt hat. Ich habe nicht mal daran gedacht, zu checken, ob ich sie dabeihabe.

»Habt ihr keinen Ersatzschlüssel hier irgendwo?« Ich schüttle den Kopf, noch ehe er ausgesprochen hat.

»Nein, Dad hat Angst, dass ihn jemand finden und uns ausrauben könnte.«

»Dann komm mit zu uns. Du kannst mein Zimmer haben. Ich schlafe auf der Couch. Die zwei Stunden Schlaf, die ich brauche, kann ich auch unten verbringen.«

»Bist du dir sicher?«

»Klar doch. Tu jetzt nicht so, als wäre es ein Weltuntergang, ich weiß, du sehnst dich nach ein wenig Ruhe, und ich verspreche dir, du kannst in die Badewanne steigen, ohne dass Addison dich mit ihrem Gezeter stört, okay?« Da wir in unserem Haus nur eine Dusche haben, klingt ein Bad himmlisch.

»Gut. Dann lass uns gehen.«

Ich steige erst aus der Wanne, als das Wasser kalt geworden ist. Meine Muskeln sind entspannt und auch ich fühle mich etwas erholter. Ich ziehe mir eine Leggins mit Rentieren an, dazu einen weiten cremefarbenen Pullover, der mir bis zum Hintern fällt. Mein Haar lasse ich offen, habe mich abgeschminkt und muss lächeln, als der Geruch von Plätzchen in meine Nase dringt, als ich das Badezimmer verlasse. Ich gehe die Stufen hinab in die Diele und höre schon am Treppenende die Stimmen der Bewohner.

»Okay, ich finde es zwar schrecklich, dass du so weit gegangen bist, aber ich werde nichts sagen.«

»Gut, dann lasst uns mal den Tisch decken«, höre ich Daniel sagen und trete durch die Schiebetür in das große Wohnzimmer. Der harte Holzboden knarrt an einigen Stellen, als ich am Kamin vorbeigehe, wo die Socken schon beschriftet und befüllt sind. Selbst mein Name ziert einen Beutel. Mir wird warm ums Herz, als ich mich umsehe. Das ganze Haus ist liebevoll geschmückt worden, ohne kitschig oder überfüllt zu wirken. Dad hat nie ein Händchen für Deko gehabt, und ich bin meist erst Weihnachten angekommen, sodass ich unser Haus nicht schmücken konnte.

Auch hier sind die Bücherregale voll und vielschichtig ausgestattet. Die Liebe zum geschriebenen Wort haben die Grant-Kinder von ihrer Mutter, die in ärmlichen Verhältnissen in Mexiko aufgewachsen ist und von Büchern nur geträumt hat. Walter hat sie im Urlaub kennengelernt und sich auf den ersten Blick in sie verliebt. Als sie die Möglichkeit gehabt hat, sich weiterzubilden und zu lesen, hat sie sich eine kleine Bibliothek zusammengestellt.

»Wie ich gehört habe, liest du auch gerne«, sagt sie und verschränkt zufrieden die Arme vor der Brust.

»Neben meiner Leidenschaft für die Mode sind es Bücher, denen mein Herz gehört.«

»Wie geht es dir? Addison sagt, dass es eine Weile schwierig für dich gewesen ist.« Natürlich weiß jeder hier über die Trennung Bescheid, weshalb ich ihr die Frage nicht übel nehme, auch wenn ich nicht darüber reden möchte.

»Mittlerweile geht es mir besser. Anfangs war es hart, aber Addy und vor allem Daniel haben mir Halt gegeben.«

Ihr Blick gleitet von mir zu ihrem Sohn, den sie mit ernstem Gesichtsausdruck mustert. »Es bricht mir das Herz, dass deine

Mutter nicht bei uns sein kann. Denn wenn sie könnte, wäre sie verdammt stolz auf dich.«

»Weil ich den schlimmsten Tag meines Lebens überlebt habe?«

»Nein, weil du gefallen, aufgestanden und weitergegangen bist. Es erfordert Mut, eine neue Richtung einzuschlagen, und du hast es trotzdem geschafft, und du wirst sehen, dass es sich lohnt.« Ihre Worte ergeben für mich Sinn, denn so etwas Ähnliches hat auch Daniel zu mir gesagt. Wir vertiefen das Thema nicht, wofür ich sehr dankbar bin, sondern blicken auf die wunderschönen Bücher, bis Addisons Stimme erklingt. »Ladys, bin ich hier die Einzige, die effektiv arbeitet?«

»Du hast außer, dass du den Tisch gedeckt hast, keinen Finger gerührt, sondern nur auf dein Smartphone gestarrt.« Addison tut das, was Addy immer macht, sie zeigt Daniel den Stinkefinger.

»Addison Jean Grant! Ich hoffe doch, dass ich mir diesen Mittelfinger nur eingebildet habe.«

»Dann brauchst du aber eine Brille, Mom.« Ein Stich erfasst mein Herz, als sie Addisons Mittelnamen ausspricht, denn es ist der meiner Mutter. Inez und meine Mutter waren seit der ersten Begegnung Freundinnen. Die besten Freundinnen. Inez will Addison tadeln, doch es würde nichts bringen. Meine Mitbewohnerin tut einfach, wonach ihr der Sinn steht, aber wir wissen alle, dass Dan und sie sich nur necken.

»Was soll ich bloß mit dir machen?« Ihre Mom schmunzelt, küsst sie aber im Vorbeigehen auf die Wange. »Wieso ist Vaughn eigentlich nicht mitgekommen?«, fragt Inez ihre Tochter, als ich die Küche betrete, die fast so groß wie mein Schlafzimmer ist, dabei ist der Essbereich nebenan. Aber bei der Leidenschaft, mit der die Grant-Frauen kochen, muss eine große Küche her.

»Er ist bei seiner Großmutter in Washington.«

»Aber er war doch letztes Jahr bei seinen Leuten. Jamie war jedes Jahr zu Thanksgiving da und …«, sie bricht ab und sieht kurz zu mir, ehe sie sich dem Herd zuwendet. »Entschuldige Addy. Ich bin nur traurig, dass Vaughn es nicht geschafft hat, aber auch er hat eine große Familie. Dann erwarte ich euch zu Ostern.«

Das Essen verläuft eher still. Dan, Addy und ich sind ziemlich müde von der Reise und nachdem wir mein Lieblingsgericht verdrückt haben, sodass kein Krümel mehr übrig ist, verabschieden wir uns, um nach oben zu gehen. Addison und ich schlafen in ihrem Zimmer, während Dan in seinem übernachten wird. Ich putze mir die Zähne, mache mich bettfertig und lege mich in das Doppelbett. Meine Mitbewohnerin ist längst eingeschlafen, also schließe auch ich die Augen. Dann warte ich und warte und warte, doch ich kann nicht schlafen. Vielleicht wegen der Aufregung, weil ich zum ersten Mal das Fest bei den Grants verbringe, oder weil ich Dad vermisse. Ich blicke auf mein Handy, um die Uhrzeit zu checken und stöhne laut auf. Ein Uhr morgens! Wie kann es schon so spät sein und ich nicht müde genug, um zu schlafen? Plötzlich vibriert das Smartphone in meiner Hand.

Dan: Was zum Teufel macht ihr beide da drüben?
Tae: Wovon zum Henker redest du?
Dan: Hast du denn nicht gerade gestöhnt? Oder seht ihr euch einen Porno an?
Tae: Du Spinner! Ich habe nur gejammert, weil es mitten in der Nacht ist und ich nicht schlafen kann.
Dan: Du vermisst mich, deshalb fehlt dir was.
Tae: Das hättest du wohl gerne.

Dan: Also auch wenn du es leugnest, du fehlst mir tatsächlich. Ich bin es so gewöhnt, die Nächte mit dir zu verbringen, dass ich ebenfalls nicht schlafen kann.
Tae: Du schläfst doch sowieso erst um vier Uhr früh, deshalb glaube ich dir das nicht.
Dan: Erwischt! Es ist sexy, dass du weißt, wann ich für gewöhnlich einschlafe.
Tae: Ich bin deine beste Freundin. Ich muss so was wissen.
Dan: Manchmal wünschte ich mir, du wärst mehr.
Tae: Mehr?
Dan: Vergiss es. Ich habe mich vertippt. Ich wünschte, du wärst näher, dann könnten wir uns unterhalten und ich müsste nicht auf dieses Display starren.
Tae: Gute Nacht, Dan. Ich brauche meinen Schönheitsschlaf und du störst.
Dan: Na, da brauchst du aber ne Menge Schlaf☺
Tae: Arsch!
Dan: Sir Arsch für dich.
Tae: zzz

Ich drehe mich auf die Seite, doch ich könnte schwören, dass ich Daniels raues Lachen bis hierher hören kann.

20. Kapitel

TAYLOR

Weihnachten bei den Grants zu verbringen, ist wie ein Teil einer Großfamilie zu sein. Inez hat Addy und mich um zehn Uhr früh aufgeweckt und auch wenn ich spät eingeschlafen bin, verspüre ich keine Müdigkeit. Kaum haben wir noch im Pyjama die Küche betreten, bleiben wir stehen und sehen uns um. Überall liegt Essen. Gemüse in der einen Ecke, Fleisch in der anderen, doch vor allem sticht der Truthahn hervor. Mrs Grant folgt meinem Blick. »Daniel war zu Thanksgiving nicht da, aber er liebt meinen Truthahn, deshalb mache ich ihn zu Weihnachten.«

»Haben du und Dad nicht hier gegessen?«, fragt Addy erstaunt.

»Nein, da ihr nicht hergeflogen seid, sind wir romantisch essen gegangen. Es war zauberhaft.« Ein Leuchten erfasst ihre Augen, ihr ganzes Wesen, und es ist fast zu intim, sodass ich wieder zum Herd blicke, auf dem etwas köchelt.

»Ist es nicht früh, um mit dem Kochen anzufangen?«

»Es ist dein erstes Weihnachten in unserem Haus, Liebes. Schade, dass du und dein Vater immer nur kurz vorbeigeschaut habt.« Etwas verlegen blicke ich auf meine nackten Füße. Es ist meine Schuld, dass wir immer nur kurz zu Besuch zu den Nachbarn gehen. Seit Mom nicht mehr da ist, konnte ich das Mitleid in ihren Augen nicht ertragen. Mittlerweile geht es besser, aber diese Hemmung ist noch immer in mir.

»Was ich damit sagen möchte«, redet Inez weiter und rührt in dem Topf um. »Ich koche immer früher, damit ich später entspannen kann. Die Ruhe vor dem Sturm genießen kann. Denn heute Abend fängt der Trubel an und hört erst am Sechsundzwanzigsten am Abend auf.«

»Drei Tage Party.« Addison gähnt und schielt zu den Brötchen in der Ecke. »Da bin ich aber gespannt«, sage ich und kremple die Ärmel hoch.

»Wie kann ich helfen?«

Gegen fünfzehn Uhr kommen die ersten Gäste an, die Walter und Inez begrüßen. Den ganzen Vormittag haben Addy, ich und selbst Daniel in der Küche geholfen. Addy hat später den Tisch gedeckt und jetzt erst sehe ich den Sinn in diesem großen Wohnzimmer, denn wenn man den Tisch auszieht, haben zwölf Personen Platz, wobei aber auch bei der Couch ein Tisch für die Kinder gedeckt wurde. Daniel hat mir erklärt, dass die engsten Verwandten auf zwei Tage aufgeteilt werden, weil sie nicht alle auf einmal Platz hätten. Ich habe mich gerade umgezogen, trage einen dünnen burgunderroten Pullover, darunter eine Bluse, wo der weiße Kragen zu sehen ist. Dazu einen schwarzen Glockenrock und Strümpfe in der gleichen Farbe wie mein Pulli, die mir bis zum Oberschenkel reichen.

Daniel hat kurz gestockt, als er mich gesehen hat, sich aber schnell gefangen und weiter Servietten gefaltet. Zuerst betreten die Onkel und Tanten von Daniel das Haus, da sie mich schon lange kennen, verspüre ich keine Unsicherheit oder Verlegenheit, sondern unterhalte mich mit allen locker. Dieses Weihnachtsfest wird ein ganz besonderes, weil Walters Mutter nach langer Zeit das Fest wieder mit ihrer Familie verbringt.

Sie leidet an Demenz, wohnt in einem Heim und konnte sich eine Weile an niemanden erinnern, doch in den letzten Monaten ist es viel besser geworden und deshalb wollte sie selbst zu ihren Söhnen und Töchtern. Inez ist Einzelkind und hat keinen Kontakt zu ihrer leiblichen Familie in Mexiko, doch sie hatte wohl nie das Gefühl, als würde ihr etwas fehlen, denn Walters Verwandte haben sie mit offenen Armen empfangen und ihr nie das Gefühl gegeben, dass sie nicht blutsverwandt wären, hat mir Addy erzählt.

Daniels Cousin Benedict und Cousine Clarice sind in unserem Alter, während die anderen Kinder seiner Verwandten noch jünger sind. Es bilden sich schnell Grüppchen. Die Älteren stehen um ihre Mutter herum in ruhigem Tonfall. Addy und ihre Cousine unterhalten sich über die Arbeit, wobei ich noch immer nicht weiß, womit Addison sich ihren Lebensunterhalt verdient.

Ben sucht mit mir das Gespräch, fragt mich alles Mögliche und scheint ernsthaft an meinen Antworten interessiert zu sein. Ich habe ihn letztes Jahr nicht gesehen, was er damit erklärt, dass er bei seiner Freundin gefeiert hat, sie dieses Jahr aber in Europa ist, wo sie für eine Fernsehproduktion arbeitet. Daniel bindet sich ins Gespräch mit ein, sodass ich mich schnell ausklinke und nach dem Essen sehe, das im Backofen aufgewärmt wird. Ich sehe aus dem Küchenfenster und seufze wehmütig auf, wünschte, es würde schneien, weil ich mir schon als Kind weiße Weihnachten gewünscht habe.

Ich gucke nach, ob die Brötchen reichen, oder ob ich noch welche aufschneiden soll, als ich eine Wärme hinter mir spüre, und mir ist nicht klar wieso, aber ich weiß, dass es Daniel ist. »Alles im Griff hier?«, fragt er und stellt sich neben mich, lehnt sich gegen die Arbeitsplatte.

»Ja, ich denke, wir haben genug von allem hier.«

»Mom weiß schon, wie man für eine Großfamilie kocht. Sie schafft alles, nur ist es jedes Jahr so, dass das Kartoffelpüree zu wenig ist.«

»Dann sollte ich vielleicht noch etwas davon machen.« Ich schnappe mir einen Topf, doch Daniel greift nach meiner Hand und drückt sie sanft. Meine Finger beginnen wegen seiner kalten Finger zu kribbeln. Obwohl es draußen fünfzehn Grad sind, trägt er ein langärmeliges Hemd. Schade eigentlich, denn ich kann mir vorstellen, dass er durchtrainiert und ein Blickfang ist.

»Ein Keks für deine Gedanken«, raunt Daniel und stellt sich mir gegenüber. Vergessen ist das Thema Püree. Ich schlucke und sehe zu ihm auf. Er ist mein bester Freund und ich liebe ihn, aber ihm davon zu erzählen, dass ich neugierig bin, wie er wohl oben ohne aussieht, möchte ich ihm nicht auf die Nase binden.

»Ach, ich habe nur an den fehlenden Schnee gedacht.« Lügnerin!, sagt seine Mimik aus und sein Blick scheint zu wissen, woran ich gedacht habe.

»Du wirst ja rot«, flüstert er und stützt die Hände links und rechts neben meinen Hüften ab und kommt noch näher. Mein Herz beginnt, wie wild zu schlagen und als sein unvergleichlicher Duft mich umhüllt, muss ich die Augen schließen, öffne sie aber wieder, als Daniel zu sprechen beginnt. »Ich denke.« Er legt eine Sprachpause ein, seine Lippen wandern zu meinem Ohr, wo ich seinem schweren Atem lausche. »Dass du dir mich gerade nackt vorgestellt hast.«

Dieses Bild, diese Vorstellung brennt sich in mein Gedächtnis und heiße Schauer bescheren mir eine Gänsehaut, die mich frösteln lässt. Ich beiße mir auf die Lippe, als er sich kurz über den Mund leckt und fühle mich plötzlich, als würde ich brennen, als würde ich schmelzen, wenn er mich nicht sofort packt und … Moment! Ich schüttle den Kopf und bekomme Panik, weil diese Gefühle Daniel gegenüber neu sind und nicht nachvollziehbar. Ich stoße ihn von mir, so heftig, dass er zu taumeln beginnt. Sein noch anfängliches Lächeln erstirbt und weicht einem besorgten Gesichtsausdruck.

»Tae«, beginnt er, doch ich hebe die Hand, weil mein Herz noch immer so laut in mir klopft, dass es das Rauschen in meinen Ohren übertönt.

»Nicht, Dan. Ich fühle mich gerade nicht so gut. Entschuldige.« Ich gehe an ihm vorbei und eile durchs Wohnzimmer hinauf ins Badezimmer. Was zum Teufel ist das gewesen? Daniel und ich flirten täglich, werfen uns anzügliche Bemerkungen an den Kopf und genießen diese verspielte und unkomplizierte Art zwischen uns, aber das vorhin. Ihn so nah an meinem Körper zu spüren, seine Stimme so nah an meinem Ohr zu hören. Es hat mich in Panik versetzt, warum auch immer. Mein gehetzter Blick huscht zum Spiegel, wo ich mein Gesicht erblicke. Äußerlich sehe ich wie immer aus, doch meine Augen verraten mich. Zeigen meine Unsicherheit und Verwirrung.

Daniel ist mein Freund, jemand, dem ich meine dunkelsten Geheimnisse anvertraue, und doch habe ich die Flucht in einer Situation ergriffen, die vielleicht harmlos gewesen ist. Daniel steht auf Männer, findet mich nicht anziehend, sondern ist einfach in den freundschaftlichen Flirtmodus übergegangen, wie es schon öfter der Fall gewesen ist. Ich schließe die Augen und atme tief durch. Diese Menschen unten sind hier, um Weihnachten mit ihren Liebsten zu feiern, und Inez braucht jede Hilfe, die sie bekommen kann. Meine geistige Verwirrung sollte keine Rolle spielen.

Vielleicht liegt es daran, dass ich mich einsam fühle und mir etwas vorgemacht habe, aber das werde ich unterbinden, weil es nicht nur für mich, sondern auch für Daniel unangenehm ist. Ich sehe mein Spiegelbild herausfordernd an und schleudere mir selbst in Gedanken eine Warnung zu. *Reiß dich zusammen und sobald wir wieder in New York sind, muss ich anfangen, es mir selbst zu besorgen oder unbedingt unter Leute, um vielleicht Männer kennenzulernen.*

Ich betrete das Wohnzimmer und gehe zum Essbereich, wo die Gäste schon Platz genommen haben. Für alle sieht es aus, als wäre ich nur auf die Toilette gegangen, doch Daniels Blick haftet an mir. Er schweigt, lässt mich jedoch nicht aus den Augen. Ich gehe mit den Damen des Hauses in die Küche und stelle das Essen auf den Tisch. Walter schneidet den Truthahn an und ich serviere die Beilagen. Als ich mich Nana nähere, Daniels Großmutter, sieht sie auf und lächelt, als würde sie mich kennen. Ich nicke nur und eile wieder in die Küche, da dort noch einiges an Mahlzeiten rumsteht, die auf den Tisch gehören.

Als wir alle mit dem Essen beginnen, herrscht kurz Stille, ehe sich Benedict nach der Gesundheit von Walter erkundigt und alle lauschen. Die Gespräche sind locker und interessant. Hier wird über das Privatleben der anderen gesprochen, aber auch über andere Themen wie über den Präsidenten, den einige kritisieren, aber immer sachlich bleiben. Schließlich wendet sich Nana mir zu und richtet zum ersten Mal das Wort an mich.

»Taylor, wieso sitzt du nicht neben Daniel?« Ich sehe zu meinem besten Freund, der mich genauso verwirrt ansieht wie ich ihn. Er sitzt mir gegenüber, doch ich habe seinen Blick gemieden, vor allem nach meiner Flucht vorhin.

»Was meinst du, Nana?«

»Ich bin ja froh, dass du endlich den Mut gefunden hast und Taylor geheiratet hast, aber wieso sitzt ihr so weit auseinander?« In den Gesichtern der anderen Gäste spiegelt sich eine Traurigkeit wider, in meinem eher Schock, denn mir will nicht einfallen, wie sie auf so einen Gedanken kommen könnte, es sei denn. Sie weiß nicht, dass Daniel homosexuell ist. Für mich spielt seine sexuelle Orientierung keine Rolle, ich mag ihn, wie er ist, aber vielleicht hat er sich vor seiner Familie nicht geoutet. Keiner stellt die Situation richtig, bis mir klar wird, weshalb. Sie wollen sie wegen ihrer Demenz nicht beunruhigen.

»Er hat mich geärgert, deshalb wollte ich mich absichtlich nicht neben ihn setzen.«

Nanas verwirrte Miene klärt sich langsam und dann lächelt sie. »Das kenne ich. Als John und ich jung verheiratet waren, hat er mich zur Weißglut getrieben, aber ich habe ihn trotzdem geliebt. Das sollte immer im Vordergrund stehen, Taylor.«

Ich sehe zu Daniel und es ist so, als wären die anderen Gäste nicht da, sondern nur er und ich. Ich kann mir vorstellen, was für eine Erfüllung es sein muss, wenn man den richtigen Partner, seinen Seelenverwandten gefunden hat, wie es bei Dans Großmutter der Fall gewesen ist. Daniel ist ein wunderbarer Mensch, gut aussehend, intelligent und hat ein Herz aus Gold. Er ist einer der Guten in einer Welt voller Idioten. Jeder, der ihn bekommt, kann sich glücklich schätzen, so wie ich, weil ich ihn als Freund habe.

»Ja, er hat manchmal nur Blödsinn im Kopf, aber ich liebe ihn so, wie er ist, und würde nichts an ihm ändern wollen.«

Alle am Tisch beginnen erleichtert zu lachen, sie sind froh, dass ich die Situation verstanden habe, nur Daniel lächelt nicht, sondern sieht auf seinen Teller, den Körper angespannt.

Nachdem Walter seine Mutter nach dem Essen wieder ins Heim bringt, bedanken sich die Anwesenden bei mir. Dieser Abend war entspannt und es hat allen sehr viel bedeutet, dass Nana anwesend war. Die Gäste schlafen nicht hier, sondern fahren wieder nach Hause, nur ich werde erneut bei Addy übernachten.

»Daniel. Warte!« Addisons verzweifelte Worte höre ich nur dumpf durchs Zimmer. Ich habe mir gerade einen Pyjama angezogen und will aus dem Zimmer gehen, als Daniel an mir vorbeizischt, ohne mich eines Blickes zu würdigen.

21. Kapitel

DANIEL

Ich kann keine Sekunde länger in diesem Haus bleiben. Dieser Abend ist die reinste Hölle gewesen. Nicht nur, dass Taylor zum Anbeißen ausgesehen hat mit diesen Kniestrümpfen, die das eher züchtige Outfit aufgepeppt haben. Den ganzen Abend musste ich auf ihre Beine schielen, habe mir vorgestellt, wie ich sie über dem Tisch nehme, während sie diese Dinger noch trägt. Generell scheine ich, wenn sie in meiner Nähe ist, öfter abzudriften in eine andere Welt in meinem Kopf, wo Tae mir gehört und ich derjenige bin, der sie glücklich macht, sie berührt, tröstet, liebt und zum Schreien bringt. Aber wem will ich was vormachen? Vorhin in der Küche habe ich fast alles zerstört, denn ich wollte sie küssen, wollte sie auf die Arbeitsplatte heben und mit meiner Zunge ihren Mund erkunden, meine Hände unter ihren Rock gleiten lassen, um zu sehen, wie weit hinauf die Kniestrümpfe wohl reichen. Ich habe gehandelt, ohne dass ich genauer nachgedacht habe, aber ich kenne diesen Blick, mit dem sie mich vorhin angesehen hat. Habe ihre Musterung beinahe am Körper gespürt. Sie hat mich angesehen, als würde sie sich auch körperlich zu mir hingezogen fühlen.

So kann es nicht weitergehen. Ich kann so nicht weitermachen, denn obwohl ich sie mit dieser Lüge beschützen würde, würde ich daran zerbrechen. Meine Gefühle Taylor gegenüber sind stärker, als ich anfangs noch angenommen habe, mit jedem Tag, den wir länger miteinander verbringen, weiß ich, dass ich alles für diese Frau tun würde. Diese langen Nächte, in denen wir uns unterhalten oder uns einfach nah sind, werden immer mehr zu meinem Highlight, denn dann sind Addy und Grace nicht anwesend, und diese Momente gehören ganz uns. Ich ziehe mir die Jacke an, ignoriere die Frage von meinem Vater, wohin ich gehe, und schlage die Tür hinter mir zu. Ich atme tief ein und aus und gehe ein paar Schritte, weg von unserer Wohngegend. Es ist herrlich mild, sodass ich beschließe, in die Stadt zu gehen, die von hier nur zehn Minuten entfernt liegt. Ich trage noch immer Jeans und Hemd und beschließe, nicht in mein altes Fitnessstudio zu gehen, sondern ins Piersons, unsere Stammkneipe von früher.

Ich brauche etwas zu trinken, dieser Frust scheint mich von innen aufzufressen. Erleichtert darüber, dass mich keiner erkennt, setze ich mich an die Bar und bestelle einen Whiskey auf Eis. Es ist erbärmlich, dass ich so tief gesunken bin und mich alleine in einer Bar volllaufen lasse. Selbst nach der Trennung von Jamie bin ich zwar feiern gegangen, um sie aus meinem Kopf zu bekommen, aber ich wollte mich nicht wegblasen, wie ich es jetzt vorhabe. Aus einem Drink werden drei und dann noch mehr. Ich trinke nicht oft, aber wenn ich es tue, dann in Maßen, doch jetzt erkenne ich anfangs nicht mal meinen Vater, der sich schweigend neben mich setzt und mir den Drink aus der Hand nimmt, um ihn selbst auszutrinken und für mich ein Wasser zu bestellen. Danach sitzen wir nebeneinander an der Bar und starren geradeaus. Jeder ist mit seinen Gedanken alleine und es braucht keine Worte, weil ich weiß, dass er da ist, auch wenn ich jetzt nicht darüber sprechen möchte. Als ich das dritte Glas Wasser geleert habe, wende ich mich ihm zu. Mein Kopf ist klarer, auch wenn ich noch immer schwanke.

»Ich liebe sie«, sage ich und mein Vater nickt nur verständnisvoll, denn es ist kein Geheimnis, für keinen in meiner Familie.

»Wieso sagst du es ihr nicht?«, fragt Dad und es klingt so einfach, damals schon hat er mich dazu überreden wollen, ihr reinen Wein einzuschenken. Ich könnte Taylor die Wahrheit sagen und darauf hoffen, dass sie mein Motiv versteht, aber die andere Seite wäre diese: Tae würde mich verlassen, ausziehen und vielleicht nie wieder ein Wort mit mir wechseln. Und das ist keine Option für mich!

»Sie könnte gehen, und das will ich nicht.«

»Aber sie könnte auch bleiben. Es ist eine 50/50 Chance.«

»Ja, aber ich will dieses Risiko nicht eingehen.«

Dad greift in die Schüssel mit den Erdnüssen und isst eine, während er überlegt. »Und was ist, wenn du sagst, dass du es dir anders überlegt hast?«

»Was meinst du?« Ich kann ihm aufgrund meines Alkoholpegels nicht ganz folgen.

»Du kannst ihr sagen, dass du dich umorientiert hast, dass du bisexuell bist.« Es ist merkwürdig, mit Dad über meine Sexualität zu sprechen, Fake hin oder her.

»Du meinst noch mehr Lügen zu den Lügen auftischen?«

»Ja, genau das meine ich. Es ist Taylor gegenüber nicht fair, und ich finde, du hast wirklich Mist gebaut, damit überhaupt angefangen zu haben, aber sie mag dich auch, das sehe ich in ihren Augen. Du kannst ihr sagen, dass aus Freundschaft mehr geworden ist.«

»Ich weiß nicht, ob ich unsere Beziehung auf Lügen aufbauen will.«

»Wie sähe die Alternative aus? Taylor wird nicht ewig alleine bleiben, Daniel. Sie wird sich verlieben, wenn du nicht was dagegen unternimmst.« Dad hat vollkommen recht, aber ich will es mir nicht eingestehen. Es würde mich umbringen, wenn sie eine neue Beziehung eingeht.

»Ich kann nicht.« Ich seufze auf, lasse den Kopf hängen und kralle mich fast verzweifelt an meinem Glas fest. »Du weißt, was das Richtige für dich ist, und egal, wofür du dich entscheidest. Ich bin stolz auf dich. Weil du ihr Wohl über dein eigenes gestellt hast.«

Ich lächle traurig, schüttle aber den Kopf und trinke weiter mein Wasser. Dad und ich verbringen noch eine Stunde in der Bar und er erzählt mir von seinem Leben, das jetzt, da er den Job gewechselt hat, viel besser verläuft. Früher war er bei einer Versicherung tätig, bis er seine wahre Berufung entdeckt hat. Es ist beinahe zwei Uhr früh, als ich in mein Zimmer komme. Der Alkoholpegel ist deutlich gesunken, dank des Burgers, den ich gegen Mitternacht verdrückt habe, und dank des vielen Wassers. Ich gehe in mein Zimmer und erstarre, als ich Taylor auf dem Bett entdecke, die sich auf den Bauch gelegt hat und in ihrem E-Reader liest. Sie knabbert an ihrem Daumennagel und ist so gefangen in der Geschichte, dass sie mich nicht mal hört.

»Hey«, sage ich mit kratziger Stimme und sehe ihr dabei zu, wie sie sich auf den Rücken rollt und sich aufrichtet. Sie liegt auf meinen Laken und alle meine Teenagerträume scheinen Realität zu werden.

»Hey«, murmelt sie, scheint sich jedoch nicht wohl in ihrer Haut zu fühlen.

Ich bleibe wie angewurzelt stehen, denn es fällt mir schon schwer genug, ihr zu widerstehen, wenn ich nüchtern bin, aber im beschwipsten Zustand kann ich für nichts garantieren. »Was machst du hier?«, sage ich atemlos, denn sie raubt mir diesen, einfach in Pyjama und ohne Make-up.

»Ich wollte mich entschuldigen.«

»Entschuldigen? Wofür denn?« Mir will nicht in den Sinn, was sie glaubt falsch gemacht zu haben.

»Ich habe das zu Nana gesagt, ohne weiter darüber nachzudenken. Mir ist gar nicht in den Sinn gekommen, dass die anderen nichts von deinem Outing wissen könnten. Ich wollte dich mit dem Gerede über Heirat nicht in eine Richtung pushen, in die du nicht gehen möchtest.« Ich fasse es einfach nicht. Ich bin der Idiot, der vor ihr geflohen ist, sie einfach stehen gelassen hat, ohne sich zu verabschieden, und da entschuldigt sich ausgerechnet Tae bei mir, die nun wirklich nichts falsch gemacht hat. Ich bin hier das Arschloch, das sich entschuldigen müsste.

»Nein, Taylor. Du hast überhaupt nichts falsch gemacht. Du warst unglaublich, hast mitgespielt, um sie nicht zu beunruhigen, dafür danke ich dir.«

»Kein Ding«, sie macht einen Schritt auf mich zu, um mich in den Arm zu nehmen, doch instinktiv weiche ich zurück.

»Sorry, Tae, aber ich war aus und stinke wie ein Whiskeyfass. Ich muss unbedingt duschen.«

»Oh.« Sie klingt enttäuscht über meine Zurückweisung, doch es ist zu unserer beider Sicherheit.

»Na schön, dann sehen wir uns morgen.« Sie geht an mir vorbei, und ich fühle mich so hilflos, dass ich die Augen schließen muss. Ich seufze und lasse den Kopf sinken. Es dauert eine Weile, bis ich mich im Griff habe, ich wieder Luft bekomme. Diese Nacht fallen mir die Augen zu, sobald mein Kopf aufs Kissen fällt und ich schlafe vier Stunden am Stück, was eher untypisch für mich ist.

Am nächsten Tag fühle ich mich wie gerädert, stehe aber auf, um Mom und den Mädels in der Küche zu helfen. Dad hat auch versucht mitzuhelfen, doch nach nicht mal zwei Minuten hat sie ihn aus der Küche gescheucht. Als Taylor sich umziehen geht, fängt mich meine Schwester ab. »Wie geht's dir heute? Außer dass du einen Kater hast.«

»Besser. Ich denke, ich habe etwas überreagiert.«

»Vielleicht, aber möglicherweise ist diese Sache mit Tae doch nicht gut für dich.«

»Worauf willst du hinaus?«

»Sie könnte in eine größere Wohnung ziehen, meine Freundin Tessa sucht eine Mitbewohnerin, ihr Zimmer wäre sogar größer als bei uns und die Miete ist …«

»Nein«, knurre ich und meine Schwester verstummt, sieht mich mit großen Augen an.

»Taylor hat wirklich eine Scheißzeit hinter sich und nur weil ich meinen Schwanz nicht unter Kontrolle habe, soll sie nicht aus ihrem Zuhause ausziehen.«

»Aber.«

»Kein aber, Addy. Das Leben ist nun mal kein Wunschkonzert. Taylor empfindet nichts für mich und das ist okay. Was soll's. Es ist ja nicht so, als wäre das etwas Neues für mich. Ich bin so organisiert und trainiert in brenzligen Situationen einen kühlen Kopf zu bewahren und genau das werde ich auch tun.«

»Wie denn?«

»Indem ich mich verdammt noch mal zusammenreiße.«

Da die Bescherung gleich in der Frühe stattfindet, kommen die Halbbrüder von Walter mit ihren Familien vorbei, wo die Kinder noch ziemlich jung sind. Wir decken gemeinsam den Tisch fürs Frühstück. Um das Mittagessen müssen wir uns nicht kümmern, da Inez jedes Jahr am Fünfundzwanzigsten mexikanisches Essen liefern lässt. Zwischen Tae und mir ist es wie immer, als wäre der gestrige, verwirrende Tag nie passiert. Mir fällt ein Stein vom Herzen. Taylor wird von meiner Familie mit offenen Armen empfangen, was sie zwar freut, aber ihr allmählich zu viel wird. Wir stehen jeweils in einer Ecke des Wohnzimmers und unterhalten uns mit Blicken.

Meine sagen, dass wir zu alt für diesen Bescherungsscheiß sind, sie sagt, was willst du dagegen machen, indem sie die Brauen hebt. Doch wir werden unterbrochen, als meine Mutter sich vor Taylor hinstellt und ihr ein Päckchen reicht. Mom stellt sich genau vor sie, sodass ich nichts sehen kann, aber dafür höre ich ein Schniefen und verkrampfe mich.

»Danke«, haucht Taylor und schlingt die Arme um meine Mom. Diese erwidert diese Geste und ich sehe auch ihre Schultern beben. Egal, was sie Tae geschenkt hat, es hat etwas mit ihrer Mutter zu tun, die auch die beste Freundin meiner Mutter gewesen ist.

Wir alle sehen betreten zu Boden, sagen jedoch nichts, versuchen unsere Gespräche wieder aufzunehmen, damit es nicht unangenehm für Tae wird. Nachdem Mom wieder zu den Gästen geht, kommt Taylor auf mich zu, in der Hand einen Bilderrahmen.

»Geht's wieder?« Sie schnieft, was ich ungeheuer süß finde und nickt. »Darf ich?«, frage ich vorsichtig und deute auf das Bild.

»Klar.« Sie reicht es mir mit zittrigen Fingern. Darauf sind Mom und Jean, Taes Mutter, abgebildet, beide schwanger und blicken strahlend in die Kamera, die Hände liebevoll auf ihre Bäuche gelegt. Mom droht schon zu platzen, während bei Jean nur eine kleine Rundung zu sehen ist. Ich halte die Luft an, als ich das Gesicht genauer betrachte, denn die Ähnlichkeit von meiner besten Freundin und ihrer Mutter ist unglaublich.

»Du bist ihr wie aus dem Gesicht geschnitten.«

»Ja, nicht wahr? Ich kann mir vorstellen, dass es schwer für Dad ist, mich zu sehen und an sie erinnert zu werden, aber ich bin froh über die Ähnlichkeit.«

»Sie war wunderschön.« Ich drehe den Kopf und sehe ihr in die Augen. »Genau wie du.«

»Danke schön«, meint Taylor und eine leichte Röte färbt ihre Wangen. So reagiert sie meist auf Komplimente, denn sie ist bescheiden. Etwas wovon sich meine Schwester eine Scheibe abschneiden könnte. Ich neige den Kopf und flüstere ihr ins Ohr.

»Lass uns abhauen. Die anderen kommen auch ohne uns zurecht.« Sie lächelt und ihre Augen strahlen. »Okay.«

Wir gehen die Straßen entlang, sehen auf grünes Gras, das nicht ganz zu der Weihnachtsdekoration passen möchte. Wir gehen in die Stadt, machen halt beim Park und gehen zu Piersons, wo mich der Barkeeper wissend angrinst. Wir wollen gerade an die Bar gehen und uns etwas bestellen, als plötzlich jemand nach uns beiden ruft. Ich drehe mich um, entdecke Honor Paige, der Schulsprecherin aus unserer Highschool und die Frau, mit der ich vor zwei Jahren geschlafen habe.

22. Kapitel

TAYLOR

Etwas zu euphorisch begrüße ich meine alte Schulkameradin, mit der ich die meiste Zeit gelernt habe und die ein paar Häuser weiter von Dan und mir wohnt. Daniel reicht ihr nur kühl die Hand und ich könnte schwören, dass er sich etwas versteift, aber vielleicht ist ihm auch kalt. Daniel ist generell immer kalt.

»Wie geht es dir denn? Dich habe ich ja schon ewig nicht mehr gesehen«, meint sie und deutet auf den freien Tisch neben uns, damit wir uns setzen.

»Bei mir geht es gerade drunter und drüber. Normalerweise feiern wir immer zu Hause, sodass ich selten aus war zu Weihnachten. Und bei dir? Du siehst klasse aus.« Ich erkenne eine leichte Wölbung an ihrem Bauch.

»Mir geht es wunderbar. Ich arbeite am örtlichen College als Dozentin, allerdings nicht mehr lange, Keith und ich erwarten im April unser erstes Kind.«

»Herzlichen Glückwunsch.« Auch Daniel gratuliert ihr, ehe er für uns einen Cappuccino bestellt.

»Es trifft sich wunderbar, dass ich euch hier erwische, denn wir planen ein Klassentreffen im Sommer. Ich schicke es euch auch noch schriftlich zu, sobald wir die Location gefunden haben und einen genauen Termin festlegen. Da fällt mir ein, hast du jetzt eine neue Bleibe?«, fragt sie und erwischt mich eiskalt.

Natürlich weiß sie, dass ich von Robb getrennt bin, die ganze Welt scheint es zu wissen.

»Ja, habe ich. Ich wohne bei Daniel und Addison in der WG.«

»Ach wirklich?« Ein kurzer, wissender Blick zu Daniel, der sich jedoch dem Kellner zuwendet, um die Tassen entgegenzunehmen, die dieser bringt. »Dann sende ich euch die Einladung zu. Ich hoffe wirklich, dass ihr kommt, wir haben eine riesige Überraschung für euch. Ihr werdet ausflippen.«

»Das klingt ja vielversprechend.«

»Ist es auch. Ihr werdet es sehen.«

Honor bleibt nicht lange bei uns sitzen, da sie eigentlich nur einen Kuchen abgeholt hat, den sie in Auftrag gegeben hat. Daniel und ich dagegen bleiben noch eine Weile, unterhalten uns über unsere Heimatstadt, wer nun mit wem verheiratet ist und was aus dem und jenem geworden ist. Bis seine Miene plötzlich ernst wird.

»Ist dir Weihnachten bei uns zu viel?«

Ich sehe ihn erstaunt an, er hat tatsächlich recht, mir ist nur schleierhaft, wie er es gemerkt hat, denn ich dachte, ich hätte es gut verschleiert. »Ein wenig. Wobei zu viel zu hart ausgedrückt ist. Ich bin es einfach nicht gewöhnt, so viele Leute um mich zu haben, aber es ist wunderbar, quasi ein Teil einer großen Familie zu sein. Ich möchte auch mindestens drei Kinder.«

»Wow, da hast du ja noch einiges vor.«

Mein Lächeln wird breiter, als ich die Tasse schnappe und kurz daran nippe. »Ich war die meiste Zeit alleine. Wenn ich Addy und dich nicht gehabt hätte, wäre ich durchgedreht. Ihr wart wie Geschwister für mich.«

»Das ist schön zu hören. Ich könnte mir eine Kindheit ohne dich nicht vorstellen. Und eine Zukunft schon gar nicht.«

Mein Herz geht auf. Daniel schafft es, mich mit einfachen

Worten direkt ins Herz zu treffen. Ich lege meine Hand auf seine und drücke sie sanft. »Ich möchte auch nie wieder ohne euch sein.«

»Das sagst du jetzt. Warte ab, bis Grace wieder in den Arbeitsmodus verfällt und das Wohnzimmer voller Skizzen ist. Oder wenn Addison wieder zu Hause trainiert, mit lauter Musik wohlgemerkt, oder wenn ich Freunde dahabe, die energisch den Fernseher anbrüllen.«

Ich schüttle lachend den Kopf. Keiner seiner Einwände wäre schlimm für mich, denn es ist wunderbar, nach Hause zu kommen und zu wissen, dass immer jemand da ist, mit dem man sich unterhalten kann. Bevor wir aber nach Hause gehen, greife ich in meine Hosentasche und reiche Taylor ihr Weihnachtsgeschenk, obwohl wir uns untereinander nichts schenken wollten.

»Aber ich dachte …?«

»Ist nur eine Kleinigkeit. Mach es auf.«

Mit einem Strahlen in den Augen, das mich an früher erinnert, reißt sie das Papier auf und öffnet die Schmuckbox. Als sie den silbernen Armreif entdeckt, holt sie tief Luft und holt ihn aus der Verpackung. Er glänzt in der Sonne, die vom Fenster auf unseren Tisch scheint. Dann erst entdeckt sie die Gravur im Inneren des Schmucks.

»Das ist ein Never Alone Armreif«, erkläre ich. Taylor fährt gerührt mit dem Finger über die Schrift.

»Mom, Dad, Daniel, Addison, Grace, Miranda, Charlie«, haucht sie und sieht wieder zu mir, die Augen feucht glänzend.

»Jedes Mal, wenn du glaubst, am Boden zu sein und dass das Leben dir nicht wohlgesonnen ist, dann sieh auf den Armreif und du weißt, dass wir alle für dich da sind.«

»Danke schön«, schnieft sie, steht auf, umrundet den Tisch, um sich neben mich zu setzen und mich fest zu umarmen.

Mein Herz wird schwer, sehnsüchtig, also erlaube ich mir, schwach zu sein und schlinge die Arme um sie und drücke sie fest an mich. »Ich danke dir so sehr«, flüstert sie an meinem Hals und spürt mit Sicherheit die Gänsehaut, die ihre Worte bei mir auslösen.

»Nichts zu danken. Frohe Weihnachten, Tae.«

Sie löst sich von mir und sieht mich mit roten Wangen und einer noch roteren Nase an, als wäre ich ihr persönlicher Held. »Jetzt habe ich fast ein schlechtes Gewissen, weil ich kein Geschenk für dich habe.«

Ich will schon den Kopf schütteln, doch sie greift ebenfalls in ihre Handtasche und holt einen Umschlag heraus.

»Aber nur fast.« Sie hat ebenfalls die Regeln der WG gebrochen und mir etwas besorgt. Kopfschüttelnd öffne ich mein Geschenk und ziehe einen Gutschein hervor. »Ein Gutschein über ein Spa-Wochenende. Wow. Danke schön.«

»Du frierst ja immer so, da habe ich mir gedacht, ich schenke dir ein Wochenende, an dem du dich mit einer Begleitperson aufwärmen kannst.«

»Du bist ja wahnsinnig. Vielen Dank.« Ich sehe kurz auf meine Armbanduhr, um dann die Brauen zu heben.

»Lass uns mal gehen. Bevor das ganze gute Essen weg ist. Wir sind länger weggeblieben, als ich gedacht habe.«

Wir betreten lachend das Haus, weil Daniel wieder einmal einen anzüglichen Witz hat fallen lassen, der mir die Lachtränen in die Augen getrieben hat. »Du hast echt einen Knall.« Ich kichere und betrete das Wohnzimmer. Ich rieche ihn, bevor ich ihn sehe, denn diesen Geruch würde ich überall erkennen.

»Dad! Du bist ja schon da!«, kreische ich, als ich ihn am Tisch entdecke, wo er sich mit Walter unterhält. Er steht lachend auf und ich werfe mich in seine Arme, genieße seine

Stimme, das Kratzen seines Barts auf meiner Wange und bade in seinem Duft, der der Inbegriff von Zuhause ist.

»Na, na. Nicht so stürmisch. Du hättest uns fast umgeworfen«, sagt Dad lachend.

»Ich habe dich monatelang nicht gesehen, da darf ich mich doch freuen, oder?« Sein Blick wird sanfter. Er hebt die Hand und streicht mir väterlich übers Haar.

»Natürlich darfst du das.« Dann blickt er hinter mich.

»Daniel!« Mein bester Freund reicht Daddy die Hand, die dieser fest drückt.

»Mr Jensen.«

»Himmel! Wie oft soll ich dir noch sagen, dass du mich Arnold nennen sollst?«

»Sorry, ich werde mir das wohl nie angewöhnen«, erwidert Daniel verlegen und kratzt sich am Hinterkopf.

»Das zeugt nur von deiner guten Erziehung, mein Junge.«

Er klopft Daniel auf die Schulter und sieht dabei mich an. »Ich möchte mich bedanken, dass du meiner Tochter ein Dach über dem Kopf gegeben hast. Sie hatte wahrhaftig kein gutes Jahr.«

»Es ist mir eine Freude, Sir. Und das Jahr geht bald zu Ende. Es kann nur besser werden.«

»Da bin ich mir ganz sicher.« Dann klatscht er in die Hände und wendet sich mir zu. »Wollen wir?«

»Wie bitte? Auf keinen Fall!«, mischt sich Inez ein und gesellt sich zu uns.

»Das Essen wird bald geliefert und die Gäste müssten jeden Moment vom Spielplatz zurück sein. Bitte bleibt, es ist genug für alle da.«

Es ist später Abend, als Dad und ich satt nach Hause gehen. Dad stellt seinen Koffer ins Wohnzimmer und setzt sich auf die Couch. Er klopft neben sich und ich lasse mich auf unsere weiche Couch plumpsen. Er hebt den Arm und ich kuschle mich an ihn und starre auf den Kaminsims uns gegenüber, wo ein Foto von Mom steht. Ich seufze und Dads Umarmung wird fester. Er weiß, woran ich denke, doch er sagt nichts, sondern scheint die Ruhe genauso zu genießen wie ich.

»Ist Daniel gut zu dir? Behandelt er dich besser als dieser Nichtsnutz?«

Ich runzle verwirrt die Stirn, weil ich ihm nicht folgen kann. »Was meinst du?«

»Du bist doch mit ihm zusammen, oder?«

Dan und ich? Das kann er doch nicht ernst meinen. »Da liegst du ganz falsch. Daniel und ich sind nicht zusammen, nur Freunde.«

»Sicher?«, fragt Dad erneut, aber ich nicke nur. Daniel und ich, das ist unmöglich.

»Ganz sicher.«

Da wir noch vom Essen bei den Grants voll sind, sehen wir uns einen Weihnachtsfilm an. Dad hält es eine geschlagene halbe Stunde aus, ehe er einschläft. Ich decke ihn zu, küsse ihn auf die Stirn und gehe in mein Zimmer. Es hat sich nichts verändert, seit ich vor vier Jahren ausgezogen bin. Der Schreibtisch steht in der Ecke dem Fenster zugewandt. Ein graues Polsterbett in der anderen und ein viel zu kleiner Kleiderschrank. Und trotzdem muss ich lächeln. Es ist zu lange her, seit ich zuletzt hier gewesen bin. Manchmal wünschte ich mir, ich könnte wieder hierherziehen, mit dem Richtigen an meiner Seite, doch davon bin ich noch weit entfernt. Aber der Wunsch ist da, tief vergraben.

Ich will schon seit ich denken kann ein Haus mit Garten, drei Kinder, Hund und Katze. Total klischeehaft, doch so bin ich nun mal. Ich habe gedacht, dass Robb dieser Jemand sein würde, bis er berühmt geworden und unsere Beziehung den Bach runtergegangen ist. Ich schäle mich aus meiner Jeans samt Pullover und gehe in Unterwäsche zu meinem Schrank, um mir einen Pyjama rauszusuchen, bis mir klar wird, dass ich meine Tasche bei den Grants vergessen habe. Ich gehe zu meinem Handy und tippe.

Tae: Hallo, du breitbeiniger The Rock-Verschnitt. Kannst du mir bitte meine Tasche vorbeibringen?
Dan: Es ist mitten in der Nacht! Was lässt dich glauben, dass ich nicht schon längst schlafe wie Dornröschen?
Tae: Ich kenne dich, du Spinner. Vor vier Uhr morgens lässt du noch die Puppen tanzen.
Dan: Wo du recht hast … Warte mal.

Ich verdrehe die Augen, weil ich mit einem Mal ungeduldig werde. Ich habe in diesem Schrank keine Klamotten mehr, weil ich immer eine aktuelle Garderobe mitnehme und bis jetzt nie etwas vergessen habe. Dann piepst mein Smartphone wieder.

Dan: Bitte sag mir nicht, dass du in Unterwäsche vor deinem Schlafzimmerfenster stehst.

Ich blicke an mir runter und dann schiele ich aus dem Fenster und tatsächlich, dort steht Daniel im Vorgarten seines Hauses und hat eine tolle Aussicht auf mich.

Tae: Tu doch nicht so, als hättest du mich noch nie in Unterwäsche gesehen.
Dan: Das nicht, aber was, wenn ein Spanner vorbeikommt?
Tae: Dann hoffe ich mal, dass er aussieht wie Chris Hemsworth und zu mir hochklettert.

Daniel antwortet nicht mehr, sondern klopft unten an der Tür. Ich werfe mir einen Bademantel über und rausche die Stufen hinab zur Eingangstür. Dad schnarcht noch immer auf der Couch und zuckt nicht mal mit der Wimper, denn wenn er schläft, könnte ihn nicht einmal mehr das Ende der Welt aufwecken. Ich öffne die Tür und treffe auf einen schwer atmenden Daniel.

»Bist du etwa hergelaufen?« Ich nehme meine Tasche entgegen und lächle ihn an. »Vielen Dank, ich bin dir was schuldig.«

»Das klingt wie Musik in meinen Ohren.«

»Oje, ich sehe, dir schwebt schon was vor.«

»Und ob. Aber das sage ich dir noch nicht.«

»Du machst es aber spannend.«

»Du hast ja keine Ahnung, Tae.« Kopfschüttelnd sehe ich ihm nach und Gott hilf mir, ich starre eindeutig zu lange auf seinen knackigen Hintern, der trotz der Straßenbeleuchtung sehr gut sichtbar ist. Auch wenn ich mir das nicht erklären kann, beiße ich mir auf die Lippen und schließe schnell die Tür hinter mir. Diese Gedanken, die ich seit gestern über Daniel habe, sollten mir Sorgen machen, doch das lasse ich nicht zu. Denn zum ersten Mal in meinem Leben ist es zwischen mir und einem Mann nicht kompliziert, sondern locker und freundschaftlich. Und so soll es auf alle Fälle bleiben.

Weihnachten verfliegt zu schnell. Dad und ich haben gemeinsam Kekse gebacken, die aber nicht so gut geschmeckt haben wie die von Addison. Ich muss sie unbedingt nach dem Rezept fragen, auch wenn ich weiß, dass sie es mir nicht geben wird. Aber die Hoffnung stirbt bekanntlich zuletzt. Ich habe ihm einen neuen Barttrimmer gekauft, und er mir wie jedes Jahr einen Gutschein von meiner Lieblingsboutique. Daddy weiß eben, womit er mir eine Freude machen kann. Nachdem ich das Haus geputzt und für Dad gekocht habe, habe ich mich unter Tränen verabschiedet und sitze nun wieder neben Daniel und blicke auf Kalifornien unter mir.

Es tut weh, mich von Dad zu trennen, aber so steigt die Vorfreude, wenn ich ihn zu Ostern besuche. Er hat mir allen Ernstes auch noch ein Pfefferspray besorgt, weil mir das Auto gestohlen wurde und für ihn gleich ganz Manhattan kriminell ist. Aber ich habe es brav entgegengenommen, um ihn zu besänftigen. Den Heimflug verschlafe ich und die Fahrt zur Wohnung döse ich mehr, als ich wach bin. Den anderen scheint es genauso zu gehen, denn sie haben nicht viel gesagt und einfach die Ruhe genossen. Daniel und ich betreten die Wohnung, während Addy noch unten ist, um die Post mitzunehmen.

»Möchtest du etwas trinken?«, ich gähne es mehr, als ich es sage und gehe zum Kühlschrank, um mir eine Wasserflasche zu holen.

»Nein danke. Ich ziehe mich nur um und fahre ins Fitnessstudio.«

»Jetzt?«

»Es ist doch erst später Nachmittag«, erwidert Daniel grinsend, es scheint ihn zu amüsieren, dass ich mich vor Müdigkeit kaum auf den Beinen halten kann.

»Du bist echt ein Phänomen, Grant.«

»Breitbeinig und genial, oder?«

»Wohl eher eingebildet und engstirnig.« Grinsend nehme ich einen Schluck.

»Du triffst mich aber, Tae.«

»Tu doch nicht so, als würde nicht mal Edward mit den Scherenhänden dein Ego ankratzen können.«

»Wo du recht hast.« Er greift ebenfalls nach einer Wasserflasche und lehnt sich neben mich an die Küchentheke. Ich lehne meinen Kopf an seine Schulter und plötzlich werden meine Lider noch schwerer, als sie ohnehin schon sind.

»Mach, dass du ins Bett kommst.«

»Ja, Sir.«

Addison kommt gerade mit der Post in der Hand ins Wohnzimmer. Im Gehen sortiert sie diese und ein Stapel ist deutlich dicker als die anderen.

»Post für dich, Taylor.« Ich hebe den Kopf und greife nach den Briefen in ihrer Hand. Die Absender sind die Magazine, Firmen und Agenturen, die ich bezüglich eines Jobs angeschrieben habe. Addy und Dan ziehen sich zurück, während ich einen Brief nach dem anderen öffne. Alles Absagen. Ich lasse diese Information sacken. Von den zehn Bewerbungen, die ich verschickt habe, wurde jede einzelne abgelehnt. Eine Schwere erfasst mich, als ich die Stufen hinaufsteige, auf den fragenden Blick von Daniel gehe ich nicht ein. Ich brauche dringend Ruhe, Schlaf und einen Plan. Ich kann nicht ewig zu Hause sitzen und Däumchen drehen. Aber das Glück scheint mir nicht hold zu sein.

23. Kapitel

TAYLOR

Grace kommt einen Tag nach uns aus ihrem Weihnachtsurlaub zurück und hat eine Menge zu erzählen. Der Urlaub auf Barbados ist erholsam gewesen, sie hat eine zarte Bräune bekommen und die Zeit mit ihren Eltern genossen. Weihnachten ist nach ihren Aussagen nicht so schön gewesen, weil ihre Tante eine Drama-Queen ist und das Familientreffen in ein Desaster verwandelt hat. Sie hat ihre Eltern beleidigt, und sie dann früher als geplant und enttäuscht die Feier verlassen haben.

Seit wir aus Kalifornien zurückgekommen sind, ist Addison mit der Partyplanung beschäftigt. Ihre Silvesterpartys sind anscheinend ein Highlight für die meisten Gäste. Grace und Addy sind ein eingespieltes Team, während sich Grace um die Deko und die Location gekümmert hat, hat ihre beste Freundin einen DJ besorgt und mit ihm die Playlist zusammengestellt, ehe sie sich um den Caterer gekümmert hat. Mir ist noch immer schleierhaft, woher sie das Geld für eine Feier in dieser Größe hat. Als wir am nächsten Tag gemeinsam das Mittagessen für die WG zubereiten, fasse ich den Mut und frage sie.

»Sag mal Addy, womit verdienst du eigentlich deine Brötchen?« Es ist eine ziemlich persönliche Frage und auch wenn wir uns besser verstehen, bin ich mir nicht sicher, ob sie mir antworten möchte.

»Ich schreibe Artikel für ein Sportmagazin. So kann ich von zu Hause aus arbeiten.«

»Du schreibst auch gerne? Das wusste ich gar nicht.« Vor allem, weil ich sie im Wohnzimmer noch nie mit einem Laptop in der Hand gesehen habe.

»Ich mache es nicht hauptberuflich, wenn du das meinst. Aber ich verdiene gut damit.«

»Das ist toll. Wenigstens kann eine von uns schreiben. Mir fehlt es sehr, in die Tasten zu hauen.«

»Wieso machst du es dann nicht?«

»Ich kann dir nicht ganz folgen.«

»Du könntest einen Blog starten, wo du über das, was du liebst, berichtest. Für mich wäre das nichts, weil ich mir nicht gerne in die Karten schauen lasse, aber für dich wäre es was.«

»Ich folge einigen Blogs oder das habe ich zumindest. Ich habe seit der Trennung nicht mehr auf Social Media geguckt.«

»Irgendwann wird es Zeit, dass du wieder zurückkehrst, aber deine Bekanntheit, ob nun durch die Trennung oder nicht, ist vielleicht ein Vorteil für dich. Denn durch die vielen Follower könnte dein Blog so richtig durchstarten.«

Während ich das Gemüse schneide, lasse ich mir das Gesagte durch den Kopf gehen. Addison könnte recht haben, vielleicht tut es mir gut, wieder zu schreiben, ob nun arbeitsspezifisch oder zum Vergnügen. Addisons Telefon klingelt, doch ihre Hände sind voller Mehl, sodass sie nicht abheben kann. »Könntest du mir das Handy vielleicht ans Ohr halten?«

»Klar, warte.« Ich hole ihr Smartphone und hebe ab, sehe, dass es Vaughn ist, der anruft.

»Hey Babe.« Ihr Lächeln verblasst plötzlich, als sie seiner Antwort lauscht. »Entschuldige«, murmelt sie und sieht unsicher zu mir, doch ich tue so, als hätte ich nicht gehört, dass ihr Verlobter sich über diesen Kosenamen aufregt.

»Was gibt's?«, fragt sie nun. Was Vaughn antwortet, kann ich nicht verstehen, aber daran, wie Addy die Schultern sacken lässt, weiß ich, dass meine Mitbewohnerin enttäuscht ist.

»Verstehe.« Sie knirscht mit den Zähnen, nickt aber. So fromm kenne ich Addy gar nicht, normalerweise sagt sie lautstark, was sie denkt, doch bei ihrem Freund scheint sie sich zurückzuhalten.

»Nein. Ich verstehe es. Sorry, ich koche gerade und muss weitermachen.« Sie sieht zu mir und nickt, damit ich das Telefon wieder hinlege. Sie schluckt und wäscht sich die Hände, ehe sie sich mir zuwendet. »Könntest du vielleicht den Rest alleine erledigen? Mir geht's nicht so gut.«

»Klar«, erwidere ich, versuche es mit einem Lächeln, doch sie erwidert es nicht, sondern schnappt sich ihr iPhone und geht in ihr Zimmer. Ich mache das Essen fertig, aber als Addison nach einer Stunde nicht rauskommt, gehe ich hinauf und klopfe leise an ihrer Tür.

»Was ist denn?«, fragt sie mit kratziger Stimme und man hört ihr an, dass sie geweint hat.

»Darf ich reinkommen?« Sie antwortet nicht, aber ich beschließe, trotzdem die Tür zu öffnen. Ich war noch nie in ihrem Zimmer, bin aber erstaunt, wie hell und zart es ist. Die Möbel sind weiß, die Bettwäsche und Dekorationen in hellen Pastelltönen. An den Wänden hängen Poster von Topmodels, die eher ausgemergelt aussehen als gesund. Ich blicke ein wenig zu lange darauf, denn Addy meint dann: »Sie hängen hier, weil ich niemals so werden möchte wie sie. Sie sind das falsche Idealbild, das den jungen Mädchen vorgegeben wird.«

»Ich bin da ganz deiner Meinung.«

»Gut.« Sie schnieft erneut und lenkt meine Aufmerksamkeit wieder auf sich.

»Was ist denn los? Ist etwas mit Vaughn?«

Sie schnaubt und wirft dem Foto ihres Verlobten auf dem Nachtschränkchen einen verächtlichen Blick zu. »Er kommt nicht zu unserer Silvesterparty.«

»Das tut mir aber leid. Ist die Arbeit dazwischengekommen?«

»Schön wär's.« Sie deutet mit einem Kopfnicken an, dass ich mich neben sie aufs Bett setzen soll. »Seine Eltern haben etwas gegen mich und suchen immer Vorwände, um ihn weiter von mir zu entfernen.«

»Was?«

»Du hast schon richtig gehört. Vaughn ist ein entfernter Cousin von Grace, mit dem sie aber kaum Kontakt hatte. Wir haben uns vor zwei Jahren zufällig kennengelernt und verliebt, aber sein Vater will in die Politik und seine Eltern sehen in mir nicht das Vorzeigefrauchen, das kuscht.«

»Das bist du auch nicht.«

»Eher würde ich sterben, als mich in eine Schublade stecken zu lassen. Mein Leben als Mollige war nie einfach, Tae. Du weißt, wie sie mich in der Highschool gemobbt haben, weil ich kurvig bin. Ich habe das nie an mich rangelassen, doch ich habe gelitten. Still, aber dennoch.«

Ich kann mich sehr gut daran erinnern, dass Daniel und auch ich Addy verteidigt haben, wenn die Leute über sie gelästert haben, aber sie hat sich immer so tough gegeben. Nie wäre mir in den Sinn gekommen, dass sie noch immer mit Vorurteilen zu kämpfen hat. Sie hat zwar etwas mehr auf den Rippen, aber sie ist trotzdem die schönste Frau, die ich jemals gesehen habe. Ihr Gesicht, das rassige Aussehen ihrer mexikanischen Mutter und das wallende lange Haar, das ihr bis zum unteren Rücken reicht, lassen sie wie eine strahlende Göttin aussehen.

»Aber Vaughn steht doch zu dir? Er sagt ihnen doch die

Meinung?« Ich lege all meine Hoffnung in diese Worte, denn wenn er es nicht täte, würde ich ihm wehtun.

»Er hat es früher gemacht, aber langsam glaube ich, dass die Gehirnwäsche seiner Eltern Früchte trägt. Er ist öfter ohne mich unterwegs, lässt mich nicht bei ihm übernachten, wenn er am nächsten Tag arbeiten muss.«

Das finde ich ehrlich gesagt am merkwürdigsten bei diesem Mann. Wenn ich verliebt in den Menschen an meiner Seite bin, dann will ich doch jede Sekunde mit ihm verbringen. »Hat er noch nie etwas von Ohropax gehört?«

Addisons Mundwinkel zucken. »Ich weiß echt nicht, wie das Ganze weitergehen soll.«

Ich kann vielleicht an einer Hand abzählen, wie oft ich Addison traurig gesehen habe, seit unserer Kindheit. Es macht mich traurig, dass meine starke Mitbewohnerin leidet. Deshalb nehme ich ihre Hand. »Weißt du was? Wir feiern das beste Silvester, das du je erlebt hast. Dass Vaughn nicht kommt, ist eben sein Pech. Wir werden Spaß haben und die ganze Nacht tanzen.«

Sie lächelt und schließt die Augen, seufzt wohlig auf. »Das klingt himmlisch. Ich war schon lange nicht mehr tanzen.«

»Dann wird's aber Zeit.«

»Wofür wird es Zeit?«, fragt Grace, kommt ins Zimmer und setzt sich neben Addy. Dann bemerkt sie die geröteten Augen. »Vaughn?«, knurrt sie bedrohlich.

»Jap. Er kommt nicht.«

»Dann eben nicht. Ich kann den Typen sowieso nicht ausstehen. Aber genug von diesem Thema. Was hast du gemeint, Tae?«

»Ich meinte, dass uns allen das neue Jahr guttun wird. Wir werden mehr ausgehen, viel miteinander unternehmen und den Männern den Mittelfinger zeigen.«

»Was habt ihr schon wieder gegen mich?«, sagt Daniel und schlendert gemütlich herein. Natürlich lässt er sich neben mich fallen, sodass wir auf und ab wippen.

»Männer sind Scheiße«, sagt Grace und erntet Lachen von Addy und mir.

»Alle außer mir, will ich doch hoffen.«

»Natürlich, Goliath«, säusle ich und umarme ihn fest. »Du bist der Beste und du wirst uns begleiten, wenn wir das neue Jahr im Partymodus starten.«

In dieser Nacht schlafe ich gegen drei Uhr früh auf der Couch ein, neben Daniel, der sich eine Dokumentation über Naturgewalten ansieht. Wir haben gesündigt, einen Becher Eis verdrückt und darüber gesprochen, wen wir zu der Party übermorgen einladen wollen. Daniel hat Tick, Trick und Track eingeladen, seine besten Freunde. Ich habe Charlie und Miranda eingeladen, zumal ich Charlie einen Monat lang nicht gesehen habe. Es werden ungefähr dreißig Gäste kommen, einige aus Graces und Addisons Freundeskreis.

Die Sonne ist längst aufgegangen, als mein Telefon läutet. Daniel brummt neben mir, wacht aber nicht auf. Ich greife danach und sehe aufs Display. Eine unbekannte Nummer. »Jensen?«, sage ich mit kratziger Stimme.

»Taylor? Hier ist Ian.« Augenblicklich bin ich wach.

»Hey. Du rufst ja früh an. Ich hoffe, es ist alles in Ordnung, bei meinem Glück ist eher das Gegenteil der Fall.«

»Ich habe gute Nachrichten. Wir haben dein Auto gefunden.« Ich unterdrücke einen Jubelschrei.

»Wirklich?«

»Ja, es wurde zwar umlackiert, weist aber keine Schäden auf.«

»Das ist ja der Wahnsinn! Vielen, vielen Dank.«

»Kannst du heute vorbeikommen und ein paar Papiere ausfüllen? Dann kannst du ihn gleich mitnehmen.«

»Ian, du machst mich zu früher Stunde ziemlich glücklich und sei versichert, das sage ich nicht zu jedem.«

»Da freue ich mich umso mehr. Ich bin bis elf Uhr auf dem Revier.«

»Okay, ich komme in einer Stunde. Danke noch mal.« Ich drücke voller Freude mein Handy an mein Herz und schließe überglücklich die Augen. Mein Auto ist gefunden worden. Ich kann es noch immer nicht fassen und auch noch ohne einen Kratzer.

»Wer war das?«, fragt Daniel, den das Telefonat wohl doch aufgeweckt hat.

»Das war Ian. Mein Fiat ist wieder da und ganz ohne Schäden.«

»Wie geil ist das denn? Wann holst du ihn dir?«

»In einer Stunde gehe ich zum Revier. Ich rufe gleich Grace an, dass ich die fehlende Dekoration zur Halle bringe, damit sie nach der Arbeit nicht ans andere Ende der Stadt fahren muss.«

»Klasse, noch ein weiterer Grund zu feiern.«

»Aber hallo. Ich werde es krachen lassen, wie schon lange nicht mehr.«

»Ich bin da und fange dich, falls du wieder besoffen vom Tisch fällst.«

»Einmal!«, jammere ich. »Einmal ist mir das passiert, nach so vielen Jahren ziehst du mich noch immer damit auf.«

»Aber nur, weil ich niemanden kenne, der so süß fallen kann wie du.«

Ich greife nach einem der Kissen und werfe es ihm ins Gesicht.

»Na warte!«, Daniel stürzt sich auf mich und kitzelt mich, bis ich keine Luft bekomme.

»Gnade!«, keuche ich und sehe ihn flehend an. Daniel liegt halb auf mir, seine Hände an meinem Bauch und Taille, wo er mich quält. Sein Gesicht schwebt über mir, seine Augen blicken belustigt in meine. Ich halte inne und trotz meines schweren Atems lasse ich mir Zeit und erkunde sein schönes Gesicht. Den Bartschatten, die schiefe Nase, die markanten Wangenknochen, die ihm ein wenig Schärfe verleihen. Ohne groß darüber nachzudenken, streichle ich über seine Wange.

»Tae?«, raunt Daniel und sieht mich aus dunklen Augen an, und bei allem, was mir heilig ist, seine Stimme scheint eine direkte Verbindung zu meinem Unterleib zu haben. Denn alles unterhalb der Gürtellinie zieht sich zusammen.

»Du bist so schön«, hauche ich dümmlich, aber es stimmt. Auch wenn ich sein Ego für immer ins Unermessliche damit katapultiere, ist es doch die Wahrheit.

»Du bist schöner.« Zur Antwort verdrehe ich die Augen, was ihn zum Grinsen bringt. »Das sind immer die aufregendsten Frauen.«

»Was meinst du?«, flüstere ich und bin mir seinem Körper auf mir völlig bewusst, ich genieße das Gewicht sogar. Daniel löst seine Hände von meiner Taille, stützt nun die Ellbogen neben meinem Kopf ab, die andere Hand erwidert meine Berührung, indem er mir ebenfalls über die Wange streichelt.

»Die Frauen, die nicht mal wissen, wie atemberaubend sie sind. Diese ehrliche Bescheidenheit ist selten.«

»Spar dir deinen Charme für die Silvesterparty, Grant. Denn wir werden uns amüsieren und vielleicht jemanden abschleppen.«

Sein Mund wird zu einem schmalen Strich, als er mich eine Weile betrachtet, ohne etwas zu sagen. Ich werde unter seinem Blick ganz unsicher, weil jegliche Wärme aus seinen Augen verschwunden ist.

»Wir müssen los«, sagt er schließlich und steht auf, als hätten wir hier nicht gerade einen besonderen Moment geteilt. Etwas, das sich nach mehr angefühlt hat.

»Habe ich etwas Falsches gesagt?«

»Nein, wo denkst du hin. Mir ist nur eingefallen, dass ich heute früher bei der Arbeit sein muss.«

Als ich ihm nachsehe, habe ich das Gefühl, als hätte ich alles falsch gemacht.

24. Kapitel

TAYLOR

Mit einem nervösen Flattern in der Magengrube betrete ich das Revier und kündige mein Kommen an. Ian holt mich an der Information ab, um mich zu seinem Tisch zu begleiten.

»Du siehst gut aus«, sagt er aufrichtig und holt eine ockerfarbene Mappe aus der Schublade, als er sich setzt.

Und weil ich nervös bin, plappere ich. »Du meinst, ich sehe nicht mehr aus wie eine wandelnde Leiche?«

Er hebt abwehrend die Hände, lächelt aber. »Das würde ich mich nie trauen.«

»Weiß ich doch. Entspann dich, Ian. Ich bin nur etwas aufgeregt.« Tatsächlich hämmert mein Herz wie wild. Endlich würde ich mein Baby zurückbekommen.

»Du hast auch einen guten Grund dazu. Wir haben die Mistkerle geschnappt. Uns war schleierhaft, wieso Kriminelle einen Fiat 500 klauen sollten, aber dann hat die Mutter des Diebes ein Stoppschild übersehen und ist angehalten worden. Beim Überprüfen der Papiere haben wir festgestellt, dass es sich um dein Auto handelt.«

»Ich bin nur froh, dass es nicht ein Haufen Schrott ist.«

»Nein, da hattest du Glück.«

»Danke schön Ian. Vielen Dank, dass ihr es gefunden habt. Ich habe doch gewusst, dass die New Yorker Polizei mein Freund und Helfer ist.«

»Du siehst vielleicht aus wie eine waschechte New Yorkerin, aber solche Aussagen beweisen das Gegenteil. Es ist erfrischend, dass jemand noch zu uns aufsieht.«

»Das tue ich und ich möchte mich bedanken.« Ich erinnere mich an vorhin, als Daniel traurig gewesen ist, vielleicht vor Sehnsucht, weil er einsam ist, egal, was es ist, ich will ihm Ian vorstellen. Auch wenn Dan kein Interesse an ihm hätte, würde es nicht schaden.

»Meine Mitbewohnerin hat eine Silvesterparty geplant. Hast du Lust zu kommen?«

»Ich treffe mich heute mit meinem Cousin Drake, aber wir haben nichts Spezielles vor. Dürfte ich ihn mitnehmen?«

»Klar doch.«

»Super, danke. Wenn Drake nichts dagegen hat, kommen wir gerne.«

Die Tatsache, dass heute der letzte Tag eines schrecklichen Jahres ist, hebt meine Laune ungemein. Ich sehe diesen Abschluss als Startschuss für ein besseres Jahr. Ich habe letzte Nacht oben auf der Dachterrasse auf Daniel gewartet, aber er ist nicht gekommen. Also habe ich mehrere Bewerbungen abgeschickt. Eine als Telefonistin, Büroassistentin und Modeberaterin. Ich habe die Hoffnung nicht aufgegeben, auch wenn mir das Leben Zitronen serviert hat, habe ich vor, diese in die Augen meines Karmas zu spritzen, weil es eine Bitch ist. Dann habe ich einen Blog gestartet, habe zwar noch nichts veröffentlicht, aber es ist ein Schritt in die richtige Richtung.

Heute habe ich mich zur Feier des Tages richtig rausgeputzt. Trage einen dunkelroten Lederminirock, darüber ein luftiges, schwarzes Top und Overknees. Ich habe mein Haar mit dem Lockenstab eingedreht und zu Smokey Eyes einen roten Lippenstift kombiniert. Es sieht nicht zu gewagt aus, eher mysteriös. Aber selbst, wenn es gewagt aussehen würde, wäre es mir egal. Diesmal muss ich mich vor niemandem rechtfertigen, nicht aufpassen, was ich in der Öffentlichkeit trage oder sage.

Als ich die Treppe runtergehe, merke ich, dass die anderen meinem Beispiel gefolgt sind und sich heute besonders in Schale geworfen haben. Addison hat ein schwarzes Cocktailkleid angezogen, darüber einen dunkelgrünen, dünnen Mantel, dazu mörderisch hohe High Heels. Sie ist der Inbegriff einer Femme fatale mit ihren langen, braunen Haaren, die ihr wie Wellen über die Schulter fallen. Sie sieht aus wie ein Plus-Size-Model und ich überlege sie darauf anzusprechen, sich vielleicht eine Agentur zu suchen. Selbst die eher unscheinbare Grace sieht heute anders aus. Gut anders, wohlgemerkt. Sie trägt einen leichten, weißen Jumpsuit mit Nadelstreifen, der einen tiefen Ausschnitt zaubert und die Blicke wie magnetisch anzieht. Selbst mich, obwohl ich nicht auf Frauen stehe. Sie hat anders als sonst ihre Haare locker hochgesteckt, sodass sie sich elegant um ihren Hals schmiegen.

Als ich Daniel erblicke, bleibe ich unwillkürlich stehen. Er trägt dunkle, tief sitzende Jeans, was ja nichts Besonderes ist, aber heute trägt er ein Button-Down-Hemd in einer Farbe! Seit ich Dan wiedergetroffen habe, hat er entweder Weiß oder Schwarz getragen, doch heute haut er so richtig auf den Putz. Das Hellblau passt wunderbar zu seiner leicht gebräunten Haut. Die anderen bemerken mein Starren, nur Daniel nicht, der gerade etwas in sein Handy tippt. Als er aufsieht und mich erblickt, lächelt er, sagt aber nichts.

»Können wir?«, fragt er an uns alle gewandt. Wir nicken und folgen Dan aus der Wohnung.

Es gibt Partyräume in Hells Kitchen, die man mieten kann, zum Beispiel in renovierten Fabriken. Addison hat sich im Sommer einen unter den Nagel gerissen, weil er einen herrlichen Ausblick hat und von der Größe her perfekt ist. Bei Tag und ohne die Deko hat es langweilig gewirkt, steril, doch nun mit den Kristallen, die über den Köpfen angebracht sind, den schwarz-weißen Dekorationen auf den Tischen und dem dunkelblauen Satintuch, mit dem das Podest des DJs aufgepeppt wird, sieht es mysteriös und einfach toll aus. Wie in Nacht und Sternen eingehüllt.

Wir sind die Ersten, die ankommen. Addison kümmert sich um den Caterer, Dan unterhält sich mit dem DJ und Grace und ich überprüfen noch mal die Notausgänge und sehen auf den Tischen nach dem Rechten. Nach uns kommen Miranda und Charlie an. Ich laufe auf beide zu und umarme sie fest. Wir haben Weihnachten nicht miteinander verbringen können, doch ich habe ihnen ihre Geschenke per Post schicken lassen, über die sie sich sehr gefreut haben.

Miranda kennt außer uns niemanden auf dieser Party, aber das hat sie noch nie aufgehalten und so hat sie bereits einige Bekanntschaften gemacht, während Charlie und ich uns an der Bar einen Shot nach dem anderen genehmigen. Von hier aus beobachte ich Daniel, der einer rothaarigen Schönheit etwas zu nah steht. Sie flüstern sich etwas ins Ohr und es sieht beinahe aus, als würden sie flirten. Dan muss über etwas lachen, was dieses Flittchen von sich gibt, und ich unterdrücke ein Knurren meinerseits. Flittchen? Knurren? Ich sehe auf den Tequila-Shot in meiner Hand und stelle ihn wieder hin. Was sind das für Gefühle und Gedanken, die mich überschwemmen wie eine Welle von … Eifersucht. Bin ich eifersüchtig, obwohl nichts zwischen ihnen passiert ist? Doch alleine der Gedanke, dass sich diese Frau an Daniel schmiegen könnte, ruft Übelkeit in mir hervor.

»Vielleicht ist er bisexuell?«, sagt Charlie neben mir und sieht ebenfalls zu beiden.

»Ich weiß es nicht«, erwidere ich und kann nicht aufhören,

mit den Augen Blitze auf die Rothaarige zu schießen, weil sie eine Hand auf Daniels Bizeps gelegt hat.

»Ihr unterhaltet euch die ganze Nacht. Verbringt jeden Tag miteinander, aber über so etwas habt ihr nie gesprochen?«

»Er erwähnt seine Sexualität kaum, und ich fand es unhöflich zu fragen. Es ist intim.«

»Aber er weiß von deinen Fantasien, oder?«

»Mehr oder weniger. Ich habe ihm erzählt, dass ich mich nach mehr Abwechslung im Bett sehne.«

»Dann wird es Zeit, dass du ihn fragst, denn so wie du ihn ansiehst, glaube ich nicht, dass es gut gehen könnte, wenn du dich in ihn verliebst.«

»Was?« Ich löse mich von Daniels Anblick und sehe erschrocken zu meiner Freundin. »Das ist unmöglich! Er steht auf Männer!«

»Aber was, wenn er das nicht tut? Was ist, wenn er auf beide Geschlechter gleichzeitig steht? Das ist nicht ganz unüblich. Es gibt auch heterosexuelle Menschen, die herumexperimentieren. Gerne mal ans andere Ufer schwimmen.«

»Ich …« Wieder sehe ich zu ihm und genau in diesem Moment sieht er zu mir, die Brauen gerunzelt, weil er meine erschrockene Miene gesehen hat, erkannt hat, dass ich aufgewühlt bin. Doch die Rothaarige dreht seinen Kopf wieder zu sich und mein Herz beginnt zu schmerzen.

»Ich denke, wenn er auf Frauen stehen würde, könnte ich mich leicht in ihn verlieben. Aber das darf nicht passieren. Wir haben so eine wunderbare Freundschaft, die mich gerettet hat, mich davor bewahrt hat, unterzugehen.«

»Aber ist es dann nicht umso schöner? Sich in seinen besten Freund zu verlieben?« Da ich ihm kein Zeichen gegeben habe, dass es mir gut geht, schlängelt sich Daniel durch die Menge und kommt auf mich zu. Ich bekomme Panik, warum auch immer, und gehe. Eile hinaus, um frische Luft zu schnappen, der Alkohol scheint mir zu Kopf gestiegen zu sein. Natürlich pralle ich gegen eine harte Brust, ehe ich nur die Möglichkeit habe, rauszukommen. Weil das genau zu mir passt und diesem doofen Jahr.

»Na, das nenn ich mal eine euphorische Begrüßung.« Diese Stimme kommt mir bekannt vor, also hebe ich den Kopf und sehe in Ians lächelndes Gesicht.

Eilig löse ich mich von ihm und versuche nicht zu erröten. »Entschuldige, ich wollte nur an die frische Luft, da habe ich dich nicht gesehen.«

»Ach, keine Sorge, ich mag es, wenn sich mir die Frauen in die Arme werfen.«

Frauen? Mist! Und ich habe gehofft, er steht auf Männer. Ich checke langsam gar nichts mehr.

»Tae, ist alles in Ordnung?«, fragt nun Addison, die meinen Zusammenstoß mit Ian wohl bemerkt hat.

»Alles gut. Ich glaube, ich werde künftig Tequila die kalte Schulter zeigen.«

»Das glaube ich auch.« Addy wendet sich Ian und seinem Begleiter zu.

»Sie verträgt einfach nichts. Hey, ich bin Addison.«

»Ian … und das ist mein Cousin Drake.« Wir sehen nun endlich genauer hin und meine Mitbewohnerin scheint sich zu verkrampfen und bemüht sich, freundlich zu bleiben. Ian trägt eine Anzughose, dazu ein weißes Hemd. Sein Cousin, der anders als Ian karamellfarbene Haut hat, trägt schwarz, und zwar am ganzen Körper. Jeans, Hemd und Jackett, dazu schwarz polierte Schuhe. Modisch zwar langweilig, aber es passt zu seinem imposanten Auftreten.

»Freut mich. Willkommen auf meiner Party, holt euch was zu trinken. Wir sehen uns später.«

Drake grinst breit und löst den Blick nicht von meiner Mitbewohnerin, er beachtet mich gar nicht, als sie sich unter die Gäste mischen. Sie packt mich am Ellbogen und führt mich in den Flur. »Woher zum Teufel kennst du Drake O'Hara?«

»Was? Ich kenne nur seinen Cousin Ian. Diesen Drake habe ich noch nie gesehen.«

Addy verdreht die Augen und schnaubt verärgert. Was zum Teufel ist denn heute los? Grace erscheint mit amüsierter Miene.

»Ist gerade der Hauptdarsteller unseres Hottie-Dienstags hier hereinspaziert?« Grace kichert und sieht auf ihre verärgerte beste Freundin.

»Ja, weil die liebe Tae hier seinen Cousin eingeladen hat.«

»Na, das kann ja spannend werden.«

»Moment mal.« Ich mache eine Time-out-Geste. »Was zum Henker ist ein Hottie-Donnerstag?«

»Dienstag«, berichtigt mich Gracie, doch ich achte nicht auf sie, will von meinen Mitbewohnerinnen endlich mal wissen, was gespielt wird.

»Drake ist unser Nachbar«, seufzt Dans Schwester schließlich und sieht fast sehnsüchtig zurück.

»Was? Ich habe ihn nie gesehen.« Denn der wäre mir sicher im Gedächtnis geblieben.

»Weil er im gegenüberliegenden Gebäude wohnt. Mein Balkon befindet sich gegenüber von seinem und na ja, ich sehe direkt in sein Wohnzimmer, während er in mein Schlafzimmer sehen kann.«

»Okay«, ich ziehe das Wort in die Länge, weil das noch immer nicht diese Dienstagssache aufklärt.

»Der Dienstag scheint sein freier Tag zu sein und da nutzt er den Vormittag, um zu trainieren.« Sie verstummt, und obwohl ich einiges getankt habe, verstehe ich sofort.

»Das heißt, Grace und du spannt zu ihm rüber, wenn er Sport macht?«

»Mit nacktem Oberkörper wohlgemerkt«, sagt Grace fast träumerisch.

»Er sieht uns nicht, aber obwohl unser Zimmer dunkel bleibt, hat er hervorragendes Licht, so können wir die Show genießen.« Ich lache, dann lache ich noch mehr.

»Pst«, sagt Addy peinlich berührt. Ich kenne sie schon lange, aber verlegen habe ich sie noch nie gesehen.

»Ihr zwei seid unglaublich.«

»Wieso?«, zischt sie nun beleidigt, doch ich schüttle nur den Kopf.

»Jetzt verstehe ich endlich, wieso Grace dienstags nur nachmittags arbeitet, und ihr euch mit Popcorn und Getränken in dein Zimmer verkriecht.«

»Tja, mit so was hast du wohl nicht gerechnet.«

»Nein, sicher nicht. Aber ich bin sauer auf euch!«

Grace öffnet empört den Mund. »Weshalb denn?«

»Weil ihr mich nie dazugeholt habt, wenn er mit nacktem Oberkörper nur halb so gut aussieht wie angezogen, dann könnte er einem Blockbuster im Kino Konkurrenz machen.«

Ich lache ausgelassen und fasse es nicht, dass die Mädels mich noch nie dazugeholt haben. Ein Pärchen geht gerade Hand in Hand an uns vorbei, vertieft in ein Gespräch, fast hätte ich nicht genauer hingesehen, bis ich Daniel und die Rothaarige erkenne.

25. Kapitel

DANIEL

Sie sieht einfach unglaublich aus. Nicht Evie hier neben mir, die ebenfalls eine Augenweide ist, sondern Taylor, die mit Charlotte einen Shot nach dem anderen in sich kippt. Es kostet mich ungeheure Kraft, mich wieder auf die Frau mir gegenüber zu konzentrieren. Die letzten Tage waren einfach die Hölle für mich. Taylor so nah zu sein und sie doch nicht berühren oder küssen zu dürfen, das ist die reinste Folter für mich. So kann es nicht mehr weitergehen, das habe ich mir geschworen. Mich von ihr fernzuhalten, hat überhaupt nichts gebracht, denn es ist mir körperlich einfach nicht möglich gewesen. Viel zu oft musste ich meine Erektion vor ihr verbergen, als mir lieb ist. Also habe ich gründlich nachgedacht. Über die Zukunft der WG und mein Liebesleben. Ich kann nicht für immer auf Frauen verzichten, aber ich möchte auch nicht vorgeben, mit Männern zu flirten. Das wäre ihnen gegenüber nicht fair.

Außer meiner Familie und Grace weiß niemand von den Lügen, mit denen ich unser aller Leben komplizierter gemacht habe. Aber wenn ich so in mich gehe, stelle ich mir vor, wie es sich wohl für jemanden anfühlt, sich zu outen. Ich denke, es erfordert Mut und viel Kraft, denn sobald man die Worte ausspricht, gibt es kein Zurück mehr. Ich habe großen Respekt vor Männern wie Frauen, die für sich einstehen, aber ich möchte nicht mehr derjenige sein, der etwas vorgibt zu sein, das er nicht ist.

Ich habe mich schon ziemlich tief in die Scheiße geritten und es droht mir langsam über den Kopf zu wachsen. Zu Weihnachten hat Dad gemeint, ich solle Tae gegenüber erwähnen, dass ich eventuell bisexuell sei. Ich habe mich dagegen gewehrt, weil ich sie nicht noch mehr belügen möchte. Aber nun muss ich mir eingestehen, dass ich so vielleicht etwas mehr Freiraum habe, ich selbst zu bleiben, wenn ich auch noch immer Taylor anlügen muss. Sie ist einer der wichtigsten Menschen in meinem Leben, und wenn ich ihr die Wahrheit sagen würde, wäre sie enttäuscht und würde ausziehen, ich weiß es.

Auch wenn Tae meine Traumfrau ist, muss ich nach vorne blicken. Vielleicht werden eines Tages die Gefühle ihr gegenüber schwächer, doch auf diesen Tag möchte ich nicht warten. Genau genommen möchte ich eine Auszeit, möchte wieder der Mann sein, der ich gewesen bin, bevor Tae gekommen ist und meine Welt bis in die Grundfesten erschüttert hat. Also flirte ich und es ist erstaunlich, wie leicht es mir fällt, mich mit Frauen zu unterhalten, sie zu necken und näher kennenzulernen. Evie ist heiß, keine Frage, sie hat Kurven, rotes wallendes Haar und moosgrüne Augen. Sie will mich, ich weiß es, weil sie es mir mit ihrem Körper zeigt. Die Art, wie sie ihr Haar über die Schulter wirft, wie sie auf ihrer Lippe beißt und die dunklen Augen sprechen Erotikbände.

Kurz mache ich den Fehler und blicke zu Tae, die mich schockiert ansieht, ob es daran liegt, dass ich mit Evie flirte, oder wegen etwas anderem, weiß ich nicht. Aber es versetzt mich in Alarmbereitschaft. Ich könnte ihre Lippen lesen, das mache ich jedoch nur, wenn ich im Dienst bin, ansonsten habe ich das Gefühl, als würde ich die Privatsphäre von jemandem verletzen.

»Ich weiß zwar nicht, was zwischen dir und der Brünetten läuft, aber sie ist vor dir weggelaufen, ich bin aber da und ich will dich, Daniel.«

»Evie«, raune ich, doch sie schluckt meine Worte, indem sie mich küsst. Vorhin bin ich noch der Meinung gewesen, dass ich Zerstreuung brauche, eine neue Gespielin im Bett, doch als diese attraktive Frau mich küsst, reagiere ich nicht darauf, sondern löse mich hastig von ihr. »Sorry, ich kann nicht«, sage ich atemlos und gehe einen Schritt zurück.

»Ist okay.« Sie zuckt mit den Schultern, bis sie hinter mich blickt und ich mich umdrehe. Hinter mir stehen meine Mitbewohnerinnen, die mich schockiert ansehen.

»Hey Leute. Was macht ihr hier?«, frage ich, als wäre nichts passiert, und ernte von meiner Schwester hochgezogene Brauen. Ihre Art zu sagen: *Was zum Teufel tust du denn da, du Hornochse?*

»Wir haben uns unterhalten und wollten gerade auf die Tanzfläche gehen«, meint Grace und legt beschützend den Arm um Taylors Schultern. Na toll, sie hasst mich auch noch. Wieso verschwören sich Frauen immer so schnell gegen uns Männer?

»Ja«, Taylor räuspert sich und sieht mir direkt in die Augen. Ich lese Verwirrung in ihnen und noch etwas anderes, was ich mir nicht erklären kann. »Wir sehen uns dann auf der Tanzfläche«, ruft sie über die lauter werdende Musik hinweg und geht, ohne sich umzudrehen, zurück ins Getümmel.

»Was soll die Scheiße, Dan?«, zischt Addy, als Tae außer Hörweite ist. Ich straffe die Schultern und gehe einen Schritt auf sie zu.

»Ich war das nicht!«

»Kannst du deinen Schwanz nicht zurückhalten, bis Tae abgelenkt ist, verdammt. Wie sieht das denn aus?«

»Hörst du mir denn überhaupt zu? Evie hat mich geküsst und nicht umgekehrt.«

»Aber du hast mit ihr geflirtet. Du hast gewusst, dass es über kurz oder lang zu einem Kuss gekommen wäre.«

»Und was ist, wenn es passiert wäre? Wenn ich Evie geküsst hätte?«

»Dann wärst du ein Arschloch, wenn du es vor Taylors Augen tun würdest.«

»Findest du es schön, so wie es gerade ist? Wie ich leide?«, knurre ich und stelle fest, dass diese Worte ihr kurz den Wind aus den Segeln nehmen, doch sie fasst sich schnell wieder.

»Mir ist klar, dass du nicht ewig so tun kannst, wie du es getan hast«, ein abschätzender Blick zu Evie, ehe sie mich wieder ins Visier nimmt. »Aber du hättest es ihr nicht so ins Gesicht schlagen sollen. Immerhin denkt sie noch immer, das was du sie glauben gemacht hast.«

»Ich weiß.« Erst jetzt merke ich, dass Evie noch immer bei mir ist, sich nicht aus dem Staub gemacht hat, nachdem ich unseren Kuss abgebrochen habe.

»Mach nur langsam, okay?« Die Stimme meiner Schwester hat nun an Schärfe verloren, sie weiß ebenso wie ich, dass ich Taylor liebe, auch wenn ich sie niemals haben kann. Damit hat sich die Sache für Addy erledigt. Wie eine Königin stolziert sie zurück in den Partyraum, gefolgt von unserem Engel Grace, die heute Abend verdammt toll aussieht, mich aber mit einem vernichtenden Blick bestraft. Na toll!

»Was war das denn?«, fragt meine Begleiterin.

»Das ist eine lange Geschichte und glaub mir, die willst du nicht hören.«

»Versuch's mal. Vielleicht überrasche ich dich ja.«

»Netter Versuch, aber um ehrlich sein, hängt mir dieses Thema zum Hals raus. Bald ist Neujahr, und das möchte ich mit dir und meiner Familie verbringen, auch wenn sie mir manchmal auf die Nerven gehen.«

»Ist gut und das mit der Familie verstehe ich. Ich habe vier Schwestern.«

»Wow, da ist es sicher ziemlich spannend bei euch.«

»Du hast ja keine Ahnung.«

Ich suche den ganzen Raum nach Taylor ab, möchte mit ihr reden, kann sie aber nicht sehen. Ich versuche nicht unhöflich zu sein und Evie meine ganze Aufmerksamkeit zu schenken, aber meine Blicke wandern trotzdem umher. Sie hat meine Zurückweisung gut aufgenommen und hat mir versichert, dass es für sie okay ist, sich einfach nur zu unterhalten. Zwei Songs später entdecke ich Taylor in einer dunklen Sitzecke, wo sie sich mit einem Mann unterhält, den ich noch nie gesehen habe. Sie sitzen dicht beieinander und flüstern sich gegenseitig etwas ins Ohr und jedes Mal, wenn Tae lacht, muss ich wegsehen. Fühle mich hundeelend.

»Wen wirst du um Mitternacht küssen?«, fragt Evie, und ich muss über diese Frage lachen.

»Ich habe dich vorhin schon geküsst. Glaubst du nicht, dass ich es wieder tun würde?«

»Um ehrlich zu sein, habe ich dich vorhin geküsst, und so wie du zu deiner Mitbewohnerin rüberschielst, glaube ich eher, dass sie die Auserwählte ist, die du um den Verstand küssen wirst.«

»Nein. Das wird sicher nicht passieren.«

»Wieso nicht?«

»Weil sie nur einen Freund in mir sieht.«

»Oh.«

»Ja.«

»Ich finde, sie ist eine Idiotin, wenn sie nicht merkt, was sie an dir hat …«, sie beißt sich auf die Unterlippe und sieht kurz hinter mich. Dann weicht das Grinsen aus ihrem Gesicht. »Ähm. Ist das nicht deine Schwester, die sich da aufregt?« Ich drehe mich um und tatsächlich steht Addison mit verschränkten Armen vor der Brust vor einem Typen, den ich ebenfalls nicht kenne. Verwirrt gehe ich auf die beiden zu und schon von Weitem höre ich die Worte, die sie ihm entgegenschleudert.

»Billig? Ich glaube, du tickst nicht mehr ganz richtig. Wir haben einiges in die Dekoration reingesteckt.«

»Dieses Glitzerzeug wirkt eher plump als geschmackvoll.«

»Was macht dich zum Experten, Mister Aufgeblasen?«

»Ich kann guten Gewissens sagen, dass ich mich auskenne, ich bin Eventmanager, solche Veranstaltungen zu organisieren ist mein Beruf.«

»Aber Talent scheinst du keins zu haben, wenn du kein Auge für echte Leidenschaft hast«, meldet sich nun Taylor zu Wort, die plötzlich neben Addison steht.

»Ich wollte keinem zu nahetreten.« Er hebt abwehrend die Hände, aber er lügt, das sehe ich ihm an, er will Addison bewusst auf die Palme bringen, nur dass es normalerweise mehr braucht, um sie auf 180 zu bringen, als ihre Dekoqualitäten infrage zu stellen. Ich bleibe neben Tae stehen und als ich meinen Blick durch die Menge schweifen lasse, merke ich erleichtert, dass keiner diesen Streit mitbekommt. Die Leute sind zu sehr damit beschäftigt, ihre Partner anzusehen und dann wird mir klar wieso. Eine Uhr erscheint auf der Leinwand über dem Kopf des DJs.

»Fünf«, brüllen die Leute, krallen sich an den anderen. »Vier.« Addison macht gerade den einen Gast zur Schnecke, der sie nur angrinst und einfach gewähren lässt.

»Drei.« Taylor sieht mich fragend an, weiß selbst nicht, was sie von Addison und dem Fremden halten soll.

»Zwei.«

Taylors Blick trifft meinen und plötzlich wird ihr bewusst, wie nah wir uns wieder gekommen sind. Schulter an Schulter stehen wir nebeneinander, genießen wohl beide die Wärme des anderen.

»Eins«, rufen alle aufgeregt, doch ich höre Tae deutlich. Addison und der Fremde sehen sich nur schwer atmend in die Augen, stehen einander dicht gegenüber.

»Daniel«, flüstert Tae und dreht sich zu mir und scheiße, es sieht fast danach aus, als würde sie mich küssen wollen, denn ihre Augen wandern von meinen Lippen zu meinen Augen hin und her.

»Frohes neues Jahr!«, kreischen alle und plötzlich kommt es anders, als ich denke. Der Fremde greift in Addisons Nacken, zieht sie zu sich und küsst sie. Ehe ich reagieren kann, greift ein weiblicher Jemand nach meiner Wange, dreht mich in seine Richtung und presst seine weichen Lippen auf meine.

26. Kapitel

TAYLOR

Ich blinzle und ein kleiner Teil in mir wünscht sich sehnlichst, dass es sich um einen Traum handelt. Drake küsst Addy, die völlig überrumpelt ist, ihn aber nicht von sich stößt. Aber mein Blick klebt förmlich an der Rothaarigen, die Daniel leidenschaftlich die Zunge in den Hals schiebt. Schon wieder. Mein Mund öffnet sich schockiert und ein komischer Druck breitet sich in meiner Brustgegend aus. Charlie hat recht, Daniel steht tatsächlich auch auf Frauen. Ich löse mich schnell von diesem Anblick, der mir einen Stich in die Brust versetzt, und gehe einfach. Muss mich von diesem Anblick lösen.

Alle um mich herum gratulieren einander, umarmen sich und kreischen um die Wette. Ein neues Jahr hat begonnen, das alte ist Geschichte. Ich sollte mich erleichtert fühlen, aber das lässt noch auf sich warten, also suche ich nach Charlie, Miranda oder Grace. Ich komme nur ein paar Schritte weit, als mich jemand an der Schulter antippt. Ich drehe mich um und Daniel steht schwer atmend, mit geschwollenen Lippen vor mir. »Glaubst du wirklich, ich würde dir nicht als Erster ein frohes neues Jahr wünschen?«

»Du warst beschäftigt. Ich wollte nicht stören.« Ich kann nicht verhindern, dass meine Stimme einen schnippischen Unterton hat.

»Evie hat mich überrumpelt, aber du bist es, die ich gerne

geküsst hätte. Komm her.« Er küsst mich auf die errötende Wange und drückt mich fest an seine Brust. Ich kuschle mich an ihn, schließe mit einem Lächeln auf den Lippen die Augen und atme tief seinen erdigen Duft ein. Dieser Mann ist mein Fels in der Brandung, wie ein Bruder für mich, auch wenn ich in letzter Zeit widersprüchliche Gefühle ihm gegenüber habe. Aber das alles ist jetzt nicht wichtig. Wichtig ist, dass er an meiner Seite ist, dass ich mich immer auf ihn verlassen kann. Plötzlich spüre ich noch einen Arm um uns und hebe den Blick. Addison schlingt ihre Arme um Dan und mich, ebenso wie Grace. Mit Tränen in den Augen schüttle ich den Kopf, kann es nicht fassen. Diese kleine Rasselbande ist meine zweite Familie geworden, und fast danke ich Robb, dass er mich betrogen hat, sonst hätte ich diese wunderbaren Menschen nie getroffen.

»So jetzt mal Schluss mit dem Gesülze!«, schnieft Addy und wischt sich über die Augen.

»Addison? Sind das etwa Tränen?«, fragt nun Gracie neckend.

»Ach, wo denkst du hin. Ich habe nur etwas Glitzer in die Augen bekommen.«

»Genau und ich bin noch Jungfrau«, schnaubt Daniel belustigt, erntet dafür einen vernichtenden Blick von seiner Schwester.

»Red du nur weiter, dann wirst du eine eierlose Jungfrau.« Daraufhin müssen wir alle lachen. Grace zieht uns zu unserem Tisch, wo unser Essen und Getränke stehen. Miranda und Charlie kommen Hand in Hand auf mich zu und wünschen mir ein frohes neues Jahr, verabschieden sich aber schnell wieder, weil sie die Party bei Miranda in der Wohnung weiterführen möchten. Endlich haben sie zueinander gefunden, ich hoffe nur, dass Charlie den Mut findet, sich auch voll und ganz auf

Miranda einzulassen. Dann setze ich mich und Daniel stellt ein Glas Sekt vor mich auf den Tisch.

»Auf ein besseres Jahr«, sage ich und hebe mein Glas. Grace macht es mir nach und strahlt uns an.

»Auf berufliche Herausforderungen.«

»Auf viel Sex«, sagt Addison, die Lippen noch geschwollen von Drakes Kuss.

»Auf uns«, ruft Daniel und prostet uns zu. Während ich trinke, blicke ich erneut auf Daniel, der wiederum mich ansieht. In meinem Blick sieht er wahrscheinlich die Fragen, die ich ihm stellen möchte, aber er weiß auch, dass ich diese morgen Nacht fragen werde, wenn wir alleine sind. Das ist unsere Zeit, die Dachterrasse unser Zufluchtsort. Mein Herz macht einen Satz, als er mich spitzbübisch angrinst und im Kopf sicher wieder einen anzüglichen Kommentar zusammenreimt. Unser Blickkontakt wird aber schnell unterbrochen, als sich wieder diese Fremde neben ihn setzt und seine Aufmerksamkeit auf sich zieht.

»Hey Leute«, ruft sie freundlich in die Runde, und ich weiß zwar nicht wieso, aber ich stelle schockiert fest, dass ich sie nicht mag. Dabei bin ich nicht der Mensch, der vorschnell urteilt.

»Das ist Evie. Evie, das ist Addison, meine Schwester, Grace, meine Mitbewohnerin und Taylor, meine beste Freundin.«

Ich mühe mich zu einem Lächeln, aber ich kann auch nicht aufhören, auf ihre Lippen zu starren, die vorhin auf Daniels gelegen haben. Ich habe eigentlich keinen Grund, mich aufzuregen oder einen Groll gegen sie zu hegen. Daniel kann tun und lassen, was er will, es hat mich nur kalt erwischt, ihn mit einer Frau intim zu erleben.

Wir unterhalten uns angeregt miteinander, genießen es zu sitzen, wo wir doch den ganzen Tag auf den Beinen gewesen sind. Als der DJ endlich meinen Lieblingssong spielt, schnappe ich mir Addison und ziehe sie auf die Tanzfläche. Meine hohen Absätze bringen mich nach dem dritten Song zwar um, aber die Musik wird immer besser. Ich tanze, als würde ich alle Sorgen der letzten Wochen von mir schütteln wollen und es gelingt mir, denn ich fühle mich wunderbar. Grace kommt dazu und zum ersten Mal seit langer Zeit fühle ich mich unbeschwert und frei. Auch Ian tanzt kurz mit mir, bis er sich verabschiedet, weil er morgen früh eine Besprechung hat. Addison hat Ians Cousin keines Blickes mehr gewürdigt, doch so herausfordernd, wie er sie ansieht, ist für ihn die Sache noch nicht abgeschlossen.

Ich bin völlig verschwitzt, als ich wieder an den Tisch gehe. Die Mädels tanzen noch ausgelassen, aber ich brauche unbedingt eine Sitzgelegenheit. Daniel und Evie sitzen noch immer auf ihren Plätzen und unterhalten sich, flüstern sich etwas ins Ohr. Da ich nicht stören will, schnappe ich mir meinen Drink und gehe in den Flur, wo die Luft nicht so stickig ist wie im Partyraum. Ich setze mich auf die Stufen und blicke in die Dunkelheit, komme ein wenig zu Atem. Letzte Nacht um diese Zeit bin ich auf der Dachterrasse gewesen, habe auf Dan gewartet, der aber leider nicht gekommen ist.

»Hey. Was machst du denn ganz alleine hier?«, höre ich seine raue Stimme hinter mir und muss augenblicklich lächeln. *Wie findet er mich immer wieder?* Es ist, als würden wir uns wie Magnete anziehen.

»Ich brauchte mal etwas Ruhe.« Er setzt sich neben mich, die Ellbogen auf den Knien abgestützt. Er ist so groß, neben ihm sehe ich beinahe aus wie ein Zwerg. »Wärst du jetzt auch gerne auf der Dachterrasse?«, fragt er mich, sieht aber wie ich in die Dunkelheit, weil wir uns nicht die Mühe gemacht haben, die Beleuchtung einzuschalten.

»Nein. Ehrlich gesagt nicht.« Ich wende mich ihm zu und kann meinen glücklichen Gesichtsausdruck nicht verbergen. »Es ist so lange her, dass ich einen so wunderschönen Abend gehabt habe. Ich hätte mir den Start ins neue Jahr nicht besser vorstellen können. Auch wenn er voller Überraschungen war.«

Er weiß, dass ich auf Evie anspiele, sagt jedoch nichts dazu. Wir schweigen, während hinter uns die Musik dröhnt und das Stimmengewirr zunimmt. »Du magst also auch Frauen?« Ich nehme all meinen Mut zusammen, um ihn zu fragen, denn etwas in mir verzehrt sich nach seiner Antwort.

»Ich liebe den weiblichen Körper, mag es, wie er auf mich reagiert, wie ich durch gezielte Berührungen meine Partnerin in Ekstase versetzen kann.«

»Das heißt, du bist bisexuell?« Seine Miene verfinstert sich, das kann ich trotz der schwachen Beleuchtung durch das Notausgangsschild erkennen. »Tut mir leid, falls ich zu neugierig bin, aber ich habe tatsächlich gedacht, dass du nur auf Männer stehst, wie du damals behauptet hast.«

»Sagen wir es so. Ich bin noch immer unentschlossen.« Er atmet tief durch, ehe er wieder das Wort ergreift. »Du kannst mich alles fragen, Tae. Keine Frage sollte dir mir gegenüber peinlich sein.«

»Das ist schön, das gilt natürlich auch für dich. Mit dir über alles zu reden, fällt mir leicht. Ich konnte nicht mal mit meinem Ex über einige Themen reden wie mit dir. Ich könnte mir ein Leben ohne dich und unsere Nächte nicht mehr vorstellen.

»Ich auch nicht, glaub mir, Taylor.«

Die Sonne ist längst aufgegangen, als wir mit dem Taxi vor unserem Wohnhaus stehen bleiben. Wir sind alle still, sehnen uns jeweils nach einem Bett und Schlaf. Daniel sperrt die Eingangstür auf und macht Platz, sodass wir reinkommen können. Ohne ein Wort des Abschieds geht jeder in sein Zimmer. Ich bin eingeschlafen, bevor mein Kopf das Kissen berührt hat.

Als ich aufwache, ist es draußen längst dunkel. Ich strecke mich genüsslich und gähne lauter als beabsichtigt. Ich fühle mich ausgeschlafen und putzmunter. Ich greife nach meinem Smartphone und stelle fest, dass es bereits einundzwanzig Uhr ist, also schwinge ich mich aus dem Bett und gehe ins Wohnzimmer, das zu meinem Erstaunen leer ist. Aber ich finde auf der Küchentheke kalte Sandwiches, die ich mit Sicherheit Addy verdanke, die sich liebevoll um uns kümmert und dafür sorgt, dass wir nicht verhungern.

Nachdem ich gegessen habe und eine Flasche Wasser austrinke, begebe ich mich in mein Zimmer, schnappe mir mein aktuelles Buch und gehe auf die Dachterrasse. Mit jedem Schritt erkenne ich, dass schon Licht brennt und jemand es sich oben gemütlich gemacht hat. Ich muss unwillkürlich Lächeln, weil ich an Daniel denke, der sicher noch immer an dieser Dystopie liest, mit der er sich nicht anfreunden kann, weil der Schreibstil zu detailliert ist.

Ich finde Daniel auf der ausgezogenen Couch, aber auch Grace, die wieder eine Gartenlandschaft zeichnet und Addison, die an ihren Bruder gelehnt schläft. Dan entdeckt mich als Erster.

»Und, lebst du noch?«, fragt er amüsiert, weil ich anscheinend als Einzige so lange geschlafen habe.

»Und wie ich das tue. Ich fühle mich wie neugeboren.«

»Das klingt doch nach meiner Tae. Komm her, hier ist noch Platz«, er deutet neben Grace.

Das ist mein derzeitiger Anblick von Glück. Kein neues Modehaus, kein Hochglanzmagazin oder verlogene Freunde, sondern meine Mitbewohner, die neben Charlie und Miranda die wichtigsten in meinem Leben geworden sind.

Am nächsten Tag hat uns der Alltag wieder. Ich wache um elf Uhr mittags auf, gehe ins Badezimmer und ziehe mich um. Heute trage ich meine ausgewaschenen Skinny Jeans, drüber ein Buffy T-Shirt und einen grauen Cardigan.

Addy hat gerade ihre Yoga-Session beendet, als ich ins Wohnzimmer komme und das Chaos auf dem Couchtisch erblicke. Anscheinend hat Grace einige Entwürfe für einen riesig aussehenden Garten gezeichnet und nicht weggeräumt. Sieht ihr gar nicht ähnlich.

»Morgen«, murmle ich und lechze nach Kaffee.

»Wohl eher schönen Mittag. Ich verstehe nicht, wie man den ganzen Morgen verschlafen kann.«

»Ich kann auch keinen Sinn darin sehen, um sieben Uhr früh aufzustehen, um Fitness zu machen.«

Addison greift in den Kühlschrank, um eine Schale Obst herauszunehmen. »Es würde dir nichts schaden. Glaub mir, es ist ein befreiendes Gefühl, eine Session zu beenden.«

»Danke, ich passe.«

Meine Mitbewohnerin grinst, nicht überrascht über meine Aussage. »Wie kann eine faule Kartoffel wie du so schlank sein, ohne irgendetwas dafür zu tun?«

»Gesunder Stoffwechsel ist das Geheimnis.«

»Ich kann mir das nicht vorstellen, du stemmst doch heimlich in deinem Zimmer Gewichte, oder?«, meint sie und ich verschlucke mich bei der Vorstellung und huste, bin aber froh, dass das Wasser, das ich getrunken habe, in meinem Mund bleibt.

»Nur über meine Leiche. Ich gehe gerne schwimmen, aber das war's dann auch schon mit dem Sport.«

»So ein Jammer. Ich könnte eine Trainingspartnerin brauchen.«

»Sorry, kein Interesse, aber vielleicht kannst du die Trainings auf den Abend verschieben, dann hätte Grace vielleicht Zeit, oder?« Addison gießt Milch in den Mixer, in den sie verschiedene Früchte reingegeben hat.

»Nein, sie geht ab und zu joggen, wenn sie den Kopf freikriegen will, aber da hat sie gerne ihre Ruhe.«

Ich schnappe mir meinen Kaffee, gerade als Addy ihren Shake in ein Glas gießt. Wir setzen uns an den Esstisch und ehe sie einen Schluck nehmen kann, schieße ich schon mit der Frage los, die mich seit Silvester beschäftigt.

»Also Drake und du?«, frage ich neugierig.

Sie verzieht die Miene und trinkt einen großen Schluck. »Niemals!«

»Tatsächlich? Es hat nicht so ausgesehen, als hättest du sonderlich gelitten, als er dich geküsst hat.«

»Ich war überrumpelt, aber das war ein einmaliges Erlebnis. Ich bin mit Vaughn verlobt.« Ach ja, stimmt! Ich habe tatsächlich vergessen, dass es einen Mann in ihrem Leben gibt. Aber er ist so selten hier, dass man ihn leicht aus dem Gedächtnis verliert.

»Stimmt. Wie hat er Silvester verbracht?«

Auf meine Frage reagiert Addy plötzlich defensiv. »Was geht dich das an?«, faucht sie und trifft mich völlig unvorbereitet.

»Entschuldige, ich habe nur Small Talk gemacht.«

»Lass es lieber. Mein Freund und ich sollten nicht deine Sorge sein.« Sie knallt das leere Glas auf den Tisch und geht nach oben, das Knallen ihrer Zimmertür lässt mich zusammenzucken. Verwirrt blicke ich ihr nach und mir will nicht in den Sinn, was ich falsch gemacht habe. Sie müssen sich wieder gestritten haben. Sie tut mir leid, denn wenn ich jetzt als Beobachter ihre Beziehung einschätzen müsste, würde ich keine finden. Die beiden sehen sich nicht oft, was nicht gerade in das Bild des verliebten Pärchens fällt.

Ich schnappe mir meine Tasse und ihr Glas und spüle ab. Gerade will ich mir meinen Laptop schnappen, um zu sehen, welche Angebote in den Onlineshops zu finden sind, als Grace die Tür aufreißt, voller Dreck, mit Gummistiefeln, die mehr braun vom Schlamm sind als gelb. »Ist Addy hier?«, fragt sie gehetzt und macht ein paar Schritte in die Wohnung.

»Ja und Stopp!« Wenn sie so weitermacht haben wir überall Schlammspuren auf dem wunderschönen Boden. Sie folgt meinem Blick und versteht.

»Sie ist da, aber ich denke, ihr geht's nicht gut.«

»Hat sich Vaughn etwa noch nicht gemeldet?«

»Was? Wie meinst du das?«

Sie sieht unsicher zwischen der Treppe und mir hin und her. »Er hat sich rargemacht, deshalb muss sie aufgebracht sein.«

»Verstehe. Was brauchst du, vielleicht kann ich dir helfen.«

Sie mustert mich von oben bis unten und ich ahne Schlimmes auf mich zukommen. »Wie stehst du zu Gartenarbeit?«

»Hä?« Das letzte Mal habe ich Dad bei seinem Blumenbeet geholfen, als ich zehn Jahre alt gewesen bin, und es hat kein gutes Ende genommen.

»Mir ist meine Aushilfe abgesprungen und ich brauche dringend jemanden, der mir unter die Arme greift. Was sagst du dazu?« Was ich dazu sage?

»Gott steh uns bei.«

27. Kapitel

TAYLOR

Ich stecke knietief in der Scheiße. Oder im Dreck, das liegt im Auge des Betrachters. Da stehe ich nun auf einer Erdmatschfläche von ungefähr fünftausend Quadratmetern und reiche Rohre an den Installateur weiter, der die Wasserleitungen verlegt. Es stellt sich nämlich heraus, dass auch ihm ein Azubi abgesprungen ist. Ich lasse den Blick schweifen und es fällt mir schwer zu glauben, dass hier mal ein Gartenparadies entstehen soll. Grace hat mir die Skizze gezeigt, dann den fertigen Plan, den sie am Laptop mit einem speziellen Programm gezeichnet hat. Dieser Garten wird eine Augenweide, aber davon ist gerade nichts zu sehen.

Dort, wo ich gerade stehe, wird der Steinbrunnen aufgestellt. Ein hoher spitz zulaufender Stein, der mich an die Winkelsteine in den Asterixcomics erinnert, durch dessen Mitte ein Wasserschlauch gezogen und sich das Wasser oben über den Stein ergießen wird. Drumherum ist ein Kreis aus weißen Dekosteinen geplant und darunter die Anlage für den Brunnen. Ein paar Meter weiter, wo der Elektriker dem Baggerfahrer Anweisungen gibt, wird ein Weg entstehen, mit Steinplatten, eingesäumt von verschiedensten Blumen und Büschen, deren Namen ich mir nie merken könnte.

Es herrscht organisiertes Chaos, während dicke Schneeflocken die Erde erweichen, der Baggerfahrer aber ohne Probleme weiterarbeiten kann. Sobald er fertig ist, stehen der Installateur und der Elektriker in den Startlöchern, wegen der Laternen und Wasserleitungen, die auch für den künstlich angelegten Teil im hinteren Bereich des Gartens benötigt werden. Und inmitten dieser stämmigen Männer steht Grace. Mit ihren Gummistiefeln, der verdreckten Arbeitskleidung und dicken Jacke darüber. Meine Mitbewohnerin unterhält sich energisch mit dem Bauleiter. Sie ist in den Bossmodus verfallen, in dem ich sie noch nie gesehen habe. Ihr Kinn ist vorgestreckt, die Augen wachsam, das Lächeln knapp. Sie ist zwar zierlich und wirkt eher unscheinbar auf den ersten Blick, doch jetzt sieht sie so aus, als würde sie jedem in den Arsch treten, der nicht ihren Anweisungen folgt.

»Hier entlang«, murrt der Arbeiter und weist mich an, weiterzugehen, damit ich ihm weitere Rohre reichen kann. Grace kommt daraufhin und erlöst mich von meinem kurzzeitigen Chef, damit ich ihr beim Entladen des Lieferwagens helfe. In der einen Ecke steht ein Baucontainer, wo die Kaffeemaschine steht und wo Grace ihren Job im Trockenen regeln kann. Wie genau sie das macht, interessiert mich nicht, denn ich lechze nach Kaffee. Nicht nur, dass ich seit Jahren nicht mehr körperlich gearbeitet habe, es ist auch der Stress, den die ganzen Personen hier mit sich herumschleppen, der auf mich abfärbt.

»Gleich bekommst du deine Belohnung«, Gracie lacht, als sie meinen Blick bemerkt hat und den Transporter entriegelt, der angefüllt ist mit Säcken voller Kies und Steinen.

»Die können wir neben dem Container übereinanderstapeln, aber wir müssen sie sortieren, sie sehen zwar gleich aus, sind es aber nicht.«

Ich nicke und will nach dem ersten Sack greifen, doch das unerwartete Gewicht hindert mich daran. »Verdammt, sind die schwer«, keuche ich und ernte ein Lachen ihrerseits.

»Ja, sie sind klein, aber man darf nicht vergessen, dass es doch Steine sind, und die haben nun mal ein gewisses Gewicht. Deshalb bin auch ich da und helfe dir. Wir werden dafür eine Weile brauchen.«

Langsam greife ich danach, reiche es Grace, die auf dem Boden steht, während ich auf dem Lieferwagen stehe, legt sie den Sack an einer bestimmten Stelle ab. So machen wir es eine Stunde lang, und während ich nur hechle wie ein Hund, scheint Grace nicht einen Tick erschöpft zu sein. Wir haben die Hälfte abgeladen, als Grace eine Pause vorschlägt. Ich antworte mit einem Grunzen, denn sprechen kann ich noch nicht. Dafür bin ich zu sehr außer Atem.

Wir befinden uns in einer kleinen idyllischen und auch reichen Ortschaft in New Jersey. Der Besitzer dieses Fleckchens Land, ein Zahnarzt aus Manhattan, hat voriges Jahr eine moderne Villa von einem Architekten planen und bauen lassen. Viel Glas und wenig Wände, sind von außen ersichtlich, aber es sieht schon von Weitem aus wie ein Gebäude aus der Zukunft. Unter gemütlich stelle ich mir etwas anderes vor, aber ich darf nicht zu schnell urteilen, denn ich habe es ja schließlich nur von außen gesehen.

Während wir unsere eiskalten Finger an dem Becher Kaffee wärmen, telefoniert Grace in einem scharfen Ton mit einem Spediteur, der einen gläsernen Wintergarten bis nächste Woche liefern soll. Wie ein Profi lässt sie sich nicht verscheißern, als der an der anderen Leitung einen Zuschlag für die Lieferung verlangen möchte. Grace hält an dem Angebot fest, wo die Lieferung ohne zusätzliche Kosten berechnet wurde.

»Vollidiot«, schimpft sie und knallt das Telefon auf den Plastiktisch. Das Innere dieses Containers ist weiß, in einer Ecke stehen eine Mikrowelle, die Kaffeemaschine und eine Kommode, wo Teller, Becher und Besteck liegen. In der Mitte, wo wir sitzen, befindet sich ein Tisch mit vier Plastikstühlen und in der anderen ein weiterer Tisch, auf dem sich Papiere und Skizzen türmen.

»Wieso tust du dir diese Arbeit an?«, frage ich sie nun und gieße mir Kaffee nach.

»Wieso ich selbst so viel mit anpacke, meinst du?«

Ich nicke und nehme einen gierigen Schluck, ohne mir die Zunge zu verbrennen. Das können nur Profis wie ich.

»Als ich klein war, hatten wir nicht viel Geld. Ich musste gebrauchte Kleidung tragen, die meine Mom in Anzeigen gefunden hat, meine Eltern waren viel arbeiten und ich in der Nachmittagsbetreuung der Schule. Aber das Wochenende war unsere Zeit. Da haben wir unser Haus gepflegt, das neben einem privaten Wald liegt, der unserem Nachbarn gehört. Oder wir waren unterwegs und sind wandern gegangen, campen, schwimmen oder haben einfach als Familie zu Hause gekocht und Brettspiele gespielt. Wenn meine Eltern erledigt von der Arbeit heimgekommen sind, hat meine Mom trotzdem gekocht, während Dad sich eine neue Abendaktiviät rausgesucht hat. Ob es nun Twister war oder ein Puppentheater, das wir selbst geschrieben und aufgeführt haben. Mit meinen Eltern ist es nie langweilig und sie haben mir trotz wenig Geldes eine wundervolle Kindheit beschert.«

Das ist das erste Mal, dass ich mit Grace über ihre Vergangenheit und Familie spreche und es freut mich, dass ich sie nun näher kennenlerne. Sie ist ein erstaunlicher Mensch, der mich in vielerlei Hinsicht überrascht hat.

»Sind deine Mom oder Dad auch Landschaftsarchitekten?«

»Nein. Meine Mom ist Köchin, oder war es zumindest mal, und Dad ist Bauführer bei einem großen Bauunternehmen, das auch diese Arbeiter hier organisiert hat.« Sie deutet mit dem Kopf auf die vier Männer, die noch immer im Schlamm arbeiten. »Nur wegen seines guten Gehalts konnten wir unser Haus erhalten.« Kurz blickt sie nachdenklich aus dem kleinen vergitterten Fenster, ehe sie sich mir wieder zuwendet. »Ich mag durch eine Erbschaft reich geworden sein, aber ich habe nicht vergessen, wo ich herkomme, und es macht mir nichts aus, selbst mit anzupacken. Wenn ich nur zeichnen oder am Laptop arbeiten müsste, würde ich zugrunde gehen. Ich brauche diese körperliche Anstrengung.«

Dass ich Grace auf Anhieb gemocht habe, steht außer Frage, aber nun mag ich sie umso mehr, weil sie ein bodenständiger und ehrgeiziger Mensch ist, der selbst ein Unternehmen und einen Kundenstock aufgebaut hat.

Als wir wieder in die Kälte zurückgehen, richte ich das Wort an sie. »Was hältst du davon, wenn wir die Positionen tauschen. Reich du mir die Säcke, und ich lege sie dann auf die anderen.«

»Ich weiß nicht, die sind sehr schwer und du müsstest sie ein paar Schritte tragen.«

»Ach was, das schaffe ich schon.« Ich blicke auf meine hässliche Latzhose, die unter meiner Arbeitsjacke in einem giftigen Grün aufblitzt und die Sicherheitsgummistiefel, auf die meine Mitbewohnerin bestanden hat. Grace steigt in den Lieferwagen, während ich mich davor positioniere, die Füße im Schlamm versunken, da es nun auch angefangen hat zu nieseln.

»Hier«, ruft Grace und wirft mir den Sack in die Arme. In der kurzen Pause habe ich tatsächlich vergessen, wie schwer diese Dinger sind, also keuche ich auf, beginne aufgrund des Gewichts zu taumeln und lande mit dem Po voran in der Erde.

Der Sack landet neben mir und als ich den Kopf hebe, von oben bis unten mit Schlamm bespritzt, und den Blick meiner Freundin erwidere, beginnen wir beide zu lachen und es dauert eine Weile, bis wir uns wieder einkriegen.

Es ist schon längst dunkel, als wir den Flur entlanggehen, wo wir eine Spur aus Erde hinterlassen.

»Sagt da keiner etwas wegen?« Ich deute hinter uns, doch Grace schüttelt den Kopf.

»Ich bezahle der alleinerziehenden Mutter ein Stockwerk tiefer tausend Dollar die Woche, dass sie in der Nacht oder abends, je nachdem wann ich nach Hause komme, sauber macht.«

»So viel?«

Sie zuckt nur mit den Schultern. »Sie hat zwei Kinder und zwei Jobs, die sie stemmen muss, und ich habe Geld, also macht es mir nichts aus, sie überzubezahlen.«

»Du bist in der Tat ein Engel, Gracie.« Ich bin froh, dass der Eingangsbereich und der Flur unseres Wohnhauses gefliest ist, somit braucht man nur mit einem Mop darüberwischen. Kurz vor unserer Wohnung erstarre ich, als ich Ian erblicke, der vor der Tür steht, die Arme vor der Brust verschränkt und sich mit Daniel unterhält, der seine Hände am Türrahmen abgestützt hat und wie ein Hüne ausfüllt. Am liebsten würde ich mich verstecken, aber ich habe keine Chance, denn gerade als ich die Biege machen will, erblickt er mich. Oder zumindest das, was von mir noch zu sehen ist, denn ich bin über und über mit Erde übersät.

»Hey«, begrüße ich Ian und bin froh, dass der Schlamm meine peinliche Röte verdeckt.

»Selber hey. Du siehst ja aus, als hättest du eine Schlammkur hinter dir.«

»Pff, schön wär's! Meine Mitbewohnerin hat mich gefragt, ob ich ihr helfen kann.« Ein kurzer Blick zu Grace, die schadenfroh lächelt. »Das nächste Mal helfe ich dir gerne beim Pflegen der Blumen oder beim Setzen von Bäumen, aber nie wieder beim Baufortschritt selbst.«

»Ist notiert, aber du hast dich tapfer geschlagen. Ich könnte dich auf Dauer brauchen.«

»No way, Missy. Ab mit dir unter die Dusche.« Ich scheuche sie davon und sehe nun Dan an, der auch die Biege machen soll, doch er weigert sich, steht noch immer dort, fast so, als würde er Ian nicht reinlassen wollen.

»Was führt dich zu mir?«, frage ich diesen nun, der mich noch immer amüsiert mustert.

»Ich war zufällig in der Nähe, weil eure Bäckerei gegenüber einfach die beste der Stadt ist, und dachte, ich schau kurz vorbei, um dich auf einen Kaffee dorthin einzuladen, aber wie ich sehe, warst du beschäftigt.«

»Das ist lieb von dir, aber das nächste Mal sollten wir es lieber ausmachen, wo und wann wir uns treffen, so bleiben mir peinliche Momente wie diese erspart.«

»Ach was. Das muss dir doch nicht peinlich sein. Ich mag Frauen, die anpacken können und wollen.«

Na ja, von Wollen kann hier keine Rede sein, doch das sage ich natürlich nicht laut.

»Gut, dann darf ich dich anrufen?«, fragt Ian nun etwas schüchterner und kratzt sich am Hinterkopf, was ich total süß finde.

»Natürlich. Meine Nummer hast du ja schon von der Zeugenaussage.«

»Die darf ich nicht verwenden, aber ich gebe dir meine Nummer.« Er greift nach seinem Portemonnaie und reicht mir eine Visitenkarte, die ich vorsichtig in die Hand nehme, um die Nummer nicht zu verschmieren.

»Danke, ich melde mich bei dir. Jetzt muss ich aber dringend unter die Dusche.« Ich sehe an mir hinunter und auch Ian sieht die Dringlichkeit meines Problems.

»Natürlich. Wir sehen uns.« Er nickt Daniel kurz zu, ehe

er geht. Dieser ist keinen Zentimeter gewichen, außer, als er Grace durchgelassen hat.

»Na, mein Breitbeiniger? Darf ich nicht rein?«

»Du schon. Aber ich traue dem Kerl nicht.«

»Du meinst, dem Polizisten, der mein Auto gerettet hat?«, frage ich sarkastisch, als ich hineingehe und mich auf die Plastikablage stelle, wo Grace immer ihre Arbeitsstiefel ablegt. Ich schäle mich aus der Arbeitskleidung, die mir Daniel abnimmt und in den Wäschesack stopft, der ebenfalls im Eingangsbereich steht. Addison muss gewusst haben, dass auch ich mit Grace unterwegs bin und hat vorgesorgt.

»Nur, weil er ein Cop ist, heißt das nicht, dass er einer von den Guten ist.«

»Ach nein?«, frage ich und wende mich ihm zu. Ich stehe in Leggings und Buffy Shirt vor ihm, meine Hände und Kopf noch immer schmutzig.

»Nein. Hast du nicht gesehen, wie er dich anschaut?«

»Was? Wie denn?«

»Als würde er dir die Kleider vom Leib reißen wollen.«

»Na Gott sei Dank! Du hast doch gesehen, wie ich ausgesehen habe.«

Er verdreht die Augen und verschränkt die Arme vor der Brust. »Du weißt, wie ich das meine. Er will dir an die Wäsche.«

»Na und? Vielleicht will ich es ja auch.«

Daraufhin verstummt Daniel und sieht mich mit großen Augen an.

»Ja, Daniel. Ich bin seit eineinhalb Monaten von Robb getrennt, aber auch ich habe Bedürfnisse. Mein Leben geht weiter und ich möchte wieder ausgehen. Zeit mit einem Mann verbringen.«

»Verstehe«, murmelt er, doch sein Kiefer arbeitet, er ist sauer. Nur weshalb?

»Ich kann verstehen, dass du dich um mich sorgst, aber ich habe genug getrauert. Je länger ich von meinem Ex getrennt bin, desto mehr wird mir klar, dass ich ihn zum Schluss hin nicht mehr geliebt habe, wenn ich so schnell über ihn hinweggekommen bin. Wir haben uns einfach mit der Zeit auseinandergelebt.«

»Du willst wieder eine Beziehung?«

»Nein. Ich will wieder Sex. Was sich zwischen Ian und mir entwickelt, weiß ich noch nicht, aber ich will es herausfinden.«

»Na schön. Dann werde ich mich dir nicht in den Weg stellen«, meint Dan knapp, legt den Wäschesack auf den Boden und geht.

28. Kapitel

DANIEL

Ich boxe auf diesen Sandsack ein, als würde er mein Leben bedrohen, und wenn ich nicht bald aufhöre, werde ich Löcher in das Ding schlagen. Alleine die Vorstellung, dass Taylor diesen Typ küsst, geschweige denn mehr, lässt mich rasen vor Wut. Deshalb habe ich sie gestern auch stehen gelassen und mich in meinem Zimmer verschanzt, doch selbst ein gutes Buch hat mich nicht ablenken können. Ich weiß, dass ich mich wie ein eifersüchtiger Neandertaler aufführe, aber ich weiß beim besten Willen nicht mehr, was ich tun soll. Wie ich mich ihr gegenüber verhalten soll, ohne dass meine Eifersucht mich auffliegen lässt.

Insgeheim hatte ich die unrealistische Hoffnung, dass ich Taylor genügen würde, dass sie sich in mich verliebt, weil ich nicht wie die anderen bin. Der Typ Mann, der Frauen etwas vormacht und sie ausnutzt. Taylor ist immer meine Traumfrau gewesen, noch lange bevor ich über Mädchen fantasiert habe. An ihr habe ich alle Freundinnen gemessen, wobei eigentlich Jamie meine einzige ernste Beziehung gewesen ist. Dass Tae einsam ist, verstehe ich, mir ging es nach der Trennung von Jamie genauso, aber trotzdem tut es verdammt weh, wenn die Frau, die du willst, mit einem anderen Mann flirtet. Meine Ex und ich haben uns bei einem Event kennengelernt, bei dem ich auf einen Klienten aufgepasst habe und sie gekellnert hat. Zum ersten Mal in meinem Leben habe ich gedacht, die Frau gefunden zu haben, die mir Taylor aus dem Kopf schlagen könnte, doch sie hat es vorgezogen, mich mit einem B-Promi zu betrügen, den ich ihr sogar vorgestellt habe. Meine Wut flammt erneut in mir auf und lässt mich noch härter zuschlagen. Immer fester, immer weiter, bis ich nichts mehr spüre als körperlichen Schmerz.

»Mach mal halblang, Dan«, ruft Ray vom Ring aus, wo er mit Chuck an seiner Abwehr arbeitet. Ich hebe nickend die Hand, zum Zeichen, dass ich ihn verstanden habe, ziehe meine Boxhandschuhe aus und werfe sie einfach in die Ecke. Dann gehe ich schwer atmend zu den Duschen und stelle mich darunter. Meine Muskeln brennen, als der warme Wasserstrahl meine Haut berührt, doch meine Atmung will sich einfach nicht beruhigen. Aber an Entspannung ist nicht zu denken, denn seit Taylor wieder in meinem Leben ist, bin ich wie ein Pulverfass, das jederzeit explodieren könnte vor Frust. Ich wasche mein Haar, viel energischer, als es gut wäre. Als ich meinen Kopf abspüle, kommt mir plötzlich Evie in den Sinn. Die junge Frau, die mich so offensichtlich kennenlernen, mich küssen wollte, bei der ich mich aber schon eine Weile nicht mehr gemeldet habe. Wieso? Weil ich wie ein treuer Welpe auf Taylor gewartet habe, weil ich gehofft habe, dass sie in mir mehr als einen Freund sieht, doch mir wird schmerzlich klar, dass dies nie passieren wird. Fast drei Jahrzehnte sollten doch Beweis genug sein. Ich fasse eine Entscheidung, eine, die alles verändern würde, denn wenn Tae sich jemanden fürs Bett sucht, kann ich das ebenso machen.

Kaum bin ich zu Hause angekommen, gehe ich in mein Zimmer und wähle Evies Nummer.

»Hey«, haucht sie zur Begrüßung ins Telefon. Ihre Stimme ist wie Honig, weich und süß verheißungsvoll.

»Wie geht es dir?«

»Na, jetzt wo du anrufst geht's mir blendend. Was gibt's?«

Ich rufe dich an, um zu fragen, ob du morgen Abend etwas vorhast?«

»Es ist Freitagabend und tatsächlich habe ich etwas vor, aber für dich kann ich es verschieben.«

»Das musst du nicht, wir könnten uns auch an einem anderen Abend treffen.«

»Ich habe die ganze Zeit gehofft, dass du dich meldest, also ist es okay, Daniel.«

»Na schön, dann sehen wir uns morgen. Schick mir doch bitte deine Adresse, und ich hole dich dann ab.«

Nach dem Telefonat geht es mir gleich etwas besser, denn nun kann auch ich mich amüsieren und hechle Tae nicht nach wie ein Hund. Ich gehe runter ins Wohnzimmer, wo Addison und Grace mich mit verzweifelter Miene ansehen.

»Was ist?«

»Der Abfluss ist verstopft«, jammert Grace und ich weiß gleich, worauf sie hinauswollen.

»Keine Chance, Mädels, ihr wisst, dass Miguel nicht gut auf mich zu sprechen ist.«

»Ja, weil du seine Schwester flachgelegt hast, du Idiot!«, faucht Addison und schießt mit Blicken Blitze in meine Richtung. Ach ja, Esperanza. Ein Teufelsweib im Bett, aber zu eifersüchtig.

»Trotzdem. Geht selbst und sagt ihm Bescheid. Er ist der Hausmeister, er muss sich um so etwas kümmern.«

Beide stöhnen genervt auf. *Haben sie tatsächlich gedacht, dass ich ins Feuer springen und meine Eier riskieren würde?*

»Wir haben ihn angerufen, aber er muss wohl eine neue Handynummer haben«, murmelt Grace und sieht auf ihre Füße. Sie konnte diese Schmalzlocke noch nie leiden.

»Wir regeln das auf die gute alte Weise!«, sagt nun Addy und geht in die Speisekammer, um die Fühlbox zu holen.

»Ach, nicht schon wieder«, stöhne ich.

»Wartet mal. Wieso fragt ihr nicht Taylor?«, will ich wissen, denn ich habe sie noch gar nicht gesehen.

»Weil sie sich gerade mit Ian trifft.«

»Was?«, frage ich entsetzt. Der Typ lässt ja nichts anbrennen.

»Nicht das, was du denkst. Sie muss noch ein paar Formulare unterzeichnen. Ob sie im Bett landen, weiß ich nicht, aber du wirst es hören bei der dünnen Wand zwischen euch.«

»Halt die Klappe!«

»Ich denke, Tae ist sicher laut im Bett, eine Wildkatze.« Ich greife nach einem Kissen und schleudere es meiner Schwester ins Gesicht.

»Na schön. Also, Gracie, wie sieht es aus? Bist du bereit? Wer den Gegenstand nicht erraten kann, muss zu Miguel.«

»Na gut.«

Es ist klar, dass Addison sich für dieses Spiel entschieden hat, denn sie ist ein Profi darin. Es war ein Leichtes für sie, fünf Minuten später die Duftkerze in der Kiste zu erraten. Schließlich ist Grace dran. Addison legt etwas Graues in die Pappschachtel und legt es vor Grace hin. Bevor sie ihre Hände in die Löcher stecken kann, kommt Taylor mit diesem Idioten Ian im Schlepptau in die Wohnung. Grace und Addison wechseln einen besorgten Blick und sehen dann zu mir. Innerlich koche ich vor Eifersucht, weil er seine verdammte Hand auf ihren Rücken gelegt hat, und ich brauche eine Heidenkraft, um mein Knurren zurückzuhalten.

»Was macht ihr denn da?«, fragt sie, während der Cop uns alle begrüßt.

»Hey Ian«, erwidern die Mädels, während ich nur in seine Richtung nicke.

»Was hat es mit dieser Schachtel auf sich?«, fragt Tae erneut und setzt sich neben Grace auf die Couch. Unser Waschlappen Ian muss sich natürlich neben sie setzen, während ich noch immer stehe und mich nicht bewegen kann, wegen meiner Anspannung. Scheiße, verdammte!

»Wir spielen das Fühlspiel.«

»Und das heißt was?«

»Jemand legt einen Gegenstand in diese Schachtel, der andere muss seine Hände in diese Löcher stecken und das Ding erfühlen. Schafft er es nicht, hat der andere gewonnen.«

»Und wenn mehrere gewinnen?«

»Dann spielen diejenigen gegeneinander, bis nur ein Gewinner übrig bleibt.«

»Klingt cool, aber auch schwer«, sagt der Idiot und lächelt Tae an, als würde sie ihm schon gehören. Ich könnte kotzen oder ihm eine verpassen. Am liebsten Letzteres.

»Addy hat meinen Gegenstand schon erraten. Jetzt bin ich dran.« Ein diabolisches Grinsen breitet sich auf dem Gesicht meiner Schwester aus und ich ahne Schlimmes. Grace greift hinein, tastet und runzelt nachdenklich die Stirn.

»Es ist weich, rund und flauschig. Es hat …« Sie erstarrt und blickt erschrocken zu ihrer besten Freundin. »Hat es einen Schwanz?«, keucht sie entsetzt.

»Sag, was es ist, dann wirst du es herausfinden.«

»Igitt!« Grace zieht die Hände aus der Kiste und schüttelt sich angeekelt.

»Reg dich ab. Es ist nicht so schlimm, wie du denkst. Mach weiter, du hast es nicht erraten.«

»Keine Chance.«

»Dann musst du zum Hausmeister, der total unfreundlich ist und Mundgeruch hat.«

»Okay, okay.« Sie schüttelt die Hände und greift noch mal

hinein. »Es ist noch immer weich, hat einen Schwanz und feine Härchen.« Sie überlegt eine Weile und rät immer wieder falsch. Ich selbst habe keine Ahnung, was in Gottes Namen sie in diese Kiste gepackt hat.

»Ich gebe auf. Was ist es?«, stöhnt Grace geschlagen und zieht die Hände aus der Box.

»Eine Maus, die ich mal im Flur gefunden habe«, sagt Addison nüchtern, als würde sie über das Wetter reden. Grace beginnt zu kreischen und auf und ab zu hüpfen. Es ist so ein schriller Ton, dass wir uns die Ohren zuhalten müssen. Addison hält sich vor Lachen den Bauch und öffnet nun den Deckel, um ihr das Tier zu zeigen. Es handelt sich tatsächlich um eine Maus, aber eine Stoffmaus, keine tote.

»Du verdammtes Biest! Ich bringe dich um!« Sie deutet drohend mit dem Zeigefinger auf meine Schwester.

»Gut gespielt, Addy«, meint Vollpfosten und wendet sich Tae zu.

»Danke noch mal, dass du so kurzfristig Zeit hattest. Ich melde mich dann nach meinem Seminar bezüglich des Dates.«

»Gerne geschehen. Okay, mach das. Ich freue mich drauf.«

Die beiden erheben sich, gehen zur Tür und verabschieden sich mit einem Kuss auf die Wange. Meine Fingerknöchel knacken bei dem Anblick, doch Grace legt ihre Hand auf meine Schulter und beruhigt mich ein wenig.

»Reiß dich zusammen.«

Ich bin schon dabei, mich umzudrehen und in mein Zimmer zu gehen, als es plötzlich an der Tür klopft und da Taylor noch immer davorsteht, öffnet sie diese.

»Hey Schnittchen, danke … Moment, du bist nicht Addison«, Pacey verstummt und checkt ungeniert Taylor ab, ehe er in meine Richtung blickt.

»Da bist du ja, du Saftsack! Entschuldige, ich bin Pacey und du bist?«

»Taylor. Freut mich.« Der Idiot nimmt ihre ausgestreckte Hand und haucht ihr einen Handkuss drauf. Ich denke, Gott will mich heute auf die Probe stellen, verdammt.

»Sitz, Pace! Hände weg von meiner Schwester und meinen Mitbewohnerinnen.«

Er hebt abwehrend die Hände, zwinkert Tae aber zu. Der Typ checkt es einfach nicht. Den sollte ich wieder einmal verprügeln. Hinter ihm kommen Luke und Zayn in die Wohnung geschneit, in den Händen Bier und Snacks.

»Waren wir verabredet?«, frage ich nun, denn mir will einfach nichts einfallen.

»Wir haben euch zu Silvester hängen lassen, weil wir im Skiurlaub eingeschneit wurden, deshalb wollen wir das gutmachen.«

»Mit Bier und Chips?«

»Ja und außerdem spielen die Lakers heute und du hast den Größten.«

»Das weiß ich auch«, sage ich mit einem dreckigen Grinsen und sogar Taylor sieht kurz zu meinem Schritt.

»Fernseher, du Arsch! Sag mal, Taylor, ist er immer so ordinär?«, fragt Zayn sie nun, nachdem sie die Tür geschlossen hat.

»Nicht wirklich, in meiner Nähe ist er zahm wie ein Welpe.«

Ich schnaube lächelnd. Dieses Biest!

»Da hast du ihn gut erzogen.«

»Es war harte Arbeit, aber es hat sich gelohnt.«

»Könntet ihr bitte nicht meine Männlichkeit infrage stellen, Leute.«

»Wo denkst du hin. Die Mädels und Jungs haben sich sicher noch nie wegen deiner Standfestigkeit beschwert«, Taylor lacht und geht wieder in Richtung Küche. Die Jungs halten inne und auch ich bin wie gelähmt. Wie immer ist es Grace, die nach Tae ruft, um sie von uns abzulenken. Sie bittet sie um Hilfe bei irgendwas und ich trommle die Jungs schnell zusammen. »Jungs?«, fragt nun Luke mit zittriger Stimme.

»Nein. Ich habe behauptet schwul zu sein, beziehungsweise dass ich bisexuell bin, damit Taylor hier einzieht.«

»Du hast was?«, meint Pacey lachend und ich schwöre, er wird mich mein Leben lang damit aufziehen.

»Und sie hat dir das geglaubt?«, fragt nun Zayn.

»Warum sollte sie denn nicht?«, will Luke mit einem anklagenden Unterton wissen.

»Sieh ihn dir doch an. Es fehlen noch lange Haare und er könnte als Wrestler in die Geschichte eingehen.«

»Ach, erkennt man einen Homosexuellen an seinem Aussehen?«

»Klar! Ich rieche das auf zwei Meilen Entfernung«, erwidert Pacey scherzhaft, doch Luke beachtet ihn gar nicht, sondern geht zu Grace und reicht ihr das Sixpack Bier.

»Was hat der denn?«, meint Zayn, aber ich ahne da etwas, mit dem ich nicht gerechnet habe. Doch ich will es jetzt nicht ansprechen. Nicht hier und nicht jetzt. Addison begrüßt meine Jungs mit einer Umarmung und natürlich baggert Pacey sie ungeniert an. Wie immer. Seit sie sich kennen, will er etwas von meiner Schwester, die ihn immer wieder abblitzen lässt.

»Komm, hab dich nicht so. Ich habe durchaus das Zeug zum Gentleman.«

»Wer's glaubt wird selig.«

»Du triffst mich hart, Addison«, Pacey legt theatralisch seine Hand an sein Herz.

»Und ich treffe dich noch härter in deine Weichteile, wenn du mich nicht in Ruhe lässt.« Ein Blick zu mir. »Dan, ich schwöre dir, künftig musst du ihn an die Leine legen, sonst bekommt er Hausverbot.«

»Sitz, Pacey. Sei ein braver Junge und reich mir ein Bier.«

Wir setzen uns auf die Couch, wobei Taylor und Addison auf dem Boden sitzen und sich leise unterhalten. Ich höre nur heraus, dass sich Addy bei ihr wegen etwas entschuldigt und dass es mit Vaughn zu tun hat. Dieses Arschloch hat meine Schwester gar nicht verdient. Seit Monaten behandelt er sie wie Dreck, und sie lässt es sogar zu. Was ihr gar nicht ähnlich sieht, denn ich kenne keinen stolzeren Menschen als meine Schwester. Das Brüllen der Jungs holt mich aus den Gedanken. Die Lakers liegen nun in Führung.

Es ist ein spannendes Spiel, doch am aufregendsten ist die Tatsache, dass Tae sich mit meinen Jungs versteht. Jamie ist die einzige Frau gewesen, die ich den Jungs vorgestellt habe, und beide Seiten konnten sich nicht ausstehen, deshalb freut es mich umso mehr, dass die Frau, die mir am wichtigsten ist, sich mit Tick, Trick und Track versteht. Zayn und Pacey sind redselig wie eh und je, doch Luke ist seit dieser Schwulendiskussion verdächtig still. Er unterhält sich zwar flüsternd mit Grace, aber uns lässt er außen vor. Zayn und Pace haben es nicht gemerkt, aber ich habe es.

Natürlich haben die Lakers gewonnen, und ich bin gerade dabei, einen Film vorzuschlagen, als Taylor vorschlägt auszugehen.

»Es ist Donnerstag«, meint Grace und sieht sie verwirrt an.

»Ja und? Morgen ist Freitag und die paar Stunden hältst du aus, bis dann endlich das Wochenende beginnt.«

»Sorry, ich passe, außerdem muss ich dem stinkenden Hausmeister vom verstopften Abfluss berichten«, antwortet sie, doch Luke verspricht ihr, dass er bei ihr bleibt und sie begleitet.

»Aber ich habe Lust«, sagen meine zwei Chaoten wie aus einem Mund. Ist ja klar, dass sie keine Minute stillhalten können.

»Ich auch«, ruft Addison aus der Küche. Auch hier keine Überraschung.

»Dann bin ich auch dabei«, sage ich und sehe an mir hinab. »Aber vorher muss ich mich umziehen.« Doch meine Worte bleiben ungehört, weil die Mädels schon in ihre Zimmer gerauscht sind, um sich fertig zu machen.

Als Taylor die Treppe hinunterkommt, unterdrücke ich einen Fluch, denn verdammt, sie sieht einfach unglaublich aus. Eine Lederhose, die wie flüssiger Lack auf ihrem Körper glänzt, dazu ein feuerrotes Top, ärmellos, mit einem Rollkragen, doch als sie sich kurz umdreht, um nach ihrer Tasche zu suchen, kommt es noch schlimmer. Denn fast ihr gesamter Rücken ist freigelegt und jeder kann ihre zarte Haut begaffen. Das wird die Hölle!

»Na, das ist mal ein scharfes Gerät«, pfeift Pacey neben mir leise, sodass nur ich es hören kann. Ich werfe ihm einem mörderischen Blick zu.

»Hände weg von Taylor oder ich mache Schaschlik aus dir.« Und wenn Pacey eins weiß, dann dass ich immer zu meinem Wort stehe.

29. Kapitel

TAYLOR

Ich liebe diese Jungs. Paceys freches Mundwerk und Zayns Humor. Fast bin ich etwas beleidigt, weil Daniel mir die Jungs nicht schon früher vorgestellt hat. Luke ist in der Wohnung eher still gewesen, aber auch total sympathisch, doch diese Zwei hier an meiner Seite schießen den Vogel ab. Sie bringen mich so stark zum Lachen, dass ich Bauchschmerzen bekomme. Wir sind im Stammpub der Jungs und bestellen die zweite Runde Guiness. Addison tippt ständig energisch auf ihr Handy ein und ich ahne, dass sie und Vaughn sich wieder streiten, wenn auch nur per Chat.

»Alles okay?«, frage ich, doch sie pfeffert das Smartphone in ihre Tasche und lächelt mich an, doch es erreicht ihre Augen nicht.

»Jetzt schon.« Da ich weiß, dass es um ihre Beziehung nicht gut steht, lenke ich sie ab, indem ich uns zwei irische Schnäpse bestelle, die wir sofort in uns hineinschütten. Es brennt wie Hölle, aber nach und nach breitet sich eine wohlige Wärme in mir aus. Addison kann ihre Gefühle kontrollieren wie ich es von keiner anderen Person in meinem Umfeld kenne. Kaum hat sie Trübsal geblasen, ist sie in einer Sekunde wieder die unbeschwerte Addy, die nichts und niemand aus der Ruhe bringen kann.

Die Jungs unterhalten sich, wobei Pacey Addison nicht aus

den Augen lässt, als würde er die Sorge in ihrem lachenden Gesicht erkennen können.

»Taylor! Komm her«, ruft ein betrunkener Zayn und deutet mit dem Finger auf mich.

»Sie haben geschrien, euer Betrunkenheit«, ziehe ich ihn auf, doch er merkt es gar nicht.

»Wen in diesem Raum findest du am heißesten?«

»Das ist doch leicht. Addy hier.« Wäre ich ein Mann würde ich sie so was von anbaggern. Addy nickt anerkennend, denn sie weiß sehr wohl, wie gut sie aussieht, ohne überheblich zu wirken.

»Nicht sie.«

»Wie bitte?«

»Nein. Ich meine von den Kerlen.« Natürlich habe ich ihn verstanden, aber ich lasse mir mit der Antwort Zeit. Tatsächlich blicke ich mich in der Bar um. Es sind einige Männer anwesend, doch keiner von ihnen hat das gewisse Etwas, das mich ansprechen würde. Die Ausstrahlung, das Lächeln, den Grips, den ich bei einem Mann suche. Bis mein Blick auf Daniel haften bleibt, der all meine Kriterien mit Bravour meistert. Wenn ich die Wahl hätte, würde sie auf ihn fallen, weil er optisch total mein Typ ist, vom Charakter ganz zu schweigen.

»Daniel«, antworte ich ehrlich. Denn ich bin immer ehrlich zu meinen Freunden.

»Mich?«, fragt dieser nun erstaunt und blickt kurz zu seiner Schwester, dann wieder zu mir.

»Ja. Ich weiß ja schon, dass du einer der Guten bist, aber vom Äußeren finde ich dich am attraktivsten.«

»Hör auf, sonst werde ich rot.« Ist ja klar, dass er ein Kompliment mit einem Scherz abtut, da ähneln wir uns beide, würde ich sagen.

»Ich weiß, ich weiß. Jeder würde gerne in den Genuss meiner Küsse kommen. Da musst du dich aber hinten anstellen, Schätzchen.«

»Ach, keine Bange. Ich kann warten.«

Eine Stunde später will Addison tanzen gehen, was bei den Männern sauer aufstößt, aber sie können ihr auch keinen Wunsch abschlagen. Also nehmen wir uns ein Taxi und fahren zu einem Nachtklub. Addison hat darauf bestanden, dass es einer sein soll, der Hip-Hop und RNB spielt und nicht die neumodischen Elektrobeats. Der Klub ist voll und wir finden kaum einen Stehplatz, doch als Addison mit einem der Kellner redet, nickt der und wir bekommen einen Platz im VIP-Bereich zugeteilt.

»Was hast du ihm gesagt?«

»Dass ich die Enkelin von Sophia Loren bin.« Wenn ich Addy mit einem Promi vergleichen müsste, hätte ich auch auf diese Schauspielerin getippt.

»Und das hat er dir geglaubt?«

»Wir sind hier in New York. Hier wimmelt es von Promis, und ich sehe der Schauspielerin ähnlich.«

Ich beschwere mich keinesfalls und genieße diesen Vorzug, hoffe aber auch, dass wir nicht erwischt werden. Die Musik ist der Hammer, eine Mischung aus lateinamerikanischer Musik, RNB und Reggaeton. Addy und ich tanzen im abgesperrten Bereich, doch ich sehne mich nach der Menge, mit ihnen im Storm mitgerissen zu werden.

»Lass uns mal unter die Leute gehen.«

»Ne, keine Lust, aber geh du ruhig.«

Ich gehe zu Daniel, der mich beobachtet, und lehne mich zu ihm. »Ich gehe runter tanzen. Kommst du mit?« Er hebt verwundert die Brauen, sieht mir tief in die Augen, dann auf den Mund und schüttelt langsam den Kopf. Plötzlich wird mir heiß und mein ganzer Körper wird mit einer warmen Schicht überzogen, die mir unter die Haut geht, und das nur, weil Daniel mich mit diesem speziellen Gesichtsausdruck ansieht. Als würde er nur mich sehen, obwohl es in diesem Lokal vor heißen Frauen und Männern nur so wimmelt.

Ich löse den Blickkontakt und gehe mit hämmerndem Herzen die paar Stufen runter, um mir ein freies Plätzchen zum Tanzen zu suchen.

Kaum dass ich meine Hüften bewege, spielt der DJ einen Song von Maluma, dessen Stimme reinster Sex für mich ist. Natürlich werden meine Bewegungen langsamer, feuriger, aber wen schert es schon. Denn ich genieße es, eins mit der Musik zu sein. Genieße es, endlich wieder zu leben. Wenn ich so an das vergangene Jahr zurückdenke, kann ich locker sagen, dass ich achtzig Prozent davon zu Hause oder im Büro verbracht habe. Ausgehen oder einfach nur spazieren gehen, sind nicht im Zeitplan vorgesehen gewesen.

Plötzlich spüre ich die Wärme eines Körpers hinter mir, der mich wie magnetisch anzieht. Ich weiß, dass es Daniel ist, ohne mich umzudrehen. Er tanzt mich von hinten an, legt seine großen Hände an meine Hüften und zieht mich an sich. Wir bewegen uns zusammen, als hätten wir unser Leben lang nichts anderes getan. Jede Bewegung harmoniert miteinander. Ich kreise mit den Hüften, locke, necke ihn, weil ich nicht anders kann. Es ist, als würde mein Körper nach seiner Nähe lechzen.

Gefangen in dem Moment, lege ich meinen Kopf an seine Schulter, worauf Dan mit seiner Nase über meinen rasenden Puls streicht. Sein Griff verstärkt sich und ich spüre zum ersten Mal sehr wohl, dass Dan auf mich reagiert. Körperlich, so wie ich zu Weihnachten bei ihm zu Hause oder bei dem intimen Moment auf der Couch vor ein paar Tagen. Seine Härte drückt gegen meinen unteren Rücken, und ich seufze wohlig auf, weil ich diejenige bin, die bei diesem unglaublichen Mann diese Reaktion hervorruft. Ich habe das vorhin ernst gemeint, dass Dan für mich am attraktivsten von allen in der Bar gewesen ist, aber dass er und ich uns tatsächlich näherkommen, hätte ich niemals gedacht.

Die Musik wird intensiver, ebenso wie Daniels Hände, die nach vorne wandern, unter mein Shirt und über meinen Bauch streicheln. Ich erschaudere und stöhne auf, was nur Daniel hören kann, wenn überhaupt, denn die Musik ist ziemlich laut, aber er spürt es. Weiß, was er mit mir anstellt. Ich drehe mich in seiner Umarmung um, spüre nun seine Erektion an meinem Bauch und presse meinen zierlichen Körper an ihn. Meine Arme wandern wie von selbst zu seinem Nacken, streicheln über seinen Dreitagebart. Daniel greift nach meinen Fingern und küsst jeden einzelnen, aber als er über meinen kleinen Finger leckt, ist es wie ein Blitzschlag, der mich zur Vernunft bringt.

Großer Gott, was mache ich da? Ich kann doch nicht mit meinem besten Freund rummachen, obwohl das, was wir getan haben, tiefer geht als nur ein Kuss. Ich löse mich von ihm und weil Dan eben Dan ist, lässt er mich sofort los, als er bemerkt, dass ich mich versteife.

»Tut mir schrecklich leid«, sage ich mit großen Augen und entferne mich immer mehr von ihm. Zwar habe ich die Worte gesagt, aber ich fühle sie nicht, denn das, was wir gerade geteilt haben, ist der heißeste Moment in meinem Leben gewesen.

Den Rest des Abends haben Dan und ich so getan, als hätten wir uns nicht fast die Kleider vom Leib gerissen, vor all den Menschen. Wir sind wieder in diesen Freundemodus verfallen, doch etwas in mir möchte nicht zurück dorthin. Will wieder zu diesem einen Moment, als wir eins auf der Tanzfläche gewesen sind, als keiner mehr in diesem Klub anwesend war, außer uns.

Dass ich Daniel liebe wie einen Freund, ist kein Geheimnis, aber das, was ich seit Weihnachten fühle, wird mit jeder Stunde, die wir miteinander verbringen, stärker. Die Nächte auf der Dachterrasse sind süße Folter, denn äußerlich verhalte ich mich wie immer, aber innen geschieht etwas mit mir, und ich weiß nicht, ob mir das gefällt.

Die Wochen vergehen und ich fühle mich immer wohler in der WG. Unter der Woche leiste ich meinen Beitrag im Haushalt, wobei ich manchmal den Putzplan für Grace oder Dan übernehme, wenn die viel auf der Arbeit zu tun haben. Immerhin habe ich genug Freizeit und manchmal treibt mich diese Langeweile in den Wahnsinn, vor allem dann, wenn alle außer Haus sind und ich mir wie eine Versagerin vorkomme. Ein Job ist noch nicht in Aussicht, weil ich ständig Absagen bekomme oder nichts Interessantes für mich in den Stellenanzeigen zu finden ist. Aber langsam muss ich etwas finden, denn meine Ersparnisse gehen langsam zur Neige und auf das Geld, das ich geerbt habe, möchte ich nicht zurückgreifen müssen.

Einen Job im Bereich Mode zu finden, stellt sich als sehr schwierig heraus. Denn Magazine sind meist voll oder greifen auf ihre Praktikanten zurück und im Verkauf sagen einige Shops, dass ich zu wenig Erfahrung mit Kundenkontakt habe. Ich habe Dutzende Bewerbungen verschickt, doch weiterhin flattern die Absagen ins Haus. Dabei habe ich nicht mehr darauf geachtet, ob der neue Job mit Mode zu tun hat oder nicht. Ich will einfach wieder arbeiten gehen, endlich wieder Geld verdienen. Aber ich wäre nicht ich, wenn ich nicht weiterkämpfen würde.

Grace und Addison haben mich feierlich zum Hottie-Dienstag eingeladen und auch wenn Drake arrogant ist, sieht er verboten gut aus, wenn er sein Workout vor unseren Augen absolviert und der Schweiß auf seiner schokoladenfarbenen Haut glänzt.

Obwohl ich unseren Nachbarn attraktiv finde, kann er Daniel nicht das Wasser reichen. Selbst Ian nicht, der mich zwar um eine Date gebeten hat, aber wir dieses noch nicht gehabt haben.

Eines Morgens beschließe ich früh aufzustehen, um persönlich bei ein paar Boutiquen nach einem Job zu fragen, ich ziehe mir eine Jeans an, darüber ein asymmetrisch geschnittenes Shirt, das ziemlich elegant aussieht und Pumps. Da Daniel und Grace sicher schon bei der Arbeit sind und Addison für gewöhnlich noch schläft, gehe ich in die Küche und mache mir in der Maschine einen Kaffee. Während ich warte, bin ich in Gedanken über die vergangene Nacht vertieft, als Daniel sich wie immer meinen Fuß geschnappt und ihn massiert hat, ohne den Blick von seinem aktuellen Buch zu nehmen, und jede Bewegung seiner Finger mir süße Höllenqualen beschert hat. Ein warmes Gefühl erfüllt mich, wenn ich an die Sanftheit seiner Finger denke. Ich greife nach dem Becher voll Kaffee, drehe mich um und will zum Tisch gehen, um in Ruhe mein Getränk zu trinken.

Leider komme ich dort nicht an, denn Daniel steht plötzlich in perfekt gebügelter Anzughose und weißem Hemd vor mir und wir stoßen zusammen. Ich weiche schnell zurück, sodass ich von Flecken verschont bleibe, doch Daniel hat weniger Glück.

Das heiße Getränk ergießt sich auf seinem makellosen Hemd. Dan flucht, zischt und knöpft in Windeseile sein Hemd auf, zieht es aus und wischt damit die restliche Nässe von seinem Bauch. Die Haut ist rot, aber er hat keine schwereren Verbrennungen erlitten. Dann wird mir das Ausmaß des Anblicks vor mir erst richtig bewusst. Daniel steht oben ohne mir gegenüber und tatsächlich ist es das erste Mal, dass ich ihn mit freiem Oberkörper sehe, weil er über den Winter immer langärmelige Shirts oder Hemden getragen hat. Und bei Gott, es ist eine Schande, dass er diesen Körper überhaupt verhüllt. Durch das tägliche Training ist er perfekt durchtrainiert. Nicht übermäßig und künstlich wirkend, sondern schön und gut proportioniert.

Die breiten Schultern geformt, der Bizeps nicht übertrieben gehalten, aber seine Bauchmuskeln. In meinem ganzen Leben und sicher auch in keinem Magazin, habe ich je solch schön definierte Bauchmuskeln gesehen, ein anbetungswürdiges Sixpack, aber das Beste an dem Ganzen, finde ich, sind die Tattoos. Die rechte Körperseite ist tätowiert, sie reichen genau so weit, wie der Kragen und die Ärmel seiner Kleidung reichen.

»Sag mir bitte, dass ich hier auf ein Photoshop bearbeitetes Hologramm von dir blicke.« Verwirrt sieht Dan an sich hinab und scheint erst jetzt zu schnallen, was ich gemeint habe. Daraufhin schleicht sich ein stolzes Grinsen in sein Gesicht.

»Nein, Baby. Alles Natur pur hier«, raunt er gespielt sexy und Himmel, er trifft mich mitten in meinen Unterleib mit dieser Aussage.

»Du kannst gerne meinen Bizeps fühlen, wenn du einen Beweis brauchst oder soll ich dich kneifen.«

Ich muss tatsächlich den Kopf schütteln, um wieder einen klaren Kopf zu bekommen.

»So selbstverliebt heute? Ich dachte, du wärst längst in der Arbeit.«

»Wollte mir nur noch einen Schluck Kaffee gönnen, aber ich konnte ja nicht ahnen, dass du einen Anschlag auf mich verübst, nur um mich halb nackt zu sehen. Du hättest einfach fragen können.«

»Idiot«, murmle ich, werde aber tatsächlich rot. Verdammt!

»Das Rosa in deinem Gesicht steht dir, hat einen Touch von Miss Piggy.«

Ich hole aus, um ihm auf die Schulter zu schlagen, doch er weicht mir aus. Ich bin definitiv zu müde für solche Neckereien. »Sosehr ich es genieße, dass du mich mit den Augen ausziehst, muss ich mich schnell umziehen und zur Arbeit fahren, aber wir können heute Nacht gerne weiter darüber reden, wie schön mein Anblick ist.« Er zwinkert mir zu und verschwindet schnell aus der Küche, ehe ich ihm die wüsten Beschimpfungen an den Kopf werfen kann, die mir im Kopf herumschwirren. Erst als er aus meinem Blickwinkel verschwindet, habe ich das Gefühl, durchatmen zu können. Es scheint so, als hätte sein Anblick mir den Atem geraubt, sich mir in den Körper gebrannt. Ich kralle mich an der Arbeitsplatte fest und atme tief durch, denn ob ich es will oder nicht, ich reagiere schon eine Weile auf Daniel, doch nach diesem Anblick habe ich das Gefühl, es kann nur schlimmer werden.

30. Kapitel

TAYLOR

Es ist Frühlingsbeginn, sehr zur Freude von Daniel, der endlich wieder kurze T-Shirts tragen kann, ohne zu erfrieren. Dass diese Shirts mir eine gute Sicht auf seinen perfekt geformten Körper liefern, ist Segen und Fluch zugleich. In letzter Zeit bin ich mir seiner Nähe bewusster als sonst, reagiere empfindlich, wenn wir uns berühren. Habe das Gefühl, als würde ich verbrennen. Ich versuche, es mir nicht anmerken zu lassen, aus einem bestimmten Grund. Daniel verbringt viel Zeit mit Evie, wobei er immer wieder betont, dass sie nur Freunde sind.

Ich will ihm nicht im Weg stehen, nur weil ich emotional nicht zurechnungsfähig bin. Verstehe diese Gefühle selbst nicht. Meistens, wenn ich total verwirrt bin und Sehnsucht nach meinem besten Freund verspüre, schreibe ich an einem Blogeintrag und lösche ihn wieder. Ich habe meine Gefühle noch nie so öffentlich preisgegeben. Die Social Media-Posts sind meistens kurz und da steht mehr das Foto im Vordergrund, aber bei einem Blog stellt man seine Seele der Öffentlichkeit zur Schau und hofft einfach mal, dass diese respektvoll mit ihr umgeht.

Die Nächte mit Daniel sind nach wie vor mein Highlight des Tages, auch wenn ich manchmal mehr ihn anstarre als mein Buch oder Tablet. Daniel scheint es zum Glück nicht zu bemerken, denn er verhält sich wie immer. Als würde ihn meine Nähe nach wie vor kaltlassen, was mich einerseits freut, andererseits auch enttäuscht, weil ich mir wünschen würde, dass auch er etwas mehr für mich empfindet als reine Freundschaft.

Heute Nacht jedoch erwischt er mich, als ich ihn anstarre. »Alles in Ordnung?«, fragt Dan fürsorglich. Ertappt weiß ich zuerst nicht, was ich antworten soll, bis mir wieder seine Schwester einfällt, die gerade eine schwere Zeit durchmacht.

»Ich mache mir Sorgen um Addy. Sie tut zwar so, als würde es ihr gut gehen, aber ich sehe es ihr an, dass sie leidet.«

Zwischen Addison und Vaughn ist es aus. Er hat sich vor einer Woche von ihr getrennt, ohne wirklich einen Grund zu nennen. Sie hat gelitten wie ein Hund, indem sie einen Tag getrauert hat, danach hat sie ihn nie wieder mit einem Wort erwähnt und sich verhalten wie immer. Aber ich sehe ihr an, dass sie noch immer an der gescheiterten Beziehung zu knabbern hat. Aber keiner von uns bohrt nach, denn wenn man Addy zu etwas drängen will, reagiert sie meist gereizt.

»Sie kann froh sein, dass sie diesen Typen endlich losgeworden ist. Er hat sie wie Dreck behandelt und nie Zeit für sie gehabt.«

»Ich weiß, aber ich denke, dass sie trotzdem leidet.«

»Auch das wird vergehen. Du kennst Addy mittlerweile. Wenn sie nicht über die Trennung reden will, dann bringt es auch nichts, wenn wir auf sie zugehen.«

»Vielleicht hast du recht.«

»Ich habe immer recht, Süße«, er lacht und grinst mich spitzbübisch an, ich jedoch schnappe mir ein Kissen und schleudere es in seine Richtung.

»Du bist nicht Grace. Sie ist es, die immer recht behält.«

»Ich versuche sie ja schon lange dazu zu überreden, dass sie mit mir durch die Casinos zieht, weil sie alle beim Pokern schlagen würde, weil sie die Mensch so leicht durchschaut.«

»Und hattest du Glück?«

»Leider nicht. Ihre Karriere war schon beendet, bevor sie überhaupt angefangen hat.«

»Tja, wenn es dir hilft, ich kann gut mit Karten, dann kannst du auf mich zurückgreifen.«

»Ich nehme dich beim Wort«, sagt er und wendet sich erneut seinem Buch zu. Kichernd sehe ich durch das Glas des Wintergartens hinaus in die blühende Schönheit, die Grace geschaffen hat. Sie genießt den Frühling wie kein anderer. Sobald sie von der Arbeit nach Hause kommt, geht sie auf die Dachterrasse, um dort alles zu pflegen. Je wärmer es wird, desto mehr gleicht der Garten auf dem Dach einem Paradies. Auch wenn Dan und ich die Nächte auf meiner Couch verbringen, sind wir tagsüber im Garten aufzufinden.

Im Großen und Ganzen ist der Beginn des neuen Jahres der beste seit langer Zeit für mich. Das wird mir jetzt gerade bewusst, als wir auf der Couch sitzen und uns unterhalten. Der Plan ist gewesen, dass die ganze Clique heute Abend in den Pub geht, doch wir haben eine Flasche Wein geöffnet und uns so gut unterhalten, dass wir vergessen haben, in die Stadt zu gehen. Im Fernsehen laufen Vines, die Zayn und Luke lachend verfolgen, sich aber an den Gesprächen beteiligen.

Addison und Pacey diskutieren mal wieder über verschiedene Stellungen, die Pacey ihr unbedingt zeigen will, jetzt wo sie Single ist, doch sie zeigt ihm nur den Stinkefinger und meint, dass dies die einzige Stellung und körperliche Reaktion sei, die er in ihr hervorrufe. »Ihr zwei könntet in einer Show auftreten und die wäre ausverkauft, Leute«, ich kichere und meine das verdammt ernst.

»Was sagst du, Addy? Sollten wir einen Liveporno drehen und den Leuten zeigen, wie es gemacht wird?« Sie verdreht nur die Augen, aber ihre Mundwinkel zucken verdächtig.

»Keine Reaktion? Aber ich habe einige Referenzen, im Küssen bin ich wirklich begabt.«

»Ja, Addison. Küssen ist wichtig. Erinnerst du dich noch an Donny Flachzunge?«, lacht Grace nun, wendet sich Addison zu und legt den Kopf in den Nacken.

»Oh Gott, ja. Der hat mich geküsst, als hätte er es im Fernsehen gelernt, da kommt die Zunge ja selten zum Einsatz.«

»Das ist noch gar nichts«, erwidert Zayn und bringt sich auf der Couch in eine bessere Position. »Sie hieß Tasha und sah bombe aus. Ich meine«, er macht eine Handbewegung, die perfekte Rundungen darstellen soll.

»Spuck's schon aus«, meint Addy genervt.

»Auf jeden Fall habe ich gedacht, ich hätte das große Los gezogen, aber dann hat sie mich so richtig abgeschlabbert wie ein Hund.« Alle verziehen kurz angewidert das Gesicht.

»Was hast du dann gemacht?«, fragt Grace nun.

»Ich habe sie einfach stehen lassen und bin mit ihrer Schwester nach Hause gegangen, und war Gott dankbar, dass Küssen nicht vererbbar ist.«

Ich schüttle lachend den Kopf, dieser Typ ist einfach der Wahnsinn. Und so erzählt jeder von seinem besten und schlimmsten Kuss, bis ich dran bin.

»Der schlechteste Kuss war in der vierten Klasse, als Dario Gaynes mir die Zunge in den Hals gesteckt hat, ohne dabei meine Lippen zu berühren wohlgemerkt.«

Die anderen schütteln sich angeekelt, doch Daniel lacht schadenfroh.

»Das weiß ich noch! Du hast ihm in die Zunge gebissen und ihm eine verpasst. Ich schwöre dir, das war einer meiner besten Schulmomente, dieser Arsch hat mich immer aufgezogen und bevor ich ihm eine reinwürgen konnte, hast du es schon vor den Augen der ganzen Klasse gemacht.«

»Danke, danke«, antworte ich stolz.

»Und der beste Kuss deines Leben?«, fragt Addison und wackelt mit den Augenbrauen. Ich brauche da nicht lange zu überlegen, denn es gibt einen, der alle davor in den Schatten gestellt hat.

»Das war in der siebten Klasse, bei einer Halloweenparty von Stella Bingley. Ich ging als Ginger Spice von den Spice Girls und war von Jonah getrennt, meinem Highschool-Freund. Auf jeden Fall war ich frustriert, weil Jonah mit einer anderen da war. Also habe ich mich ablenken wollen und habe mir den Jungen mit dem besten Kostüm ausgesucht. Ein junger Mann, der als Zorro verkleidet war und einfach unglaublich darin ausgesehen hat. Die Maske hat nur seine Augen und seinen Mund freigelegt, also habe ich ihn geküsst und wurde so was von überrascht. Ich war so hin und weg, dass ich ihm ins Ohr geflüstert habe, dass ich ihn kennenlernen will und dass er mich um Mitternacht auf der Hollywoodschaukel vor dem Haus treffen soll. Er hat mich geküsst, wie ich es mir immer erträumt habe, und ich wollte unbedingt mehr von ihm wissen.«

»Und ist er gekommen?«, fragt Luke neugierig und lehnt sich etwas vor.

»Leider nicht. Aber ich habe es nicht vergessen.« Daraufhin wird es still, ich bin so in Gedanken gewesen, dass ich Daniels schockierte Miene erst jetzt sehe. Addison hat ebenfalls den Mund weit offen, warum ist mir allerdings schleierhaft.

»Was ist?«, frage ich verwirrt, weiß nicht, wieso sie meine Geschichte so mitgenommen hat.

»Der Junge im Zorro-Kostüm«, meint Daniel nun mit rauer Stimme und räuspert sich angespannt. Seine Muskeln unter seinem engen, weißen Shirt spannen sich an.

»Ja?«

»Das war ich.« Mein Lächeln erfriert in meinem Gesicht, als ich die Tragweite des Gesagten zu verstehen beginne.

»Was?«, frage ich, obwohl ich ihn sehr wohl verstanden habe.

»Du hast mich geküsst«, sagt er und ich schwöre, es wird so still, dass man eine Stecknadel fallen hören würde.

»Aber? Wieso hast du nie etwas gesagt?« Es hätte damals keinen Unterschied gemacht, auch wenn Dan und ich uns aus den Augen verloren haben.

»Du bist einfach so gegangen und ich habe deine Worte nicht gehört.«

»Du hast was?«

»Ich bin auf dem linken Ohr taub.«

»Oh. Das wusste ich nicht.«

»Ich hänge es auch nicht an die große Glocke. Nur Addy weiß darüber Bescheid. Es ist kein großes Geheimnis, sondern ich rede nur nicht oft darüber.«

»Dann könnte ich dir die dreckigsten Witze ins Ohr brüllen, du würdest es nicht verstehen?«, meint nun Pacey und bemüht sich sichtlich, die Stimmung zu lockern.

»Komm mir ja nicht zu nah, sonst wirst du meinen rechten Hacken früher kennenlernen, als dir lieb ist.«

»Ach komm, das sagst du doch zu jedem«, Pacey lacht und klopft Dan auf die Schulter. Doch ich bekomme das weitere Gespräch kaum mit. Ich habe Daniel vor über zehn Jahren geküsst, genauer gesagt ist er der beste Kuss meines Lebens gewesen, ohne dass ich wusste, wem ich überhaupt meine Lippen aufzwinge. Ich erinnere mich noch immer an diesen einen Kuss. Ich war forsch, doch Daniel hat damals die Kontrolle übernommen, die eine Hand an meine Wange, die andere auf meinen unteren Rücken gelegt. Seine Lippen waren so weich, so zärtlich und doch leidenschaftlich, der perfekte Mix, den ich an meinen zukünftigen Küssen gemessen habe.

Plötzlich wird mir ganz anders, denn der Schock sitzt tief. Verstärkt meine Gefühle Daniel gegenüber, die ich nicht zulassen will. Was er und ich haben, ist eine unvergleichliche, jahrelang anhaltende Freundschaft seit der Kindheit, und ich will sie nicht verlieren, auch wenn ich im Begriff bin, mich in Daniel zu verlieben. Mit jedem Wort, jeder Berührung und jeder Geste scheint er sich mehr und mehr in mein Herz zu schleichen, aber diese Erkenntnis verstärkt alles.

Was wäre wenn. Das frage ich mich die ganze Nacht. Selbst als ich neben Dan auf unserer Couch liege und durch das Glasdach die Sterne beobachte. Die Jungs sind mit Addy und Grace um die Häuser gezogen, während Dan und ich zu Hause geblieben sind, ich weil ich vorgegeben habe, müde zu sein, und weil er sich Sorgen um mich macht, das sehe ich in seinen Augen.

Wäre Dan früher tatsächlich zur Schaukel gekommen, hätte ich ihn wieder geküsst, das weiß ich, aber was wäre aus unserer Freundschaft geworden, wir waren damals jung und haben uns auseinandergelebt, aber dieses Feuer, dieses Knistern wie damals, habe ich nie wieder gespürt, zumindest nicht bis vor ein paar Wochen, als Daniel und ich in diesem Klub getanzt haben.

»Einen Keks für deine Gedanken«, murmelt mein Mitbewohner und legt sein Buch zur Seite. Das sind exakt dieselben Worte, die er mir damals in der Küche seiner Eltern gesagt hat, kurz bevor diese ganzen Gefühle erst angefangen haben.

»Ich denke an früher. Daran, dass wir zum Schluss hin fast keine Zeit mehr miteinander verbracht haben. Nur ab und zu gequatscht haben, wenn wir uns am Gartenzaun begegnet sind.«

»Wir hatten uns verändert, waren andere Menschen, als wir es in Kindertagen waren. Genauso wie wir uns jetzt anders entwickelt haben.«

»Ich kann noch immer nicht glauben, dass ich dich geküsst habe.«

»Ist es so schwer vorstellbar, mich zu küssen?«, fragt er beiläufig und legt sich neben mich, um ebenfalls in die Nacht zu blicken.

»Nein. Und genau das macht mir Angst.« Da sind sie, die Worte, die ich mir nicht eingestehen will. Ich weiß nur, dass wenn Daniel und ich uns näherkommen würden, es kein Zurück mehr geben würde. Der Mann an meiner Seite schweigt, aber ich höre seine Gedanken genauso laut arbeiten wie meine. Ich öffne den Mund, um weiterzusprechen, als mein Handy klingelt. Nachdem ich es hochhebe, sehe ich Ians Namen auf dem Display, wundere mich aber darüber, dass er mich um Mitternacht anruft.

»Entschuldige«, sage ich zu meinem Mitbewohner und hebe ab.

»Hey«, begrüße ich ihn, doch ich bezweifle, dass er mich hören kann, so laut ist es im Hintergrund.

»Ich bin gerade in eurem Pub und Addy und Grace sind hier, aber sie sagen, du seist alleine zu Hause.«

»Ja, das stimmt. Ich hatte keine Lust, auszugehen.«

»Was hältst du davon, wenn ich dich besuche? Wir könnten endlich mal über das Date sprechen, das du mir schuldest.«

»Um ehrlich zu sein bin ich …«, ein Blick zu Daniel und ich verstumme. Seine Miene ist undurchdringlich, er versteht jedes Wort, das wir wechseln und doch macht er keine Anzeichen, dass er vielleicht meine Gefühle für ihn erwidert. Also bin ich mutig und beschließe, diese Verknalltheit, die ich Dan gegenüber in letzter Zeit gespürt habe, tief in mir zu vergraben und mich für Ian zu öffnen.

»Klar. Komm vorbei.«

31. Kapitel

TAYLOR

Daniel verabschiedet sich rasch und geht in sein Zimmer, damit ich ungestört mit Ian bin. Er hat nicht so gewirkt, als würde es ihn stören, dass ich einen anderen Mann zu mir eingeladen habe, aber insgeheim wünsche ich mir, dass es das doch tut. Dass er mich wieder so küssen möchte wie damals an Halloween. Ian klingelt gerade, als ich uns Snacks vorbereitet und meine Haare zu einem Pferdeschwanz gebunden habe. Ich trage noch immer meine Jeggins mit einem Wonder Woman T-Shirt darüber und öffne ihm die Tür.

Mit Ian abzuhängen ist wie mit den Jungs immer mit Spaß verbunden, ein Knistern spüre ich nicht oder Schmetterlinge im Bauch, aber ich finde ihn attraktiv und möchte meinen Gefühlen die Chance geben, sich zu entwickeln. Wir unterhalten uns über seinen Job und meine Suche nach dem richtigen Beruf, denn ich habe das Gefühl, dass ich feststecke.

Wir verabreden uns am Freitag in einer Woche, wo Ian den perfekten Abend geplant hat, mir aber nicht verraten will, was wir machen werden. Acht Tage hat er Zeit, das Date vorzubereiten, und ich hoffe, dass es bombastisch wird und ich Daniel endlich aus meinem Kopf bekomme. Denn die nächsten Tage scheint Daniel es darauf anzulegen, mich verrückt zu machen. Nicht nur, dass er den Sonntagnachmittag damit verbracht hat, nur im Achselshirt sein Workout zu machen.

Nein, am Montagabend hat er mit Evie telefoniert und ihr für das tolle Date vergangene Woche gedankt. Ich wusste nicht mal, dass die beiden eins gehabt haben. Alleine dass ich eifersüchtig bin, macht mir schmerzlich klar, dass meine Gefühle für Daniel tiefer gehen, als ich gedacht habe. Um etwas zur Ruhe zu kommen, genieße ich den ungewöhnlich heißen Frühlingstag im Bikini im Garten, mit einem guten Hörbuch und einer großen Flasche Wasser. Ich bin völlig gefangen in der Geschichte, sodass ich Daniel nicht kommen höre.

»Willst du hier verbrennen?«, fragt er mit rauer Stimme und sieht mich mahnend an. Ich drehe die Lautstärke etwas leiser, um ihn besser zu verstehen.

»Wie bitte?«

»Du holst dir noch einen Sonnenbrand, wenn du keine Creme benutzt.« Ich nehme meine Sonnenbrille ab und blicke zu Dan, der verdammt noch mal nur in Shorts bekleidet im Türrahmen des Wintergartens steht und meinen Körper mustert. Gegen die Röte, die seine Musterung bei mir auslöst, kann ich nichts tun, es passiert einfach.

»Ich schätze, ich habe die Sonne unterschätzt.«

»Das tun viele, aber es kann gefährlich sein. Hier.« Er wirft mir eine Tube mit Sonnencreme zu.

»Danke«, erwidere ich lächelnd, aber ehe ich das Wort ausgesprochen habe, ist er auch schon wieder nach unten gegangen. Auch wenn er mich irgendwie zu meiden scheint oder mich zur Weißglut mit Evie bringen will, kümmert er sich noch immer liebevoll um mich und sorgt sich um mein Wohl. Nach seinem Abgang ist an Ruhe nicht mehr zu denken. Dafür hat er mich zu sehr aufgewühlt. Das ist es, was Dan in letzter Zeit zu tun scheint. Nur weil er anwesend ist, vergesse ich zu atmen oder blicke ihn länger an, als es für eine beste Freundin schicklich wäre.

Mein Leben lang habe ich Daniel in die Friendzone geschoben und bin glücklich darüber gewesen, ihn als Freund zu haben, aber nun habe ich das Gefühl, dass jetzt, wo ich mich in ihn verliebe, ich diejenige bin, die in diese Zone geschoben wird. Und es fühlt sich nicht gut an, diese Sehnsucht. Daniel wird mit jedem Tag mehr zu Addison, zeigt keine Gefühle, ist aber noch immer für mich da und unterhält sich mit mir. Auch die Nächte auf der Terrasse gehören noch immer uns, doch es ist anders. Es fühlt sich an, als würde Daniel mir entgleiten.

Am Mittwoch, als ich vom Einkaufen mit einer vollen Tüte durch Hells Kitchen schlendere, läutet mein Handy und ich werde zu einem Bewerbungsgespräch als persönliche Assistentin eines Filmproduzenten eingeladen. Meine Freude darüber ist so groß, dass ich fast nach Hause laufe. Grace und Addison sind diese Woche nach Hawaii geflogen, um abzuschalten und damit Addy ihre Trennung besser verarbeiten kann. Aber das zeigt sie natürlich nicht nach außen. Sie sollten in zwei Tagen zurück sein und auch wenn beide diesen Urlaub verdienen, vermisse ich es, sie um mich zu haben.

Die Freude, endlich mal eine faire Chance auf einen Job zu bekommen, ist groß, also reiße ich die Tür auf, weil ich weiß, dass Dan sicher schon zu Hause ist und erstarre. Denn dort auf der Couch im Wohnzimmer befinden sich Evie und mein Mitbewohner in der Horizontalen, die Hände jeweils am Körper des anderen. Eine Übelkeit überkommt mich bei diesem Anblick und auch Schmerz, auf den ich nicht vorbereitet bin. Ich begrüße beide kleinlaut und lege die Tüte ab. Dann flitze ich so schnell ich kann in mein Zimmer, ignoriere Daniel, der meinen Namen ruft und versuche die Tränen wegzublinzeln, die sich völlig überraschend an die Oberfläche kämpfen wollen.

Einen Tag lang bleibe ich im Zimmer, verlasse es nur, wenn ich mich frisch machen möchte und dusche. Daniel fragt mich alle paar Stunden, ob ich mit ihm essen möchte, aber ich lehne dankend ab. Ich verstehe selbst nicht, wieso ich beleidigt und verletzt darüber bin, dass Dan mit Evie rummacht, dabei ist es nicht einmal das erste Mal, dass ich die beiden küssend gesehen habe. Aber seit Silvester hat sich viel verändert, zumindest für mich.

In manchen Situationen bin ich vielleicht naiv, eine Eigenschaft, die ich nie ganz losgeworden bin, aber hier bin ich zum ersten Mal ehrlich zu mir selbst. Ich bin verliebt in Daniel Grant, meinen besten Freund seit Kindertagen und den Mann, der meine Gefühle nicht zu erwidern scheint. Genau deshalb muss ich versuchen, diese Gefühle loszuwerden, denn eine einseitige Liebe bringt keinem etwas und tut nur weh. Doch ich kann mich nicht tagelang in meinem Zimmer verschanzen, also gehe ich abends ins Wohnzimmer, wo ich Daniel mal ohne Buch vorfinde, stattdessen vor dem Fernseher. Er sieht sich einen Actionstreifen an.

»Hast du was gegen Gesellschaft?« Ich sehe die Erleichterung darüber, dass ich wieder da bin, in seinen Augen.

»Natürlich nicht. Setz dich.« Ich nehme neben ihm Platz, versuche aber mehr Distanz zwischen uns zu bringen. Wir schauen eine Weile schweigend dem Helden dabei zu, wie er die Welt rettet, als Daniel plötzlich meine Beine schnappt und sie sich auf den Schoß legt, um meine Füße zu massieren. Das tut er beiläufig, hat er schon früher gemacht, aber jetzt hat diese Massage einen völlig anderen Effekt als früher. Je mehr Druck er ausübt, desto mehr spüre ich es direkt in meiner Mitte. Ich reiße mich zusammen, zumindest versuche ich es, aber ihm dabei zuzusehen, wie er liebevoll meine Füße streichelt und verwöhnt, törnt mich an. Lässt mich die Augen schließen und lautlos nach Luft schnappen.

Ich will nicht, dass er merkt, was er tatsächlich mit mir anstellt, denn es wäre mir unendlich peinlich, aber ich will ihm meinen Fuß nicht entreißen, weil es sich verdammt gut anfühlt. Irgendwann erreicht Dan einen Punkt, der mich in den Wahnsinn treibt. Auch wenn ich es nicht will, entlockt er mir ein Stöhnen und hält inne. Mit gerunzelter Stirn sieht er zu mir, wie ich erregt und schwer keuchend dasitze und meine Hände in den Kissen vergraben habe, um mich irgendwo festzuhalten.

»Tae?«, fragt er unsicher, bis er versteht, was mit mir los ist. Ich laufe rot an wie eine Tomate und stehe hastig auf. »Gute Nacht«, rufe ich übertrieben laut und nehme zwei Stufen auf einmal, um in mein Zimmer zu kommen. Völlig außer Atem werfe ich mich aufs Bett und raufe mir die Haare. Was ist nur los mit mir? Wie kann eine so unschuldige Berührung eine so heftige Reaktion in mir auslösen? Ist es tatsächlich, weil ich seit Monaten keinen Sex gehabt oder mich selbst berührt habe?

In letzter Zeit habe ich eher drauf geachtet, mein Leben wieder ins Gleichgewicht zu bringen, als mir jemanden fürs Bett zu suchen. Aber ich muss damit aufhören, in Daniel einen möglichen Sexpartner oder festen Freund zu sehen, denn das würde nicht gut gehen. Oder? Ich knurre frustriert auf und beschließe, dieser Sache ein für allemal auf den Grund zu gehen. Indem ich zur Tat schreite.

Ich schließe die Augen, ermahne mich gleichmäßig zu atmen und zu entspannen. Dann lasse ich die Hand tiefer wandern und stelle mir vor, dass es jemand anderes ist, der mich berührt. Ian! Ich versuche mir Ian vorzustellen, wie er mich küsst, mich gegen eine Wand presst, aber sein Gesicht hält nicht lange an. In Sekundenschnelle erscheint Daniel anstelle von dem Mann, mit dem ich auf ein Date gehen werde. Ich stöhne auf, als ich mir vorstelle, wie seine Zunge meinen Hals und Schulter erkundet, er mich gegen die Wand presst und meine mich mit seinen Händen an sich drückt.

Während ich mich selbst verwöhne, nimmt meine Fantasie ungeheure Form an, wird so intensiv, dass ich mein Stöhnen kaum unterdrücken kann. Es dauert nicht lange, bis ich komme und mir ein Kissen ins Gesicht drücken muss, um meinen Schrei zu unterdrücken. Schwer atmend schleicht sich ein Lächeln auf mein Gesicht. Ich habe fast vergessen, wie befreiend es ist, sich zu verlieren und zu verwöhnen. Zwar habe ich nicht vorgehabt, an Daniel zu denken, wenn ich es mir selbst mache, aber es ist einfach passiert, und er ist die perfekte Vorlage für meine Fantasien. Jetzt sollte diese sexuelle Spannung, diese Sehnsucht in Dans Gegenwart verschwunden sein, da ich mir endlich Erleichterung verschafft habe.

Ich beschließe, duschen zu gehen und dann etwas zu lesen. Mit einem seligen Grinsen erhebe ich mich und öffne die Tür. Doch ich erstarre, als Daniel schwer atmend vor dieser steht. Seine Arme hat er auf dem Türrahmen abgestützt und erfüllt mit seiner breiten Statur beinahe die ganze Tür. Das T-Shirt spannt sich über seinem durchtrainierten Körper, und als würde sein Anblick einen Schalter in mir umlegen, bin ich wieder in derselben Situation wie vorhin auf der Couch. Ich will Daniel. Möchte, dass er mich in den Arm nimmt, mich küsst, bis ich nicht mehr atmen kann.

»Ja?«, frage ich mit kratziger Stimme und muss mich räuspern. Seine braunen Augen blicken tief in meine und ich vergesse kurzzeitig tatsächlich zu atmen, aber es braucht keinen Kuss dafür. Daniels Anwesenheit ist genauso intensiv. »Was hast du da drinnen gemacht?«, raunt er und seine Worte sind wie ein Kübel Eiswasser, der über mich gegossen wird.

»Ich ... ähm«, verdammter Mist! Hat er mich tatsächlich gehört? Ich glaube, dieser Tag kann dann mal weg.

»Hast du dich gerade selbst berührt?« Plötzlich kommt er mir gefährlich nah, aber ich weiche einen Schritt zurück.

»Und wenn es so wäre?«, zische ich, weil ich nicht weiß, was ich sagen soll. Daniels Wärme ist überall, auf mir, in mir und das nur, weil er einen Schritt von mir entfernt ist. Ich weiche so lange zurück, bis ich den Schreibtisch am Po spüre. Kurz stelle ich mir schwer atmend vor, wie er mich auf diesen hebt und sich zwischen meine Beine drängt, um mich zu küssen, aber er hält Abstand, sieht mich an, als würde er alle meine Gedanken und Geheimnisse kennen.

»Mich würde interessieren, an wen du gedacht hast, als du dich selbst verwöhnt hast.« Dan kommt näher, sein Mund wandert zu meinem Ohr und sein Oberkörper streift meine Brust, die augenblicklich schwer wird.

»An den Cop oder vielleicht an mich?« Ich schnappe entsetzt nach Luft und will schon antworten, als unten die Tür aufgeht und die Mädels sich ankündigen.

»Wir sind wieder da!«, ruft Addison und ihre Stimme ist wie eine Weckruf. Ich gehe um Dan herum und auf die Tür zu, doch bevor ich in den Flur trete, höre ich Daniel lachend sagen: »Du schuldest mir zwar noch eine Antwort, aber ich kann es mir schon vorstellen, wer vorhin die Hauptrolle gespielt hat.«

Ich bleibe stehen, mein Herz hämmert noch immer wild gegen meinen Brustkorb und wird noch schneller, als ich ihn hinter mir spüre. Er neigt den Kopf und flüstert mir erneut ins Ohr.

»Ich hoffe, dass ich gut in dem war, was ich getan habe.«

32. Kapitel

DANIEL

Während eines Films Taes Füße zu massieren, ist so ein Tick, den ich mir angewöhnt habe, seit wir diese Nächte zusammen verbringen. Ich tue das meistens unbewusst, stelle fest, dass mich die Berührung ihrer Haut beruhigt und erdet. Das ist die einzige Möglichkeit, sie überhaupt zu berühren. Vielleicht lege ich mich heute mit meiner Massage besonders ins Zeug, weil ich sie verletzt habe, als sie mich mit Evie erwischt hat. Wir haben noch nicht darüber reden können, aber ich habe es gesehen, dass es ihr nicht egal ist, wenn ich eine andere Frau küsse. Ich will mir keine Hoffnung machen, doch insgeheim tue ich es doch.

Bei jeder anderen Frau wäre ich weitergezogen und hätte woanders Zerstreuung gesucht, aber bei Tae ist alles anders. Sie würde ich niemals aufgeben. Der Film wird immer spannender und als ich etwas mehr Druck ausübe, höre ich ein leises Stöhnen. Ich wende mich Taylor zu, die mit geröteten Wangen und leicht geöffnetem Mund der Inbegriff einer Sünde ist. Ich bin über ihren Anblick kurz gefangen, bis mir bewusst wird, wieso sie diesen Laut von sich gegeben hat.

Sie ist angetörnt.

Weil ich sie berühre.

Kaum hat sich diese Erkenntnis in meinem Kopf verfestigt, erhebt sie sich und flüchtet in ihr Zimmer. Ich zögere einen

Moment, weil ich selbst nicht weiß, was ich von ihrer Reaktion halten soll. Natürlich habe ich selbst gesehen und gespürt, dass Taylor mich attraktiv findet, aber das von vorhin habe ich nicht erahnen können. Wir müssen darüber reden. Über meine Gefühle und ihre, aus denen ich einfach nicht schlau werde. Also stehe ich auf und gehe zu ihr. Ich bin gerade im Begriff, an ihre Tür zu klopfen, als ich ein Stöhnen von Tae vernehme.

Sie wird doch nicht? Dann ein Seufzen. Gott hilf mir, sie streichelt sich selbst! Bin ich der Auslöser dafür gewesen? Denkt sie gerade an mich, wenn sie sich in ihrer Lust verliert? Diese Vorstellung und die leisen Geräusche von Taylor lassen mich steinhart werden. Nicht mal beim Rummachen mit Evie bin ich so erregt gewesen. Ich rücke ihn in meiner Jeans zurecht, denn er droht den Stoff zu sprengen und bereue es, dass ich keine Jogginghose angezogen habe. Obwohl … soll meine Mitbewohnerin doch sehen, was sie mit mir anstellt.

Dann folgt ein gedämpfter Schrei und daraufhin ihr schwerer Atem. Ich stütze meine Arme an Taylors Türrahmen ab und atme selbst tief durch. Wie kann diese Frau mich nur so foltern? Wieso kann sie mir nicht einfach sagen, was sie fühlt? Wieso ist sie vor mir weggelaufen? Diese Fragen treiben mich fast in den Wahnsinn. Ich will sie so sehr, dass es schmerzt, und damit meine ich nicht nur meine Erektion. Ihr nah zu sein, mich immer mehr in sie zu verlieben und diese Liebe nicht erwidert zu wissen, bringt mich langsam, aber sicher um. Ich habe versucht, in Evie Zerstreuung zu finden, so wie Tae bei diesem Cop, aber ich belüge mich damit nur selbst. Ich will keine andere. Ich will Taylor und will sie verdammt noch mal nie wieder loslassen. Es wird Zeit, die Karten auf den Tisch zu legen, auch wenn ich sie so verlieren könnte. Aber alles ist besser als aus der Ferne zuzusehen, wie sie sich in jemand anderen verliebt. Sie muss wenigstens wissen, was ich für sie empfinde.

Nur so habe ich eine faire Chance, und wenn sie anders fühlt, dann habe ich wenigstens Gewissheit. Zwar weiß ich, dass sie körperlich auf mich reagiert, doch das ist mir zu wenig. Ich will sie ganz und gar und nicht nur fürs Bett.

Plötzlich öffnet meine Traumfrau die Tür und sieht mich entsetzt an. Vorhin hat sie schon heiß ausgesehen, aber nun mit dem zerwühlten Haar, den roten Wangen und diesem seligen Lächeln im Gesicht übertrifft sie alles. Ihr ist es unheimlich peinlich, dass ich sie gehört habe und plötzlich wird mir klar, dass ich vielleicht zu viel hier hineininterpretiere. Es könnte tatsächlich sein, dass sie vorhin an diesen Cop gedacht hat und nicht an mich. Also frage ich sie neckend, spielerisch und durch ihre heftige Atmung und der stärker werdenden Röte habe ich meine Antwort. Ich genieße es zum ersten Mal richtig zu spüren, wie heftig sie auf mich reagiert, wie ihr Körper bebt wenn ich ihr näher komme.

Ich will sie, ich kann nicht anders. Will sie küssen und auf diesem verdammten Schreibtisch hinter ihr nehmen, aber genau dann, wenn ich meine Gedanken in die Tat umsetzen will, kommen Addy und Grace nach Hause. Taylor blinzelt, als würde sie erst jetzt wieder zu sich kommen und löst sich wieder von mir. Flieht, wie sie es in letzter Zeit immer getan hat. So als hätte sie Angst vor ihren Gefühlen, was ich einerseits verstehe, aber andererseits sie vom Gegenteil überzeugen möchte, aber sie geht, obwohl ich sie necke, mit ihr flirte und so die Spannung ihrerseits ein wenig lockern möchte. Aber Tae macht dicht und geht ins Wohnzimmer, um die Mädels zu begrüßen.

Diese Nacht verbringe ich alleine auf der Dachterrasse auf der Couch, lasse aber die Tür zum Garten offen, da es herrlich mild ist und die frische Luft mir guttut. Ich versuche zu lesen, aber ich kann mich nicht konzentrieren, also schnappe ich mir mein Smartphone und schalte mir Rockmusik ein, leise zwar, aber ich brauche einfach etwas, das im Hintergrund spielt. Diese Stille halte ich nicht aus. Ich checke meine Mails, suche in Online-Reisebüros nach einem Strandurlaub, da ich unbedingt Erholung brauche. Grace und Addy haben diesen Trip nach Hawaii vor Monaten gebucht und damals wollte ich nicht mitfliegen, doch nun habe ich das Gefühl, als brauchte ich eine Auszeit mehr denn je. Dann kann ich nicht anders, als bei Social Media nachzusehen, ob Taylor wieder mal etwas gepostet hat. Sie ist seit Kurzem wieder online und arbeitet sogar an einem Blog, nicht um Influencer zu werden, sondern als eine Art Online-Tagebuch.

Auf Instagram finde ich neue Fotos, die sie gepostet hat. Ein Selfie von Addy, Grace und ihr, auf welchem sie Grimassen schneiden, dazu ein Spruch darüber, wie wichtig Freundschaft ist. Dann ein Throwback Thursday Post über Halloween, wo Miranda, Robb und Tae abgebildet sind. Darunter schreibt sie, wie dankbar sie über gute und schlechte Erfahrungen in ihrem Leben ist und dass alles seinen Grund hat.

Das letzte Foto ist eins … von mir und Taylor.

Addy oder Grace müssen uns beim Lesen fotografiert haben, denn wir sitzen auf der Couch im Wohnzimmer und sind vertieft in jeweils einem Buch. Mein Gesicht wirkt entspannt, aber konzentriert. Tae hat ihren Rücken an meiner Seite angelehnt, ihr Kopf ruht auf meinem Arm und sie sieht wunderschön aus. Ich schlucke, als mir klar wird, wie entspannt sie wirkt. Uns beide auf einem Foto zu sehen, ist so ungewohnt, weil ich einfach nicht daran denke, welche zu machen, aber ich will das in Zukunft ändern. Will diese Erinnerung an uns beide, so wie wir jetzt sind, festhalten. Denn wenn ich ihr von meinen Gefühlen erzähle, könnte sie auch anders als erhofft reagieren und ich könnte alles ruinieren. Aber alleine vom

Hinsehen ist klar, dass wir zusammenpassen, wenn wir nicht ständig voreinander weglaufen würden. Darunter hat sie geschrieben: Alles, was wir im Leben brauchen, sind Bücher und einander. Damit trifft sie mich tief. Verdammt! Ich beschließe, es für heute gut sein zu lassen und einmal früher als in den Morgenstunden ins Bett zu gehen.

Am nächsten Tag ist Taylor noch vor mir wach, in einem eleganten Hosenanzug, perfekt frisiert und geschminkt, macht sie Kaffee. »Morgen«, murmelt sie und weicht meinem Blick aus.

»Alles in Ordnung?«, ich will nicht, dass etwas zwischen uns steht, denn wir haben noch immer nicht über Evie oder uns gesprochen. Es ist überfällig und ich möchte das endlich klären. Brauche Gewissheit.

»Ja, ich bin nur etwas nervös.«

»Nervös? Weshalb?«

»Weißt du es gar nicht?«

»Was meinst du?«

»Ich bin zu einem Bewerbungsgespräch eingeladen worden, das in einer Stunde stattfindet. Ich wollte es dir sagen, aber …« Dann verzieht sie fast unmerklich das Gesicht.

»Aber?«

»Du warst mit Evie beschäftigt und dann habe ich es vergessen.«

»Verstehe.« Das mit Evie ist nicht meine schlauste Idee gewesen, aber ich wollte fast zwanghaft mit ihr rummachen, in der Hoffnung, dass ich Taylor wenigstens für eine Weile vergessen kann. »Ich wünsche dir auf jeden Fall viel Glück. Du wirst sie umhauen.«

»Danke schön. Ich hoffe es.« Sie wirkt tatsächlich aufgeregt, aber ich will das Gespräch nicht aufschieben.

»Können wir heute Abend reden? Es gibt da etwas, das ich

dir sagen möchte.« Sie versteift sich kurz, ehe sie meinem Blick begegnet.

»Heute Abend kann ich leider nicht, weil ich mit Ian ausgehe, aber falls ich nach Hause komme, können wir gerne quatschen.«

»Falls?«, frage ich und brauche eine Weile, bis ich verstehe, was sie gemeint hat. Falls sie nicht bei ihm und mit ihm schläft? Verdammte Scheiße!

»Du willst gleich beim ersten Date mit ihm ins Bett?«, ich kann nicht anders, als meinen Gedanken laut auszusprechen. Ich habe kein Recht, sie zu verurteilen, vor allem nachdem ich früher nicht mal Dates gehabt, sondern sie gleich in mein Bett geholt habe, aber wenn es um Tae geht, kann ich meinen Mund nicht halten.

»Ja, vielleicht will ich genau das! Was geht dich das an?«, entgegnet sie sauer und knallt den Becher auf den Tisch.

»Es geht mich sehr wohl etwas an! Du bist meine Freundin und Mitbewohnerin.«

»Nur weil wir befreundet sind, gibt es dir noch kein Recht. mich zu verurteilen, wenn ich mit Ian schlafen möchte.«

»Das tue ich doch gar nicht!«

»Ach nein? Hörst du dir überhaupt zu?«

»Warte.« Ich fahre mir durchs Haar und versuche meine Eifersucht im Zaum zu halten. »Ich weiß, dass du nicht einfach so mit jemanden ins Bett springst, aber ich will nur nicht, dass du etwas überstürzt und verletzt wirst.« Und ich will, dass du mich anstatt ihn willst. Das sage ich nicht, aber mein Blick macht es hoffentlich.

»Ich weiß, was ich tue, Daniel. Danke, dass du ein guter Freund bist. Denn das sind wir. Nur Freunde.« Da habe ich es. Meine Antwort auf die Frage, die ich ihr heute Abend stellen will. Ob ich mehr als ein Freund für sie sein kann. Etwas in meiner verdammten Brust zieht sich schmerzhaft zusammen und egal wie viele Schläge ich im Ring beim Trainieren oder bei jugendlichen Schlägereien eingesteckt habe, nichts schmerzt mehr als Taylors Worte. Ich lasse es mir aber nicht anmerken, weil ich eben ein Kerl bin, und wir nicht rumflennen. Also schnappe ich mir meine Sporttasche und gehe ohne ein weiteres Wort.

Wie ich zur Agentur gekommen bin, weiß ich nicht mehr, aber es kümmert mich auch nicht weiter. Ray sieht mich mit gerunzelter Stirn an, doch ich habe keine Lust auf Reden, sondern gehe in die Waschräume und spritze mir kaltes Wasser ins Gesicht, um wieder zu mir zu kommen. Ich muss gleich über meinen Klienten wachen und bei den vielen Idioten, die ihm was anhaben wollen, kann ich es mir nicht leisten, nicht hundertprozentig bei der Sache zu sein. Ich trockne mein Gesicht ab und blicke über den Spiegel, auf Ray, der hinter mir steht. Wann ist er denn reingekommen? Ich habe ihn gar nicht gehört.

»Was ist los?«, fragt er und verschränkt die Arme vor der Brust.

»Nichts. Alles bestens. Ich bin wieder klar.«

»Das sehe ich auch, aber trotzdem will ich wissen, wieso du vorhin ausgesehen hast, als würde alles den Bach runtergehen?«

Ich atme tief aus und überlege, ob ich ihm die Wahrheit sagen soll oder nicht. Aber das ist Ray, nicht nur der Boss, sondern auch mein Freund.

»Es geht um Taylor.«

»Das tut es immer, Junge«, er seufzt und bittet mich, ihm zu folgen. In seinem Büro wendet er sich mir zu. »Hast du es ihr noch immer nicht gesagt?« Ich sehe zu Boden und schüttle den Kopf.

»Wieso nicht?«

»Weil ich Angst habe.«

»Wovor?«

»Davor dass sie es nicht erwidert, davor dass ihr das zu viel ist und sie auszieht, davor, dass ich sie verlieren könnte.«

»Und was wäre, wenn deine Angst unbegründet ist? Was wenn sie empfindet wie du?«

»Das tut sie nicht, das hat sie heute gesagt. Ich bin nur ein Freund für sie.«

»Okay, vielleicht stimmt das, aber was ist, wenn Taylor selbst Angst vor ihren Gefühlen hat, davor dich zu verlieren.«

Ich reiße den Kopf herum, weil seine Worte keinen Sinn ergeben. »Warum sollte sie lügen?«

»Warum hast du gelogen?«

»Weil ich das Risiko nicht eingehen wollte.« Er seufzt, kommt auf mich zu und klopft mir auf die Schulter. »Wenn ich nicht um meine Frau gekämpft hätte, wären wir nicht mal ein Jahr zusammen gewesen. Scheiß auf das Risiko und sag, was du willst. Dass du sie willst und wer weiß, vielleicht geht so auch ihre Angst und ihr könntet endlich mal mit diesem Hin und Her aufhören!«

Mit Rays Worten im Kopf betrete ich um achtzehn Uhr die Wohnung, wo Addison und Grace auf der Couch die Wäsche machen und Musik hören. »Hey. Du siehst scheiße aus«, begrüßt mich meine Schwester freundlich wie eh und je.

»Danke gleichfalls«, antworte ich und werde mit einer Socke beworfen.

»Wir bringen mal die Wäsche nach oben. Tae macht sich fertig für ihr Date«, ein besorgter Blick in meine Richtung.

»Reiß dich zusammen, wenn Ian sie abholt. Ich muss Grace bei der Steuererklärung helfen und dann gehen wir aus.«

»Macht das. Ich bin zahm. Keine Sorge.«

Ich trinke einen Schluck Wasser, als auch schon besagter Idiot läutet.

»Ich komme gleich«, ruft Taylor aus ihrem Zimmer.

»Geht klar«, murmle ich und öffne ihm die Tür. Ich biete ihm sogar was zu trinken an, was er freundlich ablehnt. Wenn er nicht so nett wäre, würde ich ihm am liebsten eine reinhauen. Ich setze mich auf die Couch und schalte den Fernseher an, nur um nicht weiter mit ihm sprechen zu müssen, aber natürlich checkt er gar nichts und setzt sich neben mich.

»Du bist Taylors bester Freund, oder?«

»Ja«, antworte ich, ohne ihn anzusehen.

»Hast du dann einen Tipp für mich? Ich mag sie wirklich und wüsste gerne, worauf sie steht.« Es ist ganz schön erbärmlich, mich zu fragen, aber ich grinse breit, als eine Idee in meinem Kopf Gestalt annimmt. Aber ich lasse kein schlechtes Gewissen zu und schwindle ein kleines bisschen.

33. Kapitel

TAYLOR

Meine Hände wollen einfach nicht aufhören zu schwitzen, als ich die Stufen hinabgehe. Ich habe mein erstes Date in fast fünf Jahren und bin etwas aus der Übung. Während ich still die Stufen hinab ins Wohnzimmer gehe, checke ich mein Outfit noch mal. Ich trage einen schwarzen Bleistiftrock, darüber eine weiße, spitzenbesetzte Bluse mit tiefem Ausschnitt, ohne billig zu wirken. Weil eine schwarz-weiße Kombi langweilig wirkt, habe ich mich für waldgrüne Accessoires entschieden. Ohrringe, Armreif und Tasche haben denselben Farbton, ebenso wie meine Pumps. Das perfekte Outfit für ein erstes Date. Das Haar habe ich offen gelassen.

Als ich unten ankomme, finde ich Daniel und Ian auf der Couch vor, die sich leise unterhalten. Daniel ist der Erste, der mich entdeckt, da Ian mit dem Rücken zu mir sitzt. Er schluckt sichtlich mit großen Augen und seiner Musterung nach zu urteilen, gefällt ihm, was er sieht. Mein Herz beginnt erneut vor Nervosität zu rasen, oder ist es Daniels Anblick? Er trägt nur Jogginghosen und ein schwarzes T-Shirt, aber er sieht umwerfend aus. Aber nein! Was soll das schon wieder? Moment! Diese Nacht gehört nur Ian, der nun aufsteht und mich zur Begrüßung auf die Wange küsst, worauf Dan den Blick abwendet, als würde es ihm Schmerzen bereiten, dies mit anzusehen. Heute trägt Ian dunkle Jeans, dazu ein weißes Hemd und schwarze polierte Schuhe. Das dichte Haar hat er mit Gel gebändigt, was ihm hervorragend steht.

»Sieh dich an«, sagt er und kann sich nicht sattsehen an mir. Daniel hinter ihm wirft Ians Hinterkopf einen mörderischen Blick zu, was mich fast zum Lächeln bringt. Sein Beschützerinstinkt läuft heute auf Hochtouren. »Du siehst unglaublich aus, Taylor.«

»Danke, Ian.« Er hält mir den Ellbogen hin und ich hake mich bei ihm unter.

»Wollen wir?«, fragt er freundlich und ich nicke noch immer nervös. Seine blauen Augen blicken warm in meine, bis hinter uns ein Räuspern erklingt.

»Also ich gehe dann mal«, sagt Daniel, als würden wir danach lechzen zu wissen, wohin er verschwindet.

»Tu dir keinen Zwang an. Wir sind sowieso gleich weg.«

Wir sind in ein Gespräch über unsere Kindheit vertieft, als wir das Restaurant betreten, sodass ich den Namen des Lokals nicht gesehen habe, aber ich rieche es. Fisch. Ich versuche nicht angewidert das Gesicht zu verziehen. Von allen Möglichkeiten, die New York zu bieten hat, hat sich Ian für Meeresfrüchte entschieden, die ich nicht ausstehen kann. Natürlich kann ich es ihm nicht vorhalten, er kann es ja nicht wissen. Endlich am Tisch angekommen, ist der Geruch noch intensiver und in meinem Magen rumort es unangenehm.

»Ich hoffe, es gefällt dir hier«, fragt er noch zu allem Überfluss, aber ich drücke mich vor der Antwort, indem ich dem Kellner zuwinke.

»Entschuldige, ich habe schrecklichen Durst.«

»Klar doch.« Ich bestelle mir ein Wasser und sehe ängstlich in die Karte, um etwas ohne Fisch zu bestellen. Ich entscheide mich für eine Variation von Beilagen und ernte vom

Kellner wie von Ian einen komischen Blick. Es ist leicht, sich mit Ian zu unterhalten, also reden wir, bis unser Essen kommt. Er kommt aus New Jersey, hat zwei Brüder, die wie sein Dad ebenfalls Polizisten sind. Er ist seit zwei Jahren Single und fühlt sich erst jetzt bereit, wieder zu daten.

Ich erzähle auch mehr über mich, wo ich herkomme, wieso ich im Bereich Mode arbeiten möchte und wie viel mir meine Familie und Freunde bedeuten. Wir haben einige Gesprächsthemen und uns ist selten langweilig, aber ich fühle nichts, außer ehrlichem Interesse daran, ihn kennenzulernen. Immer wieder spukt mir Daniel im Kopf herum, der bei unserem Anblick sicher einen schnippischen Kommentar auf den Lippen hätte. Ich weiß, es ist nicht fair, aber während Ian etwas über die Arbeit als Cop berichtet, fange ich an, ihn und Daniel zu vergleichen. Ich sollte es nicht tun, doch ich kann nicht anders.

Ians Statur ist sportlich, sehnig, während Daniel auf mich wie ein Bär wirkt, breit gebaut, Muskeln an den richtigen Stellen, ohne übertrieben zu wirken. Wenn Daniel mich umarmt, ist meine eher zierliche Gestalt fast gar nicht zu sehen. Wenn ich da an früher denke, als er noch der Junge von nebenan gewesen ist, für andere unscheinbar, doch für mich unersetzlich. Selbst früher hat er gut ausgesehen, aber nun übertrifft er so manches männliche Model. Es hat mit einem Vergleich angefangen, aber nun artet es aus in Fantasien und Erinnerungen, an das Knistern zu Weihnachten, das Kitzeln ein paar Wochen später, als er über mir geragt hat und mich angesehen hat, als wäre ich seine ganze Welt. Dann noch dieser Moment vor ein paar Tagen, als ich mich berührt habe und nicht aufhören konnte an ihn zu denken.

»Noch Wein?«, fragt Ian freundlich, dem nicht mal aufgefallen ist, dass ich während unseres Dates an meinen besten Freund gedacht habe. Dass ich Daniel vermisse.

»Nein, danke.« Ich räuspere mich und versuche mich auf Ian zu konzentrieren.

»Geht's dir gut? Hast du noch Hunger? Du hast fast gar nichts gegessen.«

»Mein Magen spielt nur verrückt, keine Sorge, alles ist gut.« Aber ich glaube mir selbst nicht.

»Okay, dann bezahle ich mal die Rechnung und wir gehen in die Stadt und sehen uns einen Film an.« Das typische Date. Irgendwie bin ich etwas enttäuscht, ich habe gehofft, dass wir vielleicht etwas Besonderes unternehmen würden, etwas Aufregendes. Ich will ihm antworten, aber mein Magen beginnt zu knurren. Verdammt, hab ich Hunger, aber selbst wenn das herrlichste Steak vor meiner Nase wäre, könnte ich es aufgrund des Fischgeruchs nicht essen.

»Na, dann los«, sage ich vielleicht etwas zu euphorisch, denn der Gedanke an Nachos oder Popcorn lässt mir das Wasser im Mund zusammenlaufen. Als wir hinausgehen, nimmt Ian meine Hand und streichelt sanft über meinen Handrücken. Nichts. Keine Schmetterlinge, keinerlei körperliche Anziehung. Es ist zum Verzweifeln! Jetzt ist aus einem Freund ein Love Interest und aus dem Love Interest ein Freund geworden. Vor dem Kino blicke ich auf die Poster der Filme, die gerade gezeigt werden. Es ist eine bunte Mischung aus romantischen Filmen und Komödien, bis hin zu Action und Horror. Letzteres sehe ich mir gar nicht genauer an, sondern sehe wieder zu Ian, der gerade unsere Tickets gekauft hat.

Während wir warten, lehnen wir uns an der Wand an, er lässig und entspannt und ich Popcorn in mich reinschaufelnd und kauend.

»Ich bin sehr froh, dass wir hier sind«, sagt Ian nun fast schüchtern. Und da sind sie, die Worte, die aus diesem Date mehr machen sollen, aber ich will sie plötzlich nicht hören.

Stelle für mich selbst klar, dass das mit ihm und mir nicht klappen kann. Weil ich einfach nicht dasselbe für ihn empfinde wie er anscheinend für mich.

»Als wir uns zum ersten Mal begegnet sind, wollte ich dich gar nicht gehen lassen, es hat gutgetan sich mit dir zu unterhalten, dich anzusehen.«

»Das kann ich mir schwer vorstellen. Ich muss schrecklich ausgesehen haben.« Ich erinnere mich daran, wie verzweifelt und verletzt ich gewesen bin. Wie ich mich selbst fast verloren hätte, aber Daniel hat mich wieder zusammengeflickt. Als ich geheult, gekotzt und gejammert habe, ist er immer da gewesen und hat sich nie beschwert. Ian schüttelt den Kopf, lächelt mich warm an und hebt die Hand, um mir eine Strähne hinters Ohr zu stecken. Ich sehe ihm in die Augen, fühle seine Finger auf meiner Haut und doch lässt es mich kalt. Denn dieses Herzrasen, das ich nun bekomme, liegt nur an der Erinnerung an Daniel, damals, als ich noch nicht gewusst habe, was ich empfinde, habe ich doch in seinen Augen Wärme und Liebe gefunden, wenn auch nur freundschaftlicher Natur. Ich unterdrücke ein Fluchen, weil mein Plan, mit Ian auszugehen, nach hinten losgegangen ist. Er hat mir gefallen und ich habe gehofft, dass durch das Date meine Gefühle für ihn intensiver würden, aber so ist es nicht. Eher wünsche ich mir, zu Hause zu sein, bei Daniel auf unserer Dachterrasse.

»Weißt du, ich verstehe, dass du verletzt wurdest und ich kenne die Art, wie es geendet hat, aus den Klatschblättern. Aber sei versichert, ich würde dir nie wehtun.«

»Das weiß ich.« Und weil ich das zu schätzen weiß, muss ich das mit Ian beenden, bevor es überhaupt angefangen hat. Ich bin nicht die Richtige für ihn, wo ich doch in meinen besten Freund verliebt bin. Es führt kein Weg dran vorbei. Ich muss mit Daniel sprechen, denn so kann es nicht mehr weitergehen.

Wer weiß, vielleicht haben wir eine Chance, und wenn nicht, dann soll es eben so sein. Ich würde unsere Freundschaft trotzdem niemals aufgeben.

»So, sie lassen uns in den Saal. Ich bin Daniel so dankbar«, meint Ian beiläufig und stößt sich von der Wand ab.

»Daniel? Weshalb?«

»Er hat mir für heute Tipps gegeben. Das Fischrestaurant und der Horrorfilm.«

»Was für ein Film?«, rufe ich einen Tick zu laut und ernte verwunderte Blicke von den umstehenden Leuten. Er hat doch nicht das gesagt, was ich denke, das er getan hat.

»Der neue Horrorstreifen, der letzte Woche rausgekommen ist. Er sagte, du stündest darauf, wenn es richtig blutig ist.«

»Ich steh drauf, wenn's blut…« Ich verstumme und kaue energisch auf der Lippe. Dieser miese Vollidiot! Jetzt wird mir so einiges klar. Daniel hat bewusst mein Date sabotiert!

»Was ist denn? Habe ich was Falsches gesagt?« Oh Ian, geh mir bloß aus dem Weg, denn jetzt gerade habe ich das Gefühl, als wäre ich ein brodelnder Vulkan. Doch niemand soll meine Wut zu spüren bekommen. Niemand außer Daniel Grant!

»Hör zu. Wie du vorhin gehört hast, dreht gerade mein Magen durch und ich fühle mich nicht wohl«, flunkere ich, was mir zwar leidtut, aber ich kann nicht anders.

»Dann lass mich dich nach Hause fahren.«

»Und riskieren, dass ich in dein schönes Auto kotze? Keine Chance. Ich nehme ein Taxi.«

»Aber …« Ich küsse ihn hastig auf die Wange und verabschiede mich schnell, versichere aber, ihn anzurufen. Nur dass es ein Anruf sein wird, auf den er sich nicht freuen wird. Ich stampfe auf dem Bürgersteig hin und her und warte auf das verdammte Taxi, das ich online bestellt habe. Drei Minuten sind mir noch nie so lang vorgekommen wie jetzt. »Dieser miese, fiese … Argh!« Ich schäume vor Wut und als wieder ein Knurren meines hungrigen Magens erklingt, wird es sogar noch schlimmer. Ich steige ins Taxi, nenne dem Fahrer meine Adresse und hoffe, dass wir schnell ankommen, bevor ich explodiere.

Ich stoße die Tür mit solch einer Wucht auf, dass sie gegen die Wand knallt und Daniel erschreckt, der gerade auf der Couch lümmelt und durch die Kanäle zappt.

»Du verdammter Mistkerl!«, ich werfe sie ebenso laut zu, wie ich sie geöffnet habe. Daniel erhebt sich und kommt mir entgegen, seine Miene unbeteiligt, fast gelangweilt. Er wirkt nicht überrascht, da er natürlich weiß, wieso ich außer mir bin.

»Na, wie war das Date?«, fragt er beiläufig, woraufhin ich mit den Zähnen mahle. Dieser Typ ist unglaublich!

»Wie es war? Kannst du es an meiner Reaktion nicht erahnen?«

»Ich habe keinen blassen Schimmer. Hat er sich nicht anständig benommen?«

»Ich kann es nicht fassen, dass du Ian falsche Tipps gegeben hast. Er hat mich tatsächlich in ein Fischrestaurant geschleppt und wollte einen Horrorfilm mit mir ansehen!«

»Den neuen Zombiefilm?« Meine Wut trifft ihn nicht, er ignoriert sie schlicht, nur der Streifen interessiert ihn. Ich fasse es nicht!

»Halt deine Klappe!« Ich stelle mich vor ihn und lege den Kopf in den Nacken, um ihn böse anzufunkeln. »Ich habe die Biege gemacht, bevor ich überhaupt gewusst habe, welcher Film es ist!« Ich tippe ihm wütend gegen die feste Brust, doch er weicht keinen Zentimeter. Das ist so frustrierend. »Was hast du dir überhaupt dabei gedacht? Was gibt dir das Recht, dich in mein Leben einzumischen?«

»Ich wollte dir einfach nur zeigen, dass Ian nicht der Richtige für dich ist.«

»Woher willst du das denn wissen? Du hast ihm überhaupt keine Chance gegeben«, brülle ich, doch er zuckt nicht mal mit der Wimper, aber auch sein Atem geht schnell.

»So wie ich ihn einschätze, hat er dich sicher beiläufig berührt. Vielleicht deine Hand gehalten. Hast du da was gespürt, Tae? Ein Knistern? Irgendwas, das dem hier gleichkommt?« Er nimmt meine Hand und spielt auf die elektrisierende Spannung, wenn er mich berührt, an. Ich entreiße ihm meine Hand, will gar nicht, dass er mir zu nahe kommt, denn dann kann ich nicht mehr klar denken.

»Was geht dich das an? Dein Beschützerinstinkt droht ja völlig aus dem Ruder zu laufen!«

»Beschützerinstinkt? Verdammt noch mal, das hat mit dem gar nichts zu tun!«

»Was denn dann?«, schreie ich und balle die Hände zu Fäusten. Mein Körper bebt vor Enttäuschung und Wut, aber auch vor Verlangen, denn mit Daniel zu streiten ist völlig neu für mich. Wir sind wie zwei Waldbrände, die zusammen noch heller aufflammen.

»Ich kann es nicht ertragen, dich mit ihm zu sehen! Okay!«

»Was?«, hauche ich atemlos.

»Alleine die Vorstellung, dass du ihn küsst, macht mich fertig, Taylor.«

»Dan! Nicht!«, ich entferne mich von ihm, möchte die Worte nicht hören, die alles, was zwischen uns ist, zerstören können. Möchte nicht für eine heiße Affäre eine lebenslange Freundschaft gefährden. Denn falls dies nicht im Guten endet, würde ich es nicht verkraften, ihn nicht mehr zu sehen. Ich komme ein paar Schritte weit, doch er redet weiter.

»Du bist es, die ich will.« Er fährt sich durchs Haar und mahlt mit dem Kiefer. Diese Worte müssen ihn einiges an Kraft kosten.

»Ich kann nicht aufhören, an dich zu denken und das ist nicht erst seit gestern so.« Die Spannung ist aus seinem Körper gewichen und er steht dort, ehrlich, verletzlich und wunderschön.

»Was ist, wenn es schiefgeht? Was ist, wenn es unsere Freundschaft zerstört?«, flüstere ich, doch er hört mich laut und deutlich. Sucht meinen Blick, dem ich noch immer ausweiche. Er kommt wieder auf mich zu und mein Herz droht noch mehr außer Kontrolle zu geraten. Es klopft jetzt schon wie wild in meiner Brust, will diese Worte hören, aber auch wieder nicht. Von meinem Puls ganz zu schweigen. Denn jedes Mal, wenn Daniel mir nah ist, fühle ich mich wie ein Teenager mit Schmetterlingen im Bauch.

»Was ist, wenn es das Beste ist, was uns passieren kann?« Er wirkt so hilflos, verzweifelt und seine Worte lassen die Wut von mir abfallen wie ein Schleier. Wem will ich was vormachen, auch wenn Dan das Date nicht sabotiert hätte, wäre das mit Ian und mir nichts geworden. Denn der Mann, den ich will, steht genau vor mir.

»Was ist, wenn ich dir sage, dass ich dich liebe?«

Die Antwort auf Daniels Fragen übernehmen meine Lippen, ich schlinge meine Arme um seinen Nacken, küsse ihn und habe das Gefühl, als würde mein Herz schmelzen.

34. Kapitel

TAYLOR

In den vergangenen Wochen habe ich mich ab und an gefragt, wie es sich wohl anfühlen würde, Daniel zu küssen, aber keine Vorstellung könnte an die Realität rankommen. Daniel ist anfangs überrascht, als ich meine Lippen fast verzweifelt auf seine presse, aber er fängt sich schnell und schlingt die Arme um mich, drückt meinen Körper fest an sich. Ich stöhne in unseren Kuss hinein und Daniel zögert nicht lange, sondern erkundet mit seiner Zunge meine, spielt mit ihr, neckt sie und treibt mich in den Wahnsinn. Dieser Kuss ist voller Feuer, Leidenschaft und aufgestauter Emotionen beiderseits.

So lange habe ich versucht, meine Gefühle zu verdrängen, doch jetzt, während Daniel mich küsst, als würde ich alles sein, was er braucht, will mir nicht mehr einfallen, wieso ich weglaufen wollte.

Keuchend schnappe ich nach Luft und löse mich leicht von ihm. Seine Hände umklammern mein Gesicht und sein Blick erkundet, streichelt mein Gesicht. »Viel besser als ein Traum«, flüstert er und bringt mich so zum Lächeln. Ich werde butterweich und nichts ist mehr von dem kleinen Vulkan zu sehen.

»Besser als alles, was ich je gespürt habe«, antworte ich, ehe ich erneut in seinem Kuss versinke. Diesmal vergräbt er eine Hand in meinem Haar, die andere packt meinen Po und hebt mich ohne Mühe hoch, um mich nach ein paar Schritten sanft auf die Couch zu legen, ohne die Lippen von meinen zu lösen. Ich spüre seine Erektion an meinem Oberschenkel und keuche auf, weil ich nicht genug von ihm bekommen kann, weil ich alles von ihm will.

»Daniel«, hauche ich, als sein Mund auf Wanderschaft geht, sich von meinem Kiefer zu meinem Hals arbeitet.

Seine Hand, die ebenfalls auf meiner Kehle ruht, weicht ein wenig, damit er mit seiner Zunge über meinen pochenden Puls lecken kann und nur diese eine Berührung bringt mich fast um. Daniel spürt es und tut es erneut, bis ich zittere und fast komme. Doch er hält inne und erhebt sich. »Komm«, raunt er heiser und reicht mir seine Hand. Ich folge ihm. Die paar Schritte, die wir in sein Zimmer gehen, lassen mir Zeit, über das hier nachzudenken. Ich habe Daniel Grant geküsst und ich habe es genossen. Um genau zu sein, kann ich nicht genug von ihm bekommen. Er öffnet die Tür und bittet mich hinein. Er lässt meine Hand los, um die Tür zuzumachen. Sofort ist mir kalt, weil er mich nicht mehr berührt. Ich gehe in die Mitte des Zimmers, stehe neben seinem Bett und sehe auf den Mann, den das Mondlicht in ein perfektes Licht rückt. Sein muskulöser Körper, seine warmen Augen waren mir noch nie so bewusst wie in diesem Moment. Ich habe Angst gehabt, wenn ich mich auf Daniel einlassen würde, dass es etwas zwischen uns verändern würde, aber nun weiß ich, dass ich nie anders gekonnt habe, als mich in ihn zu verlieben.

»Du siehst atemberaubend aus, Tae. Nicht wie ein Fotomodell, sondern wie die Frau, die ich eines Tages heiraten werde, wie die schönste Frau, die ich jemals gesehen habe.«

Ich schließe kurz die Augen, weil mein Herz bei seinen Worten fast zu zerspringen droht. Dann greife ich hinter mich und öffne bewusst langsam den Reißverschluss meines Bleistiftrocks. Das Geräusch ist neben unserer Atmung das einzige im Raum. Daniel folgt mit Blicken jeder meiner Bewegungen, auch, als ich den Rock abstreife und Knopf für Knopf meine Bluse öffne. Als ich nur in Pumps und roter Spitzenunterwäsche vor ihm stehe, knallt sein Hinterkopf gegen die Tür, als würde ihn mein Anblick wie eine Wucht treffen. Hier ist kein Raum für Scham, denn Daniel und ich vertrauen einander und niemals habe ich mich begehrter gefühlt als in diesem Moment.

»Du machst mich echt fertig«, flüstert er und überbrückt die Distanz zwischen uns, doch anstatt mich zu küssen, umrundet er mich. Saugt meinen Anblick in sich auf. Mein Atem beschleunigt sich, denn die Tatsache, dass ich halb nackt hier stehe und er vollständig angezogen ist, macht die Sache noch aufregender. Dann stellt er sich hinter mich, streicht mit der Hand mein Haar zur Seite und legt seine Lippen sanft auf mein Schulterblatt, streichelt meine Haut. Die Zärtlichkeit dieser Berührung lässt mich erschaudern.

Seine Hände streicheln meine Arme auf und ab, langsam und sanft. Die Leidenschaft von vorhin ist wie weggewischt. Ich habe ihn geküsst wie eine Verdurstende, doch nun hat Daniel die Kontrolle übernommen, und er will sich Zeit lassen, will mich auspacken wie ein Geschenk. So fühlt es sich zumindest an.

»Nichts hat je besser geschmeckt als du«, flüstert er, als er wieder zu meinem Hals gleitet und sanft hineinbeißt. Ich schnurre! Wie eine Katze, dabei habe ich diesen Laut noch nie von mir gegeben.

»Willst du mich nicht endlich küssen?«, hauche ich schwer atmend, als seine Finger zu meinem BH wandern und er ihn öffnet. Bald wird mich Daniel oben ohne sehen und eine leichte Nervosität breitet sich in mir aus. Als ich gedacht habe, dass er nur auf Männer steht, habe ich mir nichts dabei gedacht, halb nackt vor ihm in der Wohnung herumzurennen, aber nun hat sich die Situation verändert. Wieder umrundet er mich und schält mich aus dem lästigen Stück Stoff.

Daniel steht vor mir und sieht fast ehrfürchtig auf meine Brüste, die durch seinen hungrigen Blick schwer und voll werden. »Du willst einen Kuss?«, raunt er, löst den Blick von meiner Oberweite, um mir in die Augen zu sehen, doch anstatt endlich meine Sehnsucht zu stillen, geht er auf die Knie und ist so genau in Augenhöhe mit meinem Busen. Er leckt ausgiebig über meine harten Nippel, woraufhin ich meine Fingernägel in seine Schultern grabe. Doch Dan hat nicht genug. Er nimmt ihn in den Mund, knabbert, saugt und verwöhnt jede einzelne Brustwarze. Zärtlich umfasst er meine Brüste, als würde er sie anbeten, als hätte er alle Zeit der Welt.

Meine Augen sind geschlossen und ich drohe zu hyperventilieren, doch als Daniel plötzlich seine Hände und Mund von mir löst, öffne ich meine schweren Lider und blicke in seine warmen Augen, die schimmern wie flüssiges Karamell. Ohne den Blick von mir zu lösen, schiebt er mein Höschen zur Seite und streichelt mich. Er liebkost meine Mitte mit solch einer Präzision, dass ich mich an ihm festhalten muss, ehe meine Beine nachgeben können.

»Gefällt dir das?«, fragt er mit heiserer Stimme und löst nicht einmal unseren Blickkontakt.

»Ja«, stöhne ich und spüre, wie ich mich dem Höhepunkt nähere. Auch Dan spürt es, dringt mit dem zweiten Finger in mich ein und gibt mir den Rest. Ich komme und bebe so heftig, dass Daniel mich hochhebt und sanft aufs Bett legt. Der Orgasmus ist so intensiv, dass ich meine Schenkel minutenlang zusammenpresse, um den Moment so lange wie möglich auszukosten.

Daniel liegt wieder halb auf mir, der Blick dunkel, im Gesicht ein neckisches Grinsen und ist noch immer voll bekleidet.

»Was war das denn?«, flüstere ich und habe plötzlich schrecklichen Durst. »Ich musste mich doch für diesen höllisch heißen Striptease bedanken«, flüstert er und streicht mir übers Haar mit einer Hand, stützt den Ellbogen neben meinem Kopf ab.

»Wenn das so ist, muss ich mir mehr Techniken ausdenken, ich will das noch mal erleben.«

»Jetzt gleich? Okay!«, voller Energie will er tiefer wandern, doch ich halte ihn lachend auf.

»Sosehr ich auch deinen Eifer schätze, Dan, brauche ich unbedingt etwas zu trinken.« Und genau dann, wenn ich es am wenigsten brauche, knurrt erneut mein Magen. »Ist das dein Magen oder ist ein wilder Tiger in die Wohnung eingebrochen?«, meint er scherzend und küsst mich auf die Nase.

»Na ja, nachdem ich dem Fischgestank stundenlang ausgesetzt war, konnte ich keinen Bissen runterbekommen.«

»Das geht natürlich nicht. Du brauchst unbedingt was in den Magen.«

»Ach, hast du noch etwas vor mit mir?« Ein vielsagendes Grinsen breitet sich auf seinem Gesicht aus und nur die Vorstellung, was in seinem hübschen Köpfchen vor sich geht, treibt mir die Röte ins Gesicht.

»Komm! Ganz der brave Freund, der ich bin, mache ich dir jetzt Essen.«

Er greift nach meiner Hand und zieht mich mit sich mit. »Warte mal! Ich kann doch nicht halb nackt runter in die Küche gehen, was wenn die Mädels vom Ausgehen nach Hause kommen?«

»Wenn es nach mir ginge, würdest du dich nie wieder anziehen, aber ich weiß, dass das nicht in deinem Sinne ist.« Er geht zu seinem Schrank und nimmt ein T-Shirt raus. Er wirft es mir zu und als ich es überstreifen will, spüre ich Daniels Hände auf meiner Haut. Lachend ziehe ich meinen Kopf durch den runden Ausschnitt. Daniel hat von hinten die Arme um mich geschlungen und malt Kreise auf meinem Bauch.

»Hatten wir nicht gesagt, dass ich Kleidung brauche und tragen will.«

»Gib mir noch ein wenig Zeit. Ich habe dich gerade erst bekommen und kann einfach nicht genug von dir bekommen.«

»Aber wenn wir nicht bald runtergehen, wirst du nur mehr Haut und Knochen fühlen können.«

»Um Gottes willen, nein! Diese Kurven sollen schön so bleiben, wie sie sind.«

Wir stehen uns in der Küche gegenüber, kauen an unseren Sandwiches und jeder Bissen, jede Kaubewegung kommt mir wie eine Ewigkeit vor. Daniel scheint es ebenso zu gehen, denn diese gezwungene Pause passt keinem von uns. Sein Shirt ist mir natürlich viel zu groß und reicht mir bis zu den Knien, aber ich finde es wunderbar, denn es riecht nach ihm, so wie ich nach seinen Küssen dufte.

»Kau schneller«, Daniel lacht und wirft das Sandwich auf den Teller und kommt auf mich zu. Ich drehe mich um, sodass ich die Arbeitsplatte im Rücken spüre und schlucke das Essen schwer runter.

»Gut Ding braucht Weile.«

»Ich zeig dir gleich ein gutes Ding«, raunt er dicht an meinem Ohr und ich spüre das spielerische Grinsen an meiner Haut.

»Ach ja? Du weißt aber, dass ich schüchtern bin.«

»Schüchtern? Wer hat sich mir denn an den Hals geworfen?«

Ich haue ihm auf die Schulter.

»Jeder andere Mann hätte sicher darüber gefreut.«

»Wie du fühlen konntest, habe ich mich sehr gefreut.« Oh ja, das habe ich tatsächlich gespürt und ich habe auch gespürt, dass es eine große Überraschung sein wird. Plötzlich packt er meine Oberschenkel und hebt mich auf die Küchenarbeitsfläche. Er drängt sich zwischen meine Beine, greift nach meinem Hinterkopf und küsst mich. Mit der anderen Hand knetet er meine Hüfte, gleitet zu meinem Rücken, um mich dichter an sich zu ziehen. Er erobert meinen Mund mit einer Leidenschaft, die ich noch nie erfahren, aber mir heimlich immer gewünscht habe. Seine Zunge stellt tolle Dinge mit meinem Mund an, seine Hände sind überall auf meinem Körper und ich kann an nichts anderes denken, will nichts Weiteres tun, als zu fühlen.

»Scheiße! Nehmt euch doch ein Zimmer«, höre ich Addisons Stimme und reiße die Augen auf. Es folgt ein Kichern von Grace. Ich sehe zur Tür, wo meine Mitbewohnerinnen uns beobachten. Ich erwarte, Schock oder Überraschung in ihren Augen zu sehen, doch darauf warte ich vergeblich. Addison sieht nur auf die Unordnung und wieder zu Daniel. »Räumt das auf, bevor ihr vögelt, okay?«

»Geht klar«, antwortet Daniel, doch als ich mich ihm zuwende, stelle ich fest, dass er die ganze Zeit über mich angesehen hat. Nur mich. Mein Herz wird butterweich. Wie konnte ich je daran denken, das hier nicht zuzulassen, denn zum ersten Mal in meinem Leben fühlt sich alles richtig an.

»Was ist?«, frage ich, als er nach einer Weile noch immer nichts sagt, sondern mich nur ansieht.

»Schlag mich!«

»Was?«

»Nun mach schon! Hau mir eine rein.«

»Nein! Wieso sollte ich das machen?«

Wieder packt er meine Hüfte und drückt sanft zu. »Weil ich das Gefühl habe, dass ich träume.«

»Du bist albern«, ich kichere und streichle ihm über den Dreitagebart. Ich liebe dieses kratzende Geräusch, wenn ich über seine Wange streiche.

»Nein, Taylor! Du bist mein verdammter, wahr gewordener Traum und sei dir sicher, dass ich dich nie wieder gehen lasse.«

35. Kapitel

TAYLOR

»Hör auf damit«, raunt Daniel, als wir wieder in sein Zimmer kommen.

»Womit soll ich aufhören?«

»Du hast doch absichtlich sexy mit dem Hintern gewackelt, um mich in den Wahnsinn zu treiben.«

»Ich? Wo denkst du nur hin?« Ich drehe ihm den Rücken zu, damit er mein Grinsen nicht mitbekommt. »Na warte.« Ich kreische laut auf, als er mich von hinten packt und über die Schulter hebt. »Lass mich runter!«, ich kichere und streiche mir die Haare aus dem Gesicht. Dan haut mir auf den Po, nicht zu fest, aber ich kreische erneut auf vor Überraschung.

»Du willst runter?«

»Ja!«

»Du wolltest es ja nicht anders.« Daniel wirft mich mit Schwung aufs Bett, sodass ich auf und ab wippe und mein Lachen wird lauter. Glücklicher. Ich stütze mich auf den Ellbogen ab und blicke auf meinen besten Freund, der nur mit Jogginghose bekleidet vor mir steht. Mit einem ungläubigen Gesichtsausdruck sieht er mich an, die Atmung schnell, kommt jedoch nicht auf mich zu.

»Geht es dir gut?«, frage ich nun, denn seine Stimmung ist anscheinend in den Keller gesackt. Er blinzelt schließlich und macht einen Schritt aufs Bett zu.

»Wie könnte es mir nicht gut gehen? Du bist endlich mein.« Mein! Wie schön das klingt, so voller Stolz, dass ich an seiner Seite bin.

»Ach ja?«, necke ich ihn, aber Dan scheint nicht scherzen zu wollen. Er kommt aufs Bett, legt sich neben mich und stützt sich mit dem Ellbogen neben meinem Kopf ab, damit er mir ins Gesicht sehen kann.

»Ich meine das ernst, Tae.«

Ich spüre die Intensität seiner Worte bis in meine Zehenspitzen.

»Das mit uns ist kein Flirt für mich. Ich will mit dir zusammen sein. Neben dir einschlafen und aufwachen und der Einzige sein, der diese wunderschönen Lippen küssen darf.« Um die Worte zu bestärken, küsst er mich, doch leider hört er gleich wieder auf damit und lässt mich schmollend zurück.

»Du und ich, das ist mehr. Ich will mehr!«

»Und das bekommst du auch!«

Ich schweige kurz, weil ich die Worte nicht gleich finde, die wiedergeben können, wie glücklich ich gerade bin. »Ich habe noch nie so empfunden.« Dieses Feuerwerk, wenn er mich berührt, dieses Kribbeln, wenn er mich ansieht oder die Wonne, wenn er mich küsst, mich hält. Ich streichle ihm übers dichte Haar und sehe ihm tief in die Augen. Er weiß, dass ich ihn liebe, das sieht er ohne Mühe in meinem Blick. Ich habe ihn immer geliebt, aber eben auf eine andere Weise, doch nachdem wir uns unsere Gefühle gestanden haben, gibt es kein Zurück mehr.

»Genug geredet«, murmelt Dan und legt seine Lippen sanft auf meine. Es beginnt sanft, zärtlich und voller Liebe, artet aber schnell in wilde Leidenschaft aus. Er ragt über mir, verhakt seine Finger mit meinen und legt unsere ineinander verschlungenen Hände neben meinem Kopf ab. Seine Härte drängt gegen meine Mitte und dieses Pochen, dieses Verlangen, lässt mich erzittern.

»Schlaf mit mir«, flüstere ich in sein Ohr, als er meinen Hals mit Küssen bedeckt. Er leckt über meinen Hals, ehe er sich mir zuwendet.

»Nicht heute.«

»Wieso nicht?«, murmle ich und versuche, meinen schnellen Atem zu beruhigen.

»Ich habe so lange auf das hier gewartet, und wenn es so weit ist, dann möchte ich mir Zeit lassen, aber in ein paar Stunden muss ich zur Arbeit, und wenn ich jetzt mit dir schlafen würde, könnte ich nicht aufhören.«

»Schade! Ich wäre mehr als bereit für einen wilden Ritt, aber wenn du meinst.«

Ein dreckiges Grinsen breitet sich auf seinem Gesicht aus und seine braunen Augen werden einen Tick dunkler.

»Ach ja? Bist du ein Cowgirl?«

»Sagen wir es mal so. Ich habe beim Rodeo meistens gewonnen.« Ich beiße mir aufgrund der Vorstellung, dass ich ihn jetzt reiten könnte auf die Lippen. Großer Gott! Ich bin noch nie so scharf auf jemanden gewesen wie auf ihn.

»Diese Bilder! Ich werde heute auf der Arbeit mit einem Dauerständer durch die Gegend laufen.«

»Bin gespannt, was Ray dazu sagen wird. Nicht dass er denkt, du stehst auf ihn.«

»Wieso sollte ich das tun?«

»Na ja, weil du noch vor Kurzem auch auf Männer gestanden hast oder noch stehst. Ich weiß es nicht mehr.« Seine Vergangenheit spielt für mich keine Rolle, wenn er sich für mich entscheidet, nehme ich, was ich bekommen kann. Daniel atmet tief ein und aus, legt sich auf den Rücken und zieht mich zu sich. Ich lege meine Wange an seine nackte Brust und atme tief seinen Duft ein. »Das, was ich früher geglaubt habe zu sein, hat sich verändert. Meine Familie, die Jungs und vor allem du habt mich verändert.«

»Ich hoffe doch zum Guten.«

»Natürlich. Ihr seid der Grund, wieso ich jeden Tag gerne nach Hause komme.«

»Und du bist meiner. Als mein Leben gedroht hat, auseinanderzufallen, warst du da und hast mich zusammengehalten.« Mit einem seligen Lächeln lausche ich so lange Daniels Herzschlag, der ebenso schnell schlägt wie meiner, bis ich glücklich einschlafe.

»Wach auf, du sexy Biest«, raunt mir Daniel ins Ohr und bringt mit seiner Stimme meinen Körper zum Vibrieren.

»Geh weg oder küss mich. Such dir was aus.« Lachend senkt sich kurz das Bett, ehe ich seine Lippen viel zu kurz auf meinem Mund spüre.

»Hey! Komm zurück. Das ist ja Folter.«

»Ich muss gehen. Deshalb habe ich dich ja aufgeweckt.«

»Gehen? Wie spät ist es?« Ich schlage die Augen auf und blinzle, um mich an das Tageslicht zu gewöhnen. Daniels Gesicht schwebt über mir und mustert mich schweigend. Er trägt seinen Anzug, den er während der Arbeit anhat und riecht einfach fantastisch. »Ray hat mich angerufen, weil mein Klient zu einer plötzlichen Geschäftsreise aufbrechen muss und wünscht, dass ich ihn als Securtiy begleite.«

»Was? Für wie lange denn?«

»Ich weiß es nicht, aber ich schätze mal eine Woche.« Die Müdigkeit verschwindet im Handumdrehen und ich knalle fast mit dem Kopf gegen Daniels, weil ich mich so schnell aufsetze.

»Aber, das können sie doch nicht machen! Du … ich … wir …« Ich räuspere mich, weil mir das Sprechen plötzlich schwerfällt. »Wir haben uns doch erst gefunden.« Vielleicht übertreibe ich in den Augen von jemand anderem, aber ich habe endlich das Gefühl, dass alles an seinem Platz ist und dass ich durchatmen kann, und dann muss er weg. Seine Miene wirkt verzweifelt, und auch wenn es seinen sorgfältig gebügelten Anzug ruinieren könnte, setzt er sich neben mich aufs Bett und küsst meine Stirn.

»Wir haben unser ganzes Leben Zeit, uns auf die Nerven zu gehen, und obwohl es mich umbringt, muss ich nach Washington. Aber ich werde mich melden, so oft ich kann.«

»Versprichst du's?«

»Natürlich.« Er küsst mich federleicht und löst sich schnell von mir, ehe ich die Arme um ihn schlingen und ihn anflehen kann, nicht zu gehen. Ich führe mich vielleicht albern auf, aber die Vorstellung, dass ich diese Nacht alleine sein werde, macht mich traurig.

»Versuch mich nicht zu sehr zu vermissen.«

»Ich werde mir Mühe geben, aber der Nachbar ist ja auch noch da.« Dan schüttelt amüsiert den Kopf und wirft ein Kissen nach mir, das er am Fußende seines Bettes findet.

»Pass auf dich auf.«

»Mach ich. Du aber auch auf dich. Keine sexuellen Eskapaden, während ich weg bin. Heb sie dir auf, bis ich wieder da bin.«

»Spinner! Ab mit dir.«

Nachdem Daniel die Tür hinter sich geschlossen hat, lege ich mich wieder ins Bett, nehme sein Kissen, drücke es mir ins Gesicht und atme tief ein. Es duftet so herrlich nach ihm. Meinem festen Freund. Kichernd vergrabe ich das Gesicht in meinen Händen und kann nicht aufhören zu lächeln. Selbst dann nicht, als ich Stunden später ausgeschlafen hinunter in die Küche gehe, wo Addison am Esstisch sitzt und mich neugierig mustert, als müsste ich nun anders aussehen. Sie hält es gerade mal drei Sekunden aus, ehe sie mich auf Daniel anspricht.

»Also du und mein Bruder«, es ist eine Feststellung, keine Frage.

»Ja. Ich bin genauso überrascht wie du.«

»Ach ja?«

»Niemals hätte ich gedacht, dass ich mit Daniel zusammenkomme, aber je mehr ich darüber nachdenke, desto mehr merke ich, dass da immer etwas zwischen uns war. Nenn es Anziehung, Liebe, die ich aber als reine Freundschaft angesehen habe.«

»Und jetzt? Was fühlst du jetzt?«

»Ich habe das Gefühl, als könnte ich Bäume ausreißen und kann nicht aufhören zu grinsen.«

»Das sehe ich, es ist widerlich für einen Single wie mich. Du siehst echt unheimlich aus. Wie die alten Porzellanpuppen, die Vorlage für so manche Horrorfilme sind.«

»Wenn es so ist, ist es mir auch egal. Denn was zählt, ist nur Daniel.«

»Ich weiß, das ist eher ein Spruch, den Männer ablassen, aber Tae, ich liebe meinen Bruder und ich mag dich. Aber solltest du ihm bewusst wehtun, dann werde ich ungemütlich.«

»Das ist dein gutes Recht, aber keine Sorge. Das mit Daniel und mir ist etwas Ernstes. Ich könnte mir ein Leben ohne ihn nicht mehr vorstellen.«

»Na dann! Wenn das so ist.« Dann beginnt sie wie wild zu kreischen und hüpft wie ein Teenie auf einem One Direction-Konzert auf und ab. »Du und mein Bruder!«, höre ich aus dem Brüllen heraus und werde von ihr mit einer festen Umarmung attackiert. So kenne ich die Frau sonst gar nicht, die meist ihre Gefühle gut verstecken kann.

»Was ist denn mit euch? Ist irgendwo ein Schlussverkauf, von dem ihr erfahren habt?«, gähnt Grace und kommt auch in die Küche.

»Daniel und Taylor sind zusammen!« Doch meine Mitbewohnerin mit dem langen, blonden Haar zuckt nur mit der Schulter und gießt sich Kaffee ein. »Das war nur eine Frage der Zeit, so wie sie sich mit den Augen ausgezogen haben.«

»Haben wir nicht!«

»Sag das wem anderen. Ihr wart ja schon zu naiv, um wahr zu sein.«

»Aber egal, ihr habt endlich zueinandergefunden. Das müssen wir feiern! Wo ist Dan?«

»Er muss auf Geschäftsreise und kommt erst in einer Woche zurück.«

»Nein! Das geht doch nicht! Du bist so untervögelt gewesen, und ich habe gehofft, er klärt die Sache schnell und gründlich.«

»Du bist unmöglich Addy! Ich war nicht untervögelt.«

»Und ob du das warst!«, meint Grace, liest aber weiter in ihrer Zeitung, ohne den Blick zu heben.

»Egal! Wir gehen heute Abend aus. Ich rufe Pacey und die Jungs an«, sagt Addison und schnappt sich ihr Smartphone. Ich habe zwar keine Lust auf Party, wenn Daniel nicht da ist, aber ich freue mich sehr auf Tick, Trick und Track, wie sie Dan nennt. Diese Jungs sind ein Spaßgarant auf jeder Feier und die anständigsten Singlemänner, die ich kenne. Natürlich denken sie zu neunzig Prozent des Tages an Sex, aber sie behandeln Frauen mit Respekt. Deshalb eile ich zur Tür, als sie um zwanzig Uhr anklopfen.

»Da hat sich unser Nichtsnutz Daniel doch tatsächlich das begehrteste Mädel in unseren Kreisen geschnappt«, sagt Pacey als Begrüßung und umarmt mich grinsend.

»Ach tatsächlich? Ich war begehrt?«

»Aber hallo! Zayn, Luke und ich haben zum Abendstern gebetet, dass du einen von uns auswählst.«

»Du spinnst ja«, sage ich, sehe aber etwas unsicher zu Luke, der schnell wegsieht und mit dem Kiefer mahlt.

»Nein, tut er nicht«, meint Zayn und nickt mir zur Begrüßung zu. »Das stimmt tatsächlich, so eine Traumfrau wie dich? Wer würde dich nicht wollen.«

»Ich!«, ruft Addy lachend aus der Küche, wobei Pacey sich auch schon auf den Weg zu ihr macht.

»Na, bist du eifersüchtig? Brauchst du nicht zu sein. Es ist genug Pacey für alle da.«

»Mir kommt gleich das Weihnachtsessen hoch.«

»Ach was, du siehst übrigens heute wieder mal scharf aus.«

»Halt dich zurück, Pace! Oder ich geb dir was Scharfes.«

Er stützt sich auf der Arbeitsfläche ab und sieht sie herausfordernd an.

»Ach ja? Was denn Feines?«

»Pfefferoni, direkt ins Gesicht, also sei artig.« Addy deutet mit dem Zeigefinger auf ihn, aber ihre Mundwinkel zucken verdächtig, das sehen wir alle.

»Du hast echt Abendessen gemacht? Ich dachte, wir gehen aus«, meint nun Luke und setzt sich an den gedeckten Esstisch.

»Ich kenne euch ja. Ihr seid wie ein Fass ohne Boden und weil ich nicht in ein paar Stunden von einer Fast-Food-Kette zur nächsten geschleppt werden möchte, habe ich vorgesorgt.«

»Eines Tages werde ich dich heiraten, Addison Grant«, Zayn seufzt und hebt den Topf an, um das herrlich duftende Chili zu begutachten. Addy klopft ihm auf die Hand, sodass er den Deckel wieder fallen lässt. »Ihr wisst, dass die Küche tabu ist, solange ich koche. Setzt euch. Gracie müsste jeden Augenblick fertig sein und dann gehen wir feiern.«

36. Kapitel

DANIEL

»Hier entlang, Sir«, ich leite meinen Klienten zu seinem Hotel, die Augen immer wachsam, auch wenn ich längst Feierabend habe. Der Tag ist voller Besprechungen und Meetings gewesen, über Prognosen der möglichen Wahlergebnisse und noch weiteren Kram, den ich nie verstehen werde oder verstehen muss. Ich bin für die Sicherheit zuständig und das ist mein Spezialgebiet. Auch wenn ich auf einem Ohr taub bin, ist es für mich kein Problem, Lippen zu lesen. Eine Gabe und ein Fluch, denn was ich so mitbekomme, wie vermeintliche Kollegen hinter dem Rücken über meinen Klienten lästern, lässt mich nur den Kopf schütteln.

Während ich im Dienst bin, also im direkten Kontakt mit dem Klienten, bleibt mein Handy zwar in meiner Hosentasche, aber stumm und ohne zu vibrieren. Alle, die mir wichtig sind, wissen, dass sie im Notfall bei der Zentrale anrufen müssen und diese verständigt mich per Funk. Aber Gott sei Dank hat es noch nie einen familiären Notfall gegeben. In all den Jahren ist es mir noch nie so schwergefallen, mich an diese Vorschrift zu halten. Diese Geschäftsreise muss genau in dem Moment anfallen, als ich Taylor endlich für mich gewonnen habe.

Kaum habe ich die Tür hinter meinem Schützling geschlossen, schnappe ich mir mein Handy, um meine Nachrichten zu checken. Insgesamt habe ich vier neue Nachrichten in meinen Chatverläufen. Mom wollte mich wie immer über ihren Arzttermin auf dem Laufenden halten und fragt, wie es Taylor geht. Ich schreibe ihr, dass ich sie morgen anrufen werde und sehe auf die anderen Nachrichten. Pacey gratuliert mir, dass ich endlich meinen Mann gestanden und als Hauptpreis Taylor abgestaubt habe. Ich antworte ihm mit einem Stinkefinger Emoji. Addison teilt mir mit, dass ich ein Arsch bin, weil ich sie alleine lasse mit einer krass verliebten und ungevögelten Taylor. Ich ignoriere ihre Nachricht und öffne die Chats von Tae.

Tae: Zwei Stunden! Du bist gerade mal zwei Stunden weg, und ich werde schon zum Party machen eingespannt. Sie wollen unsere Vereinigung feiern. Ich befürchte, Addison wird mich als Jungfrau opfern oder eine Ziege, aber es wird anscheinend Blut fließen.
Tae: Update! Mit dem Blut hat sie Bloody Mary's gemeint. Falscher Alarm!
Tae: Ich vermisse dich. Darf ich dir das sagen oder werde ich dann als nervige Freundin und Klette gehandelt?
Tae: Wir sind im Pub, es ist Mitternacht und hier ist der Stand der Dinge. Pacey hat von einer Frau schon eine gescheuert bekommen. Zayn hat seine Zunge gerade in einer heißen, allerdings künstlichen Blondine, aber sie lösen sich ständig zum Atem holen. Luke und Grace machen jedem Musikvideopaar Konkurrenz und herrschen über die Tanzfläche. Und Addy … na ja, sagen wir's mal so, Drake ist zufällig hier und treibt sie in den Wahnsinn. Und ich, wirst du dich fragen? Ich sitze hier an unserem Stammtisch und kann nicht aufhören an dich zu denken. Deinen Humor, deine Augen, deine Küsse und würde so einiges tun, um dich jetzt halten zu können.

Diese Nachricht habe ich vor zwanzig Minuten bekommen, also löse ich meine Krawatte, ziehe mich bis auf die Boxershorts aus und lege mich in das weiche Hotelbett, direkt gegenüber von dem Zimmer meines Klienten. Ich überlege, ob ich sie anrufen soll, entscheide mich aber dagegen, weil ich weiß, wie laut es im Pub sein kann.

Dan: Pass bitte auf, dass Pace nicht zu viel trinkt, sonst werden seine Witze nur anzüglicher. Halte ihn vom Whiskey fern. Zu Zayn fällt mir nichts ein. Er ist immer schon ein Womanizer gewesen, aber einer, der weiß, dass er ohne Gummi ein Dummi ist. Die Getränke von Grace und Luke sollten immer nachgefüllt werden, die beiden dehydrieren vielleicht, so heftig wie sie tanzen. Drake tut mir schon jetzt leid. Und was dich anbelangt. Süße, natürlich kannst du mir alles sagen, was du möchtest, ich würde dich niemals als Klette bezeichnen, sondern freue mir einen Ast ab, weil du an mich denkst und mich vermisst. Ich hätte doch gar nicht zugelassen, dass Addy dich auf dem Altar opfert. Da hab ich ein Wörtchen mitzureden! Und ich vermisse dich auch. Es tut mir leid, dass ich mich nicht früher gemeldet habe, aber ich hatte einiges zu tun. Ich würde so manches dafür geben, jetzt bei dir zu sein. Allein, in meinem Zimmer, mit nichts an außer diesen sündhaften Overknees, die du zu Silvester angehabt hast. Und dann Sachen mit dir anstellen, die nicht ganz jugendfrei sind.

Eine Antwort erhalte ich umgehend.

Tae: Na toll! Jetzt bin ich geil, wie gut, dass hier volles Haus ist und ich freie Auswahl habe.
Dan: Du böses, böses Mädchen. Ich denke, ich muss dir für dieses freche Mundwerk den Hintern versohlen.

Tae: Du solltest dich wohl eher fragen, was ich mit meinem frechen Mund alles bei dir anstellen kann.

Ich zische einen Fluch und lehne den Kopf auf das Kissen. Diese Bilder, diese Vorstellungen, sie will mich wohl umbringen.

Dan: Ich habe seit fast einem halben Jahr keinen Sex gehabt, sei vorsichtig mit dem, was du sagst. Du willst doch keine Sauerei hier anrichten in diesem sauberen, weichen Hotelbett?
Tae: Das heißt du und Evie habt nicht miteinander geschlafen?
Dan: Nein. Wir haben rumgemacht, aber das war es schon.
Tae: Gut, dann muss ich ihr nicht die Augen auskratzen.
Dan: So besitzergreifend? Gefällt mir.
Tae: Es ist selbst für mich neu. Bis jetzt war ich nicht der eifersüchtige Typ, aber bei dir ist es anders. Ich meine, sieh dich an!
Dan: Ja und?
Tae: Du siehst unglaublich aus. Wie ein fleischgewordener Traum der Frauenwelt.
Dan: Danke für die Blumen. Und dieser Traum, wie du es bezeichnest, gehört ganz dir. Genau wie du mein wahr gewordener Wunsch bist. Ich liebe alles an dir, vor allem aber dein Lächeln, das du anfangs nie gezeigt hast.
Tae: Komm heim! Bitte.

Ich schließe seufzend die Augen und drücke das Handy in meiner Hand vielleicht zu fest. Es ist die Hölle, Taylor nicht um mich zu haben. Und wenn ich daran denke, dass noch weitere Nächte folgen, in denen ich sie nicht halten kann, drohe ich verrückt zu werden, also rufe ich sie an, muss ihre Stimme hören.

»Hey! Warte kurz!«, brüllt sie ins Telefon, weil sicher volles Haus im Pub ist und sie sich ins Freie schlängelt.

»So, jetzt habe ich das Gefühl, nicht mehr zu Tode gequetscht zu werden.« Ach, wie sehr ich ihren Humor liebe.

»Hallo«, ich seufze, weil mich die Sehnsucht noch härter trifft als ohnehin schon.

»Wie geht es dir?«, fragt sie mich, als ob sie es nicht schon wüsste, dass es mir ebenso geht wie ihr.

»Würde ich meinen Job nicht lieben, hätte ich spätestens jetzt gekündigt, um bei dir zu sein.«

»Du bist albern. Aber ich weiß, was du meinst.«

»Geht es dir gut?«, fragt sie mich.

»Mir würde es besser gehen, wenn ich wüsste, was du jetzt anhast.« Ich versuche, sie etwas zu necken. Ich vermisse es, mit ihr zu flirten.

»Hmmm«, schnurrt sie, als würde sie sich selbst mustern. »Ein hautenges Oberteil, darüber einen ärmellosen Cardigan mit Fransen dran, dazu Skinny Jeans und meine Louboutins.«

»Verdammt!«, keuche ich, stelle mir vor, wie ich sie aus diesen Klamotten schäle.

»Und weißt du, was das Beste ist?«

»Es kommt noch besser?«

»Ich trage keine Unterwäsche«, flüstert sie und ich glaube, hier in diesem Bett zu sterben.

»Was!«, keuche ich und setze mich auf. Die Beule in meiner Hose hat sich gemeldet, als ich Taes Stimme gehört habe, aber nach dem, was sie mir gerade ins Ohr geflüstert hat, droht mein Ständer die Boxershorts zu sprengen.

»Das war doch nur ein Scherz. Wo bleibt der Spaß, wenn du nicht da bist.«

»Ach, hättest du keine an, wenn ich da wäre?«

»Nö. Es wäre eine Freude, dir dabei zuzusehen, wie du dich zurückhalten musst.«

»Du böses Weib. Sei du mal froh, dass ich nicht da bin, sonst würde ich dir den hübschen Hintern versohlen.«

»Vielleicht stehe ich ja drauf«, stöhnt sie schwer atmend. Dieses Spiel ist gefährlich für uns beide. Ich streiche über meine Shorts und schließe die Augen, höre einfach zu, wie sie atmet. Dann höre ich die Stimme von Zayn im Hintergrund.

»Ja, ich komme schon.«

»Zayn hat nach mir gesucht, dachte ich werde von Trollen entführt«, sie kichert, gefolgt von einem Seufzen.

»Pass auf dich auf.«

»Du auch. Ich vermisse dich, Tae.«

»Ich dich auch. Sehr sogar.«

Nachdem sie aufgelegt hat, schließe ich erneut die Augen, doch ich brauche eine Weile, bis ich einschlafe.

Die nächsten Tage begleite ich meinen Klienten zu einem Kongress im Herzen von Washington, bekomme aber Unterstützung von meinem Kollegen Jimmy, der länger bei Ray arbeitet als ich. Er ist in Rays Alter, ist an den Schläfen schon ergraut, aber ein hervorragender Security, von dem ich mir noch eine Scheibe abschneiden kann. Wir beobachten die Lage und teilen uns die Gebiete auf. Wie befürchtet ist der Saal gut besucht, was uns die Arbeit erschwert. Ich überprüfe die Notausgänge, präge sie mir ein, ebenso wie ich den Raum nach auffälligem Verhalten der Gäste absuche. Es bleibt allerdings ruhig. Das ist bei unserem Job meistens so, trotzdem werde ich nie nachlässig, weil ich weiß, dass ein Moment ausreicht, um meinen Schützling zu verletzen.

Die Tage ziehen sich wie Kaugummi, dafür sind die Nächte umso spannender. Tae und ich telefonieren oder schreiben uns Nachrichten. Das Vorstellungsgespräch, das sie vor Kurzem gehabt hat, hat ihr Hoffnung geschenkt, bis sie einen Anruf bekommen hat, bei dem ihr mitgeteilt wurde, dass eine andere Anwärterin den Job bekommen hat. Ich habe versucht, sie aufzumuntern, aber das ist nicht nötig gewesen, weil sie sich schnell wieder gefangen hat. Wir verbringen die Nächte noch immer miteinander, wenn auch nicht Seite an Seite. Vier Tage sind nun vergangen, seit ich nach Washington aufgebrochen bin und einer ist schwerer als der andere. Dafür freue ich mich dann auf die Nachrichten, die mir Tae schickt. Heute nach dem Abendessen gehe ich gleich in mein Hotelzimmer, um zu duschen. Dann lege ich mich aufs Bett und schnappe mir das Handy.

Tae: Ich habe es getan und meinen ersten Blogeintrag online gestellt! Ich habe ihn auch auf Instagram und Twitter geteilt.
Tae: Eine Stunde später habe ich schon zehn Kommentare bekommen und die sind durchweg positiv. Ich fasse es nicht!
Tae: Vier Stunden später hat Addison eine Flasche Champagner geöffnet, um meinen Start als Bloggerin zu feiern, mittlerweile habe ich dreißig Kommentare und der Beitrag wurde auch einige Male geteilt. Es ist unfassbar. Die Nervosität ist zwar noch da, aber ich bin froh, dass ich diesen Schritt gewagt habe. Ich wünschte, du wärst hier, dann könnten wir feiern.

Das ist die letzte Nachricht von ihr gewesen, also klicke ich auf den Link und komme auf ihren Blog, den sie eher in Erdfarben gestaltet hat. Orange, Braun, Beige. Alles schön kombiniert, sodass es hervorragend zu ihr passt. Der Titel ihres ersten Blogeintrags ist: All dressed up in Love.

Neugierig lese ich mir diesen durch und muss schmunzeln. Es geht um das Outfit, das sie zu Silvester angehabt hat, mit den umwerfenden Overknees, die ich so liebe. Sie beginnt den Beitrag mit dem schlimmsten Tag ihres Lebens, wobei sie nichts auslässt. Das ist Taylor, die immer offen und ehrlich ist. Sie erzählt, wie schwer es für sie gewesen ist, wieder ins Leben zurückzufinden und sich nicht von ihrem gebrochenen Herzen runterziehen zu lassen. Sie erwähnt ihre Freunde, ihren Dad und mich. Der Schluss des Beitrags ist mir gewidmet, dort sieht man auch ein Foto mit diesem Outfit, das ich ihr zu Neujahr am liebsten vom Leib gerissen hätte.

Sie schreibt, dass diese Klamotten und Weihnachten selbst der Startschuss zur besten Zeit ihres Lebens gewesen sind. Sie verlinkt die Labels, die sie getragen hat und schreibt, wo sie diese gekauft hat.

Dan: Der Eintrag ist toll geworden. Schonungslos ehrlich und informativ. Dieses Foto! Du siehst unglaublich aus.
Tae: Addison hat das Foto gemacht und hat sich in meine Fick-mich-Stiefel, wie sie sie bezeichnet, verliebt.
Dan: Die sollen schön dort bleiben, wo sie sind. Wie du weißt, habe ich eine Schwäche für sie.
Tae: Ist notiert ☺ Wie geht es dir heute? Hattest du viel zu tun?
Dan: Es war tatsächlich heute schwieriger, alles im Auge zu behalten, bei der Menge an Personen auf diesem Kongress, aber ich hatte Unterstützung und wir haben alles im Griff gehabt. Wie sieht's bei dir aus?
Tae: Ich habe heute Mittag kalt geduscht.
Dan: Wieso denn das?
Tae: Ich habe von dir geträumt.

37. Kapitel

TAYLOR

Kaum habe ich die Nachricht versendet, läutet auch schon mein Telefon. Ein Grinsen breitet sich auf meinem Gesicht aus. Ich kuschle mich ins Kissen, weil ich weiß, dass wir wieder stundenlang telefonieren werden, und hebe mit klopfendem Herzen ab.

»Ich war also Hauptdarsteller in deinem Traum? Erzähl mir mehr«, raunt Dan mir ins Ohr, und ich schmelze fast dahin. Ich liebe seine tiefe, kehlige Stimme, die eine direkte Verbindung zu meinem Unterleib hat.

»Dir auch einen wunderschönen Abend«, begrüße ich ihn atemlos, weil ich schon wieder an den Traum gedacht habe und daran, wie erregt ich gewesen bin.

»Lenk nicht vom Thema ab. Also … was habe ich so alles mit dir angestellt?«

»Woher willst du wissen, dass es nicht ein Albtraum gewesen ist?« Ich kann nicht anders, als ihn ein wenig zu necken, ihn auf die falsche Fährte zu locken.

»Dann hättest du keine kalte Dusche gebraucht.«

»Erwischt. Na schön.« Ich atme tief durch und rufe erneut diese heißen Bilder in meinem Kopf auf. Die, die mich haben erzittern lassen.

»Du wolltest dir unbedingt den neuen *Transformers*-Film ansehen. Also sind wir ins Kino gegangen.«

»Weiter.«

»Du wolltest hinten sitzen, also habe ich mir nichts dabei gedacht. Ich habe ein Top mit Pailletten getragen und einen Rock, dazu Sneakers. Ein eher legeres Outfit, aber dir hat es gefallen.«

»Mir gefällt alles, was du trägst. Noch mehr gefällt es mir aber, wenn du gar nichts anhast.«

»Hör auf! Du kannst nicht so was sagen und dann erwarten, dass ich nicht abgelenkt werde.« Mein Herz droht jetzt schon aus meiner Brust zu springen vor lauter Aufregung und das nur, weil wir telefonieren. Ich denke, die Schmetterlinge in meinem Bauch würden sich überschlagen, wenn Daniel jetzt hier wäre.

»Entschuldige. Also weiter im Text.«

»Als die Spannung im Film zugenommen hat, habe ich deine Hand an meinem Oberschenkel gespürt. Sie ist unter meinen Rock geglitten und immer höher gewandert. Du hast mir ins Ohr geflüstert, dass du testen willst, wie still ich tatsächlich sein kann.«

»Und warst du artig und hast keinen Mucks gemacht?« Er sagt diese Worte so verheißungsvoll, dass ich die Augen schließen und ein Seufzen unterdrücken muss.

»Sagen wir es mal so. Ich hätte bis an mein Lebensende Hausverbot, wenn das im echten Leben passiert wäre.«

»Ach, ich bin einfach gut.«

»Jaja. Das pusht mal wieder dein Ego.«

»Das hebt eher die Messlatte. Dir ist wohl klar, dass wir das unbedingt ausprobieren müssen.«

»Was? Keine Chance!«

»Natürlich müssen wir das trainieren. In deinem Bett, in meinem, im Badezimmer, auf der Couch, in der Küche und vor allem auf der Dachterrasse.«

»Du machst es einem echt schwer«, ich seufze und versuche durch tiefes Ein- und Ausatmen, das Kribbeln aus meinem Körper zu vertreiben. Schließlich kann ich nicht anders, als meine Hand tiefer gleiten zu lassen, bis in meinen Slip.

»Ich mache es dir langsam und keiner darf in den Genuss deines Stöhnens kommen außer mir. Dieser Laut gehört mir.«

»Daniel«, keuche ich und spüre die Nässe an meinen Fingern.

»Fühlt es sich gut an?« Er scheint sofort zu wissen, was ich mache. Hat es an meiner Atmung erkannt, die zu schnell, zu abgehackt kommt.

»Stellst du dir vor, dass ich dich berühre? Dass ich von dir koste, als wärst du ein Festmahl?«

Ich berühre mich selbst, genieße es, seine Stimme zu hören, mich fallen zu lassen.

»Ja«, keuche ich mit letzter Kraft, habe das Gefühl gleich zu explodieren.

»Und jetzt Stopp.« Ich halte inne, kurz bevor ich gekommen wäre.

»Was?«

»Hör auf.«

»Wieso?« Das kann er nicht ernst meinen. Nicht jetzt!

»Weil ich es sein möchte, der dich dazu bringt, zu kommen.«

»Das ist nicht fair!«, jammere ich, tue aber, was er sagt.

»Ich verspreche dir, es wird sich lohnen.«

»Du Spinner! Wehe dir, wenn es nicht der beste Orgasmus meines Lebens wird.« Sein raues Lachen erreicht fast das, was meine Finger vorhin beinahe geschafft haben. Dieser Typ!

»Ich kann es kaum erwarten, diesen frechen Mund zu küssen.«

»Und ich erst! Wann kommst du nach Hause?«

»Ich weiß es noch nicht. Aber ich denke, ich bleibe nicht länger als eine Woche.«

»Gut. Ich kann warten. Für dich würde ich immer warten.«
»So wie ich auf dich gewartet habe.«

Wieder erwache ich gegen Mittag, doch diesmal mit einem breiten Lächeln im Gesicht. Ich habe meinen ersten Beitrag veröffentlicht und fühle mich wunderbar. Perfekte Laune, um shoppen zu gehen. Nachdem ich mich halbwegs gestylt habe, schnappe ich mir Tasche, Schlüssel, Regenschirm und gehe in die Stadt. Der Frühling präsentiert sich heute zwar von seiner schlechten Seite, doch das kann meine Laune nicht trüben. Ich betrete meine Lieblingsboutique und begebe mich ins Getümmel.

Meine Figur ist zwar schlank, aber ich habe einen üppigen Hintern und breite Oberschenkel. In den meisten Geschäften finde ich nur Oberteile, doch an Jeans oder Röcken finde ich lediglich in meinem Lieblingsladen immer etwas. Nachdem ich mir einen neuen Rock und Boyfriend Jeans ausgesucht habe, gehe ich in die Unterwäscheabteilung und sehe mich um. In diesem Paradies aus Spitze finde ich ein Set aus türkisfarbener Seide mit Spitze am Dekolleté. Ich probiere es an und will es am liebsten nicht mehr ausziehen. Der BH sitzt wie angegossen, aber auch der Panty zaubert einen Knackpo der Superlative.

Nach dem Shoppen mache ich ein Foto von der Tasche und schicke es Daniel mit dem Text: *Hab hier etwas für dich. Es ist türkis und sündhaft.* Ich warte gar nicht auf die Antwort, sondern hole mir noch einen Kaffee im Coffeeshop und gehe gemütlich nach Hause. Dort wasche ich meine neuen Klamotten gleich und räume mein Zimmer auf. Addison hat Fajitas gemacht, aber durch meinen XXL-Kaffee habe ich keinen Appetit.

»Na? Hattest du heißen Telefonsex oder wieso bist du so gut

drauf?«, fragt Addison abends, als wir auf der Couch sitzen und eine Serie auf Netflix ansehen.

»Ich habe meinen ersten Blogeintrag veröffentlicht und habe einige Schnäppchen ergattert.«

»Ja, dein Blog schießt ja durch die Decke«, meint nun Grace beiläufig und nippt an ihrer Cola.

»Was meinst du damit?«

»Hast du noch gar nicht deine Kommentare angesehen oder nachgeschaut, wer den Post geteilt hat?«

Ich runzle verwirrt die Stirn.

»Ähm, nein.« Ich habe gedacht, ich poste mal meine Sicht auf bestimmte Dinge, dass jemand diese teilen könnte, wäre mir nicht in den Sinn gekommen.

»Na, dann wird es höchste Zeit.« Ich will schon nach oben laufen und meinen Laptop schnappen, als die Tür aufgeht und Daniel die Wohnung betritt. Mein Herz rutscht mir in die Hose, nur um wieder hinaufzuschießen und wie wild gegen meine Rippen zu hämmern. Dort steht er, mein bester Freund, der nun so viel mehr als das ist. Jemand, ohne den ich nicht mehr atmen könnte. Wir sehen uns nur an, selbst als er seine Tasche fallen lässt, bewegen wir uns nicht, starren uns nur ungläubig an. Zwar haben wir uns vor ein paar Tagen erst gesehen, aber diese Trennung hat sich angefühlt, als wären Monate vergangen.

Als Daniel mich strahlend anlächelt, löse ich mich aus meiner Starre und laufe auf ihn zu, kann nicht anders, als mich auf ihn zu stürzen, im wahrsten Sinne des Wortes. Dan fängt mich auf und ich schlinge meine Arme und Beine um ihn, muss spüren, dass er tatsächlich nach Hause gekommen ist oder ob ich schon wieder von ihm träume. Sein Geruch ist Beweis genug, denn ich atme diesen unvergleichlichen Duft nach ihm tief ein. »Endlich«, er seufzt und drückt mich noch fester.

»Da ist der Goldjunge ja wieder«, höre ich Addison, löse mich von Daniels Nacken und sehe ihm in diese warmen, braunen Augen, die mich ansehen, als wäre ich alles, was zählt. Er löst nicht einmal den Blickkontakt, sondern greift in seine Hosentasche und wirft Addison etwas zu, was ich für Geldscheine halte. »Nehmt das, geht ins Kino, in einen Klub oder verbringt die Nacht in einem anderen Bundesstaat, mir egal, aber kommt vor Morgengrauen nicht nach Hause.« Daniels Worte sind herrisch, so unfassbar sexy und so voller Verheißungen, dass ich erzittere.

»Oh, da hat's aber jemand bitter nötig.«

»Raus!« Addison salutiert, was ich so aus den Augenwinkeln mitbekomme und greift nach ihrer Jacke. Grace begrüßt Dan lächelnd und folgt ihrer besten Freundin. Als die Tür endlich ins Schloss fällt, lächele ich noch breiter. Endlich ist er wieder da!

»Hey«, hauche ich, noch immer an ihn gekrallt, noch immer schwer verliebt in den Mann, den ich schon mein Leben lang kenne.

»Hey, meine Schöne«, flüstert er heiser, überwältigt von Emotionen, die seine Augen widerspiegeln, und küsst mich.

38. Kapitel

TAYLOR

Irgendwie gelangen wir in Daniels Zimmer, die Lippen noch immer aneinandergepresst. Wir küssen uns mit einer Mischung aus Sehnsucht, Verlangen, Ungeduld und Liebe. Meine Hände sind in seinen Haaren, an seiner Schulter, umspielen seine rauen Wangen. Ich muss ihn berühren, kann gar nicht anders, um mich zu vergewissern, dass er kein Trugbild ist. Behutsam legt er mich aufs Bett und sieht mir tief in die Augen, in meine Seele, die wie ein offenes Buch für ihn erscheinen muss. Fort sind die Flirtereien und neckischen Kommentare, denn das hier ist echt, das ist Liebe und hier ist kein Raum für etwas anderes als das.

»Endlich«, wispere ich und küsse ihn auf den Mundwinkel. Damit beziehe ich mich nicht nur auf die tagelange Trennung, sondern auch auf den Weg hierher. Das monatelange Hin und Her meinerseits, weil ich Angst hatte, meine Gefühle zuzulassen, und nun verstehe ich nicht, wie ich jemals an uns zweifeln konnte. Während Daniel mit seiner Zunge unfassbar gute Dinge mit meinem Mund anstellt, wandern seine großen Hände unter mein Shirt, treffen auf heiße Haut, die von seiner Berührung zu brennen beginnt.

Ich stehe in Flammen, und es fühlt sich wunderbar an. Mein Shirt wandert schnell zu Boden ebenso wie meine Jeans. Dann folgen auch Daniels Klamotten, bis er in Boxershorts vor mir steht. Sein Körper ist ein richtiges Kunstwerk. Jeder Muskel, jede Wölbung durch sein tägliches Training wirkt perfekt abgestimmt, und ich kann es noch immer nicht fassen, dass dieser Mann mir gehört.

»Ich glaube ja noch immer, dass hier Photoshop am Werk ist.« Er grinst breit und sieht an sich hinunter. Ich folge seinem Blick. Anhand der Größe seiner Beule muss ich schlucken. Daniel fackelt nicht lange und entledigt sich auch des letzten Kleidungsstücks. Viele Frauen stehen ja auf Männer, die gut bestückt sind. Ich persönlich finde, dass es eher darauf ankommt, wie ein Mann mit seinem besten Stück umgehen kann. Bei Daniel habe ich aber die Angst, dass ich ihn nicht ganz aufnehmen könnte.

Er scheint meine Bedenken zu erkennen und kommt auf mich zu, kniet sich neben mich aufs Bett. Liebevoll streichelt er meine Wange und sucht meinen Blick. »Mach dir keine Sorgen. Wir werden es langsam angehen lassen. Ich würde dir niemals wehtun.«

»Das weiß ich doch, aber langsam ist nicht Grant! Ich habe lange genug auf dich gewartet.«

Ein fast trauriges Lächeln erscheint auf seinem Gesicht. »Nicht so lange wie ich. Glaub mir.«

Daraufhin senken sich seine Lippen auf die Wölbung meiner Brüste, die aus dem BH quellen wollen. Er leckt über mein Dekolleté, bis ich mich leicht zur Seite neige, damit er mir dieses lästige Stück Stoff vom Körper schälen kann. Ein hungriger Ausdruck erscheint in seinen Augen, als er meine aufgestellten Nippel beobachtet. Dan nimmt einen in seinen Mund und saugt daran, sodass sich alles in mir zusammenzieht. Mit derselben Hingabe kümmert er sich um die andere Brust und bringt mich fast um den Verstand. Ich will ihn so sehr, dass ich mich kaum zurückhalten kann. Als ich fast komme, dreht sich dieser unglaubliche Mann so, dass ich auf ihm liege, mich an ihn schmiegen kann. Seine Hände sind überall, streicheln meinen Bauch, liebkosen meine Oberschenkel, kneten meinen Po. Gleichzeitig küsst er mich innig und stellt unglaubliche Dinge mit seiner Zunge an. Schließlich löst sich Daniel von mir, packt meine Oberschenkel und zieht mich ruckartig etwas tiefer, damit mein Kopf nicht an das harte Kopfteil schlagen kann.

»Ich schulde dir noch etwas«, raunt er verheißungsvoll und wackelt mit den Augenbrauen. Ich runzle die Stirn, weiß nicht, worauf er anspielt. Daniel lässt mich noch weiter im Dunklen tappen, dafür kommt er aber meinem Schoß sehr nahe. Ich beobachte ihn, und er erwidert meinen Blick, sogar noch, als er mit einem Ruck meinen Slip zerreißt. Ich schreie vor Überraschung auf, verstumme aber schnell, als Daniels Lippen sich auf meine Mitte senken. So wild kenne ich ihn gar nicht, aber es gefällt mir.

Dann verwöhnt er mich, wie es noch nie jemand vor ihm getan hat. Er widmet sich voller Hingabe meiner Befriedigung, liest die Signale, was mir gefällt oder nicht an meinem Körper. Hier sind keine Worte nötig, Dan weiß genau, was ich möchte und wie er mich dorthin katapultieren kann. Seine Zunge bewegt sich schneller, je mehr ich auf den Orgasmus hinsteuere. Es ist unfassbar, wie erregt ich bin, wie verrückt er mich macht. Als es endlich so weit ist, ich an der Klippe stehe und hinunterstürze, habe ich das Gefühl zu sterben, um wieder aufzuerstehen. Es ist beinahe zu viel. Mein ganzer Körper erbebt.

Ich keuche und stöhne und schreie, bis ich das Gefühl habe, heiser zu sein. Dann löst sich mein bester Liebhaber aller Zeiten von mir. Ja, ich bezeichne ihn als besten, obwohl wir noch nicht einmal miteinander geschlafen haben. »Das war …«

»Der beste Orgasmus deines Lebens?«, fragt er hoffnungsvoll und erst da verstehe ich, was er vorhin gemeint hat. Am Telefon hat er mir genau das hier versprochen, und wenn ich nur ansatzweise gewusst hätte, was mich erwartet, wäre ich vor Vorfreude auf und ab gehüpft.

»Also nun kann ich voller Stolz dein Ego an die Decke schießen lassen. Das war unglaublich.«

»Und es ist noch lange nicht vorbei.« Mit diesen Worten küsst er mich erneut, und je wilder der Kuss wird, desto mehr Hemmungen meinerseits fallen. Ich liege auf ihm, denn Daniel hat diese Position bewusst gewählt. Hier habe ich die Kontrolle, und wenn ich nicht mit ihm schlafen wollen würde, würde er das akzeptieren. Das ist ein Maß an Vertrauen, das ich mein Leben lang gesucht habe. Mit einer schnellen Bewegung dreht er uns und ich liege wieder unter ihm. Dann beugt er sich zu seinem Nachtschränkchen, um ein Kondom zu holen und es sich überzustreifen. Den Blick stets mit meinem verbunden.

Anschließend legt er sich wieder zu mir, Haut an Haut, küsst mich erneut und verschränkt unsere Hände über meinem Kopf. Daniel sieht mir tief in die Augen, als ich ihn an meinem Eingang spüre. Er fragt um Erlaubnis, denn das ist es, was Dan immer tut, er würde mir niemals wehtun, physisch wie emotional. Ich lächle ihn an und lege all meine Liebe in dieses Lachen. Als er in mich eindringt, zucke ich kurz zusammen, weil ich seine Größe unterschätzt habe.

»Alles okay?«, keucht Daniel und will sich zurückziehen, doch ich lasse ihn nicht.

»Besser als das«, antworte ich und meine es ernst. Noch nie habe ich etwas mehr gewollt, als Daniel in mir zu spüren. Daraufhin gleitet er immer tiefer, langsam und vorsichtig, bis er schließlich an einem Punkt angelangt ist, wo es kein Zurück mehr gibt. Er dehnt mich, füllt mich aus und es fühlt sich beinahe zu gut an. Ich schließe die Augen und sammle mich, ehe ich sie wieder öffnen kann. Daniel zittert über mir, hält sich zurück, weil mein Gefühlsausbruch ihn verunsichert. Ich hebe die Hüfte an, um ihm zu signalisieren, dass ich mehr will, dass es niemals genug sein wird.

Daniel zieht sich zurück, um dann mit mehr Kraft in mich einzudringen. Er entlockt mir einen Schrei, den womöglich das ganze Haus hören kann. Sosehr ich den sanften Dan auch mag, liebe ich es doch, wenn er seine heiße Seite zeigt. Das teile ich ihm durch mein Stöhnen mit, das zunimmt, je härter er mich nimmt. Er versteht sofort und stößt erneut fester in mich. Ich forme mit den Lippen ein O und kralle meine Finger in sein Haar. Daniels Keuchen ist wie Musik in meinen Ohren, als er immer wilder wird und an Tempo zulegt.

»Daniel«, stöhne ich tief und das scheint ihn noch mehr anzuspornen. Er nimmt mich, hart und doch liebevoll. Eine Mischung, die nur Dan schaffen kann. Es dauert nicht lange und ich bin kurz davor zu kommen. Plötzlich dreht er sich wieder mit mir, sodass ich ihn reite und als ich auf ihm komme, ist das Gefühl überwältigend. Es spült mich fort und schwemmt mich wieder ins Hier und Jetzt. Ein Schweißfilm hat meine Haut überzogen, ebenso wie Dans. Ich breche auf ihm zusammen und vergrabe mein Gesicht an seinem Hals, weil es keinen besseren Ort gibt als bei ihm.

Daniel krallt die Finger in meine Hüften und kommt ebenfalls mit einem Grollen, das mir durch Mark und Bein geht.

»Ich liebe dich«, hauche ich und kämpfe mit Freudentränen, weil ich so glücklich bin. Daniels Hände vorhin noch so bestimmend, streicheln nun meine Haut, huldigen jeden Zentimeter davon. So liegen wir schweigend einige Zeit aufeinander, weil wir das einfach brauchen. Diese Nähe nach der langen

Trennung. Nach einer Weile lege ich mich aber doch neben ihn. Daniel steht kurz auf, um das Kondom zu entsorgen und ich sehe seinem knackigen Hintern hinterher. Ich habe tatsächlich mit Daniel Grant geschlafen. Diese Erkenntnis ist neu, macht mir allerdings keine Angst, denn das, was zwischen uns ist, ist ein Neuanfang. Natürlich ist Daniel auch früher ein toller Mann gewesen, aber unsere Gefühle haben sich verändert. Auch ich habe mich entwickelt, seit dem schlimmsten Tag meines Lebens.

»Einen Keks für deine Gedanken«, flüstert er an meinem Ohr und küsst meinen Hals, ehe er sich auf dem Ellbogen abstützt und sein Kinn auf der Handfläche bettet. Ich imitiere seine Haltung und genieße die Streicheleinheiten seiner anderen Hand. »Du versprichst mir immer Kekse, aber ich habe noch keinen davon gesehen oder gegessen«, erwidere ich schmollend und sehe ihm gespielt ernst in die Augen. Sein Lachen ist rau und seine Stimme noch immer heiser von der Anstrengung.

»Dann werde ich gleich morgen für dich Kekse backen.«

»Ja, aber bitte nackt.«

»Willst du, dass Addy einen Herzinfarkt erleidet?«

»Stimmt! Dann eben nur mit Schürze.«

»Wie du verlangst, Süße.« Daniel beugt sich zu mir, küsst mich und beinahe hätte ich dort weitergemacht, wo wir vorhin aufgehört haben, aber Daniel löst sich von mir, um mich auf die Nasenspitze zu küssen. »Ich kann es noch immer nicht fassen.«

»Was genau? Es gibt hier eine Menge Auswahl«, ich lache und streiche die Strähne zurecht, die ihm in die Stirn gefallen ist.

»Das mit dir und mir, dass wir uns endlich gefunden haben.«

»Ich kann es auch kaum glauben, aber es fühlt sich wunderbar an.«

»Das kannst du laut sagen. Und das müssen wir feiern.«

»Ach ja?«

»Klar. Wir haben morgen unser erstes Date.«

»Warte mal! Musst du nicht arbeiten?« Ich bin so aufgeregt gewesen, dass er wieder da ist, dass ich nicht gemerkt habe, dass er früher als geplant nach Hause gekommen ist.

»Ray hat für mich übernommen, als er gemerkt hat, dass ich wie auf glühenden Kohlen sitze.«

»Hast du ihm von uns erzählt?«

»Das musste ich gar nicht, er hat es an meinem dümmlichen Grinsen gesehen. Er hat gesagt, dass er mich nicht gebrauchen kann, wenn ich wie ein Honigkuchenpferd aussehe.«

»Stimmt. Als Breitbeiniger musst du immer grimmig gucken, um die bösen Jungs abzuschrecken.«

»Ich geb dir gleich einen bösen Jungen«, knurrt er und ist nicht erfreut, dass ich ihn auf den Arm nehme. Daniel greift nach meinen Handgelenken, legt sie neben meinem Kopf ab und legt sich halb auf mich.

»Nichts lieber als das. Ich mag es, wenn du unartig bist.«

»Und ich habe gedacht, ich tue dir weh«, der Humor ist aus seiner Stimme verschwunden.

»Es war perfekt. Wir müssen selbst mit der Zeit draufkommen, worauf wir im Bett stehen, aber das vorhin war unglaublich. So bin ich noch nie geliebt worden.« Allerdings hätte ich es mir ab und an gewünscht. »Eigentlich habe ich mir unser erstes Mal ganz anders vorgestellt.«

»Ja? Erzähl mal.«

Daniel streicht nachdenklich über mein Haar.

»Ich habe vorgehabt, jeden noch so kleinen Winkel deines Körpers zu küssen, mir Zeit zu lassen und dich dann sanft und innig zu nehmen.«

»Das klingt himmlisch, aber es war perfekt, so wie es war. Ich werde diesen Moment niemals vergessen.« Und das stimmt.

Denn diese Beziehung ist so viel größer, als ich es mir vorgestellt habe. Daniel und ich gehören zueinander, verdienen einander und ich werde alles dafür tun, damit diese Liebe hält.

Ich greife in Daniels Nacken und ziehe ihn zu mir runter, um ihn erneut zu küssen, weil ich ihn wieder schmecken möchte, ihn fühlen muss. Diesmal lassen wir uns Zeit und genießen jeden Kuss, jede Liebkosung und Streicheleinheit. Daniel setzt sich auf, die Beine von sich gestreckt und streift sich ein Kondom über, das er sich geholt hat. Ich kralle mich an seine Schultern, als ich über ihm schwebe, den Blick in seinem versunken. »Ich will dich so sehr«, raunt er und trifft mich tief mit dieser Aussage.

Ich lasse mich langsam auf ihn sinken und bebe ebenso wie er, völlig gefangen in Emotionen. Diesmal lieben wir uns sanft und langsam, auf Augenhöhe und lange. Als ich dann viel zu schnell für meinen Geschmack komme, löst sich eine Träne aus meinen Augenwinkeln. Daniel wischt sie fort, denn wir beide wissen sehr wohl, dass es eine Freudenträne ist. Weil wir endlich angekommen sind.

39. Kapitel

TAYLOR

Blinzelnd öffne ich die Augen und seufze wohlig auf, drehe mich zur Seite, um in warme braune Augen zu sehen. Daniel hat es sich gemütlich gemacht und beobachtet mich.

»Was machst du da?«, frage ich und versuche mein Gesicht mit den Händen zu bedecken. Irgendwie ist das unheimlich, wenn ich im Schlaf beobachtet werde.

»Ich habe dir nur beim Schlafen zugesehen.« Wusste ich's doch!

»Die ganze Nacht?«

»Und den ganzen Morgen.«

»Weshalb? Hattest du Angst, dass ich nicht mehr da bin, wenn du einschläfst und aufwachst?«

»So was in der Art. Hast du Hunger?« Mein kleiner, großer Spinner!

»Ist das ein Witz? Ich sterbe und könnte einen ganzen Büffel verdrücken. So wie du mich gefordert hast.«

»Ich dich? Wer wollte denn noch ein viertes Mal?«

»Das tut jetzt nichts zur Sache. Fakt ist, ich habe Hunger.«

»Das trifft sich super. Zieh dir was an und dann gehen wir frühstücken.«

»Klingt himmlisch«, ich seufze, kann aber nicht anders, als die Decke anzuheben und mich an seinem nackten Körper sattzusehen.

Als Dan gemeint hat, dass er ein Date mit mir haben möchte, habe ich gedacht, das typische Essen gehen, tanzen, Kino, aber da habe ich falsch gedacht. Zuerst musste ich eine Tasche packen, die für zwei Tage reichen musste, ohne zu wissen, wohin wir fahren. Wir sind in das Café frühstücken gegangen, vor dem wir uns getroffen haben, als ich mich an seiner Schulter ausgeheult habe. Damals bin ich verzweifelt gewesen, habe gedacht, dass mein Leben den Bach runtergegangen ist, doch nun sehe ich alles anders. Das alles musste passieren, damit wir uns finden konnten.

Nachdem wir satt sind, greift Dan nach meiner Hand und fragt, ob er mein Auto fahren kann, da er mir die Überraschung noch nicht verraten will. Ich gebe ihm die Schlüssel, denn obwohl ich vor Neugierde sterbe, bin ich auch aufgeregt, kann es kaum erwarten, das Geheimnis zu lüften, wohin er mich entführt. Wir fahren aus der Stadt, hinein ins ländliche Conneticut. Rollen an blühenden Blumenwiesen und grünen Bäumen vorbei. Der Frühling geht langsam in den Sommer über, es ist ungewöhnlich warm. Während der Fahrt unterhalten wir uns, hören Musik und reden über meinen Blog.

»Wie oft ist der Beitrag schon geteilt worden?« Ich liebe es, dass er sich tatsächlich für meinen Blog interessiert und es nicht als Hirngespenst abtut.

»Über sechzig Mal. Unzählige Likes und Dutzende Kommentare. Mich hat sogar meine Lieblingsboutique angeschrieben, dass meine Stiefel, die die du so magst, ausverkauft sind. Und das nur wegen meines Beitrags.«

»Ich bin stolz auf dich.« Dan greift nach meiner Hand, die auf meinem Schoß ruht und küsst meinen Handrücken, um anschließend seine Finger mit meinen zu verflechten. Mein Herz schlägt augenblicklich schneller, an diese Schmetterlinge in meinem Bauch werde ich mich wohl kaum gewöhnen können. Eine Wärme breitet sich in meiner Brustgegend aus, die ich noch nie gespürt habe, das hier ist etwas, das ich immer gesucht, jedoch nie gefunden habe. Daniel bemerkt mein Schweigen und sieht zu mir, doch ich kann nicht aufhören, auf unsere Hände zu blicken.

»Du bist wunderschön, wenn du nachdenklich bist«, seine tiefe Stimme ist wie Balsam für meine Ohren. Wenn er Hörbücher einsprechen würde, könnte er Tausende Dollar verdienen.

»Red keinen Quatsch. Ich kann mir nicht vorstellen, dass diese Grimasse gut aussieht.«

»Doch! Ich liebe auch dein Lachen, aber es sind die untypischen Dinge, die ich am meisten an dir mag.«

»Zum Beispiel?«

»Wenn du unter der Dusche und beim Kochen schief singst. Wenn du an deinem Stift kaust, wenn du in Gedanken vertieft bist, wenn du über deinen Daumennagel streichst, wenn du nervös bist. Am meisten liebe ich dieses Stöhnen.«

»Welches denn?«

»Das hier.« Er fährt plötzlich rechts ran, schnallt sich ab und küsst mich innig, knabbert an meiner Unterlippe, und ich kann nicht anders, als zu schnurren.

»Genau das«, murmelt Dan an meinen Lippen. Seine Hände umspielen mein Gesicht, halten mich, denn sonst würde ich auf dem Sitz dahinschmelzen.

»Wenn du so weitermachst, kommen wir nie zum Ziel«, keuche ich atemlos, dieser Mann schafft es tatsächlich immer wieder, mich sprachlos und nervös zu machen. Und das, obwohl wir schon zusammen sind und miteinander geschlafen haben. Trotzdem fühlt sich jede Berührung, jeder Kuss wie das erste Mal an.

»Ich konnte einfach nicht anders«, er grinst, löst sich von

mir und fährt weiter. Eine Weile fahren wir schweigend eine verlassene Straße entlang, bis Daniel wieder das Wort an mich richtet. »Wieso hast du deinen ersten Blogeintrag *All Dressed up in Love* genannt?«

»Weil neben Büchern und Mode meine Leidenschaft die Musik ist. Ich fand es interessant, die Titel aus Songtexten und Alben zu wählen. Außerdem habe ich beim Tragen dieses Outfits gemerkt, dass ich mich leicht in dich verlieben könnte.«

»Das Hin und Her nennst du leicht?«

»Hey! Ich bin nicht zur Gänze schuld, du hast teilweise auch dicht gemacht.«

»Wir sind beide Idioten gewesen.«

»Dafür sind wir jetzt umso schlauer«, ich kichere und lehne mich an seine Schulter, während er in der heißen Mittagssonne an ein unbekanntes Ziel fährt.

Die erste Nacht mit Daniel muss mich mehr angestrengt haben als anfangs gedacht, denn ich bin wenig später eingeschlafen. Ich erwache, als Daniel das Auto vor einem großen Gebäudekomplex parkt. Ich blinzle ins Sonnenlicht und versuche zu entziffern, was dort auf dem Gebäude steht. Als ich es erkenne, werden meine Augen groß.

»Ein Wellnessausflug?«

»Ich dachte mir, wie könnte man besser deinen Erfolg und unsere Beziehung feiern, als sich in warmem Wasser zu betatschen.«

»Spinner!« Ich steige aus, weil er ebenfalls ausgestiegen ist, umrunde mein Auto und falle ihm um den Hals. Mal wieder. »Danke«, hauche ich gegen seine Lippen, schmiege mich an seinen festen Körper. Dan packt mich bei den Hüften, drückt mich mit dem Rücken gegen mein Auto und vertieft unseren Kuss. Unsere Zungen verschmelzen miteinander und sein

Geschmack lässt mich vor Wonne seufzen. Himmel! Ich bin schon wieder scharf auf diesen verführerischen Mann.

»Wenn wir nicht aufhören, werden wir wegen Erregung öffentlichen Ärgernisses festgenommen.«

»Solange wir in derselben Zelle landen, kann ich damit leben«, murmle ich und löse mich nur widerwillig von ihm.

»Komm. Lassen wir uns von den Masseuren hart rannehmen, ehe ich mich ebenso intensiv um dich kümmere.«

Dieses Wochenende ist Erholung pur am Tag, mit Schlammpackungen, Massagen und gutem Essen. Die Nächte sind von süßer Anstrengung, weil Daniel und ich nicht die Finger voneinander lassen können. Aus dem ersten Date, das er versprochen hat, ist ein Wochenende entstanden, das ich niemals vergessen werde. Ich habe sogar den neuen Blogeintrag fertig geschrieben und plane ihn nächste Woche online zu stellen. Der Titel ist *Unbreak my heart* und handelt von meiner Trennung von Robb. Diesmal habe ich ein Outfit von früher gewählt, eins, das meinem Ex damals gefallen hat. Es besteht aus Lederleggins, knallgelbem Top und einer ebenso schwarzen Lederjacke darüber, dazu Riemchensandalen. Schwarz, rockig und doch farbenfroh.

Mein erster Eintrag hat mir Hunderte Follower beschert und einige Promimagazine haben darüber berichtet, dass die verschollene Ex-Freundin von Robb Barnes sich mit einem Knall zurückmeldet. Diesen Ausdruck verstehe ich jetzt nicht wirklich, allerdings müssen diese Blätter auch immer übertreiben. So oder so hat mir mein Blog schon einige mögliche Kooperationen mit Modelabels ermöglicht. Und obwohl ich noch keinen Job gefunden habe, hat sich mein neues Hobby in ebendiesen gewandelt.

Am Sonntagmorgen betreten wir das Wohnhaus. Daniel ist

so nett und trägt die Taschen, während ich ihm auf den Hintern starre und die Show genieße. Auf unserer Etage hören wir Stimmen, die uns bekannt vorkommen. Je näher wir unserer Wohnung kommen, desto lauter werden sie. »Und das soll ich dir glauben? Dass der Zucker alle ist?«

»Natürlich sollst du mir das glauben. Wieso sollte ich lügen?«

»Ich weiß es nicht. Um dich hier aufzuspielen und mir auf die Nerven zu gehen?«

»Das ist aber nicht nett. Sollten wir nicht lieber von vorne anfangen und auf gute Nachbarschaft trinken?«

»Keine Chance.«

»Ich kann auch ganz artig sein.«

»Das glaube ich natürlich aufs Wort«, der Sarkasmus trieft aus Addisons Stimme. Endlich können Dan und ich sehen, was los ist. Drake lehnt mit der Schulter lässig im Türrahmen, trägt Jeans und ein weißes T-Shirt, das einen herrlichen Kontrast zu seiner dunklen Haut liefert, und mustert Addison in ihren Sportklamotten mit einem schelmischen Grinsen. Sie hat die Arme vor ihrer üppigen Brust verschränkt, ihre ganze Haltung ist abweisend, doch Drake scheint das nicht zu kümmern. Er scheint darauf aus zu sein, Addy in den Wahnsinn zu treiben. Und das nicht im positiven Sinn.

»Hallo ihr zwei«, begrüßt er uns und reicht Dan und mir die Hand.

»Kann ich dir behilflich sein? Denn von meiner Schwester wirst du keine Hilfe bekommen, selbst wenn du blutend vor ihr liegen würdest.«

»Ich brauche unbedingt Zucker, aber sie weigert sich, einem Nachbarn in Not zu helfen.«

»Ich bin eben kein netter Mensch, je eher du das in deine Birne bekommst, desto besser.« Dieses Gezanke erinnert mich ein wenig an unsere Diskussionen von früher. Bevor Daniel und ich uns verliebt haben. Die Art, wie Drake Addy ansieht, lässt mich schmunzeln, denn da ist definitiv etwas, nur was, das ist wohl die Eine-Million-Dollar-Frage. Ich weiß, dass meine Mitbewohnerin ihn heiß findet, doch sie ist auch ein Mensch, der sich nicht in die Karten schauen lässt.

»Weißt du was?«, sage ich nun, denn erstens will ich endlich in die Wohnung, aber die beiden versperren den Weg, und zweitens will ich Addy zur Seite stehen, denn wenn sie ihn loswerden will, dann soll er auch gehen.

»Ich bringe dir den Zucker und dann können wir alle entspannt weitermachen.«

»Schade! Ich habe es eigentlich gerne, von Addison bedient zu werden. Auf der Party hat sie sich ja auch rührend um mein Wohl gekümmert.« Sie schnaubt nur, würdigt ihn keines Blickes mehr und geht wieder ins Wohnzimmer. Ich folge ihr, gehe in die Küche, um Drake das gewünschte Produkt zu geben. Dan und er unterhalten sich, doch ich verabschiede mich schnell und gehe zu Addy, die mit ihrem Workout weitermachen möchte.

»Was ist da zwischen dir und unserem Hottie der Woche?«

Sie hält inne und wendet sich mir mit einem grimmigen Ausdruck zu. »Nichts ist da! Er ist nett zum Ansehen, aber das war es schon. Mit Typen wie ihm möchte ich so wenig wie möglich zu tun haben.«

»Okay. Wenn er das nächste Mal klingelt, werde ich das übernehmen.«

»Wenn der noch mal klingelt, hole ich die Schrotflinte und jage ihn zum Teufel!«

»So gerne ich das sehen würde, muss ich dich trotzdem bitten, die Feuerwaffen stecken zu lassen«, ich kichere, weil ich doch hoffe, dass sie das als Scherz gemeint hat. Bei Dans Schwester kann man das nicht so genau sagen.

»Ich verspreche nichts«, meint sie und hebt eine Augenbraue in die Höhe, schürzt die Lippen.

»Wie war euer Fickwochenende?«

»Traumhaft«, ich seufze und versinke in den unzähligen Kissen der Couch. Ich habe unser Zuhause vermisst. »Du siehst auch sehr befriedigt aus. Da hat mein Brüderchen gute Arbeit geleistet.«

»Und wie er das hat, Schätzchen«, ich wackle mit den Augenbrauen, doch sie macht nur Kotzgeräusche.

»Hey! Da seid ihr ja wieder!« Grace kommt die Treppe runter und stürzt sich auf mich, ich keuche, als sie gegen mich prallt.

»Aber hallo! Das nenne ich eine Begrüßung.«

»Ich bin einfach nur froh, dass ihr wieder da seid und ich die da nicht alleine ertragen muss.« Sie zeigt anklagend mit dem Zeigefinger auf Addy, ehe sie sich wieder mir zuwendet. »Sie vermisst Vaughn und ich habe sie fast anketten müssen, damit sie ihn nicht anruft.«

»Wart ihr hier in der Wohnung?«

»Nein, wir waren mit den Jungs im Pub und je mehr Alkohol geflossen ist, desto unberechenbarer war sie.«

»Ach, übertreib mal nicht«, meldet sich unser Griesgram zu Wort.

»Ich musste dir das Handy gewaltsam entreißen! Also hör du auf. Denn wenn ich es nicht getan hätte und du ihn angerufen hättest, hättest du mir den Arsch aufgerissen.«

»Stimmt, aber trotzdem!«

»Na schön. Dann wechsle ich das Thema. Wie war euer Fick-mich-Urlaub?«

Ich verdrehe die Augen, will ihr gar nicht antworten, doch Dan übernimmt das für mich.

»Es war episch. Die Menschen werden Gedichte darüber

schreiben, ihren Enkeln noch von den Geräuschen berichten, die Tae von sich gegeben hat.« Natürlich laufe ich rot an, denn ich bin es einfach nicht gewöhnt, dass jeder über mein Sexleben Bescheid weiß.

»Halt die Klappe«, zische ich, kann aber nicht ernst bleiben. Ich gehe in die Küche und checke die Lage.

»Grace will heute kochen«, höre ich Addy rufen und erstarre.

»Echt?« Ich weiß, dass sie nicht kochen kann, aber ihr Engagement will ich nicht schlechtmachen.

»Ja. Ich wette um zehn Dollar, dass wir heute beim Chinesen bestellen werden.«

»Addison! Sei nicht so gemein«, schaltet sich mein Freund ein, und ich könnte ihn dafür küssen, wie er seine Mitbewohnerin verteidigt.

»Ich wette zwanzig, dass der Rauchmelder angeht und wir beim Mexikaner bestellen werden.« Ich schüttle den Kopf. »Habt doch etwas Vertrauen in Grace, vielleicht haut sie euch ja um und zaubert das beste Essen, das ihr je gekostet habt. Oder, Gracie?« Ich sehe zu ihr, die mich ansieht, als wäre ich ein süßer Welpen, dann wendet sie sich den anderen zu. »Ich wette fünfzig Dollar, dass es Italienisch sein wird.«

40. Kapitel

DANIEL

Ein paar Wochen später quillt Taylors Zimmer über mit Paketen, die alle an sie adressiert sind. Ihre Blogeinträge sind ein voller Erfolg, nicht nur dass sie damit ihre Follower anspricht und ihnen ihre Lieblingskleidungsstücke präsentiert, sie bekommt auch bezahlte Partnerschaften angeboten. Taylor blüht richtig auf, wenn es um die Gestaltung ihres Blogs geht oder wenn sie an einem neuen Eintrag schreibt. Es scheint, als hätte sie endlich ihre Berufung gefunden, auch wenn es etwas ist, mit dem niemand von uns gerechnet hat.

Im WG-Alltag hat sich nicht viel verändert, seit Tae und ich zusammen sind. Tagsüber sind Addy und sie zu Hause, während Grace und ich einen Tagesjob haben. Abends ist dann Familytime, wo wir entweder ausgehen oder daheim abhängen. Da mittlerweile der Sommer eingezogen ist, machen wir eher Ersteres, denn unser Pub hat eine herrliche Terrasse, wo man die lauen Sommernächte genießen kann.

In zwei Wochen fliegen Tae, Addy und ich nach Pasadena, weil wir unsere Eltern vermissen und weil auch das Klassentreffen ansteht, auf das sich meine Freundin unheimlich freut. Meine Eltern sind noch immer aus dem Häuschen, weil ich endlich Taylors Herz gewonnen habe, was ihrer Meinung nach längst überfällig gewesen ist. Was ich empfinde, lässt sich kaum in Worte fassen. Jeder Tag und vor allem die Nächte sind unglaublich. Ich nutze jede Minute, die wir miteinander verbringen, um sie zu berühren oder mehr über sie zu erfahren. Auch wenn wir uns unser Leben lang kennen, gibt es noch allerhand Dinge, die ich nicht von ihr weiß.

Wie zum Beispiel, dass sie allergisch auf Bienenstiche ist, ihre Mutter ihr ein Abschiedsvideo aufgenommen hat, das sie sich nur einmal angesehen hat, weil sie den Schmerz nicht ertragen kann. Dann gibt es noch ihren Körper, den ich anbete, der meine wildesten Fantasien über sie von damals in den Schatten stellt. Es ist die beste Zeit meines Lebens, und ich liebe sie nicht nur wegen ihrer äußerlichen Vorzüge oder ihres Aussehens, sondern weil sie mein Gegenstück in jeglicher Hinsicht ist. Sie liebt meine Familie, versteht sich blendend mit meinen Freunden und mein Boss ist ganz vernarrt in sie.

»Kommst du endlich?«, ruft Taylor aus dem Bad. Ich habe gerade mein Workout beendet und lechze nach einer Dusche. Wenn ich trainiere, kann ich mich am besten konzentrieren und nachdenken. Und jedes Mal, wenn ich eine Session beende, fühle ich mich sehr dankbar und glücklich. Ich räume meine Hanteln weg und gehe ins Badezimmer, wo meine Göttin in einem Schaumbad liegt und mich mit einem verführerischen Lächeln zu sich winkt.

»Ach, hast du etwa Sehnsucht nach mir?«, frage ich und ziehe mir mein Achselshirt über den Kopf. Es klebt an meinem Körper, ebenso wie Taylors Augen an mir.

»Du kannst nicht allen Ernstes erwarten, dass ich nicht scharf werde, wenn du vor meinen Augen trainierst.«

»Wenn ich gewusst hätte, dass dich das so anturnt, hätte ich Tag und Nacht vor dir mein Workout gemacht.«

Das Gute an dieser riesigen Wohnung ist, dass wir zwei Badezimmer haben. Das im ersten Stock hat eine Dusche, das unten eine Badewanne. Das warme Wasser fühlt sich herrlich auf meiner Haut an, als ich hineinsteige. Taylor dreht sich um, damit sie sich mit ihrem Rücken an meine Brust lehnen kann. Sie ist so winzig, so zerbrechlich, das wird mir immer bewusst, wenn sie auf mir liegt. Auch beim Küssen muss sie sich meistens auf die Zehenspitzen stellen, weshalb ich sie oft gegen die Wand drücke oder hochhebe.

»Willst du wirklich heute ausgehen? Wir könnten uns im Bett verkriechen und unanständige Dinge machen?«, frage ich und lege meinen besten Welpenblick auf.

»Das machen wir doch sowieso, auch wenn wir vom Pub nach Hause kommen.«

»Aber so muss ich mich nicht zurückhalten und kann dich dort berühren, ohne dass die Leute uns beobachten können.« Ich wandere mit meiner Hand über ihre Brüste, knete sie sanft und wandere tiefer, immer tiefer, bis ich an meiner Lieblingsstelle ankomme. Tae schnurrt, als ich mit einem Finger in sie eindringe. Sie ist mein persönliches heißes Kätzchen geworden, denn wenn sie diesen Laut von sich gibt, mache ich etwas verdammt richtig.

»Gefällt dir das?«, flüstere ich ihr ins Ohr und schiebe ohne Mühe den zweiten in sie. Ihr Stöhnen ist meine Antwort. Sie krallt ihre Hände an den Badewannenrand, findet aber nicht so richtig Halt.

»Ich liebe es, mit dir zu spielen, wie auf einem Musikinstrument. Kein Laut ist schöner, als der hier.« Ich beiße sanft in ihren Hals und spüre ihre Gänsehaut an meinem Körper, sie erbebt und stöhnt tief und zufrieden. Ich greife nach ihrem Kinn, drehe es zu mir, um sie zu küssen und streichle sie weiter, bis sie kommt und zitternd in meinen Armen keucht.

»Ich werde niemals genug davon bekommen«, flüstert sie und greift nach meiner Hand, um meine Handfläche zu küssen. »Du solltest dir die hier millionenschwer versichern lassen. Ich könnte nicht mehr ohne sie leben.«

»Ach, du willst mich nur wegen meiner Fingerfertigkeit?«

»Ich will dich, weil ich verrückt nach dir bin. Und deine Fähigkeiten im Schlafzimmer sind sozusagen ein Bonus.«

»Da bin ich aber beruhigt, heißt das, wir bleiben zu Hause?«, frage ich hoffnungsvoll und male mir jetzt schon all die Dinge aus, die ich mit ihr anstellen möchte.

»Nein. Wir gehen aus. Die Jungs kommen schließlich auch.« Ich seufze. Ich liebe meine besten Freunde, aber in letzter Zeit mache ich mir um meine Freundschaft zu Luke Sorgen. Er redet kaum mit mir, und wenn ich mit ihm unter vier Augen reden will, blockt er ab oder will gerade nicht sprechen. Es ist frustrierend vor allem, da ich mit ihm immer über ernste Themen sprechen konnte.

»Irgendwann wird er schon mit der Wahrheit rausrücken. Bis dahin musst du Geduld haben.« Wie so oft weiß Taylor, was in mir vorgeht, wir könnten Diskussionen nur mit Blicken führen. Das ist etwas, was wir über die Jahre perfektioniert haben. Ich brauche nicht mal ihre Lippen zu lesen und wüsste quer über den Raum verteilt, was sie mir sagen möchte. Das ist unser Ding.

»Ich bin ja der Meister der Geduld.« Ich habe auf Tae sozusagen mein Leben lang gewartet, nur weiß sie das noch nicht. Denn das würde Fragen aufwerfen und der Lüge, die alles zerstören könnte, näher kommen.

»Aber diese Ungewissheit macht mich fertig. Ich ahne zwar, was es sein könnte, aber was ist, wenn ich falschliege?«, rede ich weiter und küsse ihre Schulter, tief in Gedanken versunken. Eine Weile schweigen wir, bis Tae sich wieder zu Wort meldet. »Egal, was Luke beschäftigt, wenn er mit dir darüber sprechen möchte, wird er schon zu dir kommen.«

»Ich weiß«, ich seufze und drücke sie fest an mich.

»Komm, ich wasche dich mal gründlich und dann geht's ab in die Stadt«, sagt dieses wunderschöne Geschöpf in meinen Armen und dreht sich erneut um, damit sie mir ins Gesicht sehen kann. Dann greift sie nach dem Badestöpsel, um das Wasser abzulassen.

»Ich dachte, du willst dich um meine Sauberkeit kümmern?«, frage ich und hätte mich über eine Massage gefreut. »Ich muss doch Luft holen können! Oder willst du, dass ich ertrinke?« Langsam und mit einem frechen Grinsen im Gesicht, wendet sie sich meinem Schwanz zu und ich checke es endlich.

Wir betreten unser Stammlokal und gehen zu unserem reservierten Tisch, im hinteren Teil des Pubs. Früher sind die Jungs und ich immer alleine hierhergekommen und nun sind wir zu einer richtigen Clique geworden. Addy und Grace haben früher keine Lust gehabt mitzukommen, weil Vaughn das nicht gefallen hat, wenn Pacey dabei war und Grace ist nicht so ganz warm geworden mit den dreien. Erst als Taylor in unser Leben gekommen ist, haben wir uns zusammengerauft.

Wir sitzen eine Stunde gemütlich zusammen, trinken, lachen und essen, als Zayn plötzlich zusammenzuckt.

»Fuck! Tae?«

»Ja?«

»Bitte komm her und setz dich auf meinen Schoß.«

»Was? Wieso denn?«

»Da ist die Schnecke von letzter Woche, die sich als richtige Klette entpuppt hat und sie kommt auf mich zu. Du musst so tun, als wärst du meine Freundin.«

»Keine Chance, Mann! Wieso schnappst du dir nicht Grace

oder Addison?«, melde ich mich nun zu Wort und will als Bekräftigung meiner Worte Taylor an mich ziehen, doch die ist schon aufgestanden, um sich bei meinem besten Freund auf den Schoß zu setzen.

»Die Hände behältst du schön bei dir, Casanova. Ist das klar?«, knurre ich, weiß aber auch, dass mein Kumpel sich nie an meine Freundin ranschmeißen würde.

»Glasklar«, flüstert er und legt seinen Arm um Taes Hüfte.

»Zayn! Ich dachte, du hättest heute ein Date?«

»Hab ich auch. Das ist meine feste Freundin Tae. Taylor, das ist …?«

»Shelby«, zischt sie wütend, würdigt die Frau in Zayns Armen keines Blickes.

»Ach ja genau. Was gibt's denn?«

»Nichts, ich war nur überrascht, dich zu sehen, ich wollte dir ohnehin schreiben, aber wenn ich schon mal da bin, kann ich dich fragen, ob du mich morgen ausführen möchtest.« Zayn hat schon immer ein Faible für die hübschen Dinger gehabt, die aber meist nicht viel in der Birne haben. Doch diese hier schießt den Vogel ab.

»Ich sitze hier mit meiner Freundin und du willst tatsächlich, dass ich mit dir ausgehe?« Selbst Zayn scheint seinen One-Night-Stand zu bereuen, das sehe ich ihm an.

»Ich habe auch nichts gegen einen Dreier. Wenn ich der Stargast bleibe.« Ihr Lächeln ist arrogant und berechnend. Ihr scheint es nichts auszumachen, dass hier eine Gruppe von Leuten sitzt, die sie hören kann.

»Stargast? Sag mal, Schnecke, hast du denn gar kein Selbstwertgefühl?«, fragt Taylor und erwischt Blondie eiskalt. Ihre Atmung beschleunigt sich und ihre Augen huschen nervös hin und her. Sie scheint gerne auszuteilen, aber nicht oft einstecken zu müssen.

»Wie bitte?«, keucht sie und verschränkt die Arme vor der Brust. Nun liegt ihre ganze Aufmerksamkeit auf meiner Freundin.

»Du hast schon richtig gehört. Zaynibaby gehört mir und wir haben auch kein Interesse daran, unsere Lust zu teilen, also würde ich mal sagen, du kannst weiterziehen. Und lass ihn in Zukunft in Ruhe.«

Sie schnaubt empört.

»So etwas habe ich nicht nötig. Du warst sowieso nicht so gut im Bett.« Sie wirft übertrieben ihr Haar über die Schulter und dreht sich um. Als sie endlich aus dem Lokal stöckelt, stößt Zayn erleichtert den Atem aus.

»Baby, du bist Gold wert. Darf ich sie mir öfter für so was ausleihen?«

»Denk nicht mal dran«, knurrt Tae und steht auf.

»Wo findest du solche Frauen überhaupt?«, fragt Addy nun.

»Ich hatte letzte Woche eine Schulung über Verkaufsstrategien und da habe ich sie in der Hotelbar getroffen.«

»Sie ist nicht gerade helle, oder?«

»Das weiß ich nicht. Ich habe mich nicht wirklich viel mit ihr unterhalten. Hab ihr nur das Blaue vom Himmel versprochen, und da war sie schon mit einem Bein in meinem Hotelzimmer.«

»Du hast es doch gar nicht nötig zu lügen, das ist das Schlimmste, was du einem anderen Menschen antun könntest«, meint Taylor mit ernstem Unterton. Addison, Grace und ich sehen uns gleichzeitig an und denken dasselbe. Taylor hasst Lügner und das nicht nur auf Beziehungen bezogen, sondern generell und das schon ihr Leben lang. Ich mag es auch nicht, beschwindelt zu werden, aber bei Tae ist das ziemlich ausgeprägt. Irgendetwas muss früher vorgefallen sein, was sie mir aber noch nicht gesagt hat.

»Ja, Lügner oder die, die etwas vortäuschen, sind die Schlimmsten überhaupt«, es ist Luke, der diese Worte spricht und mich direkt ansieht. Sein wütender und gleichzeitig enttäuschter Gesichtsausdruck trifft mich hart, denn er und ich haben uns noch nie gestritten. Ich würde ihm gerne antworten, aber ich habe Schiss, dass er dann mein Geheimnis ausplaudern könnte, und das möchte ich vermeiden. Grace erkennt wie immer sofort die Situation und lenkt das Thema in ein nicht so gefährliches Terrain. Die Gespräche werden lockerer, aber ich kann mich nicht richtig entspannen, zu sehr spuken mir Lukes Worte im Kopf herum.

Auch meine Freundin ist still geworden, trinkt kaum etwas und greift sich die ganze Zeit an den Bauch.

»Alles okay?«, flüstere ich ihr ins Ohr und greife sanft nach ihrer Hand.

»Mir ist übel. Entweder war der Burger mehr als ich vertragen konnte oder der Alkohol steigt mir zu Kopf.«

»Dann trink nichts mehr. Ich hole dir ein Glas Wasser.«

»Danke«, flüstert sie und küsst mich auf die Lippen. Luke hat sich kurz vor mir erhoben und ist ebenfalls an die Bar gegangen. Ich nehme mir vor, mit ihm zu reden und stelle mich neben diesen blonden Sportler, der kleiner als ich ist, aber Gewichte stemmt wie kein anderer. Er ist Schwimmer bei der American Swim League, die bei Wettbewerben und olympischen Spielen antritt.

»Hey Mann. Hast du eine Minute?« Er hat mich nicht kommen sehen und zuckt zusammen, als ich mich von hinten nähere.

»Ich kann leider nicht, muss morgen früh raus«, er sagt es, ohne mich anzusehen, und wendet sich dem Ausgang zu. Ich will ihm nachgehen und endlich wissen, was unsere Freundschaft gerade zu zerstören droht, doch er ist ziemlich schnell und weg, bevor ich ihm nachkommen kann. Ich gehe zur Bar und bestelle eine Flasche Wasser und drehe mich zu unserem Tisch um, während ich warte und treffe auf Taylors mitfühlenden Blick. *Alles wird gut*, will dieser mir sagen und ich kann nur hoffen, dass sie recht hat, denn gerade sieht es so aus, als würde sich Luke immer weiter von mir entfernen.

Stunden später schrecke ich auf, als das Bett erzittert und Taylor ins Badezimmer läuft, als wäre der Teufel hinter ihr her. Dann höre ich sie würgen und stehe ebenfalls schnell auf. Es ist ja nicht so, als hätten wir das nicht schon mal durchgemacht, aber diesmal kann es nicht der Alkohol gewesen sein, denn Tae hat kaum etwas getrunken.

Ich streiche ihr das Haar aus dem Gesicht und fahre ihr beruhigend mit der Hand über den Rücken, aber es hilft nichts, denn sie erbricht weiter und hört erst auf, als sie nur mehr Wasser spuckt. »Was ist denn los?«, frage ich sanft, als ich die Spülung betätige und ihr auf die Beine helfe. Sie wirkt entkräftet und körperlich schwach und das innerhalb von ein, zwei Stunden.

»Ich weiß es nicht«, murmelt sie und wischt sich über die schweißnasse Stirn. Ich greife ebenfalls danach und erschrecke. »Du bist ja heiß!«

»Das weiß ich auch, Schlauberger«, selbst wenn es ihr dreckig geht, scherzt sie noch, aber ich bin nicht zum Lachen aufgelegt.

»Nein, ich meine, du glühst. Du hast Fieber. Komm, leg dich hin. Ich mache dir einen Tee.«

»Okay.« Sie torkelt eher schlecht als recht ins Bett und ich decke sie mit meiner und ihrer Bettdecke zu. Dann gehe ich nach unten, brühe etwas Tee in einer Kanne auf und bringe es in mein Zimmer, doch Taylor liegt nicht wie erwartet im Bett, sondern erneut über der Toilettenschüssel und erbricht sich.

Diese erste Nacht bekomme ich kein Auge zu und auch wenn ich nicht viel Schlaf brauche, bin ich todmüde. Tae schläft gerade tief und fest in meinen Armen, als ich nach meinem Smartphone greife und Ray anrufe.

»Es ist fünf Uhr morgens! Hättest du nicht in einer halben Stunde anrufen können? Dann muss ich sowieso raus«, murrt er verschlafen ins Telefon.

»Es tut mir leid, Eure Grummigkeit, aber es muss sein. Ich kann heute nicht arbeiten kommen. Taylor ist krank.«

»Fuck! Was hat sie denn?«

»Ich glaube, sie hat sich einen Virus eingefangen.«

»Wünsch ihr gute Besserung von uns und komm wieder, wenn sie über den Damm ist.«

»Geht klar. Danke.«

»Nichts zu danken, aber weil du mich aufgeweckt hast, reiße ich dir das nächste Mal den Arsch auf.«

»Ist gut, alter Mann.«

»Ich geb dir gleich nen alten Mann«, knurrt er und legt auf. Ich lege das Handy beiseite und blicke auf meine wunderschöne Freundin, die zwar etwas angeschlagen, aber trotzdem mein wahr gewordener Traum ist, und mir wird wieder klar, was für ein verdammtes Glück ich habe.

41. Kapitel

TAYLOR

An die letzten zwei Tage kann ich mich kaum erinnern, denn es ist, als würde ich in Watte verpackt nur Fetzen meiner Umgebung wahrnehmen können. Ich schlafe die meiste Zeit, werde aber öfter von Daniel aufgeweckt, der meine vom Schweiß durchnässten Klamotten auszieht, um mir einen frischen Pyjama anzuziehen. Jede Berührung seinerseits lässt mich vor Kälte und Schmerz erzittern. Ich fühle mich hundeelend und verweigere die Suppe, die mir Dan anbietet, weil ich einfach nichts runterbekomme.

Aber am darauffolgenden Tag öffne ich ohne jegliche Schmerzen die Augen, um in ein wunderschönes schlafendes Gesicht zu sehen. Daniel liegt neben mir, tief eingemummelt in seine Decke, was mich lächeln lässt. Dieser Mann friert selbst im Sommer und braucht eine dicke Bettdecke. Der erste Eindruck von Daniel ist anhand seiner Größe und kantigen Gesichtszüge vielleicht hart, aber wenn er schläft, sieht er einfach schön aus.

Wie habe ich früher jeden Tag mit ihm verbringen können, ohne mich in ihn zu verlieben? In der Kindheit habe ich öfter bei ihm und Addy geschlafen als in meinem eigenen Bett. Er hat beim Begräbnis meiner Mutter meine Hand gehalten und ist mitunter der Grund gewesen, wieso ich nicht geweint habe. Er ist da gewesen, als es mir schlecht ging und ist noch immer da, auch wenn mir das erst jetzt klar wird. Er ist immer ein Teil von mir gewesen, bis seine Familie fortgezogen ist und wir getrennt wurden. Aber ich habe ihn nie vergessen, habe selbst während meiner Beziehung mit Robb ab und zu an meinen besten Freund aus meiner Kindheit gedacht. Und ich komme nicht umhin mich zu fragen, was gewesen wäre, wenn ich mich früher in Daniel verliebt hätte. Wäre ich dann immer noch in New York oder hätten er und ich eine Familie gegründet und wären in Pasadena geblieben?

Diese Was-wäre-wenn-Fragen sind reine Zeitverschwendung, denn jetzt und hier sind wir verliebt und zusammen, und wir sollten das Beste daraus machen. Alleine die letzten Tage haben unsere Beziehung gefestigt. Als es mir schlecht ging, war Daniel an meiner Seite und hat mich gesund gepflegt, sich nicht beschwert und hat sein Bestes gegeben, um mir zu helfen, und das ist es doch, was eine Beziehung ausmacht. In guten wie in schlechten Zeiten einander eine Stütze zu sein.

Plötzlich werde ich von einer Welle von Glück und Dankbarkeit erfasst. Also nehme ich Daniels Hand, die unter der Decke herausragt und auf meinem Bauch liegt und lege sie aufs Laken, ehe ich aufstehe und in mein Zimmer gehe, um den Laptop zu holen. Als ich mich neben ihn setze, schläft er noch immer tief und fest. Ihn anzusehen inspiriert mich, also fange ich an zu tippen und kann fast nicht aufhören, nicht mal als Daniel aufwacht, mich kurz auf die Wange küsst, ehe er ins Badezimmer geht.

Als ich den Eintrag beende, lese ich ihn noch mal quer und poste ihn sofort. Es ist eine untypische Zeit, da ich meine Posts meistens Sonntagabend veröffentliche, aber diesmal ist mir das egal, denn ich habe das Gefühl, als würde ich vor Gefühlen überquellen. In dem Moment, in dem ich den Laptop weglege, kommt Dan mit einem Handtuch um die Hüften ins Zimmer und ein erleichterter Ausdruck erscheint auf seinem Gesicht. »Wie fühlst du dich?«

»Viel besser«, antworte ich sofort, körperlich wie emotional.

»Gott sei Dank. Du hast mir echt einen Schrecken eingejagt.«

»Das tut mir leid. Aber du hast mich gepflegt und dafür danke ich dir.« Ich stehe auf und stelle fest, dass ich nur ein Schlafshirt und einen Slip trage. Als ich vor Daniel stehe und ihm tief in die Augen sehe, seufzt er plötzlich. Sein Blick ist weich, offen und verletzlich. Er legt sein Herz für mich offen, lässt mich hineinblicken, und was ich sehe, bin ich. Er liebt mich, das hat er mir gesagt, aber jetzt und hier spüre ich es am ganzen Körper.

»Ich würde alles für dich tun«, flüstert er an meinen Lippen, ist mir mit jedem Atemzug näher gekommen, streichelt zärtlich über meinen Kopf.

»Denn ohne dich würde mein Leben keinen Sinn mehr ergeben.« Er küsst meinen Mundwinkel, ehe er meinen Blick sucht, ihn mit seinen braunen Augen einfängt, ihn verführt, ihn hält. »Du bist es, Tae. Bist es immer gewesen.«

Ich würde ihn jetzt so gerne küssen, aber ich bin zwei Tage im Fieberwahn gewesen und habe mir noch nicht die Zähne geputzt, also schmiege ich mich an ihn, ehe ich mich von ihm löse und ins Badezimmer gehe, um wieder wie ein Mensch auszusehen.

Wenig später liege ich im Bett in seinen Armen und male Kreise auf seine Brust, lausche Daniels Herzschlag, fühle mich voll und ganz zufrieden. Als könnte ich die Welt umarmen.

»Einen Keks für deine Gedanken«, raunt er und der Bariton seiner Stimme lässt meine Wange erzittern.

»Ich denke daran, wie glücklich du mich machst.«

»Tatsächlich?«

»Ja, Schlauberger. In Momenten wie diesen wünschte ich, mit meiner Mom reden zu können. Ich wünschte, ich könnte sie anrufen, ihr erzählen, wie es in mir aussieht. Sie zu uns einladen, damit sie selbst sehen kann, wie gut wir zusammenpassen.«

»Sie ist immer da, Tae. Sie sieht dich, uns und ich bin mir sicher, dass sie verdammt stolz auf dich ist.«

»Meinst du?«

»Na klar. Ich erinnere mich noch sehr genau an sie. Dass sie immer nach Lavendel gerochen hat, wie du. Ich erinnere mich an ihre Stimme, weil sie so oft gesungen hat. Beim Rasenmähen, beim Kochen oder beim Streichen eures Zaunes.«

»Sie hat mir immer *You are my sunshine* vorgesungen, wenn ich traurig war, vor allem zum Schluss hin.«

»Weil sie krank war?«

»Nein, weil ich wütend auf sie war.«

»Wieso?«

»Weil sie gelogen hat. Sie hat uns lange ihre Krankheit verheimlicht, hat uns glauben lassen, dass alles in Ordnung und sie nur müde sei. Erst als es fast zu spät war, haben wir erfahren, wie schlimm es tatsächlich um sie stand.«

»Das tut mir schrecklich leid«, flüstert er und küsst mich sanft aufs Haar. Ich habe das noch keinem gesagt, weil ich mich selbst dafür geschämt habe, dass ich als ihre Tochter nicht sehen konnte, wie schlecht es ihr tatsächlich ging. Diese Erfahrung hat mich und mein Leben geprägt.

»Genau deshalb hasse ich Lügner, habe so heftig reagiert, als Robbs Verrat öffentlich wurde. Für mich ist Lügen schlimmer als Betrug.«

Daniel holt tief Luft, und mir kommt es vor, als würde er den Atem anhalten, ehe er ausatmet. Danach ist er still, was nichts Neues bei uns ist, doch diese Stille fühlt sich anders an, ich kann es nur nicht benennen, vielleicht mache ich mir allerdings auch etwas vor. Immerhin war ich ziemlich krank.

Als ich eine Stunde später auf der Couch im Wohnzimmer sitze, mit dem Laptop in meinem Schoß, kann ich nicht aufhören, auf meinen Post zu sehen. Ich habe ihm den Titel *Up all night* gegeben, weil es mein Lieblingsalbum von One Direction ist und weil Daniel mein Lieblingsmensch ist und unsere Nächte mir viel bedeuten. Es ist ein offener Liebesbrief an Daniel und die Reaktionen darauf sind überwältigend. Viele Follower kommentieren, wie froh sie sind, dass ich mein Glück gefunden habe. Erzählen selbst von ihren Liebsten und teilen meinen Post.

Natürlich sind auch ein paar negative Kommentare dabei, aber denen gebe ich nicht so viel Gewicht, denn wenn du etwas öffentlich machst, musst du auch mit den Konsequenzen leben und sie vertragen können. Daniel ist im Fitnessstudio und ich genieße eine Tasse Tee und entspanne auf der Couch. Der Virus, den ich mir eingefangen habe, hat an meinen Kraftreserven genagt, doch langsam, aber sicher bin ich über den Berg. Addison ist mit einer XXL-Tasche in die Stadt gefahren, und Grace ist noch immer in der Arbeit. Ich habe für uns gekocht, damit wir später eventuell einen Musicalabend starten können und nicht unnötige Zeit mit dem Kochen vergeuden.

Ich bin gerade dabei, die Snacks auf dem Couchtisch aufzufüllen, als ein atemloser Daniel die Tür öffnet und mich mit den Augen fixiert.

»Hey. Du bist früh zurück«, begrüße ich ihn und gehe auf ihn zu, um ihn zu küssen, doch er weicht aus, indem er an mir vorbeieilt und ruhelos hin und her geht.

»Was ist denn los?«

»Taylor. Bitte setz dich.«

»Wieso? Großer Gott, du zitterst ja!« Angst erwacht in mir, denn jetzt wird mir klar, dass er nicht vom Training überdreht ist, sondern eher nervös.

»Bitte«, fleht er und erwischt mich eiskalt. Ein Schauer läuft über meinen Rücken, egal, was Daniel zu sagen hat, es muss schlimm sein.

»Okay«, sage ich nur und setze mich mit einem flauen Gefühl im Magen.

Doch seine Ruhelosigkeit schwindet auch jetzt nicht. »Ich muss dir etwas Wichtiges sagen, Tae. Aber bevor ich das mache, sollst du wissen, dass ich dich über alles liebe und nicht mehr ohne dich sein könnte.«

»Du machst mir Angst«, erwidere ich leise und balle vor Nervosität die Hände zu Fäusten.

»Ich bin nicht schwul.«

»Das weiß ich doch. Mir ist klar, dass du auch auf Frauen stehst.« Ich atme erleichtert aus, weil ich denke, dass das alles ist, was er mir sagen will, doch er schüttelt den Kopf.

»Nein, Tae. Ich war nie homosexuell. Ich habe das erfunden, damit du bei uns einziehst.« Mein Lächeln erfriert und verblasst immer mehr, als ich realisiere, was er von sich gegeben hat. Mein Herzrasen wird schlimmer, denn es mischt sich mit Schmerz und jeder Schlag zwingt mich fast in die Knie.

»Du hast mich angelogen?«, flüstere ich und meine Stimme zittert wie ich selbst und auch er.

»Ja«, antwortet er mit fester Stimme und ich rechne es ihm hoch an, dass er ehrlich ist, aber die Konsequenz des Ganzen ist Wut.

»Du hast mich ein halbes Jahr lang angelogen?«

»Ich habe nur gelogen, was meine sexuellen Neigungen anbelangt.« Ich fasse es nicht. Kann nicht ertragen, ihn anzusehen, also starre ich auf meinen Schoß, auf meine Fäuste, die knacken, weil ich sie mit solcher Kraft bilde.

»Bitte sieh mich an«, fleht Daniel mit Schmerz in der Stimme, der aber nicht annähernd an meinen herankommt. Ich tue es und bin nicht darauf vorbereitet, was sein Anblick in mir auslöst. »Du hast mich bewusst angelogen, Daniel.«

»Ja, aber nur, um dich zu schützen.«

»Wie bitte? Das ergibt doch keinen Sinn!«

»Du warst am Boden, Tae. Du wärst fast obdachlos geworden und wolltest nicht zu uns ziehen, weil dein Stolz größer war als deine Vernunft.«

»Ich fasse es nicht! Du machst mir einen Vorwurf, weil ich nicht mit dir zusammenziehen wollte?«

Daniel kommt auf mich zu und kniet sich vor mich, sodass wir auf Augenhöhe sind. »Nein, ich versuche nur es zu erklären.« Aber wieso er es getan hat, ist mir egal, ich sehe nur die Lüge, die alles, was wir haben, vergiftet. Erinnerungen erscheinen vor meinem inneren Auge. Sie sind so gewaltig, dass ich aufstehen muss.

»Ich bin halb nackt vor dir herumgelaufen, weil ich gedacht habe, du stehst nicht auf Frauen. Die Mädels! Du hast mit ihnen geredet, bevor ich die Wohnung betreten habe. Du hast sie gezwungen, dass sie mich für dich in die Irre führen.«

»Liebling. Bitte nicht.«

»Nenn mich nicht so!« Ich stehe so abrupt auf, dass er überrascht auf den Hintern fällt. »Ich bin nichts mehr für dich, Daniel! Unsere Beziehung ist auf einer Lüge aufgebaut. Nicht nur, dass du mich verarscht hast, sondern auch Addison und Grace. Sie haben alles gewusst.« Meine Augen füllen sich mit Tränen, auch wenn ich sie um jeden Preis unterdrücken will.

»Es tut mir schrecklich leid.«

»Das ist mir egal! Das alles war ein riesiger Fehler.« Plötzlich fühle ich mich benutzt, als ich an die vergangenen Wochen denke. »Du hättest immer weitergelogen, wenn ich dir das von meiner Mom nicht erzählt hätte, oder?« Daniel lässt den Kopf hängen und schüttelt ihn. »Nicht nur das, ich habe schon lange ein schlechtes Gewissen, aber die Angst, dich zu verlieren, war zu groß. Deshalb habe ich nichts gesagt, aber es war dein Blogeintrag, der mich wachgerüttelt hat. Der mir vor Augen geführt hat, dass ich dir die Wahrheit sagen muss, um deiner Liebe würdig zu sein.« Meine Liebeserklärung kommt mir nun dämlich vor, denn alles, was ich für richtig gehalten habe, ist auf Täuschung aufgebaut.

»Deine Eltern haben es auch gewusst, oder?« Ich erinnere mich, dass seine Mom gesagt hat, dass sie enttäuscht darüber sei, dass er es so weit habe kommen lassen, und nun ergibt alles Sinn. Er braucht nicht zu antworten, denn seine geweiteten Augen bestätigen meine Vermutung. Ich denke, dass Dan erst jetzt das Ausmaß seines Handelns bewusst wird. Als ich eine Weile nichts sage, sondern ihn nur entsetzt anstarre, will er mich berühren, doch ich hebe abwehrend die Hände. Wenn er mich jetzt anfassen würde, würde ich zusammenbrechen, alleine ihn anzusehen, tut höllisch weh.

»Bitte nicht! Komm nicht näher.«

»Tae«, flüstert er und eine Träne rinnt über seine Wange. Daniel ist für mich der Inbegriff des Guten gewesen. In einer Welt voller Bad Boys und Idioten ist er der Hoffnungsschimmer gewesen, der Held, aber er ist doch nur wie alle anderen. Jemand, der mein Herz gebrochen hat. Genau deswegen wollte ich nicht hierher ziehen. Weil ich das hier befürchtet habe.

»Ich kann das nicht, Daniel. Es ist zu viel.« Ich will in mein Zimmer gehen, doch ich komme nicht weit. Er greift nach meinem Handgelenk und dreht mich zu ihm. »Taylor, geh nicht. Bitte. Du bist alles, was ich will.« Seine Worte tun weh, jedes, das seinen Mund verlässt. Ich kann das alles nicht. Komme nicht damit klar, dass er alle Menschen, die mir wichtig sind, davon überzeugt hat, mich zu belügen.

»Aber ich will dich nicht mehr, Dan. Lass mich los!« Ich sehe ihn nicht an, sondern blicke nur auf seine Hand, die mich daran hindert, zu fliehen.

»Sieh mich an.« Doch ich denke nicht daran, kann es einfach nicht. Es würde mich noch mehr zerstören, als ich es ohnehin schon bin.

»Tae.« Er haucht meinen Namen kraftlos und mit solchem Schmerz, dass ich nicht anders kann, als den Blick zu heben. »Bitte verlass mich nicht«, seine Tränen wollen nicht versiegen, doch auch ich kann meine nicht mehr zurückhalten, sie laufen. Für ihn. Für uns. Die Beziehung, die geendet hat.

»Ich kann nicht mit einer Lüge leben. Du weißt, wieso.« Erschrocken, in meinem Gesicht die Endgültigkeit zu sehen, schnappt er nach Luft und lässt mich los. Ich warte keine Sekunde länger, sondern gehe in mein Zimmer, um meinen Koffer zu packen und zu verschwinden.

42. Kapitel

TAYLOR

Die Stewardess spricht mich nicht auf meinen Zustand an, ebenso wie meine Sitznachbarn. Sie tun so, als würden sie meine leisen Schluchzer und stillen Tränen nicht sehen oder hören. Sie fallen unaufhörlich, selbst dann als ich die Tür aufschließe und meinem Dad um den Hals falle.

»Engel, was ist denn los?«, fragt er immer wieder und streicht mir übers Haar, aber ich kann noch nicht darüber reden. Nicht jetzt. Mein Vater weiß, dass ich, wenn es mir schlecht geht, meine Ruhe brauche, also bringt er mich in mein Zimmer und lässt mich alleine.

Erst am darauffolgenden Tag schaffe ich es, ein wenig zu schlafen, wenn auch nur kurz. Wie erwartet ist Dad den Vormittag über in der Werkstatt, also lenke ich mich ab und putze das Haus, beziehe die Betten neu und wasche drei Ladungen Wäsche. Alles ist besser, als dazusitzen und über Daniel nachzudenken. Am Nachmittag mache ich mir einen Kaffee und will den Vorratsschrank neu sortieren, als es an der Tür klopft. Überrascht darüber, dass jemand um diese Uhrzeit an der Tür ist, öffne ich sie und stehe Inez gegenüber. Daniels Mom.

»Gott sei Dank. Du bist hier«, sie legt die Hand auf ihre Brust und ihr fällt sichtlich ein Stein vom Herzen, dann legt sie ihr Telefon ans Ohr und sagt: »Ja, sie ist hier. Ihr geht es gut.« Dann wird mir klar, mit wem sie spricht und auch wenn sie einen Schritt von mir entfernt steht, höre ich seine markante Stimme bis hierher. Ich weiche einen Schritt zurück, bin darauf nicht vorbereitet. Auf diesen Schmerz, den er in mir auslöst. »Mach ich. Bye.«

Dann steht sie an der Tür und sieht mich mitfühlend an. »Es tut mir leid, dass ich dich hier überfallen habe, aber du gehst nicht ans Telefon. Daniel und die Mädels sind verrückt vor Sorge.«

»Mir geht es gut.« In ihrem Blick sehe ich den Unglauben, denn ich sehe sicher nicht so aus, als würde es mir gut gehen.

»Körperlich zumindest«, flüstere ich und lasse die Schultern hängen.

»Ich verstehe das, Tae, und ich werde Daniel sicher nicht in Schutz nehmen. Er hat Mist gebaut, doch er leidet wie du und vermisst dich schrecklich.«

»Schön für ihn. Bitte sei mir nicht böse, aber ich muss noch aufräumen.«

»Selbstverständlich. Entschuldige noch mal.« Sie macht die Tür hinter sich zu, als sie geht, und lässt mich alleine. Die Stille in diesem Haus ist noch nie so laut gewesen wie in diesem Moment, meine Gedanken werden lauter und lauter. Als die erste Träne fällt, wische ich sie wütend weg, will keine einzige mehr vergießen. Ich bin hier, um zur Ruhe zu kommen und zu planen, wie es nun weitergehen wird.

Ich mache gefüllte Putenbrust mit Tagliatelle und Rahmsoße und bin pünktlich fertig, als Dad nach Hause kommt. »Da ist ja mein Engel. Wie war dein Tag?«, fragt er und küsst mich auf die Wange.

»Gut, ich habe aufgeräumt und uns Abendessen gemacht.«

»Klingt himmlisch. Ist länger her, dass hier gekocht wurde.« Dad isst meistens in der Stadt, weil seine Kochkünste nicht vorhanden sind und er verhungern würde. Er hilft mir beim

Tischdecken und erzählt mir von seinem Tag. Wie immer ist einiges los in der Werkstatt, und wenn er nicht geschulte und zuverlässige Mitarbeiter hätte, würde er unter Arbeit begraben werden.

Ich versuche, mich in das Gespräch so gut es geht einzubringen, aber je näher die Nacht rückt, desto schlimmer wird es für mich. »Willst du mit mir das Spiel ansehen?«, fragt Dad, nachdem wir den Tisch abgeräumt haben, und geht auf die Couch zu, doch ich schüttle den Kopf.

»Nimm's mir nicht übel, aber ich bin etwas müde.«

»Natürlich, Engel. Schlaf du ruhig. Ich bin hier, wenn du etwas brauchst.«

»Danke, Daddy«, ich drücke ihn kurz, ehe ich die Stufen hinaufgehe. In meinem Zimmer stelle ich mich ans Fenster und sehe auf das Haus der Grants. Das Haus, in dem meine Gefühle für Daniel erwacht sind und in dem er und seine ganze Familie mich hinters Licht geführt haben. Schnell löse ich mich von dem Anblick und lege mich ins Bett. Ich beiße auf meinem Daumennagel herum und überlege, ob ich auf mein Smartphone sehen soll oder nicht. Schlussendlich entscheide ich mich dafür und greife mit zittrigen Fingern danach.

Meine Augen werden groß, als ich die Anzahl der Anrufe und Nachrichten sehe. Alle meine Freunde haben versucht, mich telefonisch zu erreichen, selbst Ray hat es zweimal versucht. Der Nachrichtenchat quillt nur so über vor Meldungen. Obwohl ich noch mehr leiden werde, lese ich sie durch. Sie sind alle fast identisch. Sie wollen wissen, wo ich bin und ob es mir gut geht, doch sie können nicht wissen, dass ich leide, dass ich bewusst nicht abgehoben habe oder auf ihre Nachrichten antworten werde.

Daniels Chat sehe ich nicht mal an, denn es würde nichts bringen. Das mit uns ist vorbei. Eine Beziehung, die auf Lügen aufgebaut ist, kann nicht funktionieren. Ich verbiete mir selbst, näher auf das Thema Dan einzugehen, und gehe ins Bett. Aber es dauert eine Weile, bis ich wirklich ein Auge zubekomme.

Eine Woche verstecke ich mich bei Dad, ignoriere die Nachrichten, die Daniel mir schickt und versuche, wieder ich selbst zu werden, aber sosehr ich mich auch anstrenge, ich fühle mich nur zur Hälfte vollständig. Ich suche online nach Wohnungen, doch die meisten von ihnen übersteigen mein Budget oder sind in einem schlechten Zustand, was ich alleine anhand der Fotos sehe. Ich habe die Preise von Umzugsfirmen verglichen und einige Telefonate mit Modelabels geführt, die gerne mit mir zusammenarbeiten würden.

Finanziell habe ich in Zukunft sicher keine Sorgen, wenn mein Blog weiterhin so erfolgreich bleibt. Aber selbst wenn mein Leben von dieser Seite unter einem guten Stern steht, habe ich Angst, Daniel wieder gegenüberzustehen. Es ist unausweichlich, aber ich habe schrecklichen Bammel davor.

Ich weiß auch nicht, wie ich mich gegenüber Addison und Grace verhalten soll. Immerhin haben sie mit Daniel unter einer Decke gesteckt. Eines der traurigsten Dinge für mich sind diese Fragen, ob alles gelogen war. Die Gespräche unter Mädels, die Freundschaft generell. Viele würden sagen, dass ich überreagiere, dass ich Daniel verzeihen sollte, weil er ja gute Absichten hatte. Aber ich habe noch nie jemanden so geliebt wie Daniel, habe mich noch nie in jemandem so verloren und doch sicher gefühlt. Außer vielleicht bei meiner Mutter, die auch gelogen hat und uns genommen wurde. Für viele sind Unwahrheiten nur Worte, manchen kommen sie leicht über die Lippen, aber für mich haben sie viel Gewicht, denn nur ein Wort kann das Vertrauen in eine Person für immer zerstören und so ist es zwischen Daniel und mir.

Der Tag des Klassentreffens, auf das Dan und ich uns sehr

gefreut haben, rückt näher, aber jetzt fühle ich gar nichts mehr. Weder Wut noch Enttäuschung oder etwas Ähnliches. Ich fühle mich einfach leer. Alleine. Dad gibt sich Mühe, mich abzulenken, aber er hat schnell wieder aufgegeben, weil er weiß, dass ich Zeit brauche und es keine Heilung für Herzschmerz gibt.

Am Abend des Klassentreffens stehe ich unsicher vor dem Spiegel in meinem Zimmer und blicke auf das geblümte Sommerkleid, das mir mal hervorragend gestanden hat, jetzt aber nur an mir hängt. Ich habe abgenommen, weil mein Appetit nicht wirklich vorhanden gewesen ist, aber davon lasse ich mich nicht runterziehen, überschminke meine Augenringe und atme tief durch. Daniel und Addy sind heute angekommen, doch zum Glück hat keiner den Versuch gemacht, mit mir zu sprechen oder mich aufzusuchen. Mir ist sehr wohl bewusst, dass ich mich hier verstecke, aber ich gelobe Besserung, schließlich muss ich nach New York zurück. Habe eine Wohnung gefunden, die sich aber leider direkt gegenüber von Daniels Agentur befindet. Das Schicksal hat einen merkwürdigen Sinn für Humor.

Nicht nur wegen meiner Sachen vermisse ich die Stadt, sondern weil ich kein einziges Wort geschrieben habe, seit ich hergekommen bin. Zeit habe ich genug, aber ich habe keine Ideen, keinen Antrieb, überhaupt etwas zu schreiben. Die Nervosität steigt, je näher ich der Tür komme, denn sobald ich das Haus verlasse, laufe ich Gefahr, Addy oder Daniel über den Weg zu laufen. Dad hat mir seine Autoschlüssel dagelassen und ist zu Fuß zu einem Freund gegangen, da der monatliche Pokerabend ansteht.

Ich trete hinaus und gehe auf das Auto zu, als natürlich gleich die Tür der Grants geöffnet und wieder geschlossen wird. Als hätte Daniel am Fenster gestanden und den ganzen

Tag mein Haus beobachtet. Ich gehe schneller, doch ich schaffe es nicht rechtzeitig, denn mein Ex-Freund holt mich schnell ein. »Taylor«, keucht er und lässt mich die Augen schmerzvoll schließen. Ich habe seine Stimme so lange nicht gehört, habe mir verboten, an sie zu denken. »Bitte sieh mich an«, fleht er und ich wappne mich innerlich, um die Kraft aufzubringen, mich umzudrehen. Als ich es schließlich mache und ihm nach einer Woche gegenüberstehe, ist es beinahe zu viel. Er sieht angeschlagen aus, wie ein Spiegel meiner Verfassung. Seine Augen sind matt, das Gesicht ist bleich und die Haltung schlaff. Von dem starken Mann, den ich immer in ihm gesehen habe, den ich geliebt habe, ist nichts mehr zu sehen.

»Du siehst nicht gut aus«, sage ich, ohne vorher nachzudenken, und als er traurig lächelt, zerreißt es mir fast das Herz.

»Ich weiß, es war eine schlimme Woche ohne dich.« Ich antworte nicht darauf, sondern sehe auf meine Sandalen. »Ich vermisse dich, Taylor. Ich weiß, dass ich einen Fehler gemacht habe, aber das, was wir haben, schmeißt man doch nicht einfach weg. Ich liebe dich, das weißt du, und ich werde alles tun, um das zwischen uns wieder geradezubiegen.« Ich glaube ihm. Das ist nie das Problem gewesen. Ich weiß, dass er mich liebt, ebenso wie ich ihn liebe, aber das ist nicht mehr von Bedeutung, wenn ich ihm nicht vertraue.

»Es gibt nichts mehr geradezubiegen, Dan.«

»Sag das nicht. Bitte.«

»Aber es ist so, im Gegensatz zu dir bin ich jetzt ehrlich. Ich leugne nicht, dass ich dich auch liebe, aber du hast mir sehr wehgetan. Wie kann ich dir je wieder Glauben schenken?«

»Das kannst du. Ich verspreche es dir. So lange habe ich gehofft, dass du eines Tages mehr als einen Freund in mir siehst und jetzt, wo ich dich endlich in meinem Leben habe, werde ich nicht aufgeben, Taylor.«

»Tu, was du willst, aber ich werde ausziehen, Dan. Ich habe schon eine Wohnung in Aussicht und warte nur auf das Okay des Maklers.«

»Was? Wieso denn? Du musst nicht gehen, ich werde ausziehen. Bleib du bei Addy und Grace.«

Ich nehme einen tiefen Atemzug und verfluche gleichzeitig die Schwüle des kalifornischen Sommers. Ich würde niemals zulassen, dass er geht und sich von seiner Schwester trennt.

»Ich muss jetzt wirklich gehen. Wir werden darüber reden, wenn ich zurück in eure Wohnung komme, aber du wirst nirgendwohin gehen.«

»Können wir nicht in Ruhe reden und nicht hier, wo uns die ganze Nachbarschaft hören und beobachten kann?«

»Es tut mir leid, Daniel. Aber ich kann das nicht. Es tut weh, dich nur anzusehen, geschweige denn dir nahe zu sein.« Ohne auf eine Erwiderung seinerseits zu warten, steige ich ins Auto und fahre los. Ich kralle meine Hand um das Lenkrad und versuche so, die Tränen nicht an die Oberfläche zu lassen, denn ich vermisse diesen Mann schrecklich. Ihn wiederzusehen, hat alte Wunden wieder aufgerissen und es tut höllisch weh. Als Robb mich betrogen hat, ist das nicht mal halb so schlimm gewesen wie die Qual, die ich gerade erleide.

Ich weiß, dass ich jetzt umdrehen und mich wieder im Haus verschanzen könnte, aber was würde das bringen. Ich bin eine starke und selbstbewusste Frau und auch wenn ein Mann mein Herz gebrochen hat, heißt das nicht, dass ich nicht heilen werde. Vor meiner alten Highschool parke ich und blicke auf das große Backsteingebäude, mit dem so viele Erinnerungen verbunden sind. Ob Daniel nun hierherkommen wird oder nicht, ich werde mir den Abend nicht ruinieren lassen, nur weil er da ist.

Es sieht fast so aus wie beim Abschlussball, nur dass die

Mode besser ist und die Leute mehr Falten vorweisen. Auch wenn einige Jahre vergangen sind, erkenne ich doch die meisten Mitschüler sofort. Ich unterhalte mich mit Stella, meiner Freundin aus der Theater AG, als Addison den Raum betritt. Ihre Präsenz ist unglaublich, jeder im Raum dreht sich nach ihr um, sie schafft es immer wieder, einen Raum für sich einzunehmen.

»Entschuldige mich.« Ich bin nicht auf die Freude vorbereitet, die mich erfasst, als ich meine Noch-Mitbewohnerin und Freundin erblicke. Sie entdeckt mich ebenfalls und kommt mit einem zaghaften Lächeln auf mich zu. Wir umarmen uns fester als beabsichtigt, aber ich kann einfach nicht anders, sie ist ein Stück Heimat, das ist die WG für mich geworden, ein Heim voller Menschen, denen mein Herz gehört.

»Es tut mir so leid, Tae! Grace, Dan und ich fühlen uns schrecklich, weil es so weit gekommen ist.« Das weiß ich, keine der beiden Mädels hat mich bewusst anlügen wollen.

»Ist schon gut. Ich verstehe, wieso ihr euch habt überreden lassen. Ihr habt euch gar nicht über seine sexuelle Orientierung geäußert, das war nur Dan allein.« Addison geht nicht darauf ein, sondern wechselt das Thema.

»Du siehst echt scheiße aus, Schätzchen«, sie lacht mit feuchten Augen und schnieft etwas undamenhaft.

»Danke, so was hört man doch gerne«, erwidere ich lachend, denn ich weiß sehr wohl, dass man mir meinen Herzschmerz ansieht. »Du weißt es besser als jeder andere, was ich gerade durchmache.«

»Um ehrlich zu sein, weiß ich es nicht, denn je länger ich von Vaughn getrennt bin, desto sehr merke ich, dass wir uns nicht mal halb so innig geliebt haben wie du und mein Bruder.« Die Erwähnung von ihm lässt mich kurz schlucken, ehe ich versuche, wieder fröhlich zu wirken.

»Ja, das mit uns war etwas Besonderes. Aber es ist vorbei.«

»Wieso? Wie kannst du mir vergeben, aber ihn hassen?«

»Ich hasse Daniel nicht. Ich wünschte, ich könnte es. Ich wünschte, ich könnte jeden Kuss, jede Berührung und seinen Geruch für immer vergessen.«

»Du bist echt eine Heuchlerin. Er hat so viel aufgegeben wegen dir. Hat sich völlig umgestellt, um dir ein guter Freund zu sein. Ja, er hat gelogen, aber er hat es nicht mit böser Absicht getan. Weißt du, wie schwer es für ihn am Anfang gewesen ist, in deiner Nähe zu sein und dich wie verrückt zu wollen, dich aber nicht berühren zu können?«

»Was meinst du damit? Wir sind doch erst im Februar zusammengekommen.«

Addy schließt kurz die Augen, ehe sie sie voller Entschlossenheit wieder öffnet.

»Daniel war schon seit seiner Kindheit in dich verliebt. Das hat sich nicht erst jetzt entwickelt. Er hat sein ganzes Leben lang davon geträumt, mit dir zusammen zu sein.« Ihre Worte wollen einfach nicht in meinem Kopf für Ruhe sorgen, sondern stürzen meine Gedanken ins Chaos, ebenso wie mein Herz, das plötzlich wild klopft.

»Das kann nicht sein! Das hätte ich doch bemerkt.«

»Sei mir nicht böse, Süße, aber du bist öfter etwas schwer von Begriff, vor allem wenn es um Daniel geht.«

»Du lügst«, ich reagiere wütend darauf, denn ich befürchte, dass Addy so einiges sagen würde, um ihrem Bruder zu helfen.

»Nein, das tue ich nicht, Tae. Du weißt, dass ich immer sage, wovon ich überzeugt bin, außerdem habe ich dich nie bewusst angelogen. Aber glaub einfach, was du willst.« Mit diesen Worten geht sie langsam zur tanzenden Menge und lässt mich mit meinen Gedanken alleine. Ich jedoch bleibe stehen und kann nicht fassen, was sie gesagt hat. *Daniel liebt mich seit seiner Kindheit?* Das kann nicht sein. Er würde doch niemals sein Leben lang an meiner Seite sein, ohne für seine Gefühle einzustehen. Oder?

Eine Stunde später sind die meisten etwas beschwipst, aber ich halte mich vom Alkohol fern. Mein Magen ist leer und deshalb wäre es unklug, etwas zu trinken. Ich bin froh, hierhergekommen zu sein, denn es fühlt sich klasse an, alte Freunde und Lehrer wiederzusehen.

»Taylor Jensen! Ich fasse es nicht!«, ich drehe mich um und blicke auf Jonah, meinen Ex und ersten festen Freund. Mein Lächeln ist echt und es breitet sich mehr aus, als ich feststelle, dass er noch immer wie damals riecht, nach Pfefferminz und Jugend.

»Gut siehst du aus, Jonah!« Das meine ich ernst, denn er sieht wie eine reifere Version seines alten Selbst aus. Kupferfarbenes Haar, waldgrüne Augen und sehniger Körper.

»Du aber auch. Ich habe dich ja schon in den Medien gesehen und mir gedacht, dass du es ziemlich weit geschafft hast, für ein Mädchen aus Pasadena.«

»Ach, ich war nur die Freundin von einem berühmten Sänger.«

»Nein. Ich meine die Beiträge über deinen Blog in der *Pasadena Morgenshow*. Du warst immer schon bescheiden.« Ich wusste gar nicht, dass über mich berichtet wurde.

»Und bist du noch immer mit Daniel zusammen?«, ich versteife mich augenblicklich, denn der Trubel hier hat es für kurze Zeit geschafft, dass ich meinen Herzschmerz und den Mann vergessen habe, der es gebrochen hat.

»Ich habe selbst deinen Blogeintrag gelesen und verstehe nun endlich, wieso er mir damals eine reingehauen hat«, redet er weiter, ohne meine Antwort abzuwarten.

»Was meinst du damit?« Ich habe noch nie gehört, dass die beiden sich geprügelt hätten.

»Das war eine Woche nach unserer Trennung. Ich war zu Hause und habe in einer Bar ein Mädchen aufgerissen. Daniel hat mich gesehen und mir eine verpasst, weil ich es gewagt hätte, dich zu betrügen.« Er lacht über diese Erinnerung, obwohl es sicher eine schmerzvolle gewesen sein muss.

»Ich wusste ja immer, dass er auf dich steht, aber seine Loyalität war selbst Jahre nach der Highschool stark wie eh und je.«

Er hat früher auf mich gestanden? Addison hat es zwar vorhin behauptet, aber ich habe es nicht glauben können, weil es für mich keinen Sinn ergibt. »Wie dem auch sei. Ich bin froh, dass ihr endlich zueinandergefunden habt. Jeder konnte damals sehen, dass ihr zusammengehört. Nur du nicht.«

Daraufhin werde ich still und höre einfach nur zu, denn das, was er gesagt hat, lässt meinen Widerstand, meine Mauern um mein Herz bröckeln. Unser Gespräch wird unterbrochen, als unsere Klassensprecherin und Jahrgangsbeste Tammy Harris die Bühne betritt. Hinter ihr fährt eine große Leinwand runter und ein schwarzer Bildschirm ist zu erkennen. Sie erzählt von unserem Leben als Teenies, wo wir keine Ahnung hatten, was uns in der Welt erwartet und darüber, wie stolz wir sein können, am Leben und gesund zu sein, denn das Leben ist kurz.

»Diese Schule wurde, wie ihr alle sehen könnt, renoviert und unsere Zeitkapsel, die wir in unserem vorletzten Highschooljahr auf dem Schulgelände vergraben haben, musste ausgehoben werden. Sie wurde von unwissenden Bauarbeitern geöffnet und nach reiflicher Überlegung haben wir beschlossen, es jetzt und nicht erst in zehn Jahren anzusehen.«

Einige jubeln, andere sehen eher nervös aus. Ich kann mich selbst nicht erinnern, was ich damals gesagt habe.

Die Videos sind eine Mischung aus Träumen und Hoffnungen von Teenies. Die meisten haben sich solche Sachen gewünscht, wie ein Filmstar zu sein oder auf eine Karriere als Footballspieler gehofft, manche warten nur darauf, den Sinn des Lebens zu begreifen und glücklich zu sein. Als ich drankomme, muss ich lachen. Wie meine Haare ausgesehen haben! Und die Klamotten erst! Altmodisch und nicht gerade schick, aber das ist damals nicht wichtig gewesen. Ich habe mir erträumt, eine Familie zu gründen und Schriftstellerin zu werden. Jetzt, mit fast dreißig Jahren, sehe ich dieses Ziel in weiter Ferne, aber das ist nicht schlimm, denn ich kämpfe weiter um mein Glück.

Als Nächstes sieht man Daniel in Sweater, Baseballcap und mit diesem strahlenden Lächeln, das ich schon früher gemocht habe. Addy und Jonah haben zwar behauptet, dass er mich zu diesem Zeitpunkt vor über zehn Jahren schon geliebt hätte, aber es fällt mir schwer, das zu glauben. Doch als Daniel anfängt zu sprechen, laufen schon die Tränen.

43. Kapitel

TAYLOR

Wie jung er damals ausgesehen hat, süß ist er schon damals gewesen, auch wenn sein Körperbau noch etwas schmächtig gewesen ist. Das tut seinem guten Aussehen keinen Abbruch. Seine Stimme ist nach wie vor dieselbe, tief und voller Männlichkeit, und ich frage mich wieder einmal, wie ich damals nicht diesem tiefen Barriton verfallen konnte.

»Hey, ich bin Daniel Grant. Und willkommen bei der Zeitreise, die ich anfangs ja albern gefunden habe, aber nun Gefallen daran finde.« Er kratzt sich etwas nervös über den Nacken, ehe er wieder in die Kamera blickt.

»Wo ich mich in zwanzig Jahren sehe? Wollt ihr wissen. Da habe ich eigentlich klare Vorstellungen. Beruflich lasse ich es auf mich zukommen, aber eines weiß ich mit Sicherheit. In zwanzig Jahren werde ich mit Taylor Jensen verheiratet sein. Wir werden drei Kinder haben und uns jeden Tag lieben, als wäre es der letzte. Jetzt bin ich vielleicht ein Feigling, weil ich ihr nicht sagen kann, dass sie die Einzige für mich ist, aber in ein paar Jahren wird es so weit sein. Sie wird erkennen, dass die große Liebe, von der sie schon immer geträumt hat, direkt vor ihrer Nase gestanden hat. Und wenn sich dieser Traum hier vielleicht nicht erfüllt hat, dann weiß ich, dass es eines Tages passieren wird. Das Schicksal wird uns zusammenführen, denn ich liebe dich, Tae. Ich liebe dich, seit du Sand in meine Haare geschüttet und Jeffrey Koch geschubst hast, als er mich ausgelacht hat.«

Dann geht das Video weiter, aber ich habe das Gefühl, als würde niemand mehr auf die Leinwand sehen, sondern auf mich. Die junge Frau, die am ganzen Körper zittert und unerbittlich weint. Die Frau, die gerade überlegt, ob sie nicht einen Fehler begangen hat, indem sie den Mann, den sie liebt, zu schnell von sich gestoßen hat, ohne ihn überhaupt richtig anzuhören. Ich spüre einen Arm an meiner Taille und drehe mich zu Addison um, die mich aus dem Saal begleitet, zu meinem Auto. Ich lehne mich schluchzend dagegen und vergrabe die Hände vor dem Gesicht.

»Ich denke, jetzt glaubst du mir, oder?«, sagt Addison, als ich mich ein wenig gefangen habe.

»Ja. Ich glaube dir«, sage ich kraftlos. Ich habe das Gefühl, dass ich seit zwei Wochen in einem Meer treibe, aus dem es kein Entrinnen gibt, wo ich niemals wieder Luft bekommen kann. Ich habe Gefühle ausgesperrt, habe versucht zu verdrängen, zu vergessen, aber nun fällt alles über mir zusammen. Alle Gefühle, die guten wie die schlechten.

»Er wollte dir nie bewusst wehtun, Taylor. Er wollte dich beschützen, hat gedacht, dass seine Gefühle nicht so tief gehen und ihr zusammenleben könntet, ohne dass es ausartet, aber das, was ihr habt, ist etwas, was man nicht einfach so verdrängen oder vergessen könnte.«

»Hätte er mir nach ein paar Wochen alles gebeichtet, wäre es nicht so schlimm gewesen, ich hätte sein Verhalten nachvollziehen können, aber dass er weiter gelogen und mich hinters Licht geführt hat, kann ich schwer verkraften.«

»Daniel weiß, dass er einen Fehler gemacht hat, und er bereut es, dir nicht eher die Wahrheit gesagt zu haben, aber seine Gefühle sind echt. Ebenso wie deine und alles, was ich bisher über Beziehungen weiß, ist, dass sie meist auch aus zweiten Chancen bestehen.«

»Vielleicht hast du recht«, flüstere ich und greife nach meinen Autoschlüsseln. Der Abend ist ereignisreich gewesen und mein Kopf ein absolutes Chaos. Ich brauche Ruhe und Zeit, um über alles nachzudenken. Also steige ich ein, verabschiede mich und fahre zu meinem Elternhaus. Als ich aufsperre, treffe ich meinen Dad in der Küche an, wo er über ein paar Fotos gebeugt weint, ein Glas Whiskey neben ihm.

»Dad?«

Er erschrickt und sieht mich mit feuchten Augen an.

»Engel? Was machst du denn hier?«

»Das könnte ich dich auch fragen«, ich lege meine Clutch auf der Küchentheke ab und setze mich neben ihn. Dann sehe ich mir die Fotos genauer an. Es sind alte Bilder von meiner Mom. Eins aus ihrer Jugend und eins aus der Zeit, als ich ein Kleinkind gewesen bin. Meine Kehle wird trocken und das Schlucken fällt mir sehr schwer.

»Sie war so schön«, schluchzt mein Dad, nimmt ein Foto von Mom in die Hand, auf dem sie ihn mit einem verliebten Blick ansieht.

»Wie du«, flüstert er und sieht mich an. Ich lächle traurig und weine mit ihm, weil es lange her ist, seit ich um meine Mom getrauert habe.

»Ich vermisse ihre Stimme«, gestehe ich schließlich und blicke ins Nichts, versuche mich so gut ich kann an ihre Stimme zu erinnern. »Ich sehne mich danach, dass sie mir *You Are My Sunshine* vorsingt, wenn ich traurig bin.«

»Bei mir ist es das Lächeln, an das ich mich gerne erinnere. Sie war so ein fröhlicher Mensch, und es würde sie umbringen, dich jetzt zu sehen, traurig und verletzt.«

»Bist du denn gar nicht sauer auf sie, dass sie gelogen hat?«

Er sieht auf die verschiedenen Abbildungen meiner Mutter. »Nein. Sie wollte, dass wir uns an genau das hier erinnern, an die guten Zeiten und nicht an Tränen und Schmerz. Sie wollte uns beschützen.«

»Aber sie hat gelogen!«, brülle ich voller Pein, weil ich einfach nicht weiß, was ich mit all den Gefühlen in mir machen soll. Wie ich sie rauslassen kann.

»Du lügst jetzt doch auch.«

»Was?«

»Du belügst dich selbst, Taylor. Wenn du sagst, dass Daniel und du getrennte Wege gehen sollt, schwindelst du dich selbst an, denn du liebst ihn doch, und wenn mich das Leben etwas gelehrt hat, ist es, dass man die, die man liebt, um jeden Preis um sich haben sollte. Daran hat Dan gedacht, als er gesagt hat, dass er auf Männer steht. Er hat dein Wohl über seine Gefühle gestellt und dafür habe ich sehr großen Respekt, Engel.«

»Wer sagt mir, dass nicht alles gelogen war?«

»Das wirst du spüren, wenn du ihm gegenüberstehst. Ich kenne Daniel seit er klein ist, und ich habe schon lange geahnt, dass er mehr als nur Freundschaft für dich empfindet. Als du während des Trauergottesdienstes aufgestanden bist und zum Sarg deiner Mom gegangen bist, warst du nicht allein, er war immer einen Schritt hinter dir, wollte sichergehen, dass es dir gut geht. Dann ist er vorgetreten und hat deine Hand genommen, als er gespürt hat, dass du bereit dafür sein wirst. Er kannte dich schon früher sehr gut.«

»Das stimmt.« So viele Erinnerungen fallen über mich ein und alle sind gut. Ich erinnere mich an unsere Sommer am See, wo er sich meine Sorgen angehört hat, wo wir gegrillt haben und beinahe den Wald in Brand gesteckt hätten. An die Partys von damals, als die Mädels um Daniel herumgeschwirrt sind, aber er nur mich gesehen hat. Ich habe gedacht, er wollte mich nur im Auge behalten, damit ich nicht zu viel trinke, aber jetzt sehe ich genauer hin. Ich sehe die unschuldigen Berührungen meinerseits, bei denen ich mir nichts weiter gedacht habe, die für ihn anscheinend mehr gewesen sind.

Sehe meinen Zusammenbruch in seinen Armen vor meinem inneren Auge, als er mich gehalten hat. Mir Hoffnung geschenkt hat, obwohl er das nie hätte tun müssen. Er ist an meiner Seite geblieben, hat mein Haar gehalten, als ich erbrochen habe und am Ende gewesen bin. Das ist Daniel, der Good Guy, der mir niemals wehtun würde. Er hat gelogen, aber wie Mom hat er das getan, weil er mich schützen wollte. Weil er gesehen hat, dass mein Stolz mich auf die Straße gebracht hätte.

»Kannst du ihm verzeihen?«, fragt nun mein Dad, weil er weiß, dass ich endlich die Wahrheit hinter der Täuschung sehe, denn wenn Dan nicht gelogen hätte, wären wir nie zusammengezogen und hätten uns niemals ineinander verliebt.

»Ich glaube, das habe ich schon.«

»Das ist mein Engel.«

»Wieso nennst du mich eigentlich immer so, Dad?« Ich habe diesen Kosenamen nie hinterfragt, aber ich mache es jetzt.

»Weil du eben ein solcher warst damals, als Mom von uns gegangen ist. Du hast den Haushalt geschmissen, hast dafür gesorgt, dass ich nicht ganz zusammenbreche. Du bist mein Engel, der mich davor bewahrt hat, deiner Mutter zu folgen.«

»Ach Daddy«, ich umarme ihn ganz fest, drücke ihn noch fester, als er anfängt, heftig zu weinen. Mir ist zwar bewusst gewesen, dass er leidet, aber dass er sie nach so vielen Jahren noch immer so innig liebt, trifft mich hart. Es dauert eine Weile, bis er sich beruhigt, bis auch meine Tränen versiegen.

»Geh. Schnapp ihn dir«, meint er schließlich, als ich aufstehe, unsicher, ob ich ihn alleine lassen kann.

»Okay. Ich hab dich lieb.« Ich küsse ihn auf die Wange und eile zum Nachbarhaus. Es ist schon längst Mitternacht, aber ich weiß, dass Daniel nicht viel Schlaf braucht, also klopfe ich. Inez öffnet im Morgenmantel die Tür und sieht mich überrascht an.

»Hey, entschuldige die Störung, aber ist Daniel oben? Ich muss mit ihm sprechen.« Sie atmet erleichtert aus, schüttelt aber zu meiner Enttäuschung den Kopf.

»Er ist nach eurem Gespräch nach Hause geflogen. Er war in keiner guten Verfassung.«

Ich laufe wieder ins Haus, greife nach meinem Handy und rufe ihn an, aber sein Smartphone ist ausgeschaltet. Also öffne ich den Chatverlauf und schreibe ihm eine Nachricht, dabei sehe ich auch die Nachrichten, die er mir geschickt hat. Es sind über hundert Nachrichten. Anfangs sind sie voller Sorge und Entschuldigungen. Er hat mir lange Briefe geschickt, in denen er sich in aller Form für das entschuldigt, was er mir angetan hat.

Vor ein paar Tagen hat er angefangen, mir virtuelle Kekse zu schicken mit dem Text: *Ein Keks für dich für meine Gedanken.* Dann erzählt er von seinem Tag, seinen Gefühlen und seinen Ängsten. Es ist etwas, das ich so noch nie aus seinem Mund gehört habe. Er legt sein Herz offen für mich, will mir beweisen, dass er das zwischen uns ernst meint, dass er mich liebt. Jeder Brief ist schlimmer als der vorangegangene, und ich bekomme ein schlechtes Gewissen, wie ich ihn jemals auf die Weise verlassen konnte.

Ich habe ihm nicht mal eine Chance gegeben, mir diese Dinge auch sagen zu können. Ich buche entschlossen einen Flug nach New York, der heute Mittag abhebt, und packe meinen Koffer. Es wird Zeit, nicht mehr davonzulaufen und mich der Wahrheit zu stellen, die so viel stärker ist als die Lügen, denen ich zu viel Gewicht gegeben habe.

44. Kapitel

DANIEL

Ich habe mich von Jamie getrennt, als ich erfahren habe, dass sie mich betrogen hat, habe eine zweijährige Beziehung nicht so sehr betrauert, wie ich es um dieses halbe Jahr mit Tae tue. Diese Frau ist alles für mich, und sie nicht mehr jeden Tag sehen zu können, lässt mich kaum atmen. Mit zittrigen Fingern greife ich nach meinem Bier und nehme einen gierigen Schluck. Der Drang, mich zu betrinken, ist groß, aber ich kann es nicht, möchte einen klaren Kopf haben, wenn ich nach Hause komme. Den Flug bekomme ich kaum mit, bin zu sehr in Gedanken gefangen, als dass ich die Realität zulassen würde. Denn diese ist schrecklich, schlimmer als ich es mir ausgemalt habe.

Ich habe Taylor verloren, habe den Entschluss in ihren Augen gesehen und so viel Schmerz, den ich verursacht habe. Mir ist klar, dass sie mich liebt, das sieht man ihr an, aber in diesem Fall ist Liebe nicht genug. Ich habe Scheiße gebaut, habe zugelassen, dass diese Lüge alles zerstört, was wir gehabt haben. Jeder Schritt schmerzt. Als ich die Wohnung betrete, gehe ich sofort in mein Zimmer, dort wo wir wunderschöne Stunden zusammen verbracht haben. Nicht nur auf sexueller Ebene, denn unsere Beziehung ist mehr als nur körperliche Anziehung gewesen. Sie ist mehr als alles, was ich je gespürt habe. Ich sehe diese wunderschöne Frau auf meinem Bett, glaube, ihren unvergleichlichen Duft zu riechen.

Aber ich verbiete mir, an die Zeit mit Taylor zu denken, es würde nur schlimmer für mich werden, das ist mir klar. Ich darf mich nicht gehen lassen, denn was würde das bringen? Taylor wird ausziehen, vielleicht nie wieder diese Wohnung betreten und ich sollte das langsam akzeptieren. Also gehe ich in die Küche, um mir ein Sandwich zu machen, auch wenn ich keinen Appetit habe. Taylor hat auch abgenommen, wie ich, scheint auch am Ende zu sein, denn ihre Augenringe konnte nicht mal das Make-up verdecken. Ich habe noch immer offiziell Urlaub, kann mich sozusagen auch nicht mit Arbeit ablenken, was mir jetzt sehr gelegen käme. Die Jungs haben mich besucht, haben versucht, mich mit ihrer albernen Art abzulenken, aber es ist vergebens, denn ich habe das Gefühl, egal, was ich tue, ich fühle mich nur zur Hälfte da. Sie vermissen Taylor ebenfalls, weil sie auch ein Teil unserer Clique ist, sich aber nun alles ändern wird.

Ich will gerade einen Bissen von meinem Pastrami-Sandwich nehmen, als es an der Tür klopft. Da ich keinen Besuch erwartet habe, gehe mit gerunzelter Stirn auf die Tür zu, um sie zu öffnen. Es muss jemand mit einem Schlüssel sein, denn Besucher müssten unten läuten, damit ich sie reinlassen kann. Vor mir steht schließlich ein traurig dreinblickender Luke, mit hängenden Schultern. Er müht sich ein Lächeln ab, aber es erreicht seine Augen in keiner Weise.

»Hey. Was gibt's?«, frage ich, weil mir einfach nicht einfallen will, wieso gerade er mich besucht. Immerhin hat er mich wochenlang gemieden, hat kaum ein Wort mit mir gesprochen.

»Ich möchte endlich mit dir reden.«

»Halleluja. Das versuche ich schon seit langer Zeit.« Es war schlimm für mich, nicht mit ihm reden zu können, weil er abgeblockt hat.

»Ich konnte damals nicht darüber reden.«

»Komm, setz dich mal.« Dieses Thema ist ernst, das weiß ich, deshalb möchte ich mich im Sitzen mit ihm unterhalten. Er setzt sich, noch immer unsicher, nervös.

»Ich will gar nicht um den heißen Brei herumreden, deshalb komme ich gleich zur Sache.« Na dann bin ich mal gespannt, auch wenn ich es mir denken kann.

»Ich bin schwul. Vor einigen Jahren habe ich festgestellt, dass ich ausschließlich an Männern interessiert bin.« Ich habe es geahnt, um ehrlich zu sein, da er so empfindlich auf meine Lüge reagiert hat, aber es nun zu wissen, erleichtert mich, denn er vertraut mir, deshalb ist er hier. Es ist schrecklich für mich gewesen, dass er nicht mit mir reden wollte, mich gemieden hat, obwohl ich so dringend mit ihm sprechen wollte.

»Warst du deshalb wütend auf mich? Weil ich über dieses Thema gelogen habe?«

»Ich war wütend, weil du es als unwichtig abgetan hast, als wäre es das Normalste der Welt, sich zu outen, aber es ist die Hölle, die einiges an Mut verlangt. Den ich nicht habe, ich denke, ich war eifersüchtig.«

»Weiß jemand davon?«

»Grace weiß es. Sie weiß einfach alles.«

»Ja, das stimmt in den meisten Fällen. Sie könnte gut bei der CIA anfangen.«

»Sie hat mich ermutigt, mich zu outen. Aber ich habe Angst, dass das unsere Freundschaft zerstören könnte.«

»Du glaubst ernsthaft, nur weil du Männer anstatt Frauen scharf findest, würden wir dich anders behandeln? Haben Pace oder Zayn mich anders behandelt, als ich vorgegeben habe, homosexuell zu sein?«

»Nein, aber was wäre, wenn sie es tun würden. Wenn sie mich verurteilen würden?«

»Dann sind sie die längste Zeit unsere Freunde gewesen«,

ich meine jedes Wort so, wie ich es sage. Ich liebe Luke wie einen Bruder, und er hat vollkommen recht. Ich habe nicht nachgedacht, habe das Thema auf die leichte Schulter genommen. Ich klopfe ihm auf die Schulter und drücke ihn kurz. »Ich stehe immer hinter dir. Egal ob du es den anderen sagen möchtest oder nicht, aber du solltest Vertrauen in deine Freunde haben. Ich habe wirklich das Gefühl, dass sie dich nicht anders behandeln würden, wenn du dich outest. Steh zu dir, glaub an dich, denn ich tue es, Mann.«

Eine Träne rinnt über sein Gesicht, die er sich verärgert wegwischt. Ich glaube, das ist das erste Mal, dass ich ihn weinen sehe. Sonst ist er eher der stille Typ, der nicht so gerne Gefühle zeigt. »Danke, Dan. Das habe ich gebraucht.« Dann sieht er sich um und merkt, dass ich alleine bin.

»Taylor hat dir wohl nicht verziehen, oder?« Alleine ihren Namen zu hören, lässt mich schmerzvoll die Augen schließen. Das muss doch irgendwann leichter werden, verdammt!

»Nein. Es ist vorbei. Sie vertraut mir nicht mehr, und ich kann es ihr nicht mal verübeln.«

»Sie wird schon merken, dass sie diese Art von Liebe, die ihr empfindet, nicht so leichtfertig aufgeben kann.«

»Vielleicht. Aber egal, wie es kommt, ich will nur, dass sie glücklich ist.«

Als Luke nach Hause geht, fühle ich mich noch elender als zuvor. Mein Frust geht über in Wut und ich habe das starke Verlangen, auf etwas einzuprügeln, also ziehe ich mich um, schnappe mir meine Tasche und fahre ins Fitnessstudio der Agentur. Mary sieht mich mit einer Mischung aus Besorgnis und Mitleid an, aber ich habe es satt, über Taylor zu reden, denn das wird sie auch nicht zurückkommen lassen. Sie scheint zu verstehen und setzt sich wieder. Ich ziehe mir gerade die

Boxhandschuhe an und will auf den Sandsack einschlagen, als Ray einen Pfiff ausstößt, um mir zu signalisieren, dass er mit mir kämpfen will.

Er will, dass ich Dampf ablasse, dort, wo er mich im Auge behalten kann.

»Willst du das wirklich?«, frage ich ihn, denn mein ganzer Köper ist angespannt, summt fast vor lauter negativer Energie, die unbedingt rausgelassen werden möchte.

»Klar will ich. Es braucht schon mehr als dich, um mir in den Arsch zu treten.«

»Wie du willst, alter Mann.« Ich setze meinen Boxhelm auf und beginne langsam, aber sicher Dampf abzulassen. Es fühlt sich gut an, mit jemanden zu trainieren, der kein leichter Gegner ist. Ray ist wie mein Dad, weiß, wann er mich fordern kann. Mir helfen kann, ein besserer Mensch zu werden. Ich schlage unerbittlich auf ihn ein, doch Rays Abwehr ist stark, er weicht gekonnt aus und verpasst mir einen Schlag nach dem anderen. Es fühlt sich gut an, endlich fühle ich wieder etwas. Eine andere Art von Schmerz und nicht nur diese elende Frustration und Leere in mir.

»Ruhig, Dan. Alles wird gut.« Aber seine Worte genügen mir nicht, ich boxe immer wieder auf ihn ein. Er lässt es sich gefallen, wehrt sich zwar, weiß aber, dass ich kurz davorstehe, zusammenzubrechen, weil ich die Liebe meines Lebens verloren habe. Zwar schlage ich auf meinen Boss ein, als wäre er der Teufel höchstpersönlich, doch innerlich bin ich beherrscht, versuche krampfhaft, nicht zu schluchzen, denn noch nie bin ich den Tränen so nah gewesen wie in diesem Moment.

»Lass es raus, Junge«, sagt er, aber ich kann es nicht, will nicht loslassen, dann ist es real. Dann müsste ich akzeptieren, dass sie nie wieder zurückkommt. Mich nie wieder küssen wird. Ich zittere am ganzen Körper, habe kaum Kraft, mich auf den Beinen zu halten. Nach einer Weile frage ich mich, wieso ich eigentlich noch dagegen ankämpfe, wieso ich die Wahrheit nicht akzeptiere. Der Schweiß rinnt über meinen Körper, durchnässt meine Trainingsklamotten völlig. Dann ertönt ein Pfiff und Ray und ich sehen in die Richtung, aus der der Laut kommt.

Und dort steht sie, die Frau, die die Macht über mein Herz hat. Die entscheidet, ob ich zusammenbreche oder nicht. Schwer atmend sieht mich Taylor an. Trägt noch immer dieses Sommerkleid von gestern und sieht wunderschön aus. Ihre schulterlangen brünetten Haare trägt sie offen und hat kein Make-up aufgelegt. Ihre Augen funkeln und ich sehe Freude, aber auch Besorgnis darin. Ich weiß nicht, wie lange sie da steht, es muss für sie schrecklich ausgesehen haben, wie ich über Ray hergefallen bin und ihn krampfhaft zu Boden bringen wollte. Wie ich aggressiv auf ihn eingeschlagen habe, und hoffe, dass sie nun keine Angst vor mir hat. Aber dann lächelt sie dieses unglaubliche Lächeln und nichts ist schöner als dieser Gesichtsausdruck, denn er strahlt geradezu Liebe aus.

»Wieso legst du dich nicht mit jemandem in deiner Größe an, Grant«, ruft sie mir grinsend zu, und erst jetzt bemerke ich, wie still es im Raum geworden ist. Die anderen haben aufgehört, zu trainieren, hatten sich um Ray und mich versammelt, als hätte ich eine gute Show abgeliefert, aber mein Schmerz ist echt gewesen. Tae merkt, dass ich noch immer wie gelähmt dastehe, keuchend und zitternd.

»Daniel«, flüstert sie, doch ich höre sie, ich fühle sie. Das habe ich schon immer getan. Ich ziehe den Helm von meinem Kopf, werfe ihn in die Ecke, ebenso wie meine Boxhandschuhe. Ich springe aus dem Ring, um zu der Frau zu laufen, der mein Herz für immer gehören wird. Sie strahlt mich an, und ich schwöre, die verdammte Sonne geht unmittelbar auf. Ich greife in ihren Nacken und ziehe ihr wunderschönes Gesicht zu mir und dann küsse ich sie. Augenblicklich erwidert sie meinen Kuss, schlingt die Arme um meinen Nacken. Ich packe sie bei den Oberschenkeln und hebe sie hoch. Sie schlingt augenblicklich die Beine um meine Taille und schmiegt sich an mich. Meine Zunge taucht in ihren Mund ein, spielt mit ihrer und ihr Geschmack berauscht mich wie noch nie zuvor. Ich liebe es, wenn sie schnurrt, als ich sie in die Unterlippe beiße und den Kuss vertiefe.

Zu schnell löst sie sich von mir, lächelt mich an und streicht über meine stoppelige Wange.

»Es tut mir so leid, Tae«, flüstere ich, doch sie legt einen Finger an meine Lippen.

»Es ist genug mit den Entschuldigungen. Du hast einen Fehler gemacht, und er tut dir leid. Ich verzeihe dir, weil ich weiß, dass auch du gelitten hast.«

»Oh Liebling«, ich seufze und küsse sie so sanft ich kann.

»Ich liebe dich, du Spinner, und ich kann es noch immer nicht fassen, dass du früher kein Wort gesagt hast.«

»Früher?«

»Sie haben auf dem Klassentreffen die Videos der Zeitkapsel abgespielt.«

Mist! Ich habe diese Aufnahme fast vergessen, aber ich bin damals so verliebt in Taylor gewesen, dass ich mir eine Zukunft ohne sie nie hätte ausmalen können.

»Nun weißt du es.«

»Nun weiß ich es und auch wenn ich mir gewünscht hätte, dass du es mir früher gesagt hättest, weiß ich auch, dass du deine Gründe hattest. Aber jetzt haben wir uns.«

»Das haben wir, und ich schwöre, ich werde dich jeden Tag lieben, als wäre es unser letzter.«

»Nicht zu vergessen, die Nächte.«

»Genau. In der Nacht werde ich mich außerordentlich gut um dich kümmern. Du bist alles, Tae. Du bist meine Traumfrau und ich danke Gott, dass der schlimmste Tag deines Lebens mein bester geworden ist.« Dann küsse ich die Frau meiner Träume und fühle mich einfach glücklich.

Epilog

TAYLOR

Zwei Wochen später sehe ich noch mal in den Spiegel und überprüfe mein Outfit, ob es auch luftig ist, denn mir wird heiß werden, sehr heiß. Ich bin etwas nervös, obwohl ich schon oft dabei gewesen bin, aber es fühlt sich immer an wie das erste Mal. Mit einer Schüssel Popcorn bewaffnet, gehe ich schließlich aus meinem Zimmer und klopfe an Addisons Tür. Ich checke auf meinem Smartphone die Zeit, ob ich auch nicht zu spät dran bin, aber zum Glück bin ich gerade rechtzeitig gekommen.

Grace öffnet mit einem breiten Grinsen die Tür, auch sie hat sich für ein Tanktop und Leggins entschieden, wie ich. Es ist zwar Sommer, aber das ist nicht der Grund, wieso wir uns so locker angezogen haben. Addy trägt ein leichtes Sommerkleid, das ihre prallen Kurven umschmeichelt, dazu das lange, braune Haar offen. Auf dem Boden, neben unserer Decke, auf die wir uns setzen werden, stehen Getränke und Snacks bereit. Ich lege meine Schüssel dazu und setze mich. Im Zimmer meiner Nachbarin ist es zwar hell, aber wir sitzen genau so, dass uns das Objekt unserer Begierde nicht entdecken kann. Das hoffe ich zumindest.

Wir warten gespannt, bis endlich das Licht im Zimmer gegenüber angemacht wird und wir freie Sicht auf die Wohnung von Drake O'Hara haben. Den Hauptdarsteller des Vormittagsprogramms.

»Ladys. Seid ihr bereit für die Show?«, flüstert Addison und die Vorfreude, die ich empfinde, ist nun nicht mehr zu halten. Dann endlich erscheint der heiße CEO. Drake beginnt sein Workout nur mit Shorts bekleidet, der Oberkörper wie immer frei. Er hat nicht so ein perfekte Sixpack wie mein Daniel, aber er ist gut trainiert, was uns außerordentlich gut gefällt. Die Mädels haben es sich links und rechts von mir gemütlich gemacht, können den Blick nicht von Drake abwenden. Grace sabbert schon fast die Decke an, aber es ist Addison, die auf mich wirkt, als würde sein Anblick sie in seinen Bann ziehen.

Jedes Mal wenn wir den Hottie-Dienstag genießen, den Tag, an dem Drake seinen freien Vormittag hat und sein Workout macht, habe ich das Gefühl, als würde er ganz bewusst dort stehen und für uns so eine Show abziehen, aber er kann uns nicht sehen.

»Weißt du was?«, frage ich Addison, die ihre hungrigen Augen nicht von ihm nehmen kann und sich die Wasserflasche schnappt und den Deckel abschraubt.

»Bist du dir sicher, dass er uns nicht sieht? Irgendwie ist es auffällig, dass er immer so steht, dass wir alles sehen können.«

»Er sieht uns nicht, da bin ich mir sicher und auch wenn er es wüsste, wäre es mir scheißegal.« Meine Mitbewohnerin reagiert ungewöhnlich defensiv, immer wenn es um Drake geht, der sie schamlos angräbt. Das macht Pacey zwar auch, aber bei Drake ist sie bissiger als sonst. Auch wenn ich fürchte, dass sie mir den Kopf abreißt, frage ich sie das, was mir schon lange auf der Zunge liegt.

»Wieso reagierst du so abweisend auf Drake und doch beobachtest du ihn heimlich, als würdest du ihn wollen?«

Langsam wendet sie sich mir zu, ihre Miene ernst, aber nicht sauer. »Hast du dir diesen Typen mal angesehen? Jeder, der nicht blind ist, würde sich ihn gerne ansehen. Und auch

Luke findet ihn heiß.« Luke hat sich vor einer Woche geoutet, was bei uns auf Verständnis und Freude gestoßen ist, denn nun wissen wir endlich, wieso er die letzten Wochen über so mies gelaunt gewesen ist. Er hat Angst gehabt, dass wir ihn verurteilen, was natürlich nicht der Fall gewesen ist. Wir sind wie eine Familie und würden niemals die Sexualität eines anderen infrage stellen.

»Ja, aber er findet dich auch scharf, wieso gehst du nicht mit ihm aus? Wieso kämpfst du gegen ihn an?«

Ihr Blick verändert sich, wird weicher, verletzlicher. Etwas, was ich selten an ihr gesehen habe im letzten Jahr.

»Sieh mich doch an«, sie deutet mit dem Kopf auf ihren üppigen Körper und sieht mir dann wieder in die Augen. Sie hat Größe 44, sieht aber wunderschön aus.

»Das meinst du jetzt nicht ernst, oder? Du bist die selbstbewussteste Frau, der ich jemals begegnet bin.«

Dann seufzt sie, es ist ein resignierendes, trauriges Seufzen.

»Ja, aber dieses Selbstbewusstsein ist hart erkämpft, mein Gewicht wurde sehr oft kritisiert und ich hatte keine leichte Zeit in der Schule.« Nur für einen kurzen Moment sehe ich hinter ihre Mauern aus Selbstvertrauen und entdecke eine verletzliche Frau, die sie sonst nie durchscheinen lässt.

»Das habe ich nicht gewusst.«

»Es war auch kein öffentliches Mobbing wie heutzutage, aber es hat wehgetan. Und jemand wie Drake O'Hara würde niemals mit mir zusammen sein wollen, weil ich nicht ins Schema passe und nicht das Vorzeigefreundinmaterial bin für einen CEO seiner Größe.«

»Bist du dir da sicher?«, frage ich unsicher.

»Natürlich bin ich das! Ich weiß, dass das nie klappen würde, deshalb stoße ich ihn von mir, früher oder später würde es schiefgehen.« Addison steht verärgert auf, und zwar so heftig, dass sie gegen den Beistelltisch stößt und dieser umfällt. Da ihre Terrassentür gekippt ist und Drakes Tür offen, entdeckt er sie. Doch dann tut Addison etwas Untypisches und hockt sich hin, obwohl es längst zu spät ist. Ich denke, sie steht wirklich auf ihn. »Hat er mich gesehen?«

Grace hebt vorsichtig den Kopf und sieht zur Wohnung gegenüber, ich jedoch kann vor Erstaunen die Augen nicht von meiner Mitbewohnerin nehmen. »Ob er dich gesehen hat, weiß ich nicht, aber er ist nicht mehr im Wohnzimmer.«

»Was! Er kommt doch nicht hierher, oder?«, fragt sie unsicher, fast ängstlich. Wer ist diese Frau und wo ist meine Addison geblieben?

»Keine Ahnung«, antworte ich ehrlich und nehme die Snacks, um sie in die Küche zu bringen. Erleichtert folgt Addy mir, zusammen mit Grace. Wir sind gerade dabei, aufzuräumen und reden über das zu kurze Vergnügen beim Hottie-Dienstag, als es plötzlich an der Tür klopft.

»Oh nein! Das ist doch nicht Drake, oder?« Wir sind eine Weile still, dann klopft es erneut.

»Prinzessin, ich weiß, dass du da bist. Mach die Tür auf.«

»Den Teufel werde ich tun!«, entgegnet Addy – wie immer.

»Ach komm, sei nicht so. Wenn du ganz brav bist, werde ich vielleicht ein Spezial-Workout für dich und deine Mädels machen.«

»Geh weg!«

»Ich denk ja nicht dran.« Und so geht es weiter, bis Addison endlich die Tür öffnet und der Wahnsinn beginnt.

Danksagung

Ich danke Nina Frost von ganzem Herzen, weil sie mich mit ihrer Motivation gepusht und mir das Gefühl gegeben hat, dass es nichts gibt, was ich nicht schaffen kann. Dieses Buch wäre nicht dasselbe ohne dich, meine Liebe!

Danke auch an meine beste Freundin Steffi, die jedes Kapitel verschlungen und mir mit ihrem Input sehr geholfen hat. Du bist mein Herz, Süße!

Dann möchte ich der Musik und meinen Lesern danken, denn ohne euch beide würde ich kein Buch fertig bekommen. Ihr seid meine tägliche Inspiration.

Er ist der König von New York, doch gegen die Liebe ist er machtlos!

Louise Bay
KING OF NEW YORK
Aus dem amerikanischen
Englisch von
Anja Mehrmann
352 Seiten
ISBN 978-3-7363-0692-9

Max King ist der erfolgreichste Investment-Banker der Wall Street, doch niemand ahnt, dass sein härtester Job erst nach Feierabend beginnt: als alleinerziehender Vater seiner Tochter Amanda. Er lebt in zwei Welten, die er strikt getrennt hält. Doch als er eines Abends Harper Jayne, seiner neuen Angestellten, im Aufzug zu seinem Penthouse begegnet - und sie küsst - weiß er augenblicklich, dass seine beiden Welten gerade aufeinander geprallt sind.

»Erotisch und herzzerreißend zugleich!« USA TODAY

LYX

... als ginge die Sonne mit einer Regenwolke spazieren

Winter Renshaw
HEARTLESS
Aus dem amerikanischen Englisch von Jeannette Bauroth
336 Seiten
ISBN 978-3-7363-0708-7

Als Aidy ein Tagebuch findet und es seinem rechtmäßigen Besitzer zurückgeben will, ahnt sie nicht, dass diese Begegnung ihr Leben verändern wird: Denn der berühmte, schlecht gelaunte – und unheimlich attraktive – Ex-Baseballspieler Alessio »Ace« Amato macht ihr unmissverständlich klar, was er von aufdringlichen Fans wie Aidy hält. So sehr sie weiß, dass sie sich von ihm fernhalten sollte, zieht seine Traurigkeit sie jeden Tag tiefer in seinen Bann ...

»Die perfekte Mischung aus Angst, Herzschmerz und Hoffnung!«
USA TODAY

LYX

Sie nennen ihn »Saint«. Doch er ist alles andere als ein Heiliger ...

Katy Evans
SAINT – EIN MANN,
EINE SÜNDE
Aus dem amerikanischen
Englisch von
Wanda Martin
384 Seiten
ISBN 978-3-7363-0456-7

Saint ist mysteriös, privilegiert – eine Legende in den High-Society-Kreisen Chicagos. Doch obwohl die Presse jeden seiner Schritte verfolgt: Den wahren Malcolm Saint kennt niemand. Noch nicht. Denn genau dieses Geheimnis will Journalistin Rachel lüften. Allerdings hätte sie niemals damit gerechnet, dass sie sich dabei in den reichen Playboy verlieben könnte ...

»Saint gehört MIR!« SYLVIA DAY

LYX

Die Erfolgsreihe aus den USA –

stürmisch, verboten, sexy

L.J. Shen
VICIOUS LOVE
Aus dem amerikanischen
Englisch von
Patricia Woitynek
448 Seiten
ISBN 978-3-7363-0686-8

Meine Großmutter sagte mir einmal, dass Liebe und Hass ein und dasselbe Gefühl seien, nur unter verschiedenen Vorzeichen erlebt. Bei beiden empfindet man Leidenschaft. Und Schmerz. Ich glaubte ihr nicht. Bis ich Baron Spencer traf. Er war auf unvollkommene Weise vollkommen. Makellos mit Makeln. Aber am allerwichtigsten – er war Vicious.

»Einfach. Süchtig. Machend.« Dirty Girl Romance

LYX

Er ist ein Rockstar. Die Welt liegt ihm zu Füßen. Doch er will nur sie.

Kristen Callihan
IDOL – GIB MIR
DIE WELT
Aus dem amerikanischen
Englisch von
Anika Klüver
432 Seiten
ISBN 978-3-7363-0696-7

Libby Bell lebt das Leben einer Einsiedlerin. Doch das ändert sich, als sie eines Morgens einen fremden Typ in ihrem Vorgarten findet. Killian ist sexy und charmant – und ihr neuer Nachbar. Obwohl Libby sich nach dem Tod ihrer Eltern geschworen hat, niemanden mehr an sich heranzulassen, berührt Killian ihr Herz auf eine ganz besondere Art und Weise. Was Libby nicht weiß: Sie ist drauf und dran, sich in niemand anders als Killian James zu verlieben – Leadsänger und Gitarrist der erfolgreichsten Rockband der Welt …

»Dieses Buch ist fantastisch! Die ultimative Rockstar Romance!«
AESTAS BOOK BLOG

LYX